CNS PUBLISHING & MEDIA 中南出版传媒
湖南文艺出版社
HUNAN LITERATURE AND ART PUBLISHING HOUSE

图书在版编目（C I P）数据

诱甜 / 小涵仙著. -- 长沙 : 湖南文艺出版社,
2023.7
ISBN 978-7-5726-1229-9

Ⅰ. ①诱… Ⅱ. ①小… Ⅲ. ①长篇小说－中国－当代
Ⅳ. ①I247.5

中国国家版本馆CIP数据核字(2023)第104504号

长沙天使文化股份有限公司。本书版权受法律保护。未经权利人许可，任何人不得以任何方式使用本书包括正文、插图、封面、版式等任何部分内容，违者将受到法律制裁。

诱甜
YOU TIAN

作　　者：小涵仙
出 版 人：陈新文
责任编辑：李　阔
出版统筹：邓　理
选题策划：吴红玲
装帧设计：张娅君
内文设计：谭琼玉
插画合作：子非鱼鱼 昼夜斯追 蜮偶 一只狸子 钢橘
出版发行：湖南文艺出版社
（长沙市雨花区东二环一段508号　邮编：410014）
网　　址：www.hnwy.net
印　　刷：湖南天闻新华印务有限公司
经　　销：新华书店
开　　本：150mm×210mm　1/32
字　　数：317千字
印　　张：10
版　　次：2023年7月第1版
印　　次：2023年7月第1次印刷
书　　号：ISBN 978-7-5726-1229-9
定　　价：45.00元

contents
目录

contents

第一章

家里快破产了，不能再那么嚣张了

夏至过后，上京的天气越发炎热，整座城市像一个巨大的烤箱。和室外的骄阳似火完全不同，铭达公司的写字楼里冷气开得很足，温度凉爽又舒适。这时大厅的玻璃门自动滑开，一个年轻的女孩走进来，薄荷绿的连衣裙清新惹眼，细高跟踩在光可鉴人的地板上，敲出清脆的“嗒嗒”声。她的脸上戴着防晒面罩和超大号的墨镜，步伐匆忙，大有横冲直撞的意思。

旁边的保安飞快上前，拦下了她：“小姐，请问您找谁？”

看着近在咫尺的电梯，季辞小声地叹了口气，只差一点，就能冲进去了。现在她只好摘掉墨镜和面罩，冲着保安弯了弯眉眼：“你好，我来找你们张总，张谨华。”

这是一张令人惊艳的小脸。皮肤白皙得像一杯刚从保鲜柜里拿出的冰镇牛奶。五官精致娇媚，尤其是那双灵动的眼睛，让她看上去人畜无害，纯真动人。

保安怔了怔，随后秒变温柔大叔，他笑眯眯地告诉季辞：“小姑娘，有预约的客人需要先去前台报备哦！”

季辞抿住红唇，没接话。

呵呵！她根本没有预约！

顶着保安大叔关切的目光，季辞只能走到前台。前台小姐得知是来找张总的客人，没让季辞等，便把电话拨到董事长秘书办。

挂掉秘书的电话后，前台小姐的神情有些复杂："不好意思，季小姐，我们张总今天去外地开会了。"

"外地？开会？"季辞的眼神扫过面色平静的前台小姐。

不在，很忙。这是意料之中的答案。

见季辞没有要走的想法，前台小妹语气生硬地强调道："季小姐，张总今天可能不会回公司了。"

季辞笑了笑，心里一个劲地暗示自己，不生气不生气，要冷静！家里快破产了，不能再那么嚣张了！就算想嚣张也嚣张不起来了！

她自我安慰的水平向来是一流的，再抬头时，季辞恢复了甜美的笑容，她点点头："好呢！那我再等等。"说罢不管前台小姐异样的眼光，径直走到大厅的休息区域，找了个沙发坐着。

落地窗外阳光热烈，肆无忌惮地洒落。时间过得很快，不知不觉就过去了四个小时。季辞靠坐在沙发上，心底思绪翻涌，远没有脸上那般平静。

一个月前，她还是风风光光的全季盛世的大小姐季辞，谁敢让她坐上四个小时的冷板凳。可如今她是"虎落平阳被犬欺"，家里欠了十多亿的债务，除非有人肯投上一大笔钱助他们渡过难关，否则季家所有的资产就要放到各大银行去拍卖。这个月里，她求了一大圈的亲朋好友，都吃了闭门羹，张谨华这儿怕是她最后的希望了，如果今天还堵不到人……

季辞的思绪被突然传来的谈话声骤然掐断。

"张总，车已经安排好了。"

"我们是在这等着吗？"

季辞眼睛一亮，迅速朝声音的来源处望去。

电梯里走出来几个男人，最前面的就是张谨华。一群人出电梯后并未走开，而是站在电梯口等着。看上去，众人的神色都很严肃，甚至还有一丝紧张。刚刚听到他们说等着，是在等谁？

季辞来不及多想，匆匆走上前去，脆生生地喊道："小姨父。"

在场的人都齐刷刷地望向来人，打量的目光里带着疑惑。

看清楚来人是季辞之后，张谨华见鬼了一般，神色慌乱："季辞？你……你怎么还在这里？"

此时，电梯楼层显示器的红色数字开始跳动了。

季辞挑了挑眉，似笑非笑地看他，那眼神仿佛在说——您觉得我为什么还在这里呢?

张谨华皱眉训斥道：“在外面别乱喊！”

他和季辞的小姨三年前就离婚了，还算哪门子小姨父?

“现在没空见你，还不快回去。”张谨华有几分不耐烦。

季辞脸色未变，口吻平静，却隐隐含着威胁：“小姨父，我等了您四个小时。反正我也不着急，不如我再等等?”

说话间，女孩的眼波流转，不经意扫过那串不断下降的红色数字。

张谨华没办法，只得退一步：“好。清水湖那块地拿来，我把你的融资方案送到董事会。”

季辞眼神冷下来，最近打清水湖这块地主意的人可真多。

“小姨父，都是生意人，这么固执做什么?黎山那块地没问题。未来上京城往东边发展的趋势已成定局，那块地您抓在手里，十年内起码翻这个数。”季辞比出一个“五”的手势。

张谨华犹豫了几秒，还是不松口：“不行。我就要清水湖。”

季辞挡在电梯门口：“为什么一定要清水湖?”

不断下降的楼层数字让气氛变得焦灼。张谨华现在是心急如焚，等会儿下来的人可是赵家的公子爷，若是被他看到季辞在这里装疯卖傻、纠缠不休的样子，那不只是自己和季辞完蛋，整个铭达都要被拖下水！张谨华管不得那么多了，气急败坏地吩咐助理把季辞撵走。

“你……你欺人太甚！”面对突然冲上来的几个人，季辞气愤地骂出声，同时条件反射地往后躲。

电梯在此时停了下来，银灰色的金属门缓缓打开。季辞没想到门会突然打开，后背一下子落了空，整个人就这么直直地向后倒去。

电梯里。

赵淮归刚和母亲通完电话，电梯门就打开了，还没来得及出去，一个女人就栽了进来。赵淮归凌厉的眉眼闪过一丝不悦，刚想避开，就被一只温暖的手抓住了。

事情发生得太突然，在场的人都蒙了。

张谨华先一步缓过神来，这死丫头抓着谁的手？完了！完了！这下是真完了。

季辞丝毫没有察觉到周围的气氛很诡异，她半蹲在地上，平复了几秒后，这才借着手中的支点缓缓站了起来。站稳后她才感觉有些不对劲。手里的支点怎么是软软的？她迅速低头，没想到自己在混乱中抓住的是一只男人的手。

这只手清瘦有力，骨节分明，漂亮得如同工笔画勾勒而出。顺着这只手，她的视线往上移，结果看到的是挽起的白衬衫袖子下结实健壮的小臂，再往上，是宽厚有力的肩膀，衬衫领口的第一颗纽扣解开着，带着不可言说的性感。男人的五官精致却凌厉，眉眼深邃，一双多情风流的桃花眼此刻冷若冰霜。

猝不及防地和他对视，季辞竟一时移不开眼睛。

看着女孩呆呆的模样，赵淮归眯了眯眼，掩饰住一闪而过的不自然。

“你是……”

季辞还没说完，就闻到了一丝奇异的香气，那是绵长幽深的异域佛香，好像还混有佛手柑的味道，是从面前这个男人身上散发出来的。

她用力嗅了嗅，随即用轻不可闻的声音呢喃：“好香……”

女孩的嗓音柔软，像细小的钩子。

顿时，赵淮归的眼中添了丝冷嘲，他冷漠的声音打破了这尴尬的气氛：“放手！你抓够了没？”

电光石火间，季辞这才发现自己一直抓着他的手。

太丢脸了。

她倏地把手缩回去：“不好意思，这位先生，刚刚情况太紧急，没想那么多，对不起对不起……”

赵淮归打断她多余的解释：“不必。”说完，便迈步离开了电梯，一行人簇拥着他，紧跟着离去。

张谨华偷偷瞪了一眼季辞，旋即跟了上去，谄媚道：“赵老板，刚刚的事您可千万别放在心上。也不知道从哪来的小丫头，做事冒冒失失的，没点规矩。”

男人高大的背影逐渐走远了，季辞懊恼地捶了捶头。

难道是因为最近压力太大，睡眠不足，才导致一见帅哥就昏头？季辞呼出一口气，忙不迭地跟上去。

众人已经走到了大门口。

那位“赵老板”被簇拥在正中间，一身雪松绿色的手工定制西装衬得他分外清隽，这颜色饱和度很低，给人一种清冷感，他身姿挺拔，远远望过去就像用白玉雕琢出来的松竹。

跟在一旁的张谨华，一路鞠躬作揖，就像个小跟班，谄媚得让季辞看不下去。

“赵老板，这事可就拜托您了……改天我做东，还请赵老板您赏个光，我们再聚一聚可好？”

季辞偷偷摸摸混进人群，助理知道她是季家的大小姐，没有老板的指令，他不敢拦。张谨华絮絮叨叨地说了一大堆废话，季辞没心思细听，唯独记住了“赵老板”这三个字。

赵老板？这是哪位大神？她没听说过哪家厉害的是姓赵。

门外停着几辆车，中间是一辆劳斯莱斯，也是雪松绿色，林深雾霭般，高级的氛围感和这个男人很相配。

张谨华为赵老板拉开车门，恭恭敬敬把人送上车。

赵淮归一路都很沉默，此时才勉强说了句：“张总客气。”

“那一切就拜托赵老板了？”趁着窗户还未升上去，张谨华又添了句。

男人没接话，神色冷淡，过了几秒，寡淡的声音从车厢内传出来：“天热，张总回吧。”话落，赵淮归目光落向窗外某处，他并未吩咐司机开车，也不知道他的视线落在了哪儿。

可季辞知道，他是在看她。他眸色幽深，不似他这个人那般淡漠。被他看着的时候有种危险降临的感觉，季辞的心跳不自觉地加速了。此时此刻，她觉得这男人有点儿意思。看上去冷冰冰的，可眼睛里全是锐利的审视。

看她？行。让你看个够。

季辞迎上这道打量的目光，唇角扬起甜美的弧度，她还大胆地冲男人眨了眨眼睛。女孩天真的模样落入眼中，赵淮归毫无反应。随后，车窗升了起来，就在车窗即将闭合时，他笑了。

那样冷峻的一张脸，笑绝对要比不笑更诡异。季辞的心脏猛地一跳，娇俏的笑容也凝固在嘴角，她感觉到了一种前所未有的危机感。

“季辞！”等劳斯莱斯不见了踪影，张谨华便顾不上面子了，在大庭广众之下爆发出一声怒吼。

季辞委屈极了，怯怯地开口：“小姨父……”

张谨华怒不可遏：“说了别乱喊！你小姨出轨，你还敢喊我小姨父？”

季辞撇撇嘴：“那我喊您一声张叔，总可以吧？”

张谨华哼了一声，默认了。

“叔！您知道的，清水湖那块地我卖不得。”

清水湖这块地，她的确不能卖。爷爷死前紧紧拉住她的手，说他找大师算过，那地是块风水宝地，曾经埋过公主。大师说这块地得留给孙女当嫁妆，孙女才能嫁得乘龙快婿，保证季家的荣华富贵。若是不捏在手里，日后老公会不行。那是哪里不行呢？该不会是那儿不行吧！季辞当时问了这么一句，爷爷瞪大眼睛看着她，就这么咽了气。

教科书上说的封建迷信害死人，竟然是真的。

张谨华转身就走，他知道季辞又要拿那一套话来堵他的嘴，简直是把他当猴耍。

季辞紧跟上去，眼珠子狡黠地转了转，突然想到了一个好主意：“张叔，你是不是有事相求刚刚那位赵老板？”

不提便罢，一提这个张谨华就后怕。赵淮归是什么人物！上京名流圈里数一数二的贵公子。传闻他不近女色，对主动缠上来的女人尤其厌烦。可这丫头竟然敢明目张胆地抓他的手！还凑上去闻人家！这不是耍流氓吗？于是火从心头起，对着季辞劈头盖脸就是一阵数落。

“臭丫头！知道他是谁吗？幸好赵老板不计较！不然你我都得完！”

季辞小声嘀咕：“值得摆这么大谱吗。”

张谨华冷笑：“告诉你，我这事如果没办好，你给我清水湖的地都没用。”说完，他加快步伐，想快点甩掉季辞这块狗皮膏药。

季辞被张谨华那嫌弃的表情刺痛了，她站在原地，愣愣地看着张谨华走进电梯，季家最后的希望即将被无情地打破。

季辞攥了攥拳头，一个荒诞的念头被她一字一顿地说了出来：“如果我能帮你搞定那个人呢？”

不高不低的声音，没有了往日的娇俏，只剩下冷静和锐利。

张谨华的步伐顿时停住，他的表情变了变，难以置信地回头看向季辞。

铭达底下的基金会一直运转不错。前些日子，上头忽然放出消息，要来查账。也不知道他们中间是谁得罪了人，董事会上下都高度紧张。他好不容易搭上了赵家，可这赵老板一直不肯给个准话。如果不是他和赵淮归的母亲大学时曾是同一个导师的弟子，他连赵老板的影都见不上。

张谨华走了回来："辞辞啊，你认识他？"

季辞："不认识又怎样？"

张谨华笑了，觉得她疯了："辞辞，叔叔提醒你一句，年轻虽好，但胆子也别太大了。有些人惹不得，就别去招惹。"

季辞也笑笑，锐利如潮水退去，她淡淡地说："管那么多做什么，我说了替你搞定，就肯定搞得定。还是说，您有更好的选择？"

张谨华沉默片刻。若别人说这种话他一定嗤之以鼻，但季辞的话，他得打个问号。季辞这副皮囊的威力，他是见识过的，上京城多少男人曾被她这张脸迷得七荤八素。

"小姨父，您看……"季辞走近了一步。

"成！全季盛世的融资方案我会拿到董事会上。"张谨华拍板，"但前提是你替我搞定赵老板。"

季辞紧握的拳头松开，完全忘记了刚刚面对那位年轻的"赵老板"时，是怎样的紧张惶恐。

"成交。"她果断应下。

下一秒，她的脑海中浮现出了那双清冷，又锐利到能看穿一切的眼睛。

劳斯莱斯内寂静无声，唯剩钟表的指针微微地振动着空气，光线柔和，温度凉爽舒适，一切嘈杂的、炙热的都与这里无关。

这里是一座孤岛。

车后座上的男人靠着座椅，双眼轻阖。前座的司机和助理连呼吸都很小心翼翼，生怕打扰到男人休息。

车子朝西城区驶去，四周的风景从鳞次栉比的高楼逐渐过渡成惬意安宁的老房子，最后驶入一幢复古花园式小白楼。四周种了十来棵高大的梧桐树，郁郁葱葱，楼前连着一个花园，花园里的山茶花开得正好。铁门左侧钉着门牌，上面刻着“宸南公馆”四个字。

门卫看见车牌立即放行，助理提醒后座的男人：“老板，到了。”

小白楼是民国时期的建筑，外观有些年代感了，但仍旧华丽。厅内更是奢华精美，华贵的法式情致融合了中国风的写意。漆木嵌玉石的古董屏风，宋朝的青花瓷瓶，梨木雕花的鸟笼，以及禅意的插花。走廊铺着莫里斯图案的地毯，脚步声隐匿其中，仅有的声响是从尽头的房间里传来的。

“这天真的热死了，这个月还能忍，下个月四十度真没法待了。”

“怎么？你黎大少还要晒太阳？”

“你是不知道，我爸天天逼我去跑工地，皮都晒脱一层。”

笑声、吵闹声、麻将撞击声，房间里几个年轻男人正在玩牌。

“常西被家里小女朋友缠住了来不了，怎么老赵也不来？”

“该不会也偷偷藏了个姑娘？”

黎栎舟捧腹大笑：“老赵？怎么可能！他那万年光棍还没开光呢！”

还好没开光，黎栎舟偷偷庆幸。他前些日子追个女孩，没想到，那女孩看到赵淮归后竟然死活不答应他的追求，对赵淮归倒是一见钟情。没开光都这么厉害，开光那还了得？

一旁的人配合着笑了笑，不接话。不比黎栎舟和赵淮归从小长大的情分，有些玩笑话，他们不敢说。

笑过之后，有人提醒：“黎三，先给淮归打个电话。”

黎栎舟摸了张牌：“你给他打。他那不接电话的祖宗，我不伺候。”

“说谁祖宗？”

赵淮归进门，把外套扔在一旁，牌桌上的人应声望去，纷纷笑着打招呼，有人主动让座，请他上场玩一局。赵淮归坐下后连胡几把牌，最后一把还是海底捞月。

黎栎舟郁闷地看着自己的手：“我这手没你的金贵？”

赵淮归掀起眼帘，面无表情地瞥他一眼：“谁让我是你祖宗。”

黎栎舟心底一连串脏话掠过。祖宗又怎样？还不是万年单身狗。

之后一群人在牌桌上讨论下个月要去哪玩。每年的八月，上京城最热的时候，他们这群公子哥都会寻个地方避暑，去年是私人海岛，前年去了冰岛看极光，今年还没定下来。

“不如去悉尼，刚好有一条邮轮线是去悉尼的。那儿正冬天呢，去滑雪不挺好？”

“我看这个行，前几个月弄了套滑雪装备，正愁派不上用场。”提出这个建议的人是沈常西母亲那边的表哥，他又专门问赵淮归的意见，“赵老板，您说呢？”

就算所有人都觉得这个提议好，只要赵淮归没点头，那就不算数。看得出来他们这一圈人中，赵淮归的话最有分量。

毕竟上京城里真正的高门大户，赵家当属头一份。

“你们定吧。我随意。”赵淮归看着手上的牌，头都没抬。

赵淮归没意见，这事就这么定了下来。

又玩了一圈牌，赵淮归觉得没意思，起身去隔壁房间休息，说是休息，实际上是去抄经。

知道这事的人，都觉得荒诞。但这是赵老爷子立的规矩。赵淮归每日都得抄一遍《心经》，必须亲自抄，如果被发现找旁人替代，下场就是关在祠堂里不准吃喝，只许抄经，直到抄足一百遍。这事他干过一次，找了一个专门模仿人字迹的老先生，说是神不知鬼不觉，保证看不出来。结果被老爷子一眼就看出来了，被关在祠堂两天两夜。

这《心经》一抄就是三年，老爷子嫌他年纪轻轻做事却太狠，不给他人留余地，就是不给自己留余地。这经得抄到他真正学会收敛骨子里的杀伐气为止。铺纸、蘸墨、运腕，清瘦有力的手指握着红玉笔杆，就像是浑然天成的艺术品。杀伐气儿敛去没有，赵淮归不知道，他只知道托老爷子的福，他练了一手好字。

黎栎舟后脚跟着进了书房。

“又抄经？你家老爷子是不打算放过你了？”黎栎舟靠着书桌，顺手从桌上那盆海棠花树上折了一朵海棠花。

“有事说事。别废话。”赵淮归专注着抄经，说是抄不如说默写，《心经》他早已倒背如流。

黎栎舟把玩着海棠花：“还能什么事，就是清水湖那块地。”

“不是松口了吗？”赵淮归依旧将注意力放在笔尖。

"又不卖了。听说现在是季盛澜的女儿当家，一个刚刚大学毕业的小丫头。也不知道抽了哪根筋，躲着不见面，就是不肯卖。"

提起这事，黎栎舟就心里烦。整个清水湖一带方圆百里，连着好几座山，其中有大半的地方是在黎家名下，去年动工时竟然挖出了天然温泉，黎家准备拿这块地开发一个综合性的度假温泉酒店。专家勘测后发现，这一带的温泉水集中在清水湖北边那一带山上，而这块地恰巧是季家的。

清水湖在离城区八十多公里的小县城，这么一大块地若是不开发留在手上根本没用，以季家如今的财务状况，连新开发的楼盘都结不出工程款，更别说动这块地了。给出四亿的价格，他们黎家够慷慨，没仗势欺人。

"女的？"

"女的！才二十二，刚大学毕业，听说还挺漂亮，追她的人挺多。"黎栎舟说着说着就跑偏了，"但是没见过真人，也不知道传闻是真是假……不然我找个机会见一面？如果真漂亮，我就去把人追到手，连地带人一锅端了！让她把地拿出来当嫁妆！"

赵淮归这才抬眼，目光淡淡地扫他一眼："再说废话就滚。"

"你帮我拿个主意呗，这事该怎么办？你说季盛澜那只出不进的东西怎么就生了个貔貅女儿？这地抓手上是能造钱还是怎么？"黎栎舟提起季辞就咬牙切齿。

赵淮归："季盛澜喜欢什么？"

黎栎舟想了想："赌呗！上京城谁不知道他瞒着老婆孩子差点把家底都输光了。"

赵淮归神色漠然，笔尖划过宣纸，看到了那句：心无挂碍，无挂碍故，无有恐怖。

心无挂碍。

脑子里莫名其妙地浮现出一个场景，只是倏然一瞬，就消失了。

那是欧洲的百年老教堂。空无一人的华丽大厅，月光晕染着彩绘玻璃窗，壁灯点亮了半截旋转楼梯，看不清面容的男人隐匿在那一半的黑暗里。美丽的银色面具掉落，露出一张干净剔透的脸，嘴角漾开一抹天真动人的笑，雾蒙蒙的眼眸里是灿烂星辰。

赵淮归维持着抬臂的姿势，笔尖久久悬在纸上，墨水不经意落了一滴，迅速晕成了一团黑色。他面无表情地看着那团黑色，要重写了。

“那就把人请到邮轮上。”声音冷冽，透着浓厚的杀伐气。只是赵淮归莫名有些烦躁，把抄了一半的心经在掌中揉搓。

请君入瓮。黎栎舟的脑子里闪过这四个字，不免心惊。

过了几日。

一家港风茶餐厅，二楼。季辞怏怏地靠在沙发上，无精打采。可苏皓白心情不错，吃着甜美的蛋糕，又斟了杯玫瑰红茶，抿了一小口后，苏皓白的眉宇间透出一丝嫌弃：“这是红茶？也太垃圾了。”

季辞翻了个白眼，没空和他斗嘴，不耐烦地说道：“别给我挑三拣四的。我现在有多穷，你不知道？”

“我来买单行吧，说得好像你家破产了一样。”苏皓白叫来服务员，重新点了一份葡萄乌龙。

季辞苦笑：“工程款都结不出，你觉得跟破产有什么区别？”

苏皓白当即痛心疾首，深刻检讨自己的错误：“都怪哥是私生子，在苏家说不上话，不然哥立马借你几亿。”

季辞又好气又好笑，苏家严防死守的秘密被苏皓白轻轻松松地捅得全上京城都知道了。苏皓白也算是个“奇葩”，他爹让他去公司实习，他张口就是一句：别人会不会看不起我是私生子？差点把亲爹气到进医院。

“行了，喊你出来是有正事。”

苏皓白立马正色，季辞把前几天在铭达发生的事一五一十地说了。

“所以你连人家是谁都不知道，就说能搞定他？你给我说说，你打算怎么搞定？”

季辞叹气：“缓兵之计。”

苏皓白：“辞辞，你知道你这种行为是什么吗？你这是饮鸩止渴，火中取栗，引狼入室，有百害而无一利。”

行吧。她说不过搞文学的。

“姓赵的……我们圈里也没几家姓赵的啊？恒通电子？浩宁建设？”季辞绞尽脑汁想了一圈，“可这种优质男怎么可能不出名！你是不知道他那张脸……”

一听是帅哥，苏皓白来了兴趣，问道："有多帅？比宋嘉远还帅啊？"

季辞恼火地踢了他一脚，但脑中随即浮现出四个字——秀色可餐。

季辞光想到那张脸，呼吸竟然多了几分急促。趁着苏皓白没注意到，她连忙灌了一大口温茶。

"你快帮我想想嘛！"季辞大学刚毕业，社交场合去得并不多，认识的人也少。

"一个赵，一个帅，就这两点，我就是搞刑侦的都查不出来。"苏皓白虽然混迹上京各种社交场合，堪称顶级社交高手，但季辞给的细节让他无从下手。

"我听见张谨华喊他赵老板。"

苏皓白陷入沉思，姓赵的年轻男人他还真不认识，但听到"赵老板"三个字时，他微微一愣："不会是赵家的那位赵老板赵淮归吧？"

苏皓白拧着眉头，并不确定。

张谨华喊的是赵老板，年纪轻轻的公子哥，长一辈的人却敬他为赵老板，而非赵公子，那大概就只有一个人了。毕竟那人最讨厌的就是被人唤作赵公子，听上去像在讽刺他过于年轻，撑不起台面。称人某公子，某少爷，敬的是他身后的家族，而非本人。可赵淮归不是那些纨绔的公子哥，他是赵家的掌权者。从出生起就拥有了别人一辈子都挣不到的权势、富贵和高高在上的地位。

在苏皓白眼里，赵淮归这类人和他们之间是有区别的，苏家、季家的生意在这些人眼里就跟过家家一样，不值一提。苏皓白在心里祈祷，最好不要是赵淮归！光是想到这个名字，心就突突猛跳几下。他开始随口一说果然说到了点子上，引狼入室，对，就是引狼入室！

"赵淮归？"季辞对这名字有些耳熟，似乎在哪里听过。

苏皓白："你知道他是谁吗？就笑成这样？"

"谁啊？"季辞满不在乎。

"赵春庆的孙子，赵璟笙的儿子。"苏皓白压低音量。

"赵……赵春庆！"季辞猛地捂住嘴，一双圆溜溜的大眼睛警惕地看着四周。

此时，季辞站在云枫酒店门前，看着停车位上一辆辆豪华轿车，苏皓白的话还在耳边反复回响。

“辞辞，赵家的人千万别招惹。尤其是赵淮归。别把他想简单了，他不是你长得漂亮，会撒娇，就能任你摆布的男人。余家的小女儿余熙你听过吧，她在伦敦留学时就追过赵淮归，小姑娘长得好看，家世也拿得出手，但不管她怎么死缠烂打，赵淮归都不为所动，说的话毫不留情。我就没听过哪个女人能成功让他多看一眼的。”

季辞想到了赵淮归在车窗升上时，露出的那个诡异的笑容，不免打了个寒战。

手下不自觉用力，连晚宴请帖都捏皱了。

请帖是她求了苏皓白好久才弄到手的，他打听到今晚赵淮归会来参加这个晚宴。给请帖时，苏皓白强调了三次“冲动是魔鬼”。

再三思索后，她想要不还是算了？没必要招惹赵淮归那种人。就是可惜了她花费整整一个下午做出来的造型。

她今天是认真打扮过的，一身天青色拖地长裙，轻如云烟的纱层层堆叠，裙摆处绣着透明钉珠，像一颗颗晶莹的泪珠。

季辞叹了一口气，这裙子是她花了大价钱租来的，在如此窘迫之际，她依然咬牙花了五千块钱租下了它。

正当她打算不战而退时，一道又嗲又媚的声音从身侧传来：“哟，这不是咱们全季盛世的大小姐吗？”

季辞皱眉，这声音不用想就知道是谁，真是冤家路窄，这都能碰上。

周雨棠双臂环胸，上下打量着季辞，鄙夷道：“怎么？不忙着收拾你家那一大堆烂摊子，还有心思来参加晚宴？”还打扮得这么精心，看着就烦。

“小胖妞，吃饭吃蠢了又来姐姐这里找骂呢？”季辞笑眯眯道。

季辞说她什么？小胖妞？周雨棠深吸一口气，难以置信地瞪着季辞。她最近没多吃啊！根本没胖！

小时候，季辞和周雨棠还是好姐妹，随着两家人在生意上由合作转向竞争，再到后来彻底翻脸，她们之间的塑料姐妹情也随之消散。两个人就跟杠上了一样，报了同一所大学，进了同一个系，甚至还看上了同一个男人。

周雨棠最恨季辞借着她那张单纯的脸为非作歹，装模作样，其实心比煤炭还黑。

“季辞！”周雨棠恨恨道，“你装得再好又怎样？嘉远学长还不是看不上你。”

“嘉远”两个字清晰地落入耳中，季辞冷笑着一步步逼近周雨棠：“想找死就再说一次？”

周雨棠被她逼得后退几步，对季辞有些犯怵：“你……你别乱来啊！”

苏皓白还在车上，就看见她们站在酒店门口杠上了。这情景，大学里每星期都要来几次，他赶紧让司机停车。

“周小姐怎么又穿了季辞的同款？看来没少在季辞身上下功夫啊!”苏皓白上前把季辞拉到身后。当然，他不是怕周雨棠把季辞怎么样，而是怕季辞没忍住，又把周雨棠给弄哭。要知道在大学的时候，季辞平均每个月要把周雨棠吓哭一次，气哭一次，骂哭两次。

周雨棠愤愤地瞪了一眼季辞：“季辞 ，你家都破产了！跩什么跩！”说完就溜。

看着她落荒而逃的背影，季辞转头看着苏皓白：“你不是说不来吗？”

苏皓白笑了声，压低嗓音道：“我来盯着你……别做坏事。”

季辞无语。

季辞挽着苏皓白进入宴会厅。

厅内鲜花馥郁，灯光熠熠，衣香鬓影，今晚是某个金融大鳄的六十岁寿诞，场面异常盛大。

苏皓白端着一杯香槟，一边和周围认识的人打招呼，一边忍不住提醒季辞：“我说的话你想了没？赵淮归那条线你放弃吧，找找别的路子。”

他后来找人确认了那辆劳斯莱斯的主人，定制的雪松绿色，整个上京城就一台。季辞目光扫过众人，进会场整整二十分钟，她都没有寻到那个男人的影子。是不来了吗？还是大人物都要迟到？

“放心吧，不冲动。我季辞什么时候冲动——”话说一半就卡壳了。

季辞不由自主地攥住苏皓白的袖口，把那偏硬质的衬衫布料抓出了皱痕。她的视线落在宴会厅的大门口，此时进来的人正是赵淮归。

今晚的他，一身墨蓝色剪裁精良的手工定制西装，包裹着他修长精壮的身体，像是被勒着的某种蓄势待发的野兽。不似第一次遇见时他一身孤冷。今晚的赵淮归充满了强势的气息，似深海中某处危险的暗礁。

季辞眨了眨眼睛，她总算知道为什么那次在电梯里会出糗了。都是第二次见到他了，她还是不免呼吸急促。因为他这张脸，对女人太具有杀伤力了，谁见到谁不迷糊？

之后，季辞的目光一直跟随着赵淮归。他从头到尾都没什么表情，周遭不断涌上跟他打招呼的人，可他只是简单颔首，或者轻扬酒杯，就没见他笑过。他是冷淡的，仿佛和众人隔着一个世界。

这个男人格调太高，前去搭讪的女人没有一个能成功和他说超过两句的话。她该怎么办？也上去随大流，打个招呼？大概率也会被无视吧。

就在她思索之际，周雨棠迈着妖娆的步伐，朝赵淮归走去。周雨棠打扮得格外惹火，跟赵淮归打招呼时，一脸羞涩。

“没法不冲动了。”季辞从牙齿缝里蹦出几个字来。

“你要干什么？”苏皓白一把掐住季辞的手腕，低声问。

季辞：“周雨棠可以和他打招呼，我就不能吗？”

苏皓白往前方看去，觉得她脑子有坑：“这你都要压过她？什么毛病！那你不如直接把宋嘉远抢回来？”

又是宋嘉远。季辞沉下脸，不再说话。她本来对周雨棠没什么敌意，无非是小女生之间较劲而已。可自从发生宋嘉远那件事后，她发誓，彻底和周雨棠势不两立。

“你知道吗？我本来都打算放弃了。”季辞看着远处的赵淮归，声音很轻，似在自言自语。

苏皓白松了口气。

视线中，赵淮归似乎把酒杯搁在了桌上，朝大门外走去。

“但如果我放弃，我肯定会后悔。”季辞也搁下酒杯，“因为他太帅了！”说完，她迅速朝大门口走去。

苏皓白一脸蒙地站在原地。

其实周雨棠只是和赵淮归打了个照面，连十秒钟都没挺过，赵淮归就转身去了别处。她爸爸最近拿下了赵家子公司的一个项目，同赵淮归有过接触。以为有了这层关系，她和赵淮归也算是相识，哪里知道人家一脸“你是谁”的表情，眼神里有不加掩饰的烦躁，仿佛连装一下都嫌麻烦。

周雨棠拿了一杯白葡萄酒闷闷地喝着，宋嘉远那种男人，再优秀也够不到赵淮归的百分之一。想到宋嘉远，周雨棠的脸色就暗了几分，条件反射地用目光去寻找季辞，结果刚好看到季辞正鬼鬼祟祟地朝着大门走去，走两步躲一步，似乎在跟踪某人。

周雨棠当即悄悄跟上去，藏在柱子后观察，此时只有一人出了宴会厅。

是赵淮归。

被季辞碾压的恐惧感如电流般滚过周雨棠全身，先是宋嘉远，如今又是赵淮归！她灌了一大口葡萄酒，靠着酒精冷静了一下。随后，她对一旁的服务员招招手。

“小姐，请问需要什么？”

“找一把小剪刀给我。”

第二章

这男人就是浪漫终结者

季辞没能跟出去，因为她半路被周雨棠拦了下来，两个人又吵了几句，突然大厅的灯光毫无预兆地全部熄灭，所有厅门都被服务员关上。

八点半了，到了寿星公吹蜡烛许愿的环节，会场漆黑一片，仅有的光亮来自蛋糕上的六根蜡烛。众人围绕着寿星公，乐团开始现场演奏舒缓的轻音乐。在黑暗中，季辞看不清路，只能原地站着，过了两分钟，她突然被撞了一下，黑暗把一切都藏了起来。这时，她突然感到后背一凉，但那股冰冷的凉意转瞬就消失不见。

三分钟后，蜡烛吹灭，大厅的灯光齐齐亮起。突如其来的光明让季辞眯起双眼，而厅内已不见赵淮归的踪影。

苏皓白走过来，递给她一块生日蛋糕。淡淡的动物奶油入口即化，香甜可口，季辞忍不住多吃了几口，结果就是口红都要舔没了，她只好去洗手间补妆。

“要我陪你去吗？”苏皓白挖了一勺奶油放进嘴里。

季辞用凉飕飕的目光盯着他：“你要不要帮我上厕所？”

苏皓白笑个不停，挥挥手让她赶紧走，真的懒得管她了。

云枫酒店是上京城新开的七星级酒店，季辞还是第一次来，全程跟着指示牌找洗手间。整座酒店采用的是中式风格，曲折的木质回廊，四周垂着帘幕，灯是雕花灯笼造型，空气中浮着一股蜜香味。

一路走过，静谧无声。

前面是一个拐角，季辞听到那边隐隐约约传来了说话的声音，她并未多想，快要拐过去才发现廊道中间有人在打电话。打电话的人沐浴在昏黄的灯光里，少了几分清冷，多了几分慵懒。季辞屏住呼吸，慢慢退后两步，重新回到拐角处，打电话的男人并没有发现。

四周是寂静的，唯有一颗心在寂静中跳得汹涌。

季辞小心翼翼地深吸一口气，心里有了决定，她抬起手把固定耳环的耳堵取下来，仅剩下一根细细的银针挂在耳垂上，钻石流苏摇摇欲坠，仿佛下一秒就会掉落。她又从晚宴包内掏出手机，先打开微信界面，然后踩着七厘米的高跟鞋，从拐角处走了出来。

赵淮归一脸阴霾，见电话那头的人还在说废话，他冷漠地打断："三叔，再提醒您最后一次，现在赵家在国内的生意，是我说了算。"

不顾那头的人欲言又止，赵淮归直接挂断了电话。他抬手看了一眼腕表，已经八点十五分了。今晚是何叔的生日宴，人来过，礼物也送到了，也就没有必要久留，黎栎舟一群人还在宸南公馆等着他开藏酒。正给司机发消息时，背后传来一阵脚步声。

尖细的鞋跟踩在柔软的地毯上，发出厚重的声响。赵淮归眼底划过一道锋利的光芒。他面无表情地转身，暖暖的光影让他的五官多出几分柔和，只是目光愈加冰冷。

长长的廊道，并排大概能走两个人。一个女孩出现在拐角处。

天青色的长裙在灯笼的流光下，像清晨薄薄的雾色，又像缥缈的烟雨。女孩并不看路，心思全沉浸在手机上，手指飞速地敲击键盘，应该是在和朋友聊天，偶尔还笑出声。赵淮归看了一眼头顶悬着的洗手间指示牌，眼底的冷戾这才散去。最近家里有人不安分，有暗地里监控他私人账户的，有私底下拉拢他下属的，脑子都不用在正途上，反而专挑邪门歪道走。前几天保镖甚至揪出两个意图不轨的人，背后的人倒是聪明，专挑漂亮的女孩子，想用女人让他栽一把。

赵淮归收起手机，避开这个不看路的女孩，就在两个人即将擦肩而过时，女孩却崴了脚，低低惊叫一声，跌撞着朝他扑来。

赵淮归蹙眉，迅速侧身躲过。

季辞摔得挺惨，就这么给面前的男人跪了下去，还是标准的行大礼。

季辞脑子里一片空白，第一次不小心就算了，这第二次见面就直接给他……跪了？

可是比起跪不跪的，季辞更蒙的是赵淮归的第一反应。这题难不成是超纲题？不该是正常男人都能答对的题？小孩子都知道漂亮姐姐摔倒了，得去伸手扶一把。他躲什么躲？

季辞的膝盖好巧不巧地跪在了那一圈镶嵌着珍珠的裙边上，一阵钻心的疼痛袭上头皮，额头上瞬间沁出了冷汗。本来还想着要发挥好一点，现在大可不必演了。她是真的很疼，疼到泪花都出来了。

在疼痛之余，她仍旧不忘把耳环拨下来，悄悄扔在了男人脚边。

“不好意思啊，这位先生……没有撞疼你吧？”甜软的声音里，带了点委屈。

季辞缓缓直起身子，用手撑着地，斜腿跪坐，扭腰时裙摆旋了旋，露出交叠着的脚踝，像海报里慵懒侧卧的美人。

撞疼？他们连碰都没碰到。

赵淮归居高临下地扫了季辞一眼，又面无表情地收回视线。他退后两步，看样子打算从这堆障碍物旁边绕过去。他全程冷漠脸，一个字也没说。

气氛顿时有点儿尴尬。

季辞承认她的确摆了造型，摔倒也要像被潮水推上海滩的美人鱼。只可惜，这男人眼神不好。

就在赵淮归要成功绕过她时，季辞下了决心，不行，不能就这么算了。女孩陡然间打了鸡血似的，精准地抓住了男人的袖口。五指攥紧，揪着衣服慢慢站了起来。女孩的手软绵而有温度，像被火光烤暖的玻璃罩子，光滑且温暖。感受到手腕处突如其来的暖意，赵淮归眯了眯眼睛，冷淡的脸上终于有了一丝波澜，那个扶着他站起来的女孩，像一根水草，黏糊又缠人，人类一旦沾上就逃脱不了了。

女孩站起来后，身高只到他胸口，她咬咬唇，不好意思地主动开口打破尴尬：“不好意思，我脚崴了，不抓着您就站不起来。”

男人扬了扬眉毛，露出讽刺之色。

忽然，季辞想起什么似的，惊讶地说道：“呀，是你啊？上次我们见过的，就在铭达！”

季辞知道在这沉默的气氛里，她这搭讪多少有些尴尬。但她向来不怕尴尬，反正她不尴尬，尴尬的就是赵淮归。

赵淮归意味深长地看着季辞。他承认，面前的女孩长了一双格外纯净的眼睛，让人想起某种灵气十足的小动物。

季辞笑着等待男人回应她，过了几秒，她听到一声极轻的嘲笑。

“哦。不认识。”

“……”

“你还要抓多久？”赵淮归又开口。

季辞被堵得哑口无言。这男人就是浪漫终结者！

季辞的手指被烫了般缩了回去，赵淮归余光瞟见那抹莹白从深蓝的阴影下仓促逃开。

季辞发誓，气氛变得尴尬绝不是她的原因，是赵淮归无趣又无情。

本来这将是一场美妙的罗曼蒂克电影的开端，她是电影里柔弱的女主角，他则是英俊不凡，出手相救的男主角。然而剧本没有按她的设想来，因为男人完全不按套路出牌。

季辞很识时务，她收起甜美的微笑，换了一种对陌生人的疏离的浅笑。她理了理凌乱的发尾，声音压低了几分，全然没有刚刚的羞涩：“不好意思，让您见笑了。”话落，她提起长裙的前摆便向前走去。

两人擦肩而过。

女孩的裙摆如一捧烟雨，拂过赵淮归的裤脚、鞋面，触感是柔软的，空气中氤氲着一股鲜辣的玫瑰香。香味侵袭而来，赵淮归的呼吸不自觉地放轻，恍惚间一种割裂感将他撕扯成两半。

矛盾，飘忽，难以掌控。

他并不喜欢这种感觉。

季辞走得决然，可慢吞吞的步伐还是透露出她在做最后的挣扎，这条并不算长的走廊，她走了很久。

既然男人不吃英雄救美这一套，那欲擒故纵吃不吃？反转有没有？

地毯上躺着一枚造型独特的蝴蝶耳环，粗心的主人把它遗弃在这里。走廊不长，季辞已经不能更慢了，再慢就穿帮了！

赵淮归并没有立即离去，他在处理那丝莫名其妙里多余的情绪，不经意间低头，一抹钻石的光泽撞进了眼睛里。就在看见耳环的刹那，赵淮归的表情恢复冰冷，嘴角也多了一抹玩味的笑。原来如此，“意外”并非意外。这一次不是，之前在电梯里，是不是也不是？

季辞即将走到走廊尽头的拐角处，仍旧无事发生，她深深吸了一口气，强迫自己微笑。很好，这个男人并不吃欲擒故纵这套。

也许赵淮归不是眼神不好，他压根就是个瞎子。她竟然还怕赵淮归不好意思主动，特意留了个耳环给他。可钩子、鱼饵都放在那儿了，鱼儿却不上钩。难道她就一丁点的魅力都没有吗？

原来大学时挑灯熬夜看的那些言情小说里写的都是假的，什么身为总裁的男主角就对又傻又天真的女主角情有独钟，这些全是假的。

身后什么动静都没有，季辞想，赵淮归说不定都走了，那她还凹什么造型。她不知道赵淮归仍站在原地，即使微信群里已经催他好多次了。

他看着季辞慢吞吞的背影，忽然觉得心情愉悦，他觉得事情好像变得有那么点意思了。

赵淮归上前两步，弯腰将那枚耳环捡起来，顺手放入西装口袋。前面的季辞已经摊牌不装了，原先挺直的背脊萎靡不振地弯了下来，也不再摆优美造型，她累得慌。

就在这时，身后传来一道低沉的声音：“小姐。”

季辞瞬间愣住，下一秒迅速抬头、收腹、挺胸，精致的蝴蝶骨翩翩欲飞。她缓缓转过身去，一双大眼睛带着三分无邪，两分懵懂，迟疑了几秒，才轻轻柔柔地开口：“您是叫我吗？”

说罢，季辞假装看了看周围有没有其他人。

赵淮归：“……”

这就演过了！

季辞眨着灵动的大眼睛，笑意盈盈：“先生，您有什么……”

话还没说完，赵淮归冷静地打断她，声音不带任何情绪，甚至有些冷酷：“你的拉链崩开了。”

季辞：“……”

崩！这个字妙啊！

放在高中语文卷子里要出专门的炼字题。请问这句话中最生动传神的是哪个字？请问作者用这个字是想表达怎样的情感？

季辞回答不出来。

大概是侮辱她吧，侮辱她太胖了！可这件礼裙根本没有拉链，背后是用一条丝绒系带连接起来的。

她在心里冷笑一声，手还是犹豫地往后背探去。结果触到一大片裸露的肌肤，突兀的透明内衣带子……，等等！丝绒蝴蝶结呢？指尖疯狂游走，终于在侧面捉住了一根摇摇欲坠的蝴蝶结，活像挂在枯藤上的葡萄干。

系带不知道什么时候从中间断裂了。

季辞的笑容瞬间凝固，尴尬到浑身僵硬。她不需要抬头就能感受到男人灼灼的目光，所以她刚刚摆出来的妩媚造型以及优雅背影……论出师未捷身先死，她季辞要留个名。

在赵淮归无情的注视下，季辞身体逐渐变得冰凉，后背冒出涔涔冷汗，可脑子却是清醒的，她迅速归纳出两套公关方案：第一，把脸一捂，赶紧跑，从此看见赵淮归就躲得远远的；第二，死皮赖脸耗下去，只要她不尴尬，尴尬的就是赵淮归。

季辞耸了耸小巧的鼻子，管不了那么多了，下一秒，她骤然抬头。

她就不信了，会有男人不吃这一套！

下一秒，赵淮归陡然对上女孩湿漉漉的大眼睛，怔了一下。

狭长的廊道，暧昧的灯光，女孩的头发微微凌乱，于精致之外添了份慵懒感，眼尾显出一抹嫣红，晶莹的泪珠子似是随时都会滴落，活像一只被他欺负的可怜小兔子。

赵淮归嘴角僵住，这是演的？演得还挺好。

季辞就这么手足无措地看着他，双手不停绞着裙纱。

“我……我……”她似乎要急哭了，就这么看着……不，盯着赵淮归。

终于，男人喉头滚动了一下，开始面无表情地解西装纽扣。

季辞咬唇，脑中思绪翻涌。这是要脱下外套给她披上？视线中男人慢条斯理地脱下西装，没了外套的遮掩，男人精壮紧绷的肌肉更加明显了，季辞喉咙发痒，看着他离自己越来越近，双手快把裙纱绞出洞眼。

两人的距离从五米，到三米，两米……最后赵淮归站到了她面前，季辞的心跑到了嗓子眼，男人身上清淡的佛香钻入她的鼻腔中。

季辞咽了咽口水，矫情的“谢谢”两个字正要脱口而出，眼前突然一片黑暗。从天而降一件带着余温的衣服，盖在了她的头上。

如果把你扒光了扔在大街上裸奔，身边只有一块遮羞布，你选择遮哪里？赵淮归替她做了选择——遮脸。

季辞收起笑容，没动。她现在装死还来得及吗？

赵淮归俯视着季辞，看着一动不动的她，只有垂落在裙纱处的手还在微微颤抖，泄露了她此时此刻的心思。

男人眉毛轻挑，哧了声：“演得不错。”

随后头也不回地朝宴会大厅走去。

四周是前所未有的安静。

此时，被衣服蒙住头的季辞脑中只有一个念头——赵淮归他没有心。

晚宴没过半，季辞就和苏皓白说先回去了。苏皓白看着季辞无精打采的样子，只觉得奇怪，刚才和周雨棠斗嘴的时候不是挺生龙活虎的吗？

“你怎么了？”

季辞冷笑。怎么了？她被赵淮归辣手摧花了。

苏皓白注意到季辞身上披了件西装外套，问道：“你很冷吗？”

他用手指戳了戳，大热天披个外套也不嫌热得慌。男人穿西装是没办法了，他也想穿宽松凉快的T恤。

季辞身上披的西装外套质地高级，绸缎料子，触上去滑而冰凉。只是这衣服的颜色和款式怎么有些眼熟？好像在哪儿见过。

不过，苏皓白一时也想不起来到底在哪儿见过这件衣服。

季辞瞪他一眼：“你废话这么多？”

苏皓白闭嘴，委屈极了。

敷衍几句后，季辞把苏皓白扔在宴会厅，自己去了停车坪取车。

停车坪里没几个人，四周又黑又静，能听见晚风流连耳畔的声音。季辞披着宽大的外套，娇细的身躯几乎隐没其中。停车坪分了好几个区域，从A到E，季辞方向感很差，绕了好几圈，车没找到还把自己给绕晕了，她只好掏出车钥匙去感应。

昏暗中，车灯在不远处闪了闪，季辞拢紧外套加快步伐朝车子走去，还未走近，依稀瞧见有人倚在旁边的一台车上。男人身形的轮廓和夜色融为一体，唯有零星点点的猩红色火光在指尖跳跃。

赵淮归没让司机把车开到酒店门口，自己走去了停车坪，在晚宴上喝了几杯，走一段路权当醒酒。到了车旁，他也不急着上车，反而在后备厢找了一包没拆封的烟，撕开塑封，抖了一支夹在指尖。

这行径，司机觉得奇怪。

赵淮归是个完全没有烟瘾的人。从大学开始，身旁就有不少狐朋狗友算计着想把他拉入伙，他都没被带坏。即便是现在，除了应酬时陪着抽两口，私下里也决计不会主动找烟。赵千初嘲笑他，看上去是个风流公子哥，谁承想他恶习一概不沾，还挺三好的。

赵淮归倚着车门，打火机顶端绽放出火花，就着快被风吹熄的火苗，他迅速点燃，抽了一口。烟味很淡，混着一丝红酒味，温柔的月色下，灰色的烟雾凝在他冷峻的侧脸旁。

季辞定睛一看，心底不由得飙出一句脏话。

这人阴魂不散啊！这么巧？不可能。

她明明记得停在旁边的车是一辆白色的宾利，现在却换成了赵淮归那辆雪松绿的劳斯莱斯。本着能躲就躲的原则，季辞马上蹲下身，把西装翻过来套在头上，一张脸被蒙得严严实实，只留下一双眼睛看路。

她放缓步调，猫着身，悄悄往车门边摸过去。

可赵淮归像能未卜先知，预料到了身后有人靠近，他深深吸了一口烟，慢悠悠地吐出烟圈，随后他掐着点回头。

季辞顺利地摸到了车门，要拉开钻进去的瞬间，被赵淮归的目光捕捉到了。这个男人非但不打算收回目光，还一动不动地盯着她，像一头嗅到了血腥味的狼。

季辞汗毛直立，决定原地装死。

赵淮归抬手吸了口烟，毫不避讳地上下打量她，眉毛挑了一下，像是在看一场好戏。

季辞满脑子都是问号。

他这表情什么意思？该不会以为自己是来找他的吧？

还挺自信。

想到这里，季辞气到发抖，觉得被侮辱了。她倏地站直，一把将西装外套从头上扯下来，动作很粗暴，精心打理过的长发在瞬间变得凌乱。也没多想，她拿着外套就走上前去，手臂一伸，杵在了赵淮归眼前。

“喏，还给你。”季辞抬高手臂，晃了晃。

赵淮归脸上依旧没什么表情，只是在季辞扯下外套的瞬间，他幽深的眼眸动了动，眼里的惊讶一闪而过。他靠着车身，任指尖的烟缓慢地燃烧。

半晌后，男人的嘴角弯出微妙的弧度，他哼了一声。

哼她？季辞愕然。

阴阳怪气的男人就该立即被拖出去打死，赵淮归这种骄纵狂妄的人放在宫斗剧里保准活不过一集。

“你留着吧。”赵淮归漫不经心地弹了弹烟灰，口气很是随意。

季辞冷笑，面色丝毫不显山露水，语气仍旧娇软：“那怎么好意思呢？我都不知道你是谁，怎么能拿你的东西呢。再说……这件外套看上去价格不菲，我不能拿呢。”尾音拉长，稍显做作。

我都这么给你台阶下了，若你肯主动交代你是谁，让我有搭讪的可能，我可以考虑原谅你的过错。

不知道他是谁？赵淮归挑了挑眉毛，目光越发意味深长。

他说：“你留着。我从不要别人碰过的东西。”

真跩。季辞还是低估了这个男人，若非她是受害人，她真的要给他鼓掌，他简直跩出了别家总裁没有的风格。

老话说，时尚易逝，而风格永存。那赵淮归的风格大概是——跩。杀伤力堪称寸草不生，前来闯关的姐妹们轻则落泪，重则心碎。可季辞不死心，非要啃这块硬骨头。

季辞上前两步，柔声说道：“那我拿回去干洗一下再还给你？你放心，不会给你添麻烦，不如你留一个号码给我？我洗干净了就给你送回来。”说完，她委屈地耸了耸鼻子，怯怯地咬唇。

你若是肯给我电话号码，我就勉为其难再原谅你一次。

赵淮归没搭话，咬着烟嘴，换了个更舒服的姿势倚靠在车上，顺便打量季辞。季辞觉得他像是在狩猎，那模样看着太有耐心，他不说话的时候季辞觉得他是在故意折磨她。

就在季辞扛不下去时，一阵铃声骤然响起，是赵淮归的手机。他接通电话，那头闹哄哄的，听上去像在聚会。

“老赵，什么时候来啊！这都几点了，大家都在等你！”

四周很安静，电话那头的声音很大，季辞听得清清楚楚。赵淮归没有调小音量，根本不在意季辞有没有听见他们的谈话。

他语气极淡：“让他们等会儿，就来。”

“你这是干什么去了？不会又被哪个女人给缠住了吧？”

这句话音量堪称巨大，季辞很不幸，听得一清二楚。对面话落，赵淮归抬眼看了看季辞。

季辞觉得莫名其妙，你看我做什么！我又不是那些为你疯魔的女人！但她的脸色在不知不觉间涨红了，耳尖也红红的。

“没。”赵淮归回答电话里的人。

季辞泄了口气。

“那你在做什么？”黎栎舟打破砂锅问到底，他听着赵淮归那头安安静静的，不像在晚宴上。

赵淮归顿了一下，目光辗转在季辞绯红的小脸上，一字一顿地说：“看表演。”

季辞收起笑容。

黎栎舟：“看表演？哪个女明星啊？改天我也喊她来宸南演一段。看看是什么表演把你迷得连兄弟都忘了。”

“你请不到。”赵淮归抽了口烟。

黎栎舟愣住：“什么意思啊？”

赵淮归看着季辞一点一点往下耷拉的嘴角，明明是气鼓鼓的，却还强撑着笑意，那笑容比哭还要难看。

赵淮归笑了起来。

男人笑起来的时候格外显少年气，少了故作玄虚的冷漠与疏离。此时他的笑容是愉悦的，是轻快的，也分外迷人。

随后，他动作利落地碾灭火星，烟雾随风飘散开来，有几缕调皮地钻进季辞的鼻子里。季辞闻到了苦涩的烟草味，还夹带着一丝酒香。

“喂？老赵！你给我说清楚，这上京还有我黎栎舟请不动的女艺人？”

“眼前这个……怕是不行。”

这句话信息量巨大，黎栎舟一时没反应过来。可没等他说什么，赵淮归就干脆利落地挂断了电话。

四周又一次陷入死寂，随着一起陷入死寂的还有季辞的心。季辞抿了抿唇，思索几秒后，发现受不了这委屈。都是爹生娘养的，还是受过九年义务教育的优秀接班人，赵淮归他凭什么这么目中无人？

下一秒，季辞冷笑着猛然抬手，泄愤般把外套摔在了赵淮归的车头上，铂金纽扣砸在劳斯莱斯上，发出清脆无比的声音。

“外套放在这里，我走了。”她转身朝自己的车走去，连个眼神都不屑浪费了。

赵淮归依旧平静，只是眼眸更幽深了，他还是开了口：“你就这么回去？”

他指的是季辞光裸的后背，以及露在外面明晃晃的内衣肩带。

季辞霍然转身，她很倔强：“怎么？不行啊？碍着你啦？穿不穿有什么区别，反正脸都丢光啦！”

此时的她跟一个发脾气的孩子没什么区别，任性娇纵，说着赌气的话，唯有天真不谙世事的人才能如此自然。又或者，是城府极深的人。

赵淮归眉心皱了皱，刚准备开口，就听见两个短促的字。

“拜拜！”

季辞索性破罐子破摔，反正这男人哪套都不吃，那就别浪费她表情了。她从小到大就没追过男人，但她想得通，偶尔女追男也挺好玩。但现在因为赵淮归的冷漠无情，她有预感，如果继续下去，赵淮归能当场翻脸。

赵淮归并不知道季辞内心的七弯八绕，只是皱眉看着那扎眼的雪白肌肤。就在季辞预备拉开车门时，他拿起外套披在了她身上。

“穿好。”冰冷的两个字，带着命令的意味。说完，赵淮归拉开车门坐进了车里，司机随即发动引擎。

夜色下的劳斯莱斯像一阵午夜无情的风，飞快消逝在黑暗里。渐行渐远的尾灯拖拽出两道星痕，季辞就这么看着，直到星痕被黑暗吞噬。

她越发看不懂赵淮归了，手不小心伸进了外套口袋，触到一个尖锐而冰冷的东西，拿出来一看，是一枚耳环，她偷偷扔在赵淮归脚边的那个耳环。

她以为他没有看到。

寓意着破茧成蝶的钻石耳环，静静地躺在她的掌心里，好似一场翩翩起舞的梦。

季辞盯着耳环看了许久。

赵淮归这到底什么意思?

转瞬一周过去，季辞为了公司的事忙得焦头烂额，拆东墙补西墙，补来补去还是有巨大的窟窿填不上。承建商疯狂地催款，她一天能接一百个电话。张谨华在这期间打了两通电话，只要张谨华提到赵淮归，季辞就笑而不语，或是打太极，达到无中生有的最高境界。

张谨华也不知道哪根筋搭错了，对她这边充满了迷之信心。铭达这条线是绝对不能断掉的，季辞吁了一口气，捏住钢笔，在纸上写下三个凌厉的大字。

赵淮归。

看了两眼她觉得不满意，又在下面认认真真地画了一只小猪，还在中间加了一个箭头，还没来得及好好欣赏这幅佳作，一旁的手机响了。

季年："姐，救命！爸和妈打起来了，我这顶不住了！"

季辞匆匆忙忙地把桌上的东西塞到抽屉里，拿上小包冲出办公室。

季家的房子在城东一个老别墅小区里，自家集团开发的。位置好，就在明澄湖边，风景优美，远离市井喧嚣。当年季辞一家人住进去时，周围并不发达，近几年政府大力开发城东新城区，光大型商场就建了三个，还修建了连接高架桥的环湖高速，使得这儿的房价一路见涨。

车还没停稳，季辞就听见房子里传出一阵"丁零哐啷"的声音。听着这声音，她的心都在滴血，这砸的可都是钱啊。

"说的就是你！不是你花钱大手大脚，我怎么可能连做美容的钱都刷不出来！"

"你那黄脸做美容也是浪费钱！"

苏静语保养得宜的脸蛋气得通红，颤抖着声音："离婚！这日子过不下去了！"

季盛澜抱头躲在沙发后面，依然嘴硬："离婚就离婚！"

"那就离！不离是狗！"

"我是狗都离！"

季辞站在门口，脑袋嗡嗡直响，她深吸一口气，嘴中默念："莫生气，别人生气我不气，我若气死谁如意……"

待情绪平复下来后，她才推门而入："季年，去把这两个败家的结婚证找出来！现在就去民政局！"

苏静语和季盛澜停下争吵，双双朝大门望去，季年则抱着抢救下来的昂贵花瓶，呆若木鸡。

"季年你跟季盛澜，我跟苏静语，我明天就改名叫苏辞。"

"这栋房子留给我，城北的房子给季盛澜，城南的都给苏静语，公司你们也管不了，留给我。就这样，财产也分好了，民政局去不去？"季辞端起水杯喝了一口水，"办好了，明天各过各的。"说完，"啪"一下把水杯重重放在桌面上。

三人皆是一颤。

季年默默把花瓶搁一边，他就纳闷了，怎么他就什么也没分到？

"辞辞别生气，生气就不漂亮了。"季盛澜最快反应过来，一脸讨好地笑着。

季辞瞪他一眼："走不？"

"现在去民政局人家也下班了。"季盛澜想着快点给混过去。

季辞面无表情："明天早上八点，我叫你们起床，送你们去。"

苏静语吸了吸鼻子，委屈巴巴地跑过来牵女儿的手："辞辞，别生气了，我们开玩笑呢。你说是不是，姓季的！"

季盛澜摸了摸鼻子，立马和苏静语统一阵线："是啊，开玩笑开玩笑，哈哈……"

季辞指着地上的碎瓷瓶，散落的鲜花，沾水的沙发抱枕，冷笑道："说吧，这次打架又是因为什么？"

吵架的两个人规规矩矩地坐在沙发上，中间还隔了个长抱枕当作三八线。季辞在心底冷笑一声，幼不幼稚！

苏静语抢先一步开口："你爸爸不知道从哪里弄来了邀请函，说是要去邮轮上玩，还是去澳洲的航线。我说不准去，他就和我翻脸！”

季辞这才看到桌角上静静躺着的卡片，问道：“就这个？”

这是一张很精致的邀请函，黑色珠光卡纸，金蓝色的烫字，样式极为简洁，透着高级感。

请柬上只有一行字——诚邀您参加摘星号之旅。

给人一种“你爱来不来”的高冷感。恕她直言，骗子都比这组织者的文化水平高。可季辞没敢嘲笑这张莫名其妙的邀请函，因为落款人是沈常西，鼎鼎大名的沈家沈三公子。

季辞陷入沉思。

这位沈三公子沈常西自小流落在外，几年前才被沈家找回来，沈老太太宝贝他宝贝得不得了，光是一个生日就宴请了全城名流，还当场赠送了百分之五的股份给沈常西当作生日礼物。

如果邀请人是沈常西，那这事就有些意思了。

“爸，你什么时候和沈常西扯上关系了？”

季盛澜也说不出个所以然来，他绞尽脑汁也只想到他曾经参加过沈常西的生日宴，敬过一杯酒，除此之外并无其他交集。

“辞辞，爸爸觉得这事不好回绝，怎么说邀请函也是沈家送来的。”别人想要都拿不到呢，邮轮派对他还没见识过，听说很好玩。

苏静语瞧不上季盛澜那兴奋样，像要出门放风的狗，疯狂地摇尾巴。

“不准去。”苏静语的声音又娇又尖，像拨了一段抑扬顿挫的琵琶，刺得季盛澜心一颤。

季辞没搭理，拿起桌上的卡片，里层居然还夹着两张船票。从上京到悉尼，为期三天。沈常西的邀请显然不能回绝，她又不放心季盛澜一个人去，毕竟她爸太蠢了，这些年不知道被人骗了多少钱。

她平静地看着船票出神，开口说道：“我和你一起去。”

苏静语觉得这方法不错，季盛澜则觉得五雷轰顶。季辞拍板，计划就这么定下了。

船票的日期是八月十日，还有八天。

季辞一家人前两年去过澳洲，签证没有过期，不需要另办，直接清好行李就万事俱备，只等出发了。

季辞洗完澡，把精油细细地抹在头发上，然后包着浴巾帽一边等精油被充分吸收，一边趴在床上玩手机。

她的卧室很大，是二楼最宽敞的主卧，典型的法式少女风，很是文艺。墙面是玫瑰色，搭配灰紫色的丝绒沙发，地上铺着小豹子图案的地毯，墙面上挂着大大小小的复古金色雕花相框，里面全都是她自己的照片。

衣帽间则做了一个拱门，四周嵌了石膏浮雕线，角花是精致的玫瑰天使图案，墙角处摆放着一个插了马醉木的碧色瓷瓶。季年曾经评价说，这是一种中看不中用的矫揉造作的文艺风，但和季辞很般配。

地毯上摆着一台A9音响，里头传来的歌曲曲风飘忽不定，上一首是嘻哈下一首是民谣，能让人精神错乱。季辞晃悠着小腿，跟着音乐一起哼唱，没有一个音在调上。

“姐，我给你发红包，你别唱了行不行？”

从小到大，季年的耳朵没少受到季辞歌声的摧残，不论尖叫或者是唱歌，都是用不同方式在折磨人。

季辞翻身坐起来，身上的真丝睡衣微微晃动，像一湖碧蓝的春水。

“红包呢？发！”

季年老实地打开手机，发了五块二毛钱，季辞边收边吐槽，又问他最近怎么样。她听了他发的新歌，其中有一首她单曲循环了一天。

季年正在读大四，和几个爱好音乐的同学组了个乐队，季年负责作曲、填词兼主唱，之前把自己创作的歌曲发布在网络上后还小火了几首，如今粉丝也有小几万了。

姐弟俩都长得好看，都是长相纯真的那种好看，这种长相放在女孩身上是甜美，可放在男孩子身上就显得女生气了。

“姐，你真的打算和老爸去参加沈家的邮轮之旅？”季年问她，一双清水般的眼睛在灯光下格外清澈。

季辞的纯偏向于灵，季年的纯则是乖。

“你以为我想去吗？得罪了沈家，我们公司就离倒闭不远了。”

最近一段时间发生了太多事，各方都是得罪不起的人物。

季年虽然不懂公司里的事，但也是从小在上京名流圈里长大的人，知道其中的复杂与厉害，他想了想，吞吞吐吐地猜测：“会不会是沈常西喜欢你，找个理由把你骗过去？”

季辞一愣，哈哈一笑：“你以为你姐是天仙？”笑过之后，她认真地道，“勉勉强强吧。”可惜了某人没这福分，消受不起天仙。

季年很尴尬，看着季辞的头发跟草窝一样堆在头顶，衣服皱成了纸花，坐没坐相，笑得东倒西歪的。

天仙？癫痫吧。

“他不是我喜欢的类型。”

季年一顿，随口问了句：“那你喜欢什么类型？”

喜欢哪种？踐的。

脑海中顿时浮现出赵淮归那张踐脸。

她打听到赵淮归没有女朋友，甚至连前任也没有，更没有所谓的订婚对象。不愧是赵淮归，所到之处寸草不生。

季辞想着想着，脑子里的赵淮归突然哼了一声，一双深邃的眼睛里满是嘲弄之意。

“关你什么事！”季辞气愤地骂了一句。

天降横祸，无辜的季年被飞来的大鸭子砸中脑门。

他心想：季辞的病真是越来越严重了。

第三章

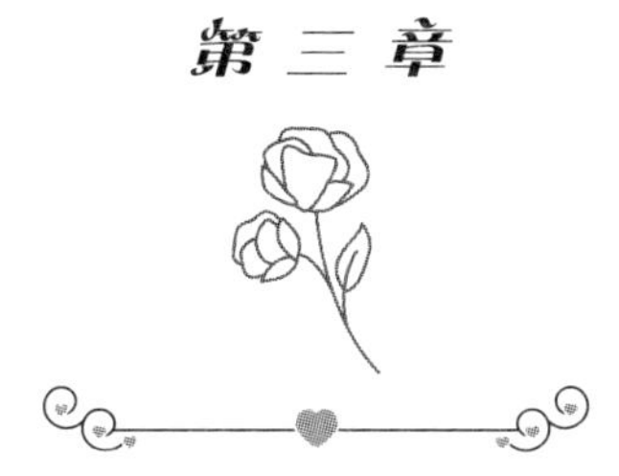

被你看上的女人可真惨

赵公馆今晚灯火通明，偌大的庭院点满了盈盈灯火，夜空是一张漆黑的纸，漫天闪烁的星星是洒在纸上的金箔粉。

赵淮归清行李时才发现护照落在老屋了，这天应酬后就回了赵公馆，平时他要么一个人住在市中心公寓，要么住在固定的酒店。

赵公馆是一栋民国时期遗留下来的建筑，前后各带一个大型花园，林木葱茏，四季花开，四周砌了高墙，真正应了“高门大院”四个字。

赵淮归穿着浴袍从浴室走出来，发尾还带着水，他嫌吹风机声音吵，只用毛巾擦头发，利落的碎发散了几绺在额前，让男人凌厉的眉眼稍显柔和。

旋开落地灯，就着静谧的灯光，赵淮归躺在沙发上，双腿自然交叠。一旁的茶几上零散地摆了些简单的东西，一盒纸巾，一本《金刚经》，以及竹筒样式的花瓶。最抢眼的是那个样式繁复华美的檀木首饰盒，扣锁开着，一小寸银光从缝隙中漏了出来。

赵淮归看着檀木盒出神，过了一会儿，他才移开目光。门突然被推开，赵淮归动作迅速地准备把檀木盒扣上，只可惜晚了一步。赵千初眼尖，推门时就瞟到了桌上的盒子，这盒子她三年前见过。

“破盒子还留着？”赵千初挑了个单人沙发坐下。

赵淮归冷冷地瞥她一眼：“进我房间要敲门。”

赵千初挑了挑眉，即使是坐着，背脊也挺得笔直：“第一，叫姐，我比你早出生三分钟。第二，打小我进你这门就没敲过。”

“找我？”赵淮归利落地把檀木盒收进抽屉里，防贼一般设下指纹锁。

赵千初面无表情地看着，轻哼了一声，姐弟俩长了一张如出一辙的冷脸。只是赵千初长相更妖媚，眼睛是偏狭长的桃花眼，眼尾挑起，唇峰分明，鼻梁高挺。可惜，她的气质太冷了，冲淡了那种妖媚感。她不仅冷，还傲气十足，更拥有让众人退避三尺的家世，一般男人不敢靠近，只能默默仰望。不过她根本不需要男人，上京城谁不知道赵家大小姐只爱一个东西——钱，她只致力于赚钱和花钱。

赵千初就是一个冷漠且无情的赚钱机器。赚钱，乱花钱，再继续赚钱。她热爱这种无聊的人生。

“你不是要去澳洲？给我带一点东西。”赵千初说完就往赵淮归的微信里发了一张清单。

赵淮归点开图片，扫了一眼，是一张长长的购物清单图，从奶粉到身体乳液，从城市限定款包包到本土设计师的连衣裙，一行行罗列下来，至少能塞满五大箱。

“这是一点？”赵淮归冷着脸。

赵千初挑眉：“一点点。”她加了一个点。

没等赵淮归拒绝，赵千初就拿起手机，自言自语道：“不如我去找黎三弟弟弄张船票。”

赵淮归深吸一口气，重新点开微信，把那张清单图当着赵千初的面保存下来，声音难得地温和：“我给你带。”

赵千初十分满意，她优雅地起身，居高临下地看着自己的乖弟弟，说了一个字：“乖。”

赵淮归扯出一抹假笑：“拜。”老妖婆快滚！

赵千初的目的达到了，一点不生气。

其实这些东西她根本不用赵淮归给她带，直接给助理发购物清单，甚至连收货也不用她，底下人全给漂亮地办好。可她就是要给乖弟弟找点事做，不然没有心的赵淮归就要忘了他在这个世界上还有个姐姐。

压制赵淮归是赵千初除了赚钱以外最开心的事了。

离开的时候，赵千初意味深长地看了一眼落锁的抽屉：“哟，相思病还没好？”

赵淮归凌厉的眼刀霍然飞向她，怒道：“滚！老妖婆。”

离出发还有一天，季辞发现自己竟然没有泳衣。其实也不是没有泳衣，是她大学时买的泳衣太幼稚了。

季辞承认学生时代的她品位真的……土。

大学毕业后，她也不知自己怎么突然就顿悟了，学会了在穿衣上做减法。在维持少女心的基础上，追求起了整体的高级感，衣品提升了不止两个档次。所以当她翻出大学时买的泳衣，只能扶额叹气。如果邮轮上开泳池派对，穿波点粉色连体保守泳衣无异于让别人看笑话。众人估计会把她当笑话看，奔走相告，都来瞧瞧这个家里快破产的土暴发户。

第二天吃过早午茶后，季辞约了姜茵茵让她陪自己去商场里买泳衣。姜茵茵是季辞大学时的室友，因为都讨厌周雨棠，两人一见对方就宛如找到家人一般。

“你是不知道我们领导多过分，大晚上在群里发工作消息，还要求所有人第一时间回复，不然就一个个打电话亲切问候你为什么不看群消息……太毒了，污染方圆十里的大气层。”姜茵茵一见季辞就开启了吐槽模式。

季辞边试泳衣边在试衣间里回应几句。

“垃圾领导！对！就要天天摸鱼！气死他！”

季辞一连换了好几套，姜茵茵都小鸡啄米似的点头说太美了，季辞白她一眼：“只准挑一套！要不是情况紧急，我肯定在网上买了，两三百块钱就能搞定。”

季辞并不是崇尚名牌主义者，奢侈大牌她穿，便宜好看的衣服她也穿。

“那……这件可以吗？”姜茵茵翻来翻去，仔仔细细对比后拿起一套黑色的泳衣。

泳衣是纯黑色的，胸口处是贝壳造型，细细的珍珠吊带挂在肩膀上，连体的设计在腰部处拼接了一截镂空蕾丝，正好露出纤细的腰身。

季辞怀疑地问好友：“我穿黑色会不会不好看？”

季辞的皮肤白，像涂了一层绵密的芝士奶盖，自带梦幻碎钻滤镜，这种冷白皮肤最适合黑色，可她很少穿深色系衣服，尤其是黑色。

“黑色代表性感！充满诱惑！”见季辞还在犹豫，姜茵茵疯狂鼓吹。

“我穿成这样诱惑谁？”季辞想了一圈，没找到对象。

姜茵茵翻了个白眼，嘲笑她太不上道：“当然是邮轮上最帅的男人。”

季辞不知道为什么会想到赵淮归，她若有所思地眨眨眼，如果她穿这件泳衣诱惑他，会不会被他鄙夷嘲笑到哭。

她莫名其妙地抖了抖，还好还好，没听说沈常西和赵淮归玩在一块，他应该不会去。

“那……那就这件吧。”

季辞鬼使神差地把这件泳衣买下来了，网上三百块钱搞定的泳衣，她花了一千二百块钱。买完后，姜茵茵拖着季辞去吃饭，季辞却眼巴巴地站在某大牌店面的橱窗前。

“不是说了最近买衣服只买便宜的吗？”姜茵茵攥紧季辞的手腕，让她克制点。

“可是这个牌子是我的最爱。”

季辞保证只看不买，就摸摸。

进了店内，季辞一口气试穿了三四套当季新款，价格都是五位数起，导购小姐连连赞叹，就差给她包起来等着她刷卡付款了。姜茵茵收到季辞递来的求助眼色，立刻化身“杠精”。

“这件不好看，显腰粗。”

不买。

“这件黑色你穿着显黑，不好看！”

不买。

“这件水晶镶这么多，是暴发户吗？”

不买。

过了一把瘾之后，季辞觉得这么麻烦店员不好意思，她从来没干过只逛不买这种事，想了想，干脆去二楼男装区给季年挑两件吧。

季年在季家就是一个异类，一点也不像季盛澜和苏静语生的小孩，他没有任何不良嗜好，一心一意做音乐，除了到处跑场子、驻台唱歌，余下的娱乐活动只有弹琴、健身、泡图书馆。

“你是不知道季年，他天天省吃俭用，省下来的钱都用来养乐队。他身上那套衣服总价不超过三百块钱。男孩子穿衣还是得讲究质感！他今年就要毕业了，男孩子出了社会更得讲点排面，不然连女朋友都找不到。”季辞边吐槽弟弟，边走过一排排衣架，不一会儿就挑了三四件。

“年年那身材穿啥都好看！”姜茵茵特别喜欢乖巧的季年弟弟。

季辞斜睨她一眼，眉梢一扬，声音清亮：“我拿你当姐妹，你要当我弟媳妇？别以为我不知道你觊觎我家季年……”

话没说完，季辞硬生生顿住了。

赵淮归怎么会在这里？

她眼神好，在导购推开试衣区域的丝绒门时，只是随意瞟了一眼，就看见那里头站着一个眼熟的男人。

绝对是他没错，赵淮归就算化成灰她都不会认错。他面对落地镜，应该是在试穿衣服。沙发上还坐了两个年轻男人，应该是他朋友。

这是什么无敌的缘分？季辞差点笑出声。“耳环事件”让她有了充分的信心，她觉得还可以在他身上下下功夫。

下一秒，她的笑容如和煦春风，声音也甜甜的：“茵茵啊，你说年年穿这件衣服会好看吗？”

赵淮归本来在宸南公馆安安静静地抄经，黎栎舟把他拽来了商场，说是明天就要出发了，来挑两件厚点的衣服带去船上穿。他心里明镜似的，哪里是来买衣服，这群公子哥家里的衣服多到可以开商场了，不过就是太无聊了，出来找找乐子。

“老赵啊，你也得开发点别的乐趣，你这人太无聊了！”

无聊到从不踏足商场购物，选衣服也是品牌上门服务，把当季新款搬去家里挑，不然就是私人定制，高高在上地端着，一点也不接地气。

赵淮归照旧没什么表情，有人喊他时才懒懒掀起眼皮看一眼，更多时候是头也不抬，随意地把人打发了，最后实在是不想听黎栎舟唠叨了，随便挑了件外套进了试衣间。

奢侈品牌的店面装修大多不计较空间成本，有独立的试衣区，小小的会客厅一般，私密又舒适。站在外面的季辞正盘算着该怎么光明正大地进入男区试衣间，眼珠子滴溜溜地转个不停。

“年年最近又长高了好多，这青春期的男生就是长得快，隔几个月就要大一个码……”季辞苦恼地看着导购，还没等导购接话，她继续道，“干脆我帮他试试吧，我穿过他的T恤，大概能感觉得出合不合身。”

姜茵茵只差翻白眼：“年年都二十一岁了，还在青春期？”

季辞惊讶地望着姜茵茵：“年年二十一了吗？”

姜茵茵无语，拜托，那是你亲弟弟啊！

导购愣了愣，看了一眼男区试衣间，然后秒懂，瞬间挂起职业微笑，从仓库里取出三个码递给季辞。季辞赶紧补了个妆，又整理了头发，随后挂上甜美的微笑，朝试衣间走去。

姜茵茵就这样看着季辞推开面前的丝绒门，里面赫然站着几个高大帅气的男人。

赵淮归本来就不喜欢当众试穿衣服，正准备进隔间换掉时，一道娇怯怯的声音传进耳朵里。

“茵茵，你等会儿帮我参谋下好不好呀？”

试衣厅很大，中间是深红色的麂皮环形沙发，茶几上摆着三杯红茶与点心，随着声音一起闯入的，还有一股无人区玫瑰的香味，刺破了原本空气中浮动的温润红茶香。

众人朝门口望去，以为是哪位优雅贵气的冷艳女神，没想到却是一个清纯女孩。她笑盈盈地走进来，径直地，没有任何犹豫地走到赵淮归站着的隔壁的试衣间。

黎栎舟和旁边的男人迅速交换眼神：有八卦。

赵淮归感觉来人走近，挑起了他隔壁的试衣间的门帘，他侧头看去，一双灵动的眼睛正惊讶地看着他，红唇微张，上面覆着一层晶莹的玻璃质感的东西。赵淮归想到了过年的时候，家里厨师做过的一种甜点，叫琉璃果子，藕色的荷花瓣绽放在剔透的茶冻中，轻轻咬上一口，口齿生香。

“是你？好巧呀！”季辞笑起来时眼睛弯弯的，像两轮初升的月牙。

都是第三次偶遇了，你要是还说你不认识我，这就有点儿过分了，你有本事就搞点新鲜花样。

赵淮归没有任何反应，眼神平静地从季辞的唇上挪开，转而看向她手上拿着的外套。

是男款，尺码目测L。

“穿男款？”他突然冒出一句，声音压得足够低，哑哑的。

季辞脱口而出：“当然是帮朋友选衣服啊。”

她看着怀里的衣服，觉得赵淮归这话问得莫名其妙，好端端的气氛又要被他破坏了。

下一秒，赵淮归淡淡地收回视线，冷漠地丢下一个字：“哦。”

随后头也不回地进了试衣间，门帘“哗”一下被用力拉上。

这……好新鲜。

果然，她可以永远相信赵淮归的实力。没有什么罗曼蒂克是他不能消灭的，没有什么矫情是他不可以反的。

听着门锁转动的清脆声，季辞的笑容凝固，她开始很认真地思考起一件事来——赵淮归是不是有病？

进了试衣间，季辞前前后后反复琢磨他的反应，当年高考做阅读题都没此刻这么认真。

刚才她说好巧的时候，赵淮归的表情还挺正常的，只是态度比较淡漠，毕竟他一直都是这样，她也不觉得奇怪。可是当她说完帮朋友选衣服后，这个男人立马就不搭理她了。

帮朋友选衣服怎么了？得罪他了吗？

季辞想来想去没想通，越发觉得赵淮归有病。难怪二十三岁的男人连个绯闻女友都没有，确实多少有点儿毛病。

算了，懒得琢磨，费脑子。

季辞伸手去拿扔在小方墩上的衣服，正准备把外套换上时，她顿住了。视线对焦在手中的衣服上，眼睛眨了眨，思绪一点点拨开迷雾。

三秒钟过后，她突然反应过来了。

这是男款。对，这是男款。

非常时髦的款式，牛仔外套上面是色彩丰富的刺绣图案，一看就是年轻人喜欢的款式。

领悟到这一点之后，季辞顿时有说不出来的愉悦感，愉悦之后她又变得无比冷静，甚至扬起了一抹一切皆在掌控之中的笑，很是得意。

呵，男人。不过如此。

原来赵淮归早就被她的单纯天真给吸引了。是什么时候？电梯？晚宴？是一见钟情，还是二见倾心？无所谓，这不重要。就算赵淮归表现得这么跩，这么不动声色，但季辞还是领悟出来——赵淮归吃醋了！

不就是以为她在给男朋友挑衣服所以不开心了？

幼稚！季辞一边嘲笑赵淮归原来是个闷骚怪，一边掏出粉饼，再一次补妆。补完后，又把刘海撂下两缕，这样会显得脸更小。

再套上外套，然后才推开门。

“茵茵，你说我弟弟他穿这种风格的衣服会好看吗？可我弟他不喜欢太花哨的衣服，就怕买回去他不穿。”

赵淮归正在系衬衫的扣子，听见门外传来的娇柔的声音，冷淡的表情终于有了一丝松动。她怕是不知道自己嗲声嗲气说话的声音有多做作吧？

“唉，做姐姐的，可真难。”门外，季辞叹了一口气。

赵淮归皱了皱眉，还是把衬衫扣子解开，在导购选好的衣服里挑了一件换上，推开门就看见季辞罩着大码男士外套又蹦又跳，像马戏团的猴子。

黎栎舟正和朋友说着近来好笑的八卦，看见赵淮归从试衣间里出来，惊讶地张大了嘴。这个人不是最讨厌试衣服吗？怎么还一连试了两套？

“老赵，你被绑架了？”黎栎舟惊讶地问。

赵淮归只是慢条斯理地整理袖口的扣带，手腕处的银色腕表，铂金的光藏着锐利的锋芒。他试的是一件黑色风衣，长及小腿，显得人更为冷峻，像某种精密的枪械，蛰伏在战场蓄势待发。

季辞看着镜子里的他，心猛地扑腾一下。

他很适合黑色，高级、孤傲。像雨夜中一把无声出现的黑伞，雨滴顺着金属骨架滑落，带着潮湿的夜色，渗入人的皮肤里。

镜子里，男人慢慢走近她，季辞的目光从男人挺拔的身姿，移动到那张清绝的脸，然后对上那双好看的眼睛。

季辞就这样与镜子中的赵淮归对视了，她很没出息地又被迷住了。

“好看？”镜子里的男人忽然漫不经心地开口。

“好看……”季辞自言自语。

赵淮归勾了勾唇，旋即抬头，径直看向镜中的季辞。

“什么好看？”他问。

他略凉的声音让季辞整个人陡然清醒，指尖无意识地颤了颤。

他问什么好看？

加上这次，他们不过是见了三次的“陌生人”，还未交换过彼此的名字，这问题着实显得突兀且越界了。

季辞的心无端收紧，但很快，她笑了：“当然是衣服好看呀！”

不然你以为我是说什么好看呢？

季辞扬起笑容来，水盈盈的眼睛里不含一点杂质。赵淮归听到答案，神色却毫无波澜，只是敛去刚刚的锋芒，重新恢复冷淡。

小插曲谢幕，季辞选好衣服就离开了。等到赵淮归陪黎栎舟去前台结账时，黎栎舟问他刚刚进试衣间的女生是谁，别以为他没看出两人之间的暗潮涌动。

“不认识。”赵淮归兴致缺缺地玩着尾戒。一枚精致的戒指，弹簧中嵌着一圈铆钉，像是收着利齿的某种猛兽。

黎栎舟问：“我有这么好骗吗？”

赵淮归答：“有。”

黎栎舟：“……”

最后几个男人差不多把半个店的衣服都买了下来，店员们忙前忙后，细心地对账单，把衣服熨烫后放入防尘袋和礼盒。

一名店员拿着那件黑色风衣走到赵淮归面前：“赵先生，这件外套有位小姐已经替您付过款了，那位小姐还让我们把这个转交给您。”

店员递过一张小卡片。

黎栎舟扬眉，看着那张红色卡片，内心大呼：好家伙，这姑娘厉害啊！这个操作太牛了！

赵淮归沉默地看着那张卡片，犹疑几秒后才伸手去接。拿到手刚准备打开卡片又立即合上，他冷冷地扫一眼一旁伸长脖子的黎栎舟。

“你做什么？”

黎栎舟眨了眨眼睛，一脸无辜：“看看她写了什么……”

赵淮归冷淡道：“你配吗？”

黎不配：“……”

卡片最终没有打开，被随意扔进口袋里。赵淮归晚上有一个重要的饭局，自然将这件事抛之脑后。

应酬之后，赵淮归回到公寓，静坐在沙发上醒酒。

室内只开了一盏落地灯，弧形的落地窗贯穿了偌大的客厅，玻璃外是车水马龙，万家灯火。他突然想起了那张卡片，从西装的内侧口袋拿出来，就着微弱的灯光去看。

卡片揣久之后带着一层薄薄的温度，那是属于心脏的温暖。

上面只有两行字。

——外套还你咯，我们扯平！

——另外，猜猜哪句是谎话啊？

娟秀的钢笔字，一笔一画间，可以看出写字的人很认真。卡片翻动的时候，空气中多了一丝若有似无的香气，它不属于这个寂静空间。

——当然是衣服好看呀。

这是她的谎话。

男人嘴角微弯，多了一丝愉悦，他眯了眯眼睛，仔细地瞧那张小卡片。

嗯，这字可太丑了。

天气越来越炎热，气象局连续三天都发布了高温预警。

出发当天阳光依然热辣，邮轮停在临城的母港，坐车过去大概需要一个半小时。登船时间在下午五点。让季辞惊讶的是，沈家居然还派了专车来接她与季盛澜。

上车后，季辞旁敲侧击，可是司机嘴严，套了半天话也没问出一点有用的信息。屡屡碰壁之后季辞干脆闭上嘴巴，一路上安安静静地看风景、玩手机，季盛澜则在一旁睡得昏天暗地。季辞睨了一眼自家老爹，心得多大才能在别人的车上睡到打鼾？

等候大厅的游客并不少，她和季盛澜一路跟随沈家的司机，走了私人通道，一路通畅，没有排队。登船时，季辞透过玻璃廊桥向外望去，蔚蓝的海水在阳光下波光粼粼，一艘巨大的豪华邮轮出现在眼前。

船很大，是钢铁铸造出来的庞然怪物，内部结构就像一个功能齐全的商圈，从吃喝住宿到休闲娱乐应有尽有，还有免税店、水上乐园、歌舞厅、酒吧等。季辞和季盛澜被安排在不同的房间，奇怪的是两间房并不在同一层。季辞在十五层，季盛澜则在第十层。

季盛澜的套房还算宽敞，还有一个单独的小型客厅，卧室是半落地窗设计，能一眼看到海。

“能把我们的房间换到同一层吗？”季辞问司机。

上下隔了五层，联系很不方便，她答应了苏静语女士，要牢牢看着季盛澜，不让他闹出乱子来。

司机面露难色：“房间都是提前安排好的，临时调换，可能会引起其他乘客的不满。”

季辞觉得在别人的地盘上要求不能太多，也就没再说什么，跟着司机上了十五层。

十五层明显更奢华。等到房间门打开后，季辞愣住了。

房间非常敞亮，比季盛澜那间套房大了数倍，全玻璃结构的长弧形客厅，视野极佳，蔚蓝的海洋尽收眼底，滑开玻璃门就是露天小花园和私人泳池。房内带有独立的厨房、衣帽间、书房、影音室等。甚至还有一个独立的观景房，玻璃吊顶，晚上躺在软软的地毯上看星星正好。

甚至还配备了专属私人管家，桌面上摆放着各种进口水果。荷兰芍药绽放在青花瓷瓶中，有一种脱俗的美。

对比起来，季盛澜住的套房有点儿敷衍，只配叫保姆房。

“这是给我的？”季辞再三确认会不会是弄错了。

这规格不至于吧？这就很诡异。

司机恭恭敬敬地回答：“是的，季小姐，没有弄错。”

季辞敲了敲青花瓷瓶，不是那种粗制滥造的工艺品，又看了一眼酒柜里的藏酒，其中一瓶是罗曼尼·康帝。

不对劲。哪都不对劲。这房间奢华到她都想问自己一句：我配吗？

忽然间，她掠过花瓶的手顿住，季年说的那句荒谬的话出现在脑海里。她猛地回头，用异样的眼神盯着司机，欲言又止。

她那双大眼睛把司机盯到后背发凉。

季辞看着司机逐渐惊恐的眼神，想说的话还是没能说出口。如果说了，估计会把人给吓晕。

毕竟她想说的是——你们沈老板是不是看上我了？

季辞转身去饮料柜拿了一瓶果汁塞给司机，感谢他一路上的照顾。

十五层，廊道尽头的房间。沈常西从冰箱里挑了两瓶柠檬味的苏打水，往吧台走去，递给赵淮归一瓶。

“你让人把季家小姐的房间升到我们这层了？”沈常西看着面前没什么表情的男人，试图从他脸上找到些不一样的情绪。

可惜没有。

赵淮归拧开苏打水，拿了个喝威士忌的杯子，把苏打水倒进去，又加了点白兰地和柠檬片，慢条斯理的动作优雅又矜贵。

“黎三说的。”

沈常西笑了笑：“你的事他恨不得添油加醋编成剧本。说你一周换俩太缺德。”

他指前天在商场那件事，这事不出一天，整个圈子都知道了。黎栎舟在牌局上感叹，还是二哥厉害。前天和漂亮姑娘在试衣间暧昧，还收了人家的爱心卡片，谁承想今天就瞄上了季家小姐，还把人家的房间明目张胆地换到了十五层。

“他说心疼送你卡片的那个小姑娘。”沈常西看热闹不嫌事大。

赵淮归冷笑，正盘算着怎么把黎栎舟扔进海里喂鲨鱼，房间门就被人打开了。

即将被喂鲨鱼的黎栎舟走了进来：“季家大小姐真是厉害啊，我让客房服务给她去送餐，她非说自己没有点，就是不开门。”

怎么说都不开门，警惕性还挺高的，他想看看她长啥样都看不到。

赵淮归眉心微皱：“你要她开门做什么？”

黎栎舟：“看看有没有送你卡片的姑娘好看。”看赵淮归的脸色变得极差，黎栎舟不敢再踩雷，把话题转到正事上，“二哥，清水湖那块地……”

赵淮归知道黎栎舟想说什么，他没说话，只是瞧着杯中浅棕色的液体。

“你该怎么做就怎么做，不需要来问我。”赵淮归推开酒杯，转头看向窗外。

黎栎舟点点头，顿时后悔多了那句嘴。

也是，一个女人而已，八字还没一撇，真看上了又怎样？赵淮归不至于栽女人身上。

此时，窗户外传来长长的一声“呜——”，是启航的汽笛声。

“摘星号”要出发了。

折腾了大半天，坐在阳台上吹海风时，季辞还是觉得整件事看上去就很魔幻，从收到沈家的邀请函开始，再到上了这艘邮轮，进了这间房，就没有一件事是正常的。

这不，十分钟之前还来了个莫名其妙的客房服务，非说她点了一份晚餐，让她开门。她已经和季盛澜约好了六点去吃邮轮上提供的免费晚餐，怎么可能会再点一份两千八百八十八元的安格斯牛小排套餐？

她卡里只有三万块钱了。现在这情况，季辞连门也不敢出，幸好在冰箱里找到一包速冻饺子，打算烧水煮饺子吃。

房间装修奢华，但冰箱里除了没有标签的高级矿泉水，两盒过度包装的什锦水果礼盒，能饱腹的就两袋饺子。

还好，还有几瓶不同口味的进口酱料。

等水烧开的时间，季辞靠着吧台开始整理情况，她的思维向来天马行空，自然而然地联想到了很多恐怖的社会案件。

比如，把女孩诱拐到某处。

比如，卖器官。

比如，有些罪犯专门挑选年轻漂亮的女孩，把她们卖到海外做劳工。

季辞越想越头皮发麻。她觉得自己像只待宰的羔羊。

锅里的水烧开了，热气腾腾的白气争先恐后地散发出来，季辞眼前顿时一片模糊。

老话说，事出反常必有妖。

海风隔着玻璃，并没有吹进来，季辞却觉得浑身发冷，鸡皮疙瘩挨个从毛孔里钻出来。

季辞当机立断去找手机，通知季盛澜拿好证件立刻下船，可没等到电话接通，就听见了船鸣的声音。

船启航了。

季辞心想，完蛋了。

慌乱了几分钟后，季辞才慢慢恢复平静，反正已经无法下船了，不如想想之后的打算。她挂断电话，沉默地看着窗外，落日余晖，天边像被画笔刷上了斑斓的色彩。

最后季辞煮了大半袋饺子，又调了辣椒汁，才发微信喊季盛澜上来一起吃，顺便让他收敛点，少去高消费的场所。

邮轮上提供免费餐食和公共休闲空间，省钱有省钱的玩法，奢侈也有奢侈的玩法，想吃得高级，玩得新奇，一晚上消费七位数也不奇怪。

她可太了解季盛澜了，非珍馐美食不吃，非高档场所不进，花钱方面一点也不节制，不然也不会被人下套，被人骗走那么多钱。

季家现在没有几个钱了，都不够苏女士和季大爷糟蹋了。

季盛澜接到季辞电话时，正在第四层的餐吧吃沉浸式主题晚餐。

今晚的菜单有紫苏姜汁腌杨梅、鹅肝麻婆豆腐、松露海鲜炒饭、帝王蟹松茸馅小笼包，还有熬了二十个小时的乌鸡火腿汤、姜葱烧海参配和牛、鲍汁焖去骨鹅掌，甜点有焦糖吐司蘸手工冰激凌和百花琉璃果子。

现场还有国风表演。

季辞让他去楼上吃水饺，季盛澜很是忐忑地咽下一块鹅肝。

“可我这已经吃上了呢……”不等季辞接话，他就忐忑地问了一句，“要不要一块吃？打八折才六千八百块一位。虽然现在预约晚了点，还不知道有没有位子，但是加钱应该可以。”

季辞觉得自己如果再听季盛澜多说一个字，她会当场去世。

“你这个败家子！”季辞啪地挂掉电话，恼怒地把手机摔在沙发上。

季盛澜撇撇嘴，听着电话里传来的忙音，委屈地舀了一大勺炒饭。松露的浓郁香气逐渐在唇齿间溢开。季盛澜又拆了一只大蟹腿，蘸上清爽的泰式酱汁，送入嘴中，享受着美味的洗礼。

他由衷地感叹，这海里刚捞上来的就是新鲜啊，吃什么速冻饺子，女儿看着像会花钱的大小姐，其实啊……年纪轻轻的，不会享福。

他决定明天好好开导开导她。

主菜过后，是餐后甜点。

季盛澜喝着桂花酿，摇头晃脑地听着戏，也不知道听不听得懂，反正跟着大家一块晃脑袋就行。

为了配合国风主题，特意将餐厅内部装潢改造成了旧式的戏园子，配合现代全息投影技术，给人一场令人身临其境的视听盛宴。

二楼雅间。

沈常西的视线不经意地扫过一楼散座，看到了吃得正欢的季盛澜。沈常西觉得有意思，就多瞧了几眼。

“怎么连吃饭都看不到季家小姐？这做父亲的跑来享受，女儿却吃免费餐。可真有趣。”沈常西说道。

赵淮归正在和身旁人谈事，面前的菜没动几口，反倒是桂花酿喝空了三盅。沈常西的话刚落，他斟酒的动作顿了顿，随即扬眉，向楼下看去。

季盛澜坐的是单人桌，摆盘精美的甜点已被消灭大半。

黎栎舟想知道季辞到底是何方神圣想了一天了，听到“季”这个字都会多几分兴奋，他走到栏杆处，两手撑着往下望。

黎栎舟不由得说道：“季盛澜和他女儿关系不好？连吃饭都不一起？”

真是“奇葩”。父女俩还各吃各的饭？

“欠了一屁股的债，都被限制高消费了，没想到还这么会享受。”

赵淮归只是喝酒，表情冷淡，宛若夜晚的海上凝出的若有似无的雾气。酒精的缘故，他的双颊微微泛红，眼底也多了一抹不易察觉的醉意。

桂花酿虽甜，也醉人。

黎栎舟琢磨了半天，把人喊来问了问情况。客房服务的工作人员说，季小姐自从进房间后就没有出过门。

赵淮归皱眉，冷淡的脸上终于多了一点什么。

“房里有什么吃的？”他漫不经心地问。

工作人员想了想，说：“有矿泉水，水果……还有一些速冻食品。”

赵淮归又喝了一杯桂花酿，而后拿起面前的菜单递了过去，淡淡开口：“把单子上的菜再做一份送去她房间。她问就说是她爸点的。”

和一楼的散座不同，二楼雅座有自选菜单，厨师长会根据每位客人的忌口和喜好，特别制作菜单，采购相应食材。

赵淮归递过去的是他的那份单子。他的口味挑剔，忌口颇多，厨师为他配菜总是要花比别人多一倍的心思。

黎栎舟和沈常西交换一个眼神，心想：果然有问题，这是舍不得小姑娘吃速冻食物呢。

工作人员接过菜单，正要下去准备时，赵淮归叫住了他，随意道："把账记在季小姐名下。"

黎栎舟与沈常西在心底异口同声："被你看上的女人可真惨。"

第四章

男人，你成功挑起了我的兴致

季辞听到门铃响时正在吃水饺，小茶桌上摆放着平板电脑上，正播着美食纪录片《烟火人间》。她咽了咽口水，暂停播放，镜头定格在一只肥美的大螃蟹上，蟹油黄澄澄的，像一串串灿烂的迎春花。

“谁啊？”

“您好，客房服务给您送晚餐。”

又是客房服务？有完没完？季辞凑近猫眼，两个穿制服的工作人员推着两台小推车站在门口。

“都说了我没点啊！”季辞有些生气了。

服务员恭敬道：“是1028房的季先生为您点的。”

季辞脑海中倏地蹦出“打八折只需六千八百块一位”。

“六千八百块一份？”

“是的，季先生让我们给您送过来。”服务员谨记少说少错原则，这一顿何止六千八百块，明明超了五位数。

季辞不由得倒抽了一口凉气，这是什么顶级败家子啊！

开门后，服务员推着餐车进来，把菜品一一摆放在餐桌上。整套青花瓷碗碟，摆盘古韵十足，与其说是菜，不如说是艺术品。

服务员介绍道：“季小姐，今晚的菜品共十道，取意十全十美。”

前菜有放在莲蓬里面的流心小汤圆，看上去就很贵的一品佛跳墙，长得像天鹅的鹅肝蛋挞。主菜则是枫糖桂花露配和牛西冷，蟹酿橙，古法蚝皇黑金鲍焖银丝面，酸甜百香果酱淋炸安格斯小羊排。甜点有三道，分别是一棵树——上面结满了荔枝造型的果子，桃花醉奶酪，以及紫苏椰子冰激凌。

菜式都偏鲜味，不辣，酸甜口居多。

季辞两眼一黑，这就要六千八百块？她真是谢谢爹嘞。

其实她都被水饺喂饱了，根本吃不下这么多东西，但一想到这顿饭肯定是她买单，不吃就浪费了。

服务员介绍完菜品后，开了一瓶拉菲，季辞的嘴快不过服务员的手，没能拦住，只能眼睁睁地看着胭脂般的液体流进杯子里。

季辞忐忑问了句："这酒也是套餐里的？"

那六千八百块也还好，不算太黑。

服务员微笑："季小姐，这瓶酒是单点的。"

季辞："……"

她真的谢谢她爹。

季辞吃撑后又喝了半瓶红酒，晕晕乎乎地倒头就睡，第二天中午才起床，微信里全是"季败家"发来的消息。

季败家："辞辞，爸爸给你点的鸡汤面好吃吗？"

季败家："那是煨了十几个小时的老母鸡汤，女孩子喝了补气血！"

季败家："女孩子少吃速冻食品，起床了告诉爸爸一声！"

季败家："爸爸带你吃好吃的！"

季辞一条条往下翻，手指边划动屏幕边打哈欠，什么老母鸡汤？

她快速洗漱、化妆、换衣服，把自己收拾好后去十楼找败家爹。

两人坐在餐吧里，其实免费供应的自助餐并没有季盛澜想象的难吃，反倒是菜品丰富，卖相也好，星级酒店的档次。

季辞沉默地吃着饭，季盛澜暗暗观察女儿的脸色。

季盛澜咳了咳，试探道："辞辞，昨天的面好不好吃啊……"

季辞冷笑道："六千八的面还会不好吃？"

季盛澜愣了一下，什么六千八？女儿这是在不满自己昨天晚上偷吃豪华大餐不带她？

“辞辞啊，什么六千八啊？”

季辞捏着叉子，狠狠刺中一块烤肉，她冷冷地抬眼：“你自己败家就算了，还拉上我。”

季盛澜急了，可不能冤枉他啊，他连忙解释自己并没有败家：“不是！我昨天给你点的是老母鸡汤面啊！只要六十八一碗！”

还不是看你吃速冻水饺过意不去，这句话季盛澜只敢在心里说。

“六十八元？”

“是是是！真的只要六十八元！”

季辞算是听明白了，自己爹享受六千八的豪华大餐，给女儿点份价值六十八元的老母鸡汤面，还觉得自己挺有良心。

既然如此，那昨天的大餐是谁点的？她的确收到了前台送来的两份六千多元的账单。想到这里，季辞什么都明白了，脸色顿时阴沉下来。如果让她知道是谁在背后阴她，她一定扒了那个人的皮。

一顿饭吃得无精打采，快到尾声时，一位陌生男人走过来和季辞打招呼，他自称是沈常西的助理。

男人的态度很是恭敬，模样也斯文，他递给季辞一张邀请函：“季小姐，这是我们老板给您的邀请函。”

又是邀请函？季辞真是怕了这些有钱人，一套套的，套路极深。

她觉得这艘邮轮的终点不是澳洲，而是一个深不见底的陷阱。她甚至能闻到四周弥漫着一种浓烈的阴谋的味道。这个阴谋就从坑她六千八百块开始。想到那六千八百块，季辞心里就憋着一口气，憋得胸腔疼。

沈常西的助理站在边上等着，等了好久也不见季辞接过邀请函，他又不能走开。

终于，季辞的灵魂归位。她接过邀请函后打开来，原来是一张私人舞会的邀请函，并且只有一张。

她深吸一口气，问道：“只邀请了我一个？”

阴谋的味道更浓了。

男人的回答则是预料之中的滴水不漏：“我们老板的意思是，年轻人时兴的化装舞会，季总怕是不感兴趣。”

见季辞没说话，男人又道：“季小姐，我们老板为季总安排了别的项目，保证季总在邮轮上玩得畅快。”

季盛澜脑子简单，他只觉得化装舞会嘛，年轻人都喜欢，女儿也跟着去玩玩挺好。玩开心了，就不会像监工一样天天盯着他了。

他抢先一步说：“这化装舞会我去了也是打瞌睡，辞辞你就自己去吧，不用管我。”

季盛澜从来都是憨憨的乐天派，在他十多岁时，季辞的爷爷创立了全季盛世，季盛澜就是人们口中标准的“富二代”。金银不缺，无忧无虑。而季辞很不幸，成了俗话中“富不过三代”里的最悲惨的那一代。

在季盛澜的怂恿之下，季辞最终应下了。再者，男人给的理由很充分，她没有不应的道理，再推辞就显得矫情了。

而且来都来了，一个化装舞会又有什么好怕的？沈家可是上京城有头有脸的权贵世家，不至于弄出什么上不得台面的事。

下午，季辞去了邮轮上的礼服租赁工作室打算租件礼服。

她挑礼服时还在生气，为她服务的导购惴惴不安，生怕得罪了大客户。毕竟季辞看起来很有钱，挎着爱马仕迷你小包，身上穿的也是大牌的限量款，脚上一双明星同款运动鞋。这可是标准的富家千金打扮。

谁能想象，她兜里只剩两万不到。

季辞生气是因为，租礼服又要花钱，谁知道来个邮轮之旅居然还要自带礼服。沈常西请她来，该不会就是为了搞走她为数不多的钱吧？好给新下水的摘星号冲个业绩？那沈家也太小家子气了！

在一众华丽的礼服中，季辞最后挑了一件某大牌前年的秋款。

一条黑色丝绒拖地长裙，皱褶式的抹胸上绣着大大小小数十颗珍珠，她打算拿它搭配她在船上礼品店里淘到的玫瑰造型的发箍。

季辞只化了淡妆，口红却选了一支很抢眼的正红色，五官隐匿在黑色的蕾丝网纱之下，一眼望过去，那抹诱人的红色极其惹眼，给人一种强烈的冷艳感，和以往呈现的形象完全不同。所以季辞一出现在舞会上，就收到了许多惊艳的目光。

舞会场地用了很多鲜花做装饰，花团锦簇。来的人不少，大部分是年轻人。男人大多是中规中矩的打扮，女人则花样繁多，什么兔女郎、天使、迪士尼公主，甚至还有人穿着巫女服，手臂缠着宠物蛇。一开始季辞还觉得自己的扮相太浮夸，现在一对比，简直是小巫见大巫。

季辞还看到了几张熟悉的面孔，无一例外，这些人都同沈家有过合作。那邀请她来是为什么？薅她羊毛？对季家有所图的概率不大，若是对她有所图，那为什么迄今为止，只搞她的钱？她值钱的是她卡上那五位数吗？

太不识货。

季辞冷笑。

就在季辞越想越气时，身后有人拍了拍她的肩膀。

她回头，一位穿着中欧时期的贵族服饰的男士正对她微笑，手中还拿着银色佩剑，看上去英气十足。

是沈常西吗？季辞之前并没见过沈常西。

“你是？”

“这位美丽的小姐，请问你是天使吗？”男人很绅士，普通话并不标准，听口音像在国外长大的华裔。

好油。平心而论，季盛澜都不会用“天使”这个词来形容女性。

男人的口音也奇怪，再配上这种油腻的搭讪方式，季辞莫名其妙被戳到了笑点，她觉得自己像在看搞笑视频，一个没忍住笑出声来。

女孩的笑容明艳夺目，男人瞪大眼睛，看呆了。

“你好。”季辞边笑边打招呼。

现场有乐团奏乐，悠扬的圆舞曲浮动在花香里，有不少人在中央舞池跳舞。女人的裙摆荡漾出优美的圆，仿佛湖面上的一圈圈涟漪。

“美丽的天使，我能请你跳支舞吗？”男人被季辞看着逐渐变得腼腆，为了缓解尴尬，于是摆出一个邀请女士跳舞的手势。

跳舞……看着那悬在半空的手，季辞若有所思。

与此同时，宴会厅西角的休息区，赵淮归收回落在对面的视线，转头和沈常西说话，神情却有些不痛快。

沈常西把面具取下来扔在一旁，深深吸了一口新鲜空气，抱怨道：“这都是哪里翻出来的破面具，一股霉味。我看豫欢她就是想毒死我。”

豫欢是沈常西的女朋友，抱怨归抱怨，却一脸宠溺。

赵淮归淡淡地瞥了他一眼："是你自己要办化装舞会，怪不着别人。"

沈常西觉得赵淮归这话不厚道。什么叫他要办化装舞会？如果不是为了那块地，他办什么化装舞会，整个下午被豫欢连哭带哄地换了四五套衣服。

"也不知道是谁非得给季家送两张船票。算准了季辞会跟着她爸来？"沈常西挑眉，语气透着揶揄，"不过你这人真不厚道，都看上人家了，还帮着黎栎舟出馊主意骗她手里的地，太缺德了！"

赵淮归没出声，也不知道在看什么，反正表情是越来越不痛快。

沈常西放肆调侃，把在豫欢那儿受的气全往兄弟身上撒。

"黎栎舟说了，这地他拿到了都烫手！"

谁知道以后会不会被迫还回去？

赵淮归的鼻息里带出微微嘲意，沉下脸问："他那边怎么样？"

"他就怕季盛澜给季辞打电话，小姑娘心眼多，没有她爹那么好糊弄。"

沈常西话音刚落，赵淮归忽然站了起来。沈常西问他干什么去，他冷着脸不说话，只是拿起那张被人遗弃在沙发角落的面具。

"告诉黎三，十分钟内搞不定，那块地就不准碰了。"撂下这句话，赵淮归戴上面具，一言不发地朝舞池对面走去。

舞池对面的季辞正纠结得厉害，到底要不要跳舞呢？

她想跳舞又怕出丑。这种舞会可不比蹦迪，舞会讲究的是"优雅"二字。而她的舞姿曾被苏皓白称为"终极尬舞"。

读大学时，她曾加入过交谊舞社团，跟着老师学了一节课，结果把老师的脚踩肿了。下课后，社团的会长小心翼翼地暗示她，以后能不能别来上课了，二十块社团费可以退给她。因为季辞来上课，老师就不来上课。

季辞觉得自己不能害人，万一把这位男士的脚踩肿了呢？正打算婉拒，手腕忽然被一只清瘦有力的手捉住了，冰凉的触感蛇信子般缠住了她。

"她只和我跳。"沉静的声音，是落雪的山谷里荡出的余音。

季辞顺着那只漂亮的手，向上看，一个戴面具的男人站在面前，她的心脏莫名其妙地紧缩了一下。

季辞打量着这个突然冒出来的男人。一身黑色丝绒西装，连面具也是黑色的，只是上面别着几根银色羽毛。像来自暗夜里的绅士，正邪难辩。她见过的人里面，只有一位能有这种气质。

“跳舞。”看着愣神的季辞，赵淮归又说了一次。

这次的语气更差了。明晃晃的命令式口吻，一点回旋的余地都不给。

邀请季辞跳舞的陌生男人有些不满这个突然出现、还不讲道理的入侵者。先来后到是江湖规矩，明目张胆抢人算怎么回事？

“你好，先生，这位小姐是我先邀请的。”陌生男人捏着剑柄，加重语气地强调。

赵淮归连余光都懒得给他，只是看着季辞。下一秒，他用力一拽，季辞踉跄几步，向前跌去，脑门磕上男人坚实的胸口，疼得她眼冒金星。

“你有病啊！疼死我了！”她委屈地揉着额头，撇了撇嘴。

这么娇气？赵淮归眯了眯眼，不耐烦的情绪一闪而过。

季辞一边揉着额头，一边悄悄打量着面具男，像确认了什么似的，她迅速垂下眼睛，看着脚尖。

当她傻？戴个面具就看不出来你是赵淮归？你是不是还以为你伪装得挺成功的？但伪装不伪装都不重要，重要的是赵淮归竟然也来了。

这个发现让季辞震惊了。

最近发生的事太多，惊吓也太多，她的脑细胞已经不够用了。

赵淮归看着面前发呆的女人，耐心终于耗尽。手下又加了几分力道，扣住季辞手腕，将人一把带进了舞池。

季辞只觉得天旋地转，吓得牢牢攀住赵淮归的手臂，等缓过神来，人已经站在了舞池中央。

四周都是女人旋转的裙摆，各种好闻的高级香水混出一种奇特的香气，被流动的风带入鼻间。天花板上镶嵌着华丽的浮雕石膏，复古水晶吊灯映了一地月光。墙壁挂着琳琅满目的油画，每一盏壁灯都燃烧着蜡烛。

一时间竟分不清落在脸上的是月光还是烛光。

“你做什么啊？太粗鲁了吧。”季辞的呼吸乱了，也依旧抓着他。两个人距离很近，她能闻到他外套上沾着某种他专属的香味。在一众花果调的气味中，格外令人心醉。

“当然是跳舞。”赵淮归的神情隐匿在面具之下，令人捉摸不透。

季辞哼了一声："我才不和陌生人跳舞。"说完她松开手，退了几步。

陌生人？

赵淮归挑了挑眉，向前迈进一步，冷声问道："之前那个人，不是陌生人？"

季辞看向面前的男人，面上覆着的那层黑色蕾丝网纱模糊了男人的轮廓，看不真切。不就是想被踩吗？行啊，满足你。

女孩的红唇弯出艳丽的弧度，她狡黠地眨眨眼，踮起脚，双臂水蛇般缠住了赵淮归的脖子，带来属于她的温度。玫瑰花香倏然间近了，像薄薄的雾气罩下来。

明显的，她发现赵淮归的呼吸有一瞬间的错乱，笑着说："好啊，你想，那就跳呀。"

感受到后颈传来一缕温香，赵淮归眼神沉了几分。季辞则得意地看着他，挑衅地扬了扬眉。

我就是要趁着你装陌生人的时候对你动手动脚。有本事就亮出你的身份。季辞在心底轻哼，即将宣布大战告捷。

现场演奏的《a小调圆舞曲》结束，紧跟着而来的是《一步之遥》。

听到熟悉的旋律响起，赵淮归迅速地搂住季辞的腰，在她毫无防备的时候。季辞的心跟着一颤，下一秒，耳边传来赵淮归低沉的声音："你都是这么对陌生人的？"

即便有面具的遮挡，季辞依旧感受到了赵淮归幽寒的目光。她对陌生人怎么了？有什么问题吗？

季辞推他却推不动，只能换了种方式，撒娇道："我怎么对陌生人了呀？"

骗你钱了还是骗你色了呀？吃你豆腐了吗？

又是这种娇甜的语调，黏糊糊的，犹如化开了的棉花糖。赵淮归不为所动，甚至冷笑起来，一字一顿，语气阴冷："以后对陌生人老实点，不然剁了你的手。"

季辞一度怀疑自己听错了，一脸茫然。她笑得那么娇媚，眼睛眨得那么灵动，声音那么甜美，换来的就是他要剁她的手？

还有没有天理了？

赵淮归疯了吧，戴着面具就能这么肆无忌惮?

赵淮归疯没疯不知道，反正季辞要被气疯了，却只能维持礼貌，一脸假笑。她不是胡搅蛮缠的人，此刻更是头脑清醒。如果真闹了起来，她还是有一点怕的，万一他真的那么狠，现在船又航行在公海上，可是在公海剁人……也是犯法的！赵淮归难道不知道?

赵淮归耐心十足地打量着季辞，看着她明明气到发抖，表面上居然还能保持着礼貌微笑，单看脸蛋倒是柔弱可欺，可那眼神里都是刀子。

一个初出茅庐的小姑娘，以为自己演技高超，游刃有余，殊不知，落在他眼里，就是一个大写加粗的“假”。

如果非得加一个字，那一定是——“作”。

季辞慢慢垂下眼帘，不再和他对视。腰还被他的手搂着，温度彼此交融。她很想推开他，却不敢动。

赵淮归这个人，她摸不透。几次接触下来，就跟扎进了迷雾里，越闯越模糊。说他对她没兴趣，偏偏他又愿意搭理她，说他对她有兴趣，不是冷眼嘲笑她，就是吓唬她，没有一次是正常的。

苏皓白说赵淮归出了名的狠辣，他想做的事，没人能拦得住，当然，也没人敢拦。

江湖传言，他曾对自己的亲伯父痛下狠手。自从赵淮归接管了父亲的生意后，大杀四方，把大伯和三叔手上那点东西都蚕食殆尽。如今整个赵氏，只剩他们家一枝独秀。

而赵淮归年仅二十三岁，就成了赵家生意的实际掌权者。

曾有人在赵春庆跟前夸赞他这个小孙子精明能干，不输他当年的风采。赵春庆笑了笑，只说了四个字：年少轻狂。

这个人对家里人都用如此狠辣的手段，脾气上来了剁她一只手又算得了什么？真是白长这么斯文了，还不是人面兽心。

眼看季辞又开始发呆，赵淮归不耐烦地伸手拍了拍她的脑袋，加重语气道：“说话。”

男人声音里带着冷戾，冷得她打了个战，可放在她腰间的手掌却是滚烫的，简直是冰火两重天。

赵淮归冷冷地瞥了她一眼，有些恼恨地甩下两个字：“跳舞。”

季辞跟随着音乐，将手轻轻地搭在他的肩上。放在她腰间的手则轻轻地抚过腰间，游移至后背，微微发痒。

季辞咽了一下口水。

随着音乐，季辞跟上了赵淮归的步伐。她万万没想到，赵淮归看起来高冷，跳起舞来倒是绅士极了，动作也娴熟流畅，神色依旧冷淡，置身在柔和的灯光下，孤傲而迷人，有恰到好处的性感。

季辞忽然觉得不对，大脑里狂闪警示灯。

她应该是警匪片里的美丽坏女人，动动手指就能让赵淮归掏心掏钱，最后还要狠心把他抛弃。怎么现在反倒是她成了一只弱小无助的小鸡崽，被他拎在手里荡来荡去？季辞很想逃走，可后背被赵淮归按着，手也被扣在他的掌心，她无处可逃。

“我……我不会跳探戈。”季辞僵硬地跟着他的步伐，跳得好不好她也不知道，只求千万别踩到他的脚。

赵淮归感受到了她的僵硬，只当她太紧张了，语气也没那么冷淡了，听起来是一反常态的温柔安慰：“大胆跳，错了就错了。”

No mistakes in the tango, not like life。

探戈无所谓错步，不像人生。

季辞想到了《闻香识女人》这部电影里的台词，呆呆地看着他。

“跳错，也没事吗？”她歪着头问。

赵淮归耐心十足地又说了一次：“没事。”

季辞点点头，放下心来。心想终于可以放心大胆发挥技术了。

音乐节奏达到了最高点，季辞被推着旋转出去，裙摆转起来带出玫瑰香味的风，缠绵在彼此脚尖，她能感受到掌心出了一层薄薄的汗，带来皮肤交融的错觉。

整支舞，赵淮归都牵着她，引导她。

季辞放松下来，没有那么紧张了，开始享受这支舞。

破天荒的，她既没跳错，也没有踩到他。就在得意于自己优美的舞姿时，音乐走到尾声，最后一个有技巧的旋转，季辞一个没站稳，踉跄几步，下巴磕在了他的胸口上。

下一秒，季辞才反应过来，她顿了一秒，而后缓缓低头……

果然，自己黑色的露趾系带凉鞋正踏在光亮的黑色鞋面，细跟也稳稳扎了上去。

会不会疼啊？季辞冲赵淮归尴尬无比地傻笑：“我说了我不会跳探戈……”

赵淮归皮笑肉不笑：“所以你还要踩多久？”

季辞迅速收回脚，涂了红色指甲油的脚指头因紧张而蜷在一起。男人光洁的鞋面上顿时多了一个无比显眼的脏印。

赵淮归面色阴冷，但没有多说什么，只是牵着季辞把这支舞的尾声跳完。季辞提着的心放了下来，还好他这人说话算话，只是虚惊一场。

但她的心思已经不在跳舞上了，她憋着一口气，准备悄悄地呼出来，哪里想到最后一拍音乐落下，她又跳错了一步，鞋跟猛地朝男人脚上扎下去，又狠又准。

音乐很合时宜地停了下来，四周顿时陷入死寂。季辞都快哭了，根本不敢看赵淮归，头越垂越低，都快要埋进他的怀里了。

赵淮归平静地看着面前颤抖的后脑勺，平静地开口：“看来，我要踩的不是你的手……”

好家伙。太猖狂了！这么无法无天?

虽说季辞已经怒火中烧，但她立马变身小可怜，慢吞吞地抬起头，怯怯地说：“是你说跳错也不要紧的，你骗我。”

赵淮归笑了一声，很是轻蔑：“陌生人的话你也信？”

很好，戴着面具就彻底暴露了丑恶的嘴脸。

季辞把手腕挣脱出来，用力推了一把赵淮归，退后两步，离他远远的。

女孩站在舞池中央，扬着下颌，周围的一切，包括光，都模糊成了影。红唇不再具象，化作一抹艳血落在他心头。

“骗子！”她吐出两个字。

可骗子，不也要小心被骗吗?

季辞无声地笑了笑，提起裙摆，转身跑出了宴会厅。

赵淮归眼神不再冷漠，带了一丝意味不明的情绪，直至季辞在他眼前消失不见，仿佛刚刚发生的一切都只是一场幻觉。

他抬起手腕，扫了一眼腕表，指针刚好走过十二分钟。

比预计的时间还超出了两分钟。

季辞一路跑到甲板上面。海风吹在身上是凉的，带着微潮的湿气。她在这种奇异的属于大海的味道里调整自己错乱的呼吸。

被赵淮归握住的腰间还残留着他的温度，连身上的玫瑰香味也被属于他的味道浸染了，变得不再纯粹。她抬手就能闻到手腕间的冷香，那是属于赵淮归的气味。

季辞懊恼地甩了甩手，觉得心烦意乱。她认真地打量起自己的手。纤细的长指，匀称有度，白皙的皮肤，看上去又软又粉。指甲涂着蜜桃橘色的指甲油，上面镶嵌着一些亮晶晶的碎钻或星星。

他居然想剁掉这双好看的手？

她又看了一眼自己的脚，露趾黑色系带凉鞋里装着一双漂亮的脚，优美的足弓，骨感的脚踝，像雕刻出来的玉。

季辞冷笑起来，为了吸引她的注意，赵淮归也是挺下功夫的。

男人，你成功挑起了我的兴致！

在甲板上吹了会儿海风，季辞从晚宴包里拿出手机，准备问问季盛澜在做什么。在宴会厅里，季辞的手机被调至静音状态，拿出来后，屏幕上一连串的消息滚过。

有五六个未接来电，还有好几条微信消息，全是季盛澜的。

十五分钟之前的消息——

季败家：“辞辞，接电话啊！真的是重要的事！”

季败家：“辞辞，既然你不在，只能爸自己做主了。”

季败家：“女儿你放心，这绝对是笔好生意。两亿呢！”

什么两个亿？

季辞盯着屏幕，没看懂，几秒后心里逐渐升起一种不好的预感。她转身一边往回走，一边拨打季盛澜的电话。

想都不用想，季盛澜大概率会在娱乐场所之类的地方。

邮轮最高端的娱乐场所设在第三层，对所有游客开放，场地很大，场外是奢侈品免税店，充斥着纸醉金迷的浮华。

季辞中途回房间拿了护照，门口的保镖查验了护照，又过了安检，这才放她进去。

进去后季辞就有些晕头转向，仿佛进入了一座光怪陆离的孤岛。

这是季辞第一次来这种地方。

季盛澜的电话从五分钟前就打不通了，季辞围着一楼大厅转了一圈也没找到人。焦急的情绪也让她逐渐失去耐心。

她找了个没人的角落，深呼吸，调整情绪。两亿！对，金额这么大的生意 ，肯定不是在一楼这种鱼龙混杂的地方，至少也该在什么贵宾区?

理清思绪后，季辞马上去找电梯，进电梯后才发现只能到二楼，三楼需要刷卡。二楼明显比一楼要安静不少。中间是一个环形吧台，有调酒师在给客人调酒。

“你好，请问这里有贵宾厅吗？嗯……就只对少部分客人开放的那种。”季辞走上前，随便拦了个服务员。

那个服务员上下打量季辞，见她穿的是名牌，说的却是外行话。二楼的服务员都是经过专业训练的，从客人的言谈举止，衣着打扮就能大概判断出这位客人是玩家还是游客，季辞理所当然地得到了毫无意义的回答。

正当她一筹莫展时，一个男人拦住了她。在那之前，男人一直坐在某个不显眼的角落，一身黑衣，并不起眼。

“季小姐。”男人对着季辞微微颔首。语气很确定，没有丝毫犹疑。

季辞愣了一下，随即恢复平静。面前的男人长相并不凶，甚至称得上文质彬彬，可左眼下的那道伤疤让他看上去并不斯文。

“你认识我？”季辞不动声色地退了一步，保持着警惕。

“季小姐想去哪里，我可以带您去。”

季辞无声笑了一下：“你知道我要去哪里？”

男人微笑道：“自然是您想去的地方。”

季辞表情未变，但她细心地注意到了男人耳中戴着微型通信器。她抿唇，脸上没有什么表情，淡淡开口：“那麻烦您带路。”

季辞就这样跟着黑衣男人上了三楼，她甚至不知道这个男人是谁，又是谁派来的，她也不知道他要带她去哪里。

总之，就是什么也没问就跟着他走了。

她像一只无头苍蝇，她毫无选择。

又过了一道更为严格的安检，季辞的包、手机，甚至是头上的发箍都取下来交给安保检查。最后，黑衣男人带她来到了一个包间门前。

门内，大抵是完全不一样的世界。

进门后，映入眼帘的是一张半人高的长条形楠木几案，上面摆放着一只繁复精致的黄金鸟笼。绕过类似影壁的墙，才到了正厅，厅内格局简约而宽敞，左侧摆着三张牌桌。

这里是私人厅，厅内的客人并不多，都是需要主人的邀请才能来的，穿制服的服务人员甚至比客人还多。

“那季总，我们就合作愉快了？”

“唉唉，好！黎老板太客气了！合作愉快！”

季盛澜一手拿着合同，一手握住面前年轻男人的手，满脸笑容。清水湖的地卖了两亿，虽然不见得赚了，但目前公司遭遇财政危机，有了这两亿的资金，多少能缓解燃眉之急。

一旁陪坐的人见合同签了，生意也谈成了，自然跟着喜气洋洋。

服务员把醒好的红酒端来。

黎栎舟拿了一杯红酒递给季盛澜，笑道：“季总，罗曼尼·康帝，提前醒八个小时，酒窖醒好了空运来的，您尝尝。”

季盛澜眼睛一亮，接过酒后深深嗅了一口，独有的百花和浆果香气完美地散发了出来，不由得赞叹道：“好酒！黎公子太客气了！”

他不知道今天走了什么运，来了这里后，竟然被邀请进了私人厅，还玩了几局德州扑克。玩乐之余，黎三公子说想和他谈笔生意——买下清水湖那块地皮。季盛澜原本就没有什么做生意的脑子，一听对方要花两亿买那块不值钱的地皮，不假思索便同意了。

现在生意谈成了，他为公司拿到了两亿的流动资金，又喝到了罗曼尼·康帝，这趟邮轮之旅真是幸福。

季盛澜正打算好好坐下来品酒，可惜一口酒刚送到嘴里，还没尝出味道，就被一声怒喝吓得直接吞了下去。

“季盛澜！”

季辞看到季盛澜好好地坐在那笑容满面地品酒后，一颗悬着的心才放松了下来，还好人没事。可下一秒，她的心又提了起来。

季盛澜猛地转过头去，只见自己的女儿季辞就站在离他几步远的地方，眼神冰冷地盯着他。

“辞辞啊，舞会结束了？正好！快来快来，我跟你介绍下黎公子。”季盛澜搁下酒杯，走到季辞身边，笑容满面地去拉她的手。

黎栎舟看到季辞后，眼神陡然一变。

她竟然是季辞？那个给赵淮归送卡片的小姑娘？怎么她们突然成了一个人？黎栎舟忽然想明白了什么似的，背脊莫名其妙地感受到一阵凉飕飕的风。二哥到底在搞什么名堂？

“你是季辞？”黎栎舟眼神复杂，还是问了一句。

季辞淡淡地扫了黎栎舟一眼，觉得这个人有些眼熟，但一时想不起来。

她没有接话，只是问季盛澜：“两亿怎么回事？”

季盛澜压低声音，献宝似的说：“清水湖那块地，我卖了两亿！那块地早该卖了，抓在手上一分钱都生不出，每年的维护费还要一大笔……”

季盛澜后面说了什么，季辞一个字都没听进去，她的脑袋里一片空白，仿佛有无数小飞虫在转，翅膀震动，嗡嗡作响。

清水湖的地，卖了两亿……两亿？

半晌，她好不容易才憋出一句话来：“你卖给谁了？”

“黎家啊！黎氏集团呢！”

黎家之前出四亿，她没卖。她想过，如果到时候真的走投无路，她再拿这块地去和黎家谈，至少有四亿的保底价格，再让他们加一点也并非不可能。如今连一半都不到，就被季盛澜卖了。

季辞看着合同上明晃晃的“季盛澜”三个大字，以及刺眼的鲜红手印，只觉得眼前阵阵发黑。

季盛澜自从放权之后，基本处于赋闲状态，公司一切事务全权交由季辞做主。季辞为了不让家人担心，并不多说工作上的事，问也只是报喜不报忧。现在，她骂也不是，不骂又心堵。

忽然，季辞“啪”地盖上了合同，径直朝黎栎舟走去。

“黎老板，我爸现在不管事，公司一切事务由我处理。清水湖那块地他也不清楚具体情况，不如您和我再谈谈？”季辞的声音依旧很甜，听不出丝毫的愤怒。

黎栎舟喝了一口酒，才慢悠悠地说道：“清水湖那块地不是都谈完了吗，季总虽然退居二线，但论起决断来，晚辈也是佩服。季小姐既然来了不如好好玩玩……”他转头吩咐服务员，“拿筹码给季小姐。”

立刻有服务员端来一盒筹码递给季辞。

季辞冷冷地看着那些精美的筹码，语气强硬了几分：“黎老板，我的意思是，我不同意的话这合同不作数！”

黎栎舟一愣，他忽然有种错觉，面前的女孩和那天在试衣间的女孩完全是两个人。

“那……季小姐是全季盛世的法人代表吗？”黎栎舟反问。这话的语气绝对算不上反讽，但落在季辞的耳里，甚是尖锐。

季辞突然明白过来。她现在才反应过来，沈家邀请季盛澜参加这场邮轮之旅的目的。

从一开始，这就是一个局，他们为了得到清水湖那块地，做了这个局。

如果不是黎栎舟盯上了这块地，他们季家怕是还不够格拿到沈家的邀请函吧。为了把季盛澜吸引过来，不动声色地设计了一个局。如今她只是空有总经理的名头，公司的法人代表依旧是季盛澜，所以这份合同是有效的。

她身子轻晃一下，险些没站稳，只能用手撑住桌角缓了缓。

季辞深吸一口气：“你这是诈骗。一群骗子！”

亏了整整两亿！心已经无法用滴血来形容了。

黎栎舟心里发虚，眼神闪烁，不敢和季辞对视，由着她把合同哗啦一下砸在了身上。

他从小到大都没这么心虚过。不过，他只能把账都算在赵淮归头上。虽说兵不厌诈，虽说无毒不丈夫，可这么馊的主意，他还真想不出来。

季盛澜则像做错事的孩子，手足无措地站在一边，他再蠢也隐隐明白事情不对劲。

就在季辞气到发抖之际，四周突然安静下来，本来在看热闹的人都纷纷转移了视线。

她的耳边响起此起彼伏的打招呼的声音，是一迭声的“沈三公子”。

沈常西来了？

季辞的目光这才从黎栎舟身上移开，正准备回头去看时，耳边又响起了一连串的“赵老板”。

赵老板？赵淮归？

季辞一时愣在原地。

蓦地，她像是联想到了什么，小腿顿时发软，身子骤然晃了一下，脸色发白。她慢慢回过头，对上一双深邃迷人、却冷漠至极的眼睛，那双眼睛没有一点回避，径直地看向她。

男人还穿着在舞会上和她跳舞的那身衣服，静静地站在那里，周围的一切都沦为他的陪衬。人仍是冷傲的，如供台上玉质金相的神明。

黎栎舟见赵淮归终于来了，丧着脸抱怨道：“二哥！你怎么才来？”

赵淮归淡淡地别过脸，一场没有硝烟的战争被迫终止。

季辞这才想起，这位黎家三公子为什么眼熟了。

那天，在商场试衣间遇见赵淮归，一旁沙发上还坐着两个年轻男人，其中一个就是黎栎舟。看着赵淮归、黎栎舟，还有沈常西三人熟稔的模样，季辞不禁想，赵淮归在这场局里是什么角色？

他知情吗？还是，他就是那个帮凶？

或者他是主谋。

第五章

骗我的地，那就别怪我骗你的人

黎栎舟小声在赵淮归耳边说了几句，赵淮归全程听着，脸色未变。随后，他微微颔首，一群人便朝牌桌走去。季辞被晾在一边，看着赵淮归不带一丝温度从眼前走过，仿佛刚刚那支舞，那些灼热的呼吸交缠，都只是一场幻觉。

如果这是一个局，清水湖就是季家最后的筹码，可博弈还未开始，她就输了。

季辞第一次深刻地感受到什么叫孤立无援。但她能怎么样？把合同撕碎吗？或者是质问黎栎舟？又或者在这撒泼吵闹，骂他们所有人都是骗子？

不能，任何一个办法都是下策。

黎家，沈家，赵家，甚至是这厅内的任何一个人，她都得罪不起。他们碾死全季盛世就跟碾死蚂蚁一样。他们是蓄谋已久，更何况季盛澜作为法人代表，在没有被威逼的情况下，他签的合同是能代表公司意见的。

季辞冷静地把季盛澜送回了房间，勒令他待在自己房间里，不许出门。重新回到厅内时，周遭已经恢复了生气，纸醉金迷的热闹再度开启。

刚才的一切仿佛不过是场人间闹剧。

千金流水般淌过的感觉刺激着肾上腺素，即使再冷静的人在这种环境下也不免多了几分亢奋。可赵淮归没有，他有些过分置身事外了，似乎没什么刺激能引起他情绪上的波澜。

钱对他而言，只是数字罢了。

男人们都抽着烟，唯独他面前的烟灰缸是干净的。

季辞抿着唇，经过激烈的思想斗争，她不再像个傻瓜一样干站着，反而走过去拿起那盒黎栎舟让人拿给她的筹码。她朝中间的桌子走去，随意挑了个空位坐下，位子刚好正对着赵淮归。

所有声音戛然而止，众人齐刷刷地看向季辞，目光中有探究、惊讶、好奇，或玩味。

季辞冲黎栎舟笑了笑：“黎老板，这里头的东西还作数吗？”

她伸出食指轻轻点了点盒子，指甲边缘叩在厚亚克力材质上，发出一点点闷响。纤细的手指比剥掉青色外衣的水葱还要白皙细腻，十只修剪圆润的指甲涂了桃红色指甲油，招摇又艳丽，晃得人眼热。

黎栎舟愣了一下。

女孩笑起来时格外纯真，如暖阳和风，如春日花开，可刚刚她拿着合同呛声时，明明眼神尖锐，比刀子还要多几分寒。是自己精神错乱，还是面前的女孩有人格分裂？

他干笑两声：“当然！当然作数！”

季辞笑得更甜：“那就谢谢黎公子了。”连声音也像裹了一层蜜糖。

黎栎舟心尖一颤，错乱感更强烈了。很快，他就感受到了芒刺在背的寒意，一抬头就看见了赵淮归冷冷的目光。

他立马移开眼神，尴尬地笑了两声：“哈哈，应该的！应该的！”

事情变得有趣起来了。

众人还没有摸清楚这个新加入的女孩和场上几位大佬的关系，对季辞比较客气。季辞并不多言，只是垂眸看牌，或者观察其他玩家，全程避开与赵淮归的视线交会。

季辞之前和朋友们玩过德州扑克，但那只是朋友之间图个开心。眼下的情况不一样，她需要想办法从黎栎舟手上把那块地拿回来。季辞内心忐忑不安，脸上却尽量表现出云淡风轻，不让自己露怯。

她是新面孔，玩牌什么的也没有什么章法，好处就在于让人摸不清她的风格，盲盒一般令人捉摸不透。季辞根本不在乎输赢，她在乎的是如何破局。像失败者一样骂骂咧咧地离开，不会带来任何转机，只有坐在这里，参与进去，才能找到机会。

“季小姐之前玩过牌？”坐在季辞边上的男人开口问道。

季辞抿了一口菠萝汁，脸上带着笑：“和朋友聚会的时候玩过。”

上一把，这个男人被季辞诈唬，弃了牌。女孩那明媚又温暖的笑容里，却藏着近乎冷酷的冷静。当你认真去探究时，却又找不出丝毫证据，去证明她的笑容只是迷惑敌人的手段。

男人由衷地夸赞道：“季小姐很厉害。”

感受到对方表现出明显的好感，季辞眨了眨眼睛，故意用娇柔的语气说道：“先生，你也很厉害啊！”

女孩一笑，男人的呼吸都微微滞住。

男人的品位并没有他们说得那么高级，无非是功名利禄以及女人的仰慕。所以面对季辞毫不遮掩的夸奖以及崇拜的眼神，男人的表情是肉眼可见的高兴，话也多了起来，不停地和季辞分享他的经验。而季辞没有一点不耐烦，还时不时给出几句点评。

“哇，这么烂的底牌都把别人吓跑了？肯定是因为你的气场太强了。”

男人摆摆手，被季辞夸到脸红：“没有没有，就是运气比较好。”

季辞继续夸：“运气也是实力啊！帅气的男人运气都很不错啦！”

男人眼睛一亮，试探地道：“我加季小姐的微信吧？以后还可以一起玩，季小姐乐意的话，就当我是你新认识的朋友吧。”

季辞眉毛轻挑，在男人期待的目光下，她笑着说：“好啊。以后回上京了可以一起玩。”

男人激动地拿过手机，一边打开一边说：“我来扫季小姐吧！”

季辞也拿出手机，顺便问男人叫什么名字，余光似是不经意地扫过赵淮归那张脸，连一秒也没停留她就迅速移开目光。

原来男人叫张泉，家里做传统能源行业，是上京城有名的大企业。他自己大学时创建了一个奶茶品牌，在全国陆续开了六十多家分店，去年还拿到了上千万的天使投资，年纪轻轻就事业有为。

此时张泉打开了微信的扫一扫界面，摄像头扫在二维码上，“叮”一下就显示出了季辞的微信。他刚准备点击添加好友，“啪”的一声，一道闷声从对面传来，是杯子磕在桌子边缘发出的撞击声，十分刺耳。本来还算愉悦的氛围顿时紧张起来，众人都看向声音的来源。

张泉被这突如其来的响动吓了一跳，手机一个没拿稳，掉在了身上，季辞的微信界面一不小心就给划走了。他蓦地抬头，对上了赵淮归那双阴沉的眼，这眼神简直骇人。

“呃……赵老板，您这是？”张泉感觉赵淮归对他好像不是很满意，准确地说是明目张胆的嫌恶。

赵淮归脸色平静，手指漫不经心地摩挲着杯壁，玻璃和指尖的温度融为一体，一时分不出是他皮肤的冷，还是玻璃的凉。

“张总不如去楼上玩吧。那儿更适合你。”赵淮归冷冷地说道。

张泉没听懂，迟疑地问：“您是指……”

赵淮归脸色更冷：“这么爱说话，那就去楼上说相声说个尽兴。”

楼上是娱乐会所，根本没有相声表演，桌上的人面面相觑，不知道这火是从哪里烧起来的。

黎栎舟心里“咯噔”一下，下意识地瞄了一眼还没捂热乎的合同。

张泉彻底不敢吱声了，就连季辞问他要不要再加一次好友，他也只是干笑着摆手，避之不及。

季辞意味深长地笑了一声，说：“那就下次再加吧。”

坐在对面的赵淮归正若无其事地玩着杯子，破坏气氛后依旧一副置身事外的模样。当季辞说下次再加微信好友时，男人没忍住，还是皱了皱眉心，又迅速恢复淡漠。

那一瞬间的不爽，却被季辞捕捉到了。

她很确定，赵淮归弄这么一出的目的，就是不让张泉加她微信。明摆着就是硌硬人，却还要摆出“我没有，我无动于衷”的样子。

季辞发现，这个男人格局还挺小。不让别的男人加她微信代表着在意她，那为什么黎栎舟明目张胆地骗她手上的地皮，他却不闻不问？黎栎舟打着沈家的名号引诱她往坑里跳，这一切赵淮归必然是知情的。刚才那支舞，便是证据。让她无暇顾及其他，看不到季盛澜打来的电话。

季辞把前因后果理一理，就厘清了整件事情的来龙去脉。结论就是：无恶不作的大少爷，骗完她的钱还想来骗她的人。

这次是她太大意了，但不代表她会蠢到让人算计两次。清水湖的地换了两亿，已经没有附加价值了。那么，赵淮归就成了她仅剩的出路。要么搞定他，拿到铭达的融资，要么等着季家破产。

一团迷雾散开，前路很窄，但清晰可见。

季辞笑容不变，她压下心里的想法，去看牌桌上的局势。此时只剩下她和赵淮归进入最后一轮，其他玩家纷纷弃牌。到了最后的河牌，按顺时针，季辞在赵淮归左边，先一步表态，是加注或直接看牌，或弃牌。

赵淮归的心思看上去不在牌桌上，他仍旧漫不经心地把玩着那只水晶酒杯，酒杯在灯光下折射出皎洁的光，像握着一颗发光的星星。

众人都在等着季辞发话，可她许久都没有动作，只是垂眸，静静思索。湿漉漉的杏眼，含着氤氲水光，自然垂落的长睫没有刻意夹成卷翘的弧度，似一片安静的黑羽，压出一小圈深色的阴影。

安静的她，显得十分乖巧。

就在众人以为季辞要过牌，或干脆放弃时，季辞忽然用力一推，面前码放整齐的筹码犹如溃烂的河堤，顷刻间土崩瓦解。

她居然全部押进了。

众人倒抽一口凉气。

和赵淮归单挑时将所有筹码全押，无疑是一种挑衅。

季辞扬了扬眉毛，冷冷地直视赵淮归。误入丛林世界的天真少女，对危险毫无畏惧之心。

“反正我就这么点本钱了，赵老板如果看得上，那就凭本事全赢走吧。”季辞的声音极淡，一副无所谓的语气。

赵淮归的眼底闪过诧异。季辞的举动确实出乎他的意料，他以为她会像前两次那样，想尽办法靠近他，然后紧紧地抓住他，再试图用她那甜腻又纯真的笑容迷惑他。

他开始推翻之前对她的所有看法。

男人掀起眼帘打量着季辞，与其说是打量，不如说是审视。坐在面前的女孩正扬着下巴，眼神不似笑容那般无害，而是犀利，神情冷傲。

季辞于他，就像盲盒，不知道里面是什么。拆了或许会失望，但不拆，一定会后悔。至于拆掉盒子之后的失望与否，他无所谓。

他只知道，他想拆。很想。

在场的人都为季辞大胆的举动而胆战心惊时，赵淮归非但没有动怒，反而笑了笑，抬手掀开了底牌扔在桌上。

他看着季辞的眼睛，语气依然冷淡："不如，季小姐来和我玩一局新鲜的。"

"新鲜的？"

"赢了我，全场所有的筹码都归你。输了，我要你二十四小时。"

"二十四小时？"

赵淮归慢悠悠地看了季辞一眼，撂下两个字："陪我。"

季辞的心陡然抽紧，她知道刚刚的挑衅可能会惹火上身，现在这个结果似乎更有意思。

此时，男人的眼中褪掉了冷漠的伪装，透露出的是坦荡的侵略。

他又问了一次："敢玩吗，季小姐？"

敢玩吗，季小姐？

这句话犹如恶魔在耳边低语，正在邀请她跳入深渊。季辞强烈地怀疑，这第二个陷阱才是重头戏，是赵淮归真正的目的。而赵淮归的目光正死死锁住她，眼底有一抹意味不明的笑意。

她觉得他是在看一只活蹦乱跳的肥兔子，正盘算着抓回去了要怎么吃，烤着吃、蒸着吃，还是炒着吃。

苏皓白早就提醒过她，招惹赵淮归无异于引狼入室。当时她还不以为意，什么狼不狼的，赵淮归有那么大本事？

没想到一语成谶，她果真引来了一匹狼。

季辞默不作声，赵淮归却很有耐心地等待着。他甚至拿起桌边的烟盒，慢悠悠地抖出一支烟夹在指间，旁人想给他点火，被他拒绝。

那只漂亮的手握着打火机，小砂轮滚动带出细微的摩擦声，划破了空气的寂静，薄薄的一束火光跃出，碰到香烟后迅速地缠了上去。烟草被点燃，薄雾慢慢笼罩他的面容，让他的面容变得模糊，看不清表情。

季辞突然想到傍晚时分时，她站在甲板上看海。那时候的海水就是模糊的，辩不清是蓝色的，还是黑色的。就像现在的赵淮归，让人捉摸不透。

赵淮归吸了一口烟，再抬眼去看她，见她依旧不开口，这才说："季小姐怕了？”

他指尖的烟味飘到季辞的鼻子里，她微微眯起眼睛。经过她的大致估算，全场筹码加起来不低于九位数。他开出九位数的天价就为了要她陪他二十四小时?

季辞觉得头晕，不过，她季辞什么时候怕过?

“怕什么？怕你啊？”季辞拿起杯子，喝掉杯中最后的菠萝汁。壮士赴死之前总要喝点酒的，现在没酒，只能拿菠萝汁壮胆。

赵淮归挥手让服务员给她又添了一杯，耐心十足地问：“那季小姐为什么不玩？一个游戏而已。”

季辞却并未落入下风：“我只是在算这里有多少筹码。想看看赵老板开出的价码够不够让我心动。”

“那够让你心动吗？”赵淮归意味深长地看她。

季辞缓缓地吸了一口凉气：“怎么玩？”

赵淮归冲发牌的荷官扬了扬下巴，那个人立即给季辞解释玩法。

很简单，去掉所有累赘的规则，不需要下注跟注，五张公牌直接公开，两人依次翻开底牌，随后比牌面大小，没有任何技巧，纯看运气。

季辞点头，表示没问题。

赵淮归笑了笑，随即碾灭手中燃了一半的香烟。

荷官得到允许后开始发牌。别桌的人也围了过来。人很多，场面却安静得可怕，季辞甚至能听见众人此起彼伏的兴奋的呼吸声。

拿到底牌后，季辞并没有着急去看，反而把手指放在牌上将它压住。指尖的微颤还是泄露出了她内心的不安。

赵淮归扫了一眼她纤细的手指，弯了弯唇角。

他想到他牵过这只手，也被这只手紧紧握住过，那光洁的指尖滑过他后颈的皮肤时，带来只属于她小火炉般的温暖。赵淮归把目光移到别处。

此时荷官依次翻开场上的公牌，众人的心随着翻动的动作而起伏。

依次是Q，Q，J，10，以及9。

极其微妙的局势。

季辞压紧自己的牌，语气尽量平静：“赵老板，不如你先翻。”

赵淮归挑眉，欣然同意，随即指尖轻巧地翻转第一张牌。

一张K落入满场人的眼中，众人哗然。季辞听见好几道重重的抽气声，若非顾及她的颜面，怕是道贺声就此起彼伏了。

在看清楚那张牌时，季辞的心陡然袭来一阵凉意，她很想骂人。她甚至想拍案而起，质问他：你是不是作弊？

人这么无耻，怎么还能有这么好的运气？

“季小姐，该你了。”赵淮归缓缓吐字，语调平稳，却让季辞有种不容忽视的压迫感。

季辞真是吃了他的心都有了。在众人紧张的目光下，她一点点地翻开自己第一张牌，背脊逐渐冒出冷汗。

这感觉太糟糕了，不论赢或输。

翻开后是9。

在看到数字时，她的心就碎成了两半。原来鸡汤文学中说的那些逆天改命，逆风翻盘的心灵鸡汤都是心灵砒霜。她好好的一个优秀接班人，为什么要跑来玩这些乱七八糟的游戏？她的这张9可谓是毫无用处，倒不如干脆跪地认输得了。

占据了极大赢面的赵淮归，脸上却没有任何兴奋的表情，不动声色地翻开第二张牌，这次是一张A。

好家伙！一组顺子就算了，现在还来了一组更大的顺子？

“季小姐，该你了。”赵淮归再次提醒她。

听见他的催促，季辞仓皇抬眸，蓦然间撞上那双迷雾般的眸子，心顿时漏跳了一拍，她讨厌他用这种眼神看她，好似看着一只穷途末路的猎物。

季辞抓了抓裙摆，心跳得很快，她颤抖着手去摸最后的底牌，小心翼翼地掀开一个牌角。其实，她已经不抱什么希望了。

视线一点点落下，当她看清那角落的数字时，浑身一震。

那数字还是9，第二个9。

怎么会是9呢？这样的话，她的底牌就是一对9。

季辞来不及细想这突如其来的转变，眼睛有一秒的失焦，她怕自己看错了，怎么会是一对9呢？无数的问号在她脑中飞过。

她赢了？

这可以说是微乎其微的赢面。强烈的戏剧感冲击着她的心脏，她觉得自己就像一个提线木偶，在上演着一部提前写好的剧本。

季辞的大脑此时一片空白，她迅速把那掀开的牌角重新压回去，把平生所有的冷静都用在这一刻了。她放轻呼吸，让自己冷静下来，绝不能让任何人察觉到她犹如火山爆发般的心情。

原来幸运之神是站在她这边的。

就在季辞即将掀开最后的底牌时，她忽然想到了什么，手上的动作一顿，触电般缩了回去。她抬起头，径直看向赵淮归，目光锐利而灼热，好似要把他刺穿、烫化。

季辞的表情因为内心一个突如其来的，荒诞的想法而变得微微扭曲。

“季小姐？”赵淮归眉头轻锁，对她此时的模样很是不解。

季辞恍若未闻。

她在思考，这场游戏，她是要赢，还是要输。赢了，赢下的是赵淮归的承诺，充其量也就一亿。可输了，她有预感，她能赢下他。她拿了这一亿灰溜溜走人算什么？她该让赵淮归血本无归才是。毕竟，赵淮归何止一亿？

但凡能和他搭上点关系，她哪里还需要卑躬屈膝地去求别人给全季盛世投资？大把的融资能数到她手软！

“赵淮归”这三个字，比银行还好用。

季辞轻轻呼出一口气，她看着眼前冷峻清贵的男人，目光好似火星落在荒原里，腾起滚烫的火焰。骗我的地，那就别怪我骗你的人。这二十四小时，是我买的你。

在众人惊诧的目光中，季辞把最后一张牌折了起来。她把牌死死握在掌心，断绝了他人想要窥探的念头。

“季小姐这是在做什么？”有人没忍住，问了出来。

“赵老板运气好。是我输了。”季辞笑着说道。

赵淮归看见季辞的眸光就这样黯淡下来，像一颗星星骤然跌落，消失在无尽的宇宙里。

她虽然在笑，可笑容勉强且酸涩，故作轻松的样子带着破碎感。

季辞打开晚宴包，准备把牌放进去。

荷官见状，吞吞吐吐地想要制止她：“季小姐……这牌……”

场内的牌都是特殊制作的，按规矩是不能带走的。

季辞吸了吸鼻子，看向对面沉默的男人：“赵淮归，我都已经认输了，你连一张牌都不能让我带走吗？”

熟悉的三个字被女孩用怯弱的声音念出来，赵淮归的脸色又暗了两分，一如深潭，叫人捉摸不透。不是说不认识他吗？小骗子。

“你喜欢就留着。”他看着季辞，淡淡地说道。

季辞低下头，错开和他相交的视线，把牌放进了晚宴包的夹层，她的动作很慢，让人觉得是在故意磨蹭。但输了的人，现在该兑现承诺了。

黎栎舟看着季辞，她低垂着脑袋，肩膀微微抖动，拳头却握得很紧，一副可怜巴巴还要强撑的样子，他都不忍心多看。一个小丫头，被他们算计骗走了家里最值钱的地皮，如今又输给了赵淮归。

一个男人，二十四小时能做什么？能做的多了去了！

黎栎舟深吸一口气，看着赵淮归的眼神都多了一丝鄙夷。真是道德的沦丧！坏！太坏了！

赵淮归感受到一旁有道异样的目光，一侧头就看见黎栎舟正愤愤不平地盯着他。

“看什么？”他眯眼，语气低沉。

黎栎舟挤出一个尴尬的笑，连连摆手：“没什么，就是佩服！佩服！哈哈……”佩服你把“衣冠禽兽”这四个字展现得淋漓尽致。

赵淮归冷笑，给了黎栎舟一个警告的眼神。

黎栎舟捂住嘴，不仅噤了声，连笑也不敢了，只能憋着一口气，用眼神和沈常西交流，然后疯狂地用手机在群里说赵淮归的坏话。

沈常西倒是不意外，他早看出来，赵淮归帮黎栎舟做这场局，只是为了他自己那一点小心思。

一块破地哪里值得他费尽心思，从始至终，他要的只是人。

季辞缩着脖子，假装没人看见她。殊不知，某些微信群正疯狂“刷屏”，她已经成了今晚所有人讨论的焦点。

当然，这些群里都没有赵淮归。

“黎三！赶紧偷拍一张发出来看看！”

“这得是什么天仙？可以让二哥牺牲这么大！”

“季小姐，可以兑现约定了吗？”

就在众人在群里疯狂“吃瓜”时，置身事外的主人公发话了，冷漠无情的声音令众人打字的手都颤了颤。黎栎舟更惨，他正悄悄打开手机照相机界面，照片还没拍，就吓到赶紧锁屏。

季辞咬唇，冲着赵淮归无辜地眨了眨眼睛：“啊？”

细软的嗓音如羽毛划过耳郭，像猫咪的呼吸。

装傻？赵淮归冷笑，凌厉的眼风扫过季辞，随后抬起腕表，计算时间。

“九点半，季小姐觉得如何？”他好似一个优雅的绅士，礼貌地征求女孩的意见。

他平静的语调，让季辞有种错觉，他不是在问什么时候兑现二十四小时的承诺，而是在问晚饭吃什么之类的日常问题。在决定掩埋那张底牌的秘密时，季辞就做好了最坏的打算。她只是不甘心，也可能自己就是蠢。在每个选择的路口，偏要挑最难的路走。

距离九点半还剩半个小时，她不知道半小时后会发生什么。

她已经没有退路。

季辞点头，说：“好。”

赵淮归没想到她如此干脆，倒是有点儿意外。

面前的女孩总是在他要下某种结论时打乱他所有的自以为是，比起盲盒，他觉得她更像俄罗斯套娃。

打开一个壳子后，发现，哦，原来还有更多，更多的不可思议。

赵淮归招了招手，一直站在他身后的男人上前两步，俯身听候指令。是那个带季辞来到赌厅的男人，眼下的一道疤痕让人记忆深刻。

“半小时后，为季小姐带路。”话是对身后男人说的，可赵淮归的眼睛却在看季辞，看着她那双漂亮到无以复加的眼睛。人天生对柔弱的东西有怪异的保护欲，或，摧毁欲。他想，自己大概是偏向后者。

季辞实在是受不了他强势的眼神，简直是明目张胆的围追堵截。她霍然起身，椅子在地毯上划出闷闷的钝响：“那我先走了。”

“等会儿见。”男人撑着下巴，若有所思地看着她。暖调的灯光映入他的瞳孔，像在黑夜里，于冰天雪地中，燃起一团灼热的火光。

离开大厅后，季辞觉得空气都清新了。不再是压抑的靡靡暖灯，取而代之的是清冷的月色。也许是在海上看月亮的原因，少了城市里鳞次栉比的高楼，无穷无尽的熙攘，海上的月亮格外清亮，高高地悬挂在深黑色的海面之上，不可一世却孤独。

季辞缓缓呼出一口气，她打开晚宴包，把那张牌拿了出来，放在手中把玩。正准备扔进海里，就此封存这个荒诞的选择时，身后有人叫住了她。

季辞蹙眉，立马把卡牌放进包里，迅速盖好包扣。

“季小姐，外头风大，这是老板让我给您拿的围巾。”男人说着便递过一条围巾。

围巾很大，足够当作披风使用，裹在身上能挡住潮湿的海风。季辞没有去接围巾，而是问他叫什么，在他领着她去找父亲时，她就该猜到他是赵淮归的人。

男人笑起来的时候，刀疤也显得不那么可怕了：“我是赵老板的特助，季小姐叫我文盛就好。”

季辞笑了笑：“姓文，很特别。”

文盛也配合地笑了笑：“很多人都觉得这个姓和我不搭。”

季辞挑眉：“这世界上不搭的多了去了。你家老板不也是？”

文盛疑惑地看着她。

季辞一边点头一边说：“人面兽心。”

文盛：“……”

“人模狗样。”

文盛差点被口水呛到。

跟着赵淮归的三年间，他就没听过谁敢这么骂老板的。

哦，不对，还有一个人也敢这么做——赵家大小姐，赵千初。

去年的某一天，他跟着老板回赵公馆，车还没停稳，赵千初就踩着七厘米的高跟鞋走了出来。未等众人有所反应，大小姐一脚踹上了老板新买的宾利，把老板骂得狗血淋头。他记得其中一句，就是——人模狗样。

海风呼呼地往身上吹，带来深夜的寒气，季辞还是接过了那条围巾，细腻的山羊绒织物，裹在身体上似羽毛般轻软。

季辞看着手机锁屏上显示着九点十分。为了把自己塞进小一号的礼服里，她晚上没有吃东西，现在肚子饿了，她打算趁着余下的这二十分钟去餐吧吃点东西。

坐在餐吧里等餐的时候，她忽然后知后觉，自己竟然也能理智到可怕。九点半之后会发生什么，她一概不知，甚至到现在为止，她都没摸清楚赵淮归是不是“好人”。

当然，用好坏来评判一个人，是小孩子才做的事。

季辞点了一份简单的黄瓜三明治，文盛全程陪同。说是陪同，不如说监视。季辞知道，她的一举一动都会被他报告给赵淮归。

服务员端来黄瓜三明治时，文盛好心说了句：“季小姐，其实您可以在老板房间叫餐的。比坐在这里吃舒服。”

餐吧的人很多，游客、服务员都在窄窄的廊道间穿梭，很是拥挤。

季辞把三明治分开，先吃面包，再吃黄瓜，她根本没把文盛的话听进去，慢条斯理地吃着东西。

吃完了三明治，季辞还想再坐一会儿，哪知道还没坐几分钟，对面的文盛用很委婉、很小心的语气提醒她：“季小姐，九点半了。”

季辞恼怒地看了他一眼，气呼呼地站起来，朝餐吧外走去。被瞪了一眼的文盛委屈至极，又不能不听老板的吩咐，只能跟了上去。

在季辞绕过最后一桌时，一个端着餐盘的服务员不小心撞了上来。餐盘摔在地上，大半的酒水泼在了季辞身上。

季辞目瞪口呆地看着惨烈牺牲的礼服，全是钱啊……这可是她租的礼服啊！弄坏了得照价赔偿！

服务员一个劲地道歉，都快哭出来了。

季辞深吸一口气，良好的教养让她不能去为难比她更弱小的人。

此时她的身上全是酒水的味道，她无奈地跟文盛商量：“我能不能回房间洗个澡换件衣服再去？”

文盛很为难，如果迟到一分钟，季小姐当然没事，但他铁定会被老板扒层皮。

季辞抬手示意文盛不用找借口了，她看着都心累：“好。我知道了。你是你家老板忠心耿耿、铁面无私的好助理。”

文盛赔着笑：“季小姐，我立马让人备一套干净的衣服。等您到了就能立马换洗。”

季辞冷哼一声，不再多说。

就这样，季辞穿着脏兮兮的礼服，一路跟着文盛来到了十五层。季辞压住惊讶之意，没想到赵淮归的房间竟然和她的房间是同一层，也没有想到船舱的第十五层竟然这么大，如迷宫般让人深陷其中。

季辞被带到一扇玻璃门前，文盛输入密码，玻璃门打开，门后是一道走廊，他们在走廊尽头的一扇门前停下。

“到了，季小姐。”

开门的瞬间，季辞突然意识到她正在做一件多么疯狂的事，她即将面临的是一个多么危险，犹如幽潭深水的男人。

打开门后，文盛没有走进去，只是在门边对季辞交代了两句：“季小姐，这是老板的房间。房内的所有设施，您都可以随意使用。老板说，没有禁忌。老板现在正在谈事，等会儿就会回来。”

季辞点点头，就这样看着文盛把门从外面关上，并伴随着门反锁的声音，就剩她一个人站在这巨大的、空寂的、冷冰的房间里。

愣了好久，季辞这才从游离的思绪中醒过来。

她转身打量着这个房间。

原以为自己住的那间海景套房已经是船上最豪华的房型了，但和这间比起来，简直是小巫见大巫。季辞甚至觉得自己处在一栋私人别苑里，可窗外浮浮沉沉的海水，清幽的月光，都在告诉她，这是在海上。

季辞扫视一圈，视线停留在沙发上。一套干净的衣物整齐地摆在那儿，旁边还有整套洗漱和护肤用品。

她抱着那一堆衣物上了二楼，找到一间带独立卫浴的次卧。她实在是忍受不了身上的酒味了，把卧室门反锁后，迅速打开淋浴，开始洗热水澡。

温热的水花落在皮肤上，带来一丝清明。

这一天，发生了太多事。季辞觉得自己犹如坐上了一趟没有终点的过山车，缓慢向上，随即疾速俯冲，然后又慢慢攀爬，下一个高点在哪里，她根本预料不到。

洗完澡后，季辞裹着浴巾去拿换洗的衣物。翻来翻去，竟然没有翻到内衣。她刚刚明明看到有内衣啊。难道拿上楼的时候掉了？

她只好把浴巾裹得更紧，偷偷走到门边，先趴在门上探耳去听，没听到动静。接着，她紧张地旋开门锁，悄悄探了出去，猫着身子，犹如做贼。

季辞在心里默念：南无阿弥陀佛，观世音菩萨，玉皇大帝，关公，孙悟空，钟馗……都来保佑她吧！可千万不能让某人在这时候过来啊！都给她活起来！显灵作法！降妖除魔！辟邪驱鬼！拦住这个妖怪啊！

从二楼下来，一路安全。

季辞默念得更起劲，就在她伸手去拿落在客厅地毯的内衣时，门锁忽然转动了。

赵淮归把门打开后，看到的就是这样的场景。女孩大片光洁的皮肤暴露在空气里，那抹白色的浴巾不过是在欲盖弥彰。

季辞头脑一片空白，唯有巨大的两个字：完蛋。

她就这么呆滞地看着赵淮归。

半晌，她听见近乎凝固的空气里传来一声嘲笑。

“这么着急？”

第六章

这么大的脾气以后能娶到老婆吗

赵淮归没有着急关门，反而环抱双臂，斜斜地倚着门框，一双深邃的桃花眼毫不避嫌地看着她。季辞愣在原地，就这么和他对视，看着他饶有兴趣地打量自己，完全没有非礼勿视的觉悟，彰显其道德品质极其低劣一面。

季辞很想问一句，您初中思想品德课及过格吗?

两人就这样无声地对峙。

过了一会儿，赵淮归许是靠累了，又换了一种更舒服的姿势继续看。季辞的内心犹如飞过一百只乌鸦。赵淮归，你这样真的很不礼貌!

洗完澡后身体还残留着些许没擦干的水珠子，骤然接触空气中带来的丝丝凉意还是很冷的，可现在季辞不冷了，皮肤上的水珠都要被他复杂的眼神烤化了。

女孩的皮肤格外惹眼，果冻一般细腻柔软，往下的锁骨精致而明晰，纤细的手臂，不堪一握的腰肢，以及两条光洁白皙的长腿。

赵淮归发现，原来她很瘦，比他想象中更瘦一点，也更孱弱。像一张上佳的轻薄画纸，一撕就碎。

半晌，赵淮归终于再度开口，依旧是清冷的语调：“真这么着急?”他蹙了蹙眉，一副很是疑惑的样子。

赵淮归是真的感到疑惑，她已经着急到要提前洗好澡了？可明明他什么都没说，也没暗示。而季辞差点就喷了一口老血出来。

内心骂人的同时，季辞直起了背脊，笑容乖巧，语气也温柔，她很是耐心地纠正道：“没有。没有着急，您想多了。”

赵淮归显然不信。

他抬抬下巴，指了指着季辞身上的白色浴巾：“那你为什么洗澡？”

季辞微笑：“因为我来的时候不小心把衣服弄脏了。”

赵淮归又问：“那你为什么洗完后不穿衣服？”

季辞继续微笑，极力克制：“因为我穿衣服的时候发现有一个东西忘记拿上来了。”

赵淮归：“什么东西？”

季辞已在崩溃的边缘：“内衣。”

两个字咬得极重。她不信这男人还听不懂。

赵淮归挑眉，不再问了。

他的视线慢慢下挪，挪到了地毯，只见一件胸衣静静地躺在那里，乖巧地陷入了甜甜的沉睡。

见男人终于把视线从自己身上挪走，季辞松了口气，一边放松呼吸，一边顺着他的目光往下看。这人看什么看得这么认真？季辞刚想翻个白眼，在看清那一团东西后，她猛地瞪大眼睛。

那是她掉在地上的内衣。

全透明黑色网纱款式，两朵水晶珠花点缀在不可描述的正中，肩带还是挂脖款，细到一根手指就能扯断，整件内衣光是看上去就令人浮想联翩。

她着急洗澡，根本没有细看沙发上的换洗衣物。所以这送来的内衣竟然如此性感？这么风骚的款式是谁给她选的？她这么天真无邪，穿这个合适吗？很好，为了讨你们老板欢心你们简直无所不用其极。

季辞早该想到这一层，赵淮归手底下的人能安什么好心？不只他们送来的衣服不能穿，送来的食物也不能吃！送来的水更不能喝！

空气已经陷入了死寂。偌大的空间里，没有一丝流动的风，人仿佛被镶嵌在了滴胶模具里，一点点地凝固。

赵淮归慢慢抬起头。季辞也慢慢抬起头。

两个人的目光不经意地撞在了一起。

女孩的脸已红透了，喝醉酒一般。赵淮归的眼神也有些慌乱，他迅速别过脸，虚握拳后抵在唇边，掩饰不自然。

“这还不是着急？”男人的声音微沉，有些哑。

季辞的脑袋快炸了，完全没有察觉到赵淮归的奇怪。

在忍无可忍之下，她握紧拳头，扬声道：“您是不是除了着急，不会别的词了？”

赵淮归哑然，思考了一秒：“急不可耐？”

季辞：“……”

罢了。

人生就是一场戏，我不入戏谁入戏？

季辞最终还是没有穿那件内衣，她穿回了自己的内衣，又把送来的衣服拿出来好好检查了一遍。幸好，赵淮归底下的人还未完全泯灭人性，睡裙是奶蓝色的棉质长裙，领口是荷叶边娃娃领，简单又可爱。

季辞用力扯了扯，很好，没有爆开，质量过关，是正经货。

出了次卧，季辞觉得有些冷，客厅的落地窗不知何时被人打开了，海风争先恐后地涌进来，带来腥潮的气息。

季辞撑着扶手往下望去，赵淮归倚着阳台的玻璃栏杆。他不知什么时候脱掉了西装外套，身上罩着一件白色的薄针织毛衣，手里拿着酒杯，手肘撑着栏杆，袖口卷起，露出流畅的肌肉线条。

此时船已经进入了南半球，气温骤降，夜晚尤其冷。几天前还是炎炎夏日，但现在那些灼热的阳光仿佛消失了很久。

季辞还没跨出阳台，就被海风吹得打了个冷战，皮肤都浮起了细小的鸡皮疙瘩。赵淮归听到响动后，转头看向她，视线扫过季辞单薄的穿着：“穿这么少？”

她只穿了一条薄薄的睡裙，甚至没穿鞋，光脚站在地毯上。

“他们只给我送来了这个，又不准我回去拿衣服，我还能挑三拣四？”季辞歪着脑袋，抱怨地冲他撇嘴，和他说话的语气甚是熟稔。

像是感受不到冷一般，季辞光脚走到阳台。

赵淮归平静的神色动了动，他把酒杯放在一旁的桌子上，转身进了客厅。

过了一分钟，赵淮归回来了，手上拿了一双拖鞋，一条围巾。他把拖鞋扔在季辞跟前，又把围巾往她怀里一扔，说：“穿上。”

季辞没有动，只是垂眸看着那双棉拖，不知在想什么。

忽然，她欢快地往赵淮归跟前凑去，仰着头看着他：“你这是在关心我吗？”

月光淋在女孩的身上，水光充盈的眼眸一如此时的海，在夜色中波光潋滟。赵淮归怔了一下，平静说：“我不想被你传染感冒。”

季辞：“哦。”

很好，我就算感冒了也不想传染给你。

没有关系，她还有二十四小时，这男人一次不上钩，一百次还能不上钩？她多的是机会，她必须让这一亿花得有价值。

赵淮归懒得搭理她，转身继续对着那片茫茫无际的夜海，季辞则被他晾在一旁。

男人的背影在月色下尤为清隽，比起他穿黑色时的无情冷峻，穿白色的他带给人一丝温柔的错觉。他安静地靠着玻璃栏杆，没有说话，不知道是不是喝了酒的缘故，呼吸微微粗沉。

季辞披着围巾，站在一旁。此时已经过了十点。

算下来，她已经损失两百多万了。洗澡的时候，她一直在思考，等会儿赵淮归来了，她该怎么找机会打断他试图和她花前月下的念头。而现在，她觉得方向搞错了。她要思考的怕是——如何找机会和他花前月下。

“帮我把酒拿过来。”

季辞还在想着该不该说些什么，就听见前面传来男人淡淡的吩咐。

季辞把酒端起来，走上前递给他。赵淮归接过酒杯时，手指不小心划过季辞的皮肤，如雪般微凉。

他喝了一小口，似是味道不对，他蹙眉吩咐：“去把柠檬拿来，就在吧台上。”

季辞又是一愣。这男人貌似吩咐她吩咐得很顺手啊。我花一亿买你一天就是为了给你当女仆?

季辞黑着脸去把柠檬拿过来，杵在他跟前：“喏，给你。还需要我做什么？您尽管吩咐。”这话说出来，有点儿呛人。

赵淮归轻轻笑了一声，眼尾一挑，看了一眼酒杯："再加点柠檬汁。"

然后，季辞很没骨气地给他加了。酸涩的柠檬香气在指尖爆发出来，伴随着海风，萦绕在两人之间。

季辞想趁着赵淮归不注意，多加点柠檬汁酸死他，却被他制止："想酸死我？"

季辞缩回手，怯怯地看向他，一副逆来顺受的可怜样："我哪里敢？"

赵淮归冷笑，他看她敢得很。

季辞见他不说话，趁机凑近："我真的没有那个想法。你怎么不信我啊？"尾音拖得很长，声音娇俏甜腻，随后表忠心似的，双手捧着酒杯，当着男人的面，喝了一口。

挑了杯口有酒渍的地方入口，琥珀色的液体滚入喉咙时，她眯了眯眼睛。红唇染上兑了柠檬汁的酒，亮晶晶的。

赵淮归呼吸一滞，脑海里竟然浮现一个奇怪的问题，不知道是甜的，还是酸的？

喝了小半杯的酒，季辞舔了舔唇瓣，一副意犹未尽的模样，她冲赵淮归笑了笑："好喝，你要尝尝吗？"

季辞抬手，把酒杯举到男人面前，印了浅浅红痕的那一处对着他。也不知道是不是故意的，这个角度只要一低头，就能和那抹红，严丝合缝地贴着。

赵淮归神色不明，他看了一眼印在杯沿的口红，看着季辞说道："你好像一点也不怕我。"

从两人第一次见面起，她就表现得过于自然、熟稔，以及生动。她不怕他，一点也不。

自从进入诡谲的生意场后，周围的人对他无一不是敬畏，甚至惧怕。就连那些别有用心靠近他的女人，也都免不了在内心深处畏惧他。那么季辞呢？是因为太过单纯无知所以无畏，还是心机城府比他更深，手段在他之上？赵淮归觉得答案大概不是后者。

"怕你？"季辞怕他不信，还特意强调道，"我很怕你啊！"

原来他喜欢"女人，你是不是怕我"这一套？他如果喜欢玩这一套，她也不是不可以陪他玩。不过，她觉得他大概更喜欢"女人，你竟然不怕我"这一套。柔弱小白花是经不住他的摧残的，不是被冷死就是被吓死，要不然就是被气死。

赵淮归根本不知道季辞此时的心思已经飘到了外太空，他还是觉得那抹唇印刺眼，女孩甜腻的笑容更刺眼。他伸出食指，去抹掉那晕开的红色，直到发现那抹红色从杯口转移到了指腹，才醒过神来。

赵淮归不自然地握拳，转身进了客厅，留下季辞一个人站在阳台。

季辞眯着眼睛，总觉得那背影像是落荒而逃。

快走到楼梯口时，赵淮归意识到自己这样太不对劲了，又折返回去，冲季辞冷声道："还不跟上来。"

季辞蒙了："啊？"

赵淮归皮笑肉不笑："你是不是希望接下来的时间都能这么耗下去？"

季辞倒吸一口气，海风灌进五脏六腑，她恍若受惊的小兔子，在大灰狼的强势围追下慌乱地退了两步。

她环抱住自己，颤抖着声音："你……你要对我做什么？"

快！说你即将对我意图不轨！

赵淮归冷眼瞧着她，脸色犹如阴霾压城。

跟着赵淮归上了楼，季辞还是生出一丝退却之意，她停在自己挑的那间次卧前就不动了，然后偷偷打量着男人。

赵淮归懒得和她废话，直接捏住了女孩的后颈，像拎小猫一样，把季辞拎进了主卧。

"喂！你这样很不礼貌！"季辞感觉脸都要丢光了。

赵淮归大手一挥，卧室门"啪嗒"一下关紧，门锁自动旋上。听见身后传来锁门的声音，季辞觉得肾上腺素开始飙升，这会不会太刺激了？

主卧不比客厅小，一张硕大醒目的床摆在正中间，季辞很想欣赏一下这个房间奢华贵气的装修，可那张床夺去了她所有的注意力。她甚至觉得这床大到有点儿浪费，这么大这么软这么舒服的床，她可以睡三天三夜。

一张舒适度绝佳的好床，绝对是年轻人青春的坟墓。

赵淮归头也不回地往里间的浴室走去。

她跑两步跟上去："你干什么去啊？"

赵淮归陡然停住脚步，季辞一个没注意，就这么直直地撞了上去，鼻尖撞上了他坚硬的胸膛。

赵淮归冷眼看她："洗澡！睡觉！"

季辞脱口而出："和你睡？"

头顶传来一声冷笑，下一秒，季辞的下巴就被人掐住了："和你睡。"

下巴被他冰凉的手掌扣住，季辞感觉心脏也一起被他扣住了。触感是冰的，呼吸是热的，眼神如此深沉，像一团化不开的墨。

"说话。"赵淮归耐心用完，虎口一用力，俯身逼近她，高大的身影像扑面而来的夜色。

季辞下意识地用手抵住他的胸口，纯粹是动物般原始的领地意识在作祟。原来男女之间那些推拉的技巧，诱惑的手段，在绝对强势的力量面前只是幼稚的笑话。

赵淮归一步步逼近她，她根本来不及想要如何逃，如何接招。

感受到季辞在小心翼翼地后退，赵淮归眼含嘲讽，语气更淡了："开始不是挺能说的？"他的拇指开始摩挲着下方柔软的肌肤，动作认真，近乎抚摸。

看着赵淮归像变了一个人，剥掉了绅士的外衣，季辞开始瑟瑟发抖，她抬眸看了他一眼，又迅速闭眼。

"你让我说……说什么……你别冲动啊……冲动是魔鬼……赵淮归，你千万要冷静！"

赵淮归不打算收手，季辞被逼退到床沿，没站稳，整个人向后仰去。她惊呼一声，双手迅速攀上赵淮归的后颈，把始作俑者连带着一块扯了下去。

身体陷入又厚又软的被褥，犹如坠入一潭温暖的沼泽。季辞惊慌未定，不停地喘气，胸口剧烈起伏。

赵淮归的双肘就撑在季辞两侧，两个人的距离拉到不能更近。随着身下女孩的呼吸，他的眼眸越发幽深，直到忍无可忍。

"季辞，你就这么迫不及待？"低沉的嗓音，带着一点怒气。

季辞的手，在他看不见的地方，紧紧地攥住床单，直把熨烫平整的被单抓出无法被抚平的皱褶。男人的呼吸拂过季辞的头发、皮肤，痒痒的感觉弄得她心跳加速。原来清冷的他，淡漠的他，都是假的。真正的赵淮归，比沸水更滚烫。

总之，完全不是她想的那样。

季辞缓缓放平呼吸，抿着唇，看不出心思。

就在赵淮归以为自己得不到答案时，她忽然松开紧攥的床单，迅速环抱住他的背，整个人都缩进了他的怀里，细软的声音从怀中传来：“那你会上钩吗？”

赵淮归的呼吸顿时变得极轻。这一刻才感觉自己是在船上，整个人都是飘着的。

季辞的脸红了，也许是因为热，也许是因为酒精。在说出那句堪称没脸没皮的话后，她的心跳到了极限，不敢看他的眼睛。

半晌，赵淮归轻轻呼出一口气。他低头，凑近季辞的耳郭，季辞整个人都僵硬了。

就在季辞以为他要有下一步动作时，却听见他低声道：“不会。”

她一时怔住了，她说不出此时是什么感觉，大概是箭到弦上不得不发，都已经这样了，不如一做到底。

季辞颤抖的手开始不受控制地往上攀，抚过他紧绷的背脊，然后缠住男人的脖子，用食指小心翼翼地去碰触他的喉结。

她咬着唇，很是懵懂地问：“为什么呢？”

指下的喉结在她触碰的瞬间，翻滚了一下，很有克制的性感。

赵淮归皱起眉头。

“你说啊，为什么呢？”

没脸没皮过后，季辞仿佛打通了任督二脉，反正说一句暧昧的话是说，说一百句也是说。这口子撕开了，她就没什么不好意思的了。她不停地追问赵淮归，非得让他回答这荒谬的“为什么”。

赵淮归被她弄得极度混乱，就没见过这么难缠的女人，堪称盘丝洞里的妖精。偏偏那张脸，又让人觉得做某些事，是不对的、是罪恶的、是可耻的。

“你告诉我呀……”

赵淮归皱紧眉头，终于，手臂肌肉崩到极限，他冷笑着掐住她的下巴，突然吻下来。

季辞瞪大了眼睛！

上一秒冷言冷语说着不会上她的当，偏偏她还当真了，抖擞精神，火力全开。哪知道，他就是一头蛰伏已久的狼。

季辞绝望地看着天花板，想问一句，该死的男人，是我在玩欲擒故纵，还是你在玩欲擒故纵？初吻如果就这样没了，她一百个不甘心。但想到那个一亿的赌局，她又觉得还行。但凡成大事者，不必拘泥于小节，她就当被妖怪吃了。至少钱没白花，还是被她搞出了点水花，以后谈生意把赵淮归搬出来招摇撞骗时，也能更理直气壮一点。

想到这里，季辞心情好了很多，她闭上眼睛准备迎接她的初吻，然而赵淮归突然停下了。

季辞困惑又茫然地去看他。赵淮归的眸色极暗，如堆积浓厚的乌云。

他冷静开口："我刚刚试过了。现在告诉你为什么。"

季辞："啊？"

赵淮归："因为你还不够努力。不真诚。"

说完，赵淮归起身，连衣服凌乱了都没整理，就快步走去了浴室。

季辞躺在床上发愣。

大概是她的大脑还没有进化到赵淮归那高深莫测的层次，所以有些情形，她需要一些时间来消化。他那句话是什么意思？什么叫她不够努力，不真诚？姐花一亿买你一天，是来给你努力的吗？是来展现真诚的吗？

此时，浴室里响起水花洒落的声音。

赵淮归竟然丢下她这个温香软玉的大美人，跑去洗澡了。季辞这辈子都没见过这么离谱的事。可惜她现在四肢酥软，动不了，不然她一定要跟姜茵茵还有苏皓白吐槽。

水花好似一场鹅毛大雪，月光透过窗纱照进来，被过滤了皎洁，只剩下朦胧的温柔。空气里浮动着若有似无的檀木香，是在寺庙里才能闻到的香气，让人很快就能沉静下来。

季辞绷了一整天的弦不知何时断掉了，她躺在柔软的床上，视线一点一点模糊，她知道到自己快睡着了，便最后看了一眼墙壁上的挂钟。

十二点。

她迷迷糊糊地呢喃了一句"亏大了"。

赵淮归出来的时候，季辞已经睡着了。睡相一般，时不时翻身动两下，嘴唇随着呼吸微动，像在吐泡泡的金鱼。

她竟然睡了，还睡得挺舒服。

赵淮归哑然。这都能睡着，心该有多大？至少这个地方她是第一次来，至少他这个人于她而言只见了几次，等同于陌生人，她却熟稔而自然，甚至有些肆无忌惮。安睡的样子倒是甜美，少了矫揉造作的痕迹，妆是早早就卸干净了的，唯独留了口红。像是刻意留下的一抹朱砂血，以待旁人采撷。

季辞又翻身了，离掉落床沿还剩几厘米。赵淮归没动，环抱双臂，站在一旁看着，不知在想些什么。就在季辞要掉下床时，他上前把人给翻了回去。最后他干脆坐在床沿，让她再没有掉下来的可能。

刚要就着窄窄的一方空间躺下时，季辞的唇瓣翕动，好似在说梦话。

赵淮归皱眉，俯身去听。

女孩嘟起嘴，咕哝了几句，其他的没有听清，唯独一句，听得很清楚。那是软绵绵的一句话，比粘牙的糯米还要可口："赵淮归，你没有心……"

赵淮归轻轻笑了一声，俯身在季辞耳边说道："你知道就好。"

还不算太蠢。

次日，季辞在灿烂的阳光中醒了过来，醒来的时候，床上只有她一个人。本来还想赖会儿床，忽然，她回过神，猛地惊坐起来，掀开被子一看。

睡衣完好无损，身上也没有乱七八糟的痕迹，没有小说里女主一觉醒来犹如被卡车碾过的感觉。

她舒了一口气，昨晚竟然是不可思议的平安夜。

季辞下床后在房间内找了一圈，没有发现赵淮归的身影。难道昨晚他没有睡在这儿？不应该啊。

昨晚睡得朦朦胧胧间，她总觉得有人挨着她。时不时靠近，贴着她，像在汲取她的温暖。她觉得有可能是赵淮归，毕竟他人那么冰凉，就跟糖水老冰棍一样，搞不好把她当热水袋使。可是转念一想，他连接吻都能停下来跑去洗澡，能整晚抱着她睡？

不可能。估计是她睡相太差，被子没盖好，漏风了。

季辞刷牙的时候顺便去找手机，昨晚的情形，根本无暇去顾及手机。手机一摁亮，消息犹如滚滚江水，奔流而来。季辞蹙眉，不过一晚上而已，怎么这么多消息？

微信里冒出许多未读的小红点，很多好友都是躺在列表上落灰的，如今诈尸一样活了过来。

这架势，季辞都觉得自己是不是做了坏事被警方公开通缉了。

消息五花八门，但一一看下来，意思都一样。

“辞宝啊，你去了澳洲怎么都不告诉我？我给你推荐几家悉尼超火的餐厅！出片效果超好，你一定要去试试！”

“辞辞，你上次让我问我爸有没有认识的材料商，我之前太忙了，才一直没回复你。你别介意呀，我现在把商家的电话都发你。”

“亲爱的！回来了一块逛街，喝下午茶啊！姐妹们都等着你呢！”

“季总，您好。还记得您上次预约过我们杨董吗？我们杨董说，哪天您有空，他亲自去接您。”

以及若干“您被某某好友拉入群聊”的消息。

季辞无语了，这都是哪里刮来的妖风？自从全季盛世出事以来，季辞处处碰壁，不管是发出去的微信，还是打出去的电话，无一例外，别人不是说忙，就是没空，要不就是直接把她拉黑了。因为什么她心知肚明呢，不就是怕她开口借钱吗？如今这一派春和景明的气象，真像撞鬼了，不知道的还以为她中了头等大奖呢。

季辞最后才点开苏皓白的消息。

“你知不知道今晚有多少人问我你和赵淮归的消息？”

“你做了什么？”

“快回消息！”

季辞心中升起一个巨大的问号。难道这些反常是因为全城都知道了昨晚船上的事？可他们才共度一晚而已，消息就不胫而走？

始作俑者黎栎舟正笑嘻嘻地和人说着八卦。今天的早餐是甲板露天早午餐。一众大佬好会享受，吹着海风，享用着最新鲜的食材。赵淮归来的时候，众人纷纷交换眼神，小动作不断，不停地去偷看他。

竟然来这么早？二十来岁的小伙子就是精力旺盛。

“二哥，季小姐怎么不来一起吃？”有人没忍住，问道。

赵淮归正在吃早餐，闻言头也没抬，面无表情：“不用管她。”

众人的表情很是微妙。

与此同时，季辞化完了妆，在客厅里看到了她的行李箱。不知道什么时候被人送来的。换好衣服后，门口传来两道敲门声。

季辞打开门，是文盛。

“季小姐，老板让我带您去吃早餐。”

季辞：“那他呢？”

文盛：“老板也在那儿。”

季辞点点头，跟着文盛一起过去。

今天阳光很好，温度虽低，但没有夜晚那种刺骨的寒意。季辞穿了一件桃色的毛衣外套，一条米杏色的绸缎裙，微微的鱼尾摆，走路时，裙子被阳光烤着，犹如钻石那般散发出粼粼光泽。

到了甲板处，季辞远远就看见一群人在吃早餐。季辞加快脚步，小跑着向前。她那甜蜜的表情，像奔向思念已久的恋人。

众人有说有笑的，突然，空气里传来一句娇俏的声音，又黏，又嫩。

“淮归哥哥！你怎么都不等我一起吃早餐啊！”

现场顿时鸦雀无声。众人惊恐，有人甚至掉了叉子。正吃着可颂的赵淮归，吞咽的动作滞了滞，食物停留在口中。过了几秒，他才慢慢咽下去。

一只从天降落的欢快的小雀鸟飞来了，桃色的毛衣毛茸茸的，仿佛一团云霞。她扑腾着翅膀，目标明确。

坐在赵淮归旁边的男人在众人目瞪口呆之际，迅速反应过来，他得把这个尊贵的位子让出来，让给这位奇女子。

赵淮归的表情没有任何波澜，仿佛失聪，目光直视前方，甚至端起了咖啡，淡定地喝着。

季辞远远看着男人冷峻的侧脸，觉得很有意思。就在快要扑上赵淮归时，很不合时宜地抖了抖腿，整个人趔趄几步。

立马有服务员上来扶她：“季小姐，小心！”

“季小姐您还好吗？我扶您过去吧。”

季辞摆摆手：“没事，我缓缓就好。”说完，她在众人微妙的目光下，转头对着赵淮归的侧脸，娇气地抱怨，“赵淮归，你扶我一下好不好，腿又酸又疼，走路都没力气呢。”

赵淮归端着咖啡的手猛地一抖，他缓缓地侧头，眼中充满震惊之意。眼前是一位走路没力气，却能踩着五厘米高跟鞋一路飞奔而来的女人。

众人倒是没有想这么多，只是竖着的耳朵听到了三个关键词：腿，又酸又疼，没力气。

交换眼神后，众人倒抽一口凉气。于是，某微信群里被一个词“刷屏”了——禽兽！

季辞柔弱地撑着玻璃围栏，死死地盯住赵淮归，唇瓣轻启，无声地说：“扶我。”

男人嘴角僵硬，但最终还是放下咖啡，起身朝季辞走去。动作慢条斯理，优雅得像个假人。

季辞眼神充满了崇拜，满脸的爱慕，看着一路逆光而来的男人，仿佛在看着踩着七彩祥云来救她于水深火热的大英雄。心中的鄙夷之情却在翻涌，瞧这货白天人模人样的，一到晚上就撕下了伪装，丝毫没有一个总裁该有的稳重。

赵淮归走到季辞跟前站定，眼神不咸不淡，没有一点想要扶她的意思。

季辞嘟嘴：“赵淮归，我腿疼，走不动。”

赵淮归：“走不动，你可以跑。”

季辞焦急地解释：“我……我是……”

赵淮归：“刚刚看你跑得挺奔放。”

季辞不说话了，一脸阴沉。若不是为了在众人面前表现出我们有这样那样的关系，你以为我乐意又是跑，又是假装崴，又是说话嗲里嗲气的吗?

说实话，那声“淮归哥哥”出口的瞬间，她差点都吐了。

今早的微信事件，让季辞尝到了甜头。虽说发来消息的人基本上是见风使舵的墙头草，但至少让她知道了如今的风向。

果然，她的选择是对的。

一亿哪有赵淮归这块金字招牌给力，才和他沾上了零星的暧昧关系，形势立刻就变了。昨晚的事必定是赌桌上赵淮归那一圈狐朋狗友传出去的，不过一晚上，就闹得满城风雨，成功把季辞和赵淮归这两个名字绑在了一起。

如今在上京城名流圈里，她是什么？不是什么即将破产的大小姐，而是赵淮归的绯闻对象！赵二公子迄今为止唯一的绯闻对象！反正这些公子哥闲来无事，就爱传八卦，那不如，就借他们的口，让这把火烧得更旺一些。

俗话说“一人得道鸡犬升天”，只要大家觉得她归赵二公子管，全季盛世的融资不就手到擒来了吗？季辞浑身的阴霾都散了，看着赵淮归那一脸不想理她的跩样也没那么不顺心了。

此刻的赵淮归，在她眼里就是一台金光闪闪的印钞机。

“你对我好凶哦。”季辞风情万种地乜他一眼，“过了一夜就翻脸不认人？”

赵淮归蹙眉，难以置信地看着她一本正经地讲胡话。

一个女孩子，能不能矜持点？

赵淮归没说话，也不知道联想到了什么，脸色眼看着就阴沉了下来。

“你在别人面前也这样说话？”男人的声音压得很低，好似在把琴弦往下压，十分沉闷。

季辞感觉耳郭被人蓦地刮了一下，浑身汗毛竖起。这道题，有陷阱。

季辞抓住了重点，她抬头，用一种无比真诚的目光看他：“不，我从不和别的男人说话。只和你。”

赵淮归怔了一下，随后被气笑了。

昨晚在牌桌上，左一句“你好厉害哦”，右一句“帅气的男人运气不会差哦”，眉飞色舞的样子，就差给人比心了。现在跑来跟他说她不和别的男人说话？江湖骗子行骗也没这么明目张胆的！

“你是不是觉得你骗人的技术很高明？”赵淮归表情冷淡。

季辞怎么看，都觉得他问得认真，只好默默地收回卖乖的想法。

虽然今天阳光尚佳，但站在风口上，还是会觉得冷，季辞为了漂亮显瘦，只在毛衣里穿了一件小吊带。海风下，毛衣上每一个小洞都在灌风，她感觉再这么和他僵持下去，她就要被风吹瘪了。

季辞叹了一口气，男人是幼稚的物种，有时候还是得靠哄的。

于是她上前两步，小手指钩住赵淮归的腕表。表带和手腕之间只有小小的间隙，但刚好能容下她的一指。她微微使力，皮质表带陷进手腕内侧，让男人无法再装作无动于衷。

“好嘛！之前那话是夸张了。”季辞低着头，一缕发丝被海风吹起，扫过鼻尖，痒痒的。她吸了吸鼻子，说话时也少了以往的故作娇媚，反而坦率直白，“我骗人的技术是挺拙劣的，因为我没经验啊，从小到大就骗过你一个人嘛！”

赵淮归就这样看着她，目光比之前要幽深两分，似乎在分辨她说的是真话还是假话。

季辞抚平心中异样的情绪，她继续说道：“赵淮归，如果我就想骗你，就想对你说谎，你怎么办？”

赵淮归，我是骗了你，但我现在也告诉你了，至于你信不信，当不当回事，那我管不了，也与我无关了。反正你也骗了我不是？扯平呗。

季辞的眼睛里流露出了一丝真诚，赵淮归的大脑微微宕机。这一刻，他觉得自己有些错乱。到底是骗子在说真话，还是真心地在说假话。这之间如何分得清？

“随你。”他先她一步错开视线。

季辞笑了笑，她抬起手，骄横地命令：“那我要你扶我！”

赵淮归蹙眉，眼中露出一丝嫌弃，却没说什么，把手从裤兜里拿了出来，搀住季辞的手臂。

季辞看着他的架势，憋笑，他还真是在扶她。扶瘸子那种扶法。

“嗯……其实你不用这么扶我的。”季辞被他搀着，不知道是该瘸着走，还是正常走，就有点儿手足无措。

赵淮归冷眼道：“是你要我扶你。”

下一秒，他作势一松，打算收回手。

季辞见状立马缠了上去，换成她亲昵地挽着他：“哎呀，我不过就想挨着你而已，发什么脾气！”

赵淮归没接腔，别过脸，神情略有些复杂。

众人目不转睛地瞧着远处走来的两个人。女孩亲昵地挽着男人，时不时地踮脚，和他说悄悄话，行为举止如恋人般亲昵。

众人更加确认了两个人关系不一般。

昨天女孩子还一脸委屈巴巴，知道自己输了后都快哭了。可是，今天淮归哥哥也叫上了，手也挽上了，看赵淮归的眼神，跟蜜糖一般甜到发腻。

两个人坐下后，服务员为他们端上餐盘，倒红茶。早餐是澳洲当地很火的式样，摆盘精致，菜品也很有创意。

“季小姐，这个汉堡不错，里面夹了厨师自己做的花生果酱，你尝尝？”黎栎舟很是殷勤，堪称狗腿了。

他昨夜深刻地检讨了自己的错误，那份合同他恨不得再加个补充条款，好把那两亿差价补给季家。免得未来，万一季小姐真成了他嫂子，他岂不是得成天提心吊胆的？毕竟，嫂子的枕边风一吹，他何止要吐两亿出来！

季辞的心思根本不在黎栎舟身上，擒贼先擒王，搞定了赵淮归，这些个小仇小怨，日后随手就能报。

她笑眯眯地把盛汉堡的盘子端过来，切了一半分给赵淮归：“淮归哥哥，这个看上去很好吃哎，我们一人一半好不好？”

有看热闹不嫌事大的人搭腔：“那不好吃的呢？”

季辞微笑，恬静如水：“不好吃的，肯定不给淮归哥哥吃。”

大概只有魔法才能打败魔法。赵淮归感觉鸡皮疙瘩正一颗一颗地从皮肤里钻出来。

季辞在试探成功后，更加有恃无恐，全然不顾赵淮归越来越冷的脸，眉飞色舞地表演“淮归哥哥新上位的可心绯闻小女友”人设。

众人都被唬得一愣一愣的，当然早餐间发生的所有事情都被人用微信传了出去。

最后，季辞拿起一颗草莓，娇声说：“哥哥，吃草莓。”

说完，强忍着被自己恶心到产生的反胃，漾开甜甜的笑，把草莓递到赵淮归唇边。沾着水珠子的草莓，新鲜可口，是刚从冷藏柜里拿出来的。

感受到唇角有一瞬的冰凉，赵淮归深吸气，一把扣住了季辞的手腕。他压低声音，用只有两人才能听见的声音说道：“能不能别作妖了？还有，别叫我哥哥。”

眼里戾气很重，大有忍无可忍的意味。

季辞吞了吞口水，在男人威逼之下，她慢吞吞把草莓收回来，然后放进自己嘴里。吃完后，还伸出舌尖舔了舔嘴角。

“赵淮归，我这样，其实是为你好。”她凑到男人耳边，声音细软得如猫咪的尾巴轻轻地扫过，带着草莓的芳香，一起入侵他的耳朵。

“为我好？”赵淮归冷着脸，倒是想听听她又能瞎扯些什么。

季辞点头：“我如果不对你热情一点，你的朋友岂不是会觉得你昨晚不行？传出去怕是对你名声不好。”末了，她又补充道，“你懂的哦！”

你不行。

三个字无限放大。

赵淮归的眼神已经幽暗如深渊，他怒极反笑，一字一顿地说：“季辞，你，很好。”

季辞挑了挑眉，又拿了一颗草莓递过去。短暂的沉默过后，赵淮归妥协地张开嘴，把草莓吃了。

众人不明就里，纷纷一脸“啧啧啧”的表情。

看看这两个人，才一个晚上，就好得蜜里调油了啊！

早餐进行到尾声，有人发话，邀请季辞参加午后的泳池派对。今晚九点多，船就要靠岸了，大家准备最后一轮狂欢之夜。

季辞疑惑地问：“泳池？”

沈常西接话：“是啊，七层有露天泳池，还有一些水上游乐设备，季小姐没去过？”

季辞皮笑肉不笑，心想：我在邮轮上不是被你们吓到不敢出门，就是被你们骗去化装舞会遭人威胁，再不然就是被你们骗去卖地，我还有时间玩？

她掏空钱包买的泳衣都要浪费了。

想到泳衣，季辞双眼放光，她怎么把这个给忘了？季辞转头看向赵淮归，意味深长地笑了笑：“好啊，我喜欢泳池派对！”

赵淮归余光扫见女孩嘴角的诡异微笑。他蹙眉，莫名其妙觉得冷。

赵淮归十点有一个视频会议，要先走，季辞说和他一块回去，让他等五分钟，她去后厨拿个东西。

季辞找后厨打包了一份汉堡，一份草莓酱淋炸鸡，打算拿给季盛澜。打包完，季辞提着小袋子一路碎步跑到赵淮归跟前，喘着气说：“怎么样，刚好五分钟。我说话算话，没骗你吧！”

因为跑得急，女孩的额前沁出细碎的汗，脸蛋红扑扑的，像刚刚他吃掉的那颗草莓。她笑起来的时候，圆圆的眼睛会弯成两个小月亮，娇憨之态，分外动人。

赵淮归不自然地别过眼，说道：“你倒是会卖乖。”

季辞若有所思地点点头，仍旧笑意盈盈地看着他：“那你喜欢吗？”

赵淮归嘴角有一秒的僵硬，刚准备说什么时，有两个外国男人从他们身边路过。两人看了季辞好几眼，兴奋地交谈。隔得不算太远，他们说话的内容都能大致听清，大概是说“这个女孩真漂亮，笑起来像天使”之类的赞美之词。

甲板上人不多，除了来往的服务员，就只有季辞一个女孩子，所以，这几句夸赞自然而然落在她的头上。季辞倒也没露怯，反而大大方方地和那两个外国友人笑着打招呼。

等外国友人走后，她凑到赵淮归面前，得意地炫耀：“他们说我笑起来像天使哎！你说像不像啊！”

季辞撒娇地去挽男人的手臂。弯弯的月亮盛满了皎洁的光，红唇翘起，弧度仿佛经过精心勾勒，多一分过媚，少一分则淡。

赵淮归本来消散的阴霾，在瞬间聚拢，整个人阴沉得不像话。季辞虽然察觉到了他的异样，但没多想，依旧笑着，试图用天使的微笑征服他。

忽然，赵淮归冷笑着，目光森然，看起来颇为诡异。

“你再这样笑，我就把你扔进海里喂鲨鱼。”声线过于平静，像在说今天天气还不错。

面对男人突如其来的威胁，季辞感到莫名其妙。好好的又发什么脾气？脾气怎么就这么大呢！这么大的脾气以后能娶到老婆吗？

见她不笑了，垮着个脸，眼里全是委屈，以及想骂人却忍着不敢骂的憋屈表情，赵淮归突然觉得心情有几分愉悦。他轻描淡写地收回眼神，迈步向前走去。被扔在身后的季辞，独自在风中凌乱，压根顾不上被海风吹乱的头发，她看着男人冷漠且傲慢的背影，深刻检讨：自己哪里做错了。

出什么问题了？还是赵淮归他不喜欢天使这一套？难道他喜欢惹火诱人的小妖精？

此时季辞的鄙夷之情已经难以用语言来形容了。

果然，男人都是一个样——俗。

第七章

她的一亿就被赵淮归
用两个破吻打发了

季辞把打包的早餐给了文盛，拜托他转交给季盛澜。在这之前，她提出想亲自去送，但被赵淮归轻飘飘地驳回了。

“为什么不可以？我送过去马上就回来啊！”季辞愤愤不平地抗议，见赵淮归不接话，她又小声地嘀咕，“你现在要视频会议，计较这几分钟……”

赵淮归放下平板，淡淡道：“送去可以，一分钟六万。”

一分钟六万，他怎么不去抢钱？

她想了想，低声下气地与他商量：“那不然这样，我按三倍，不，三十倍的时间算给你好不好！我如果去十分钟，那我就赔你三百分钟！你看是不是超划算啊！”

女孩一脸笑眯眯，赵淮归不咸不淡地扫了她一眼：“你怎么不说三百倍？”

季辞瞬间垮下脸。

赵淮归把她当空气，关掉静音，对着摄像头淡淡地吩咐电脑那边围观的员工：“继续。”

安静的房间里，平板电脑中传来员工汇报工作的声音。季辞百无聊赖地坐在一旁玩手机，时不时抬头偷瞄赵淮归。她不得不承认，赵淮归认真工作的样子，还挺迷人。

此时临近中午，阳光透进来，落在他棱角分明的脸庞上，投下一道暗金的光影交界线，男人一半沐浴在薄薄的阳光里，一半在阴影里，像浓郁的油画，又像缥缈的水墨画。

季辞偷偷拿手机拍了一张，发给姜茵茵。

季辞："品品，什么水平？"

对方几乎是秒回。

姜茵茵："我赌一块钱，这绝对是邮轮上最帅的男人！季辞！你出息了啊！宋嘉远差他十倍不止！不！百倍！"

季辞："帅就帅，能不能不要拿某人当参照物？这能比吗？是一个档次的吗？"

季辞双眼冒火，气愤地打字。怎么这一个个的都要拿宋嘉远出来说事！她这段黑历史能不能好好地躺在坟墓里，别动不动就出来诈尸？

大学时期，她迷上宋嘉远完全是因为太过青涩，社会经验不足，目光短浅。再说了哪一个少女没有过不堪回首的青葱时光？哪一个少女不曾对校园男神怦然心动过？

但是那又怎样？自从知道宋嘉远偷偷撕掉她写的生日邀约，转身就和周雨棠在一起后，她迅速醒悟，迷途知返，从此就当不认识这个人。

姜茵茵："我错了！我错了！辞辞息怒！对了，比基尼出场没？别告诉我你怕了！"

看着姜茵茵成功转移了话题，季辞哼了一声。

季辞："不是怕，我只是觉得，他可能不吃这套！"

姜茵茵："不可能！没有男人不吃这套！除非……"

季辞："除非什么？"

姜茵茵："除非，他那方面有问题……"

季辞打字的手蓦地停在手机屏幕上方。

视频里，赵淮归手底下的员工正口若悬河地汇报近期工作，突然女孩的笑声传来，在这个严肃的场合里显得格外突兀。

瞬间，所有人僵住了。这是他们能听的吗？

赵淮归很是镇定，神色未变："你们继续。"说完他便站了起来，视频画面里只剩下一把空空如也的椅子。

季辞握着手机，紧张地看着一步步走近的男人，只见他步履稳重，不慌不忙，眉宇间透着淡淡愠色，很快高大的阴影笼罩了她。

“不能安静点？”赵淮归声音很淡。

季辞立刻捂住嘴，死死捂住，只剩一双大眼睛露在外头，眨巴眨巴的眼睛仿佛在说：你看！我闭嘴了！闭嘴了！

赵淮归居高临下地看着季辞。

女孩盘腿坐在地毯上，身上披着昨晚他派人送的围巾，整个人小小的，眼睛瞪得大大的，眼睛黑白分明，眼波流转时灵俏又活泛。赵淮归无声地看了许久，才收回目光，一言不发地转过身。

季辞总觉得他好像有话要对她说。

微信里，姜茵茵还在不停地发消息，让她赶紧趁着泳池派对，把泳衣给“秀”出来。

本来季辞还想着算了，但姜茵茵最后一句话成功刺激到了她。她猛地一拍大腿，霍然起身，准备去卧室把泳衣找出来。

这边，赵淮归开完了视频会议，看着文盛发来的微信，说直升机准备好了。他刚打算开口问季辞，如果不想去参加那种无聊的泳池派对就算了，他可以带她去更好玩的地方。

哪里想到，季辞突然起身，中了邪一般往楼上冲去。

赵淮归嘴角抽了抽，平静地把话咽了回去。

季辞把泳衣翻了出来，性感的黑色蕾丝点燃了她的小宇宙。是的，穿上它，她就是全场最性感的女人。

季辞换上泳衣，又极其心机地在锁骨及肩头抹上了波光粼粼的液体高光，把柔顺的长发弄成自带风情的微卷，再涂上浓郁的正红色口红。她满意地在镜子前转了一圈，最后翻出一件风衣套在泳衣外，这才走出卧室。

“赵淮归，你会不会游泳啊？

“泳池派对好不好玩啊？

“会不会有好多漂亮的美女啊？

“你等会儿会不会看别的美女啊？”

季辞一路缠着赵淮归问东问西，话比平时要多一倍。她也不知道怎么了，也许是想到等会儿会发生的事，她莫名就口干舌燥，心慌意乱，只能不停地说话来缓解焦躁。

赵淮归终于忍无可忍，声音重了几分："季辞！"

季辞委屈地看着他，默默把话都吞了回去。

看着她眼眶微微泛红的样子，赵淮归皱了皱眉，生硬地补了一句："好不好玩，你去了就知道了。"

季辞："哦。"

等到了目的地，季辞大失所望。因为到处是美女，随处一望即是性感比基尼。她心里咯噔一下，只觉得糟糕！战略失误！怎么能把赵淮归往盘丝洞里带！当即去瞄赵淮归，只见他面无表情地拿着一杯果汁，兴致缺缺的样子。没有贼眉鼠眼地到处乱瞟，即使有美女走过来，他也视若无睹，浑身上下淡漠得超脱世俗。

季辞忽然觉得，他是不是……真的有点儿问题？

别的女人穿比基尼，和她穿比基尼效果也差不太多吧……既然他面对如此热辣的美女都无动于衷，那她岂不是……季辞想到这里，深深吸了一口咸味海风，心里淌过一阵凉意。

赵淮归见季辞灵魂出窍，一副了无生气的样子，只单纯地想到了季辞大概是觉得不好玩。

他蹙眉，开口道："不如我……"我带你坐直升机去看附近的珊瑚海。

季辞心更凉了，丧气地摆摆手，打断他的话："嗯，你去忙吧。"

我知道你很忙，想用忙来掩饰你有问题的事实。

赵淮归眉头皱得更深。

算了。

刚好昨晚没有回复老爷子的消息，落了一日的抄经，干脆抄了拍照发给老爷子，免得他念叨。赵淮归跟季辞说他就在隔壁的房间，她如果不想玩了，去跟他说就好。季辞头也没抬，敷衍了几句，心里只想着他赶紧消失在眼前吧。

待赵淮归真的消失在眼前，季辞更觉得丧气了，她就跟傻子一样，穿着密不透风的风衣，在一群热辣清凉的美女堆里发愣。她忽然觉得，自己怎么有点儿可怜？

此时，一旁的手机振了几声，她拿过来一看。

姜茵茵："怎么样怎么样？赵老板是不是眼睛都看直了？"

季辞冷笑，眼睛差点喷出火来，她猛地站起来，带着势如破竹的气势朝船舱内走去。

真正的勇士敢于直面惨淡的人生！

她！季辞！绝不认输。

赵淮归正在房间内凝神抄经。房内熏着淡淡的檀木香，有养心之效。笔锋较之以往，更加凌厉，犹如带风。正落笔在"无眼耳鼻舌身意，无色声香味触法"时，门被人拧开了，开门的人很急躁，没有敲门。

他眉头轻皱，眼底闪过一丝怒意，抬头一看，发现是季辞。

她就这么径直走了进来，高跟鞋踩在地毯上，如水滴汇入海洋，无声无息。赵淮归刚要开口问做什么，下一秒，他怔住了。手久久悬在半空，忘了落笔，也忘了搁笔。

女孩解开风衣系带，风衣如幕布一样缓缓地拉开，里面是春光十里，是桃花灼灼，同样，是刮骨刀，是穿心毒。皮肤接触空气，陡生凉意，季辞歪头，就这样天真地打量着赵淮归，模样十分的天真无邪。可那张脸之下，是诱惑，是禁忌，是深渊。

两人就这么静静地对视，直到宣纸被滴落的墨汁浸透，季辞叹了口气，一边摇头，一边喃喃自语地朝门外走去。

未等手接触到门把，她的手臂被人骤然扣住，被迫转身时还裹挟着一阵混乱的风。下一秒，背脊狠狠撞上了墙壁。

赵淮归把她死死按在墙上，眼中是忍耐到极致的躁乱。幽深的瞳孔，似沉沉夜色，令人心惊。他的气息又热又烫，唇瓣离她不过咫尺："季辞，你就非得这样？"

季辞已经蒙了，大脑一片空白。不等她说话，赵淮归低头，吻住她的唇。没有丝毫温和，只剩下疯狂的惩罚。季辞觉得呼吸困难，觉得缺氧，却只能呼吸着他的呼吸，企图在其中寻得一丝丝氧气。心是错乱的，时间、空间，全是错乱的，她在慌乱中看见了桌上那本抄了一半的心经。

佛，在后。

欲，在前。

房间里的檀香，男人身上的冷香，以及她因为血液流窜，温度升高而带出的玫瑰香，交织成一张巨大的网，铺天盖地罩下来。

就在她快要窒息之时，门外传来一阵急促的敲门声。

是文盛。

“老板！您在吗？不好了，大小姐出事了！”

季辞惊慌地去推他，赵淮归却没有一点慌乱，最后又重重地咬了一下她的唇瓣，一场折磨才终止。

终于被放开了，季辞有劫后余生的错觉，氧气一点点回来了，把她丢失的灵魂也召唤了回来。赵淮归拾起地上的风衣，耐心地替季辞穿好，最后，紧紧地系上风衣带子，把黑色的礼物禁锢在了礼品盒里。

他看着失魂落魄的季辞，淡淡开口：“把衣服穿好。我会找人盯着你。”说完，他慢条斯理地整理了一下被弄皱的衬衫，之后才开门离开。

季辞沿着墙壁，缓缓滑了下去。

好半天才从一片混沌中爬出来，她颤颤巍巍地从口袋里拿出手机，机械般地打开微信，给姜茵茵发了一条消息：“他对我有感觉……”

赵淮归自然地把毛衣外套搭在手臂上，文盛跟在后面汇报情况。

“如今大小姐的视频已经冲到热搜前五了，公关部启动了应急预案，但是效果并不好。”

集团总部知道赵淮归如今在国外度假，如果事情不紧急，自然会等到赵淮归回国后汇报，但这件事事关赵家大小姐，下面人不敢瞒着。

事情是这样的，赵千初今天中午开车出门，路上撞到了一位老人。根据赵千初的说法，那老人是自己扑上来的，俗称碰瓷。老人是一个专业老手，专挑豪车下手，看赵千初是个年轻女孩，碰瓷得更肆无忌惮了。

“什么视频？”赵淮归问。

文盛立马把手机递过去，播放一段视频。

视频里，赵千初踩着红底高跟鞋，穿着某大牌最新春夏款，超大号明星同款墨镜，优雅地从一台接近千万的兰博基尼里款款而出。神情冷漠，丝毫没有撞到人的惊慌，也没有知道自己被碰瓷后的愤怒。

画面一转，赵千初走到了倒在地上的老人面前，打开她的鳄鱼皮包包，从里面掏出一沓红色钞票。

“身上现金就这么点了，你拿了就走，别在这阻碍交通。”

这是视频里，赵大小姐说的唯一一句话。只见她轻轻一扬手，那沓钞票刚好砸在了老人的身上，之后就是老人抱着腿在地上哭号。

这段视频被路人发布到网上，标题十分夺人眼球：美女富二代撞倒过路老人，手甩现金叫嚣“拿了钱就滚”。

评论里一片骂声，网友们义愤填膺。

“有钱了不起吗？一个个都是社会的蛀虫！”

“简直就是道德的沦丧！还有没有基本的良知？金钱泯灭人性！”

“看来后台很硬？建议有关部门查一查！”

“开兰博基尼了不起啊？”

“感叹一句，小姐姐‘钞能力’真牛！所以现在社会有钱人横行霸道，没钱的就只能拿钱滚？”

文盛道：“如今事件发酵得非常快，封帖，封号，撤新闻都没用，而且有人把大小姐的名字给扒了出来，感觉这后头……”

这后头有人故意捣鬼。这话他不敢说，毕竟一说，指代性太强。

赵淮归笑了一声，脸色森然：“那几个老东西抓我的把柄抓不到，现在有了这种好机会，他们怎么会善罢干休？”

文盛抿唇，神情严肃：“我们调取了当时的监控，可以看到是老人自己撞上来的，但视频发出后，并没有什么水花。”

如今舆论完全被“水军”带偏了，“键盘侠”个个恨不得降妖除魔，匡扶人间正义。集团的股价也受到了影响，目前跌了五个点。

“她现在怎么样？”赵淮归揉了揉眉心，并不关心股价。

文盛吞咽了一下口水，问题就出在赵千初这里。

“她……”

赵淮归冷冷地扫他一眼。

“她说要找人教训那个人……还说有的是钱给他养老送终……”

赵淮归很平静，眼底毫无波澜，这是赵千初能说出口的话。

“很好。安排回国。”

季辞趁着赵淮归没时间管她，跑去了十层找季盛澜。季盛澜也知道了昨晚的事，一夜之间，给他打电话的人络绎不绝，他接电话的时候都蒙了，毕竟那人张口就是一句恭喜。

恭喜？他心想，恭喜他什么？恭喜他天天被女儿骂？恭喜他又成功输掉两亿？

那个人继续说："恭喜辞辞给你找了个好女婿啊！"

哪来的女婿？季盛澜举着电话，一脸蒙。

"所以，你和那赵老板……"季盛澜见女儿不说话，急眼了，"你这不行的啊！这这这……怎么能这样呢？你清清白白一个女孩，跑去和陌生男人待了一晚，你这……像什么样子……"

"这什么这！"季辞一巴掌拍在桌上，"你就不能想点好的？"

季盛澜："想什么？"

还能想什么好的？现在恨不得拖把菜刀去砍那个什么赵淮归，但是他忍住了，因为他不敢。

季辞："当然是想赵淮归又怎么样，还不是被你女儿迷得七荤八素，不能自已！"

她想到了刚才的一幕……脸颊不自然地染上淡淡的红。从目前的进展来看，计划进行得很顺利。

季盛澜认真地看了看自己女儿，随后拍案而起："怎么可能！"

季辞冷哼："怎么不可能？"

季盛澜："赵老板脑子又没进水！"

季辞："我看你脑子才进了水！"

如果面前的中年男人不是她的亲爹，她发誓，一定给他一顿暴打。

父女俩正大眼对小眼时，门外有人敲门。季辞去开的门，站在门外的人有些眼熟，是赵淮归手底下的人，但不是文盛。

"季小姐，文助让我来知会您一声，老板要走了。"

季辞惊讶道："走？"

走去哪儿？刚刚才吻完她，现在就要走？那她一亿不是白花了？赵淮归真是用一己之力，深刻诠释了什么叫负心汉！

“是，直升机准备好了，现在准备送老板去……”

直升机！

季辞隐隐觉得是不是发生大事了，也没多想，立刻打断他的话：“赶紧带我去。”

一路来到邮轮顶层的露天甲板，那里有专用的停机坪。季辞远远地看见一架直升机正在缓缓地降落，旋翼在高速运转下带出一阵强力的风。

停机坪周围站了不少人，除了赵淮归的几个朋友，全是穿黑衣的保镖，足足站了一整排。季辞的心口突突地跳，升起强烈的不祥预感。她的步伐开始变得焦急，最后已经是在跑了。

海风，或是旋翼带出的风，把她的长发胡乱吹起，游丝一般浮在空中。身上是一条及踝纱裙，犹如缥缈的云烟笼着她，奔跑时，她像一阵风，而非在风中。

“赵淮归！”她撕心裂肺地喊。

空气都为之一震。

正准备登机的赵淮归听到声音后，停了下来，神情微动，他转过头就看见娇小的季辞，在风中显得格外地纤细，像一缕薄烟。

所有人都被这凄厉的声音吓到了，侧头去看。

季辞跑得急，没站稳，就这么撞进了男人的怀里。赵淮归没有躲避，只是伸手稳稳地搂住她。

未等男人先开口，季辞抬起头，一把揪住他的衣领，脸上全是哀伤。

“赵淮归！你怎么就走了？到底发生什么事了？你就这样一声不吭地走了，是不是打算抛下我不管了？”

赵淮归蹙眉，没弄懂她怎么突然跟中了邪一样。众人也是疑惑，这话听起来怎么有点儿生离死别的味道?

季辞沉浸在悲伤之中。邮轮，直升机，大海，胡乱吹着的风，无法预料的现实，突如其来的变故，隐忍不语的男人，以及被迫分离的爱情。

一切都像极了电影里那些悲情的画面。按照剧情走势，男主角这一走，怕是不会回来了，留下女主角默默等候男主角。

“你要去哪里？你是不是再也不会回来了？告诉我啊！出什么事了？我

们之间是不是就只有这不到二十四小时的甜蜜回忆了……”季辞说着说着就哭了起来。

这怎么看都是詹姆斯·邦德式的爱情！如果有这种电影，她一定要投资，名字就叫《24小时恋人》。

看着面前哭得稀里哗啦的女孩，赵淮归感到前所未有的迷茫。

“我……”

“不！我知道你不想告诉我，但是你离开之前可不可以再抱抱我，我……我害怕你这一走，我就再也见不到你了！我怕你……”

再也见不到你了，我那一亿找谁去要？

赵淮归终于听懂了，脸色顿时阴沉得不像话。他双手捏住季辞的肩膀，将她从怀里推开，咬牙切齿：“季辞，我只是先回国，不是去死。”

众人都在疯狂憋笑，实在忍不住的，已经爆笑出声。

季辞耸了耸鼻子，抬起泪汪汪的眼睛，疑惑地去看他。

回国？回个国你搞得像要奔赴战场？又是出动直升机，又是黑衣保镖站一排？赵淮归抬手替她把眼泪擦掉，皮肤触到泪水，带来灼心的烫意。

“听话。以后少看点会让脑子进水的电影。”他认真地说。

说完他强忍着怒意，伸出手，带着泄愤的意味去捏她的脸，随后平静地收回手，转身朝直升机走去。

季辞脑子已经被大风吹空了，看着赵淮归即将消失的身影，她心里只有一个念头：她的一亿就这样被赵淮归用两个破吻打发了。

“等等！”她不能让他就这么走了，话没过脑子就脱口而出。

赵淮归蓦地一顿，回过头，看着她满脸凝重，怕是有重要的话没说。虽然这个女孩很烦，很黏人，但他仍然停了下来，他怕不让她说完她又会哭。甚至，他开始莫名其妙地期待，如果她要求跟着他一起回去，他也不是不能接受。就是路上会有点吵，影响睡眠。

在男人复杂的眼神之下，季辞慢吞吞地拿出手机，点开微信二维码，抬手举到男人面前：“你先加我微信好友。”顿了顿，她又补充，“或者，我加你也可以。”

加了微信好友，我就不怕你跑了。

赵淮归的大脑有一瞬间的崩溃感，他深吸一口气，狠狠地瞪了季辞一眼，随后一言不发地上了直升机。

直升机飞走了，季辞却没能加到赵淮归的微信好友。

甲板上的人渐渐散去，季辞抬手把眼泪擦干净，刚刚又哭又跑，太费体力，她肚子有些饿了。她决定先去餐吧吃点东西，结果一回头就看见站在她后面的文盛。

“你没跟你老板一块回去？”季辞有些惊讶。这人不是赵淮归的“头号狗腿”吗？

文盛微笑：“老板让我留下来跟着季小姐，等船靠岸了，季小姐想在澳洲玩什么，吃什么或是买什么，都可以跟我说，我来安排。如果想回国也可以。”

季辞“哦”了一声，搞半天是留个人监视她。

这趟邮轮之旅本来就不在计划之内，国内公司积压了一大堆的事情等她处理，现在赵淮归都走了，她一个人去澳洲有什么意思？

“那等船靠岸了，文助帮忙安排一下最快回国的飞机吧。”季辞有些心不在焉，她没加到赵淮归微信，很是不甘。忽然，她停下了脚步，转头问，“你刚刚说什么？”

文盛不知道她要做什么，只能重复了一遍刚刚的话：“老板让我留下来……”

“所以，我买什么，都记在他账上？”季辞很善于抓住核心点。

文盛点点头，老板走之前的确是这么交代他的。

“好。那你帮我安排后天的飞机吧，我在澳洲留一天。”说完，她觉得不放心，又试探地问道，“那我在船上的消费呢？”

那两个六千八的套餐她还记着呢，还有赔礼服的钱。下船之前要结清船上的消费，如果赵淮归够大方，那岂不是……

文盛笑着说：“当然也算。”

季辞开心地咧开嘴笑了。

回国当天，季辞带着五个行李箱的战利品满载而归。

箱子里装着她给全家人买的各种礼物，什么大牌当季新款衣服、鞋子，什么护肤品、化妆品，还有项链、戒指、小配饰，什么澳洲本土药店里买的保健品……

文盛尽职尽责地跟在她身后，替她刷老板的黑卡，一天下来，他刷卡都刷累了，可季辞和季盛澜却没累。季辞甚至看上了一块手表，价值七位数。买之前，她还很体贴地让文盛去问问他家老板，几万块的小钱没有汇报的必要，但七位数，还是要讲点礼貌。

文盛说："没事，季小姐，您喜欢就买。"他为这点钱去叨扰老板，怕是要挨骂。

季辞笑着点头："那行，那我只买三块就好。"

她一块，季年一块，苏静语一块。文盛微笑刷卡，反正不是花他的钱。

下午办好登机手续后，季辞坐在候机厅的贵宾室等待登机，头等舱的待遇自然是好的。离登机还有半个小时，她拿出手机翻看今天的新闻。赵家发生的事，她从网上大致了解了一番。

原来他着急回去确实是因为出事了。

这几天赵氏旗下元晟集团的股价都跌了，应该亏了不少钱吧。季辞想到自己还花了他那么多钱，顿时就沮丧起来。看着赵淮归亏钱，她难受。那么多钱，给她多好。全季盛世都不用融资了，工程款也不用发愁了，甚至清水湖亏损的两亿也全回来了。不会她还没有大展身手，赵淮归就资产大缩水了吧？这样一想，她有些心疼自己昨天买少了。

正当她发愁时，微信底下那栏突然冒出了一个小红点。新的好友申请？点开是一个叫"Z"的人。点开对方的头像，是一张风景照，拍摄地点季辞猜是伦敦，她认识这条街。

她大三时曾申请了一个去伦敦某大学的交换项目，在伦敦读了半年书，所以熟悉那里。

再点开朋友圈，封面是一张比较模糊的照片。依稀能看出是一条古旧的旋转楼梯，角落里有一抹模糊的银光。

这地方很眼熟。

Z是赵的意思？

季辞猛地站起来。绝对是赵淮归！苏皓白说过，赵淮归大学是在伦敦UCL读的！

她立刻通过好友申请，而后马上发了条微信过去。

这边，赵淮归忙得焦头烂额，手机忽然振动了两下。他拿起来一看：Cici通过了您的好友申请，你们可以聊天了。

Cici：“哥哥的专属小妖精来了！”

赵淮归：“……”

季辞在这边等了好久，十分钟后，终于等来了男人的消息。

Z：“不好意思，加错了。”

季辞瞪大眼睛，再发去消息时，微信上出现一个红色感叹号！

她被赵淮归拉黑了！

第八章

赵淮归往那一坐，就是镇宅辟邪的最佳利器

赵淮归只是看了一眼对话框，立马就决定把这个女人拉黑。也许他连这个好友申请都不该发送。毕竟在看到季辞的微信个性签名时，他就犹豫了。

签名那一栏写着：我就是个美得冒泡的笨女人。

拉黑季辞后，他平静地放下手机，继续听赵千初说话。

经过两天的公关，网上的热度是降了下来。什么股价大跌、网友声讨，这些都是小事，在可控范围之内，不可控的是赵千初。

“不行，我吃了这么大个哑巴亏，难道就这么算了吗？不是说我把他压残废了吗？行啊，我就让他美梦成真。”赵千初一边说，一边优雅地小口喝茶，上好的正山小种，她的心头好。

赵淮归冷眼看向她：“以为我想管你？”

背后煽风点火的人的确是三叔赵家兴。

赵家兴最开始不过是想借这个事打压一下赵淮归和赵千初姐弟俩的嚣张气焰，毕竟这两姐弟手上握着整整百分之三十的集团股权。老爷子还偏宠赵淮归，直接让他空降为集团总经理。而他的儿子空有一个东南亚区域总裁的名头，听上去不错，实际上却被排除在了集团核心圈之外。他只是想逼董事会一把，让赵淮归迫于压力把他的儿子调往总部。可网友顺藤摸瓜，火眼金睛的能力比赵家兴想的更恐怖，甚至有网友顺着赵千初的名字，把老爷子都牵扯了进来。

赵千初很是气愤，把茶杯狠狠地摔在桌上：“那你让我怎么办？我哪点没做好？他碰瓷，我给钱，就这还成了我理亏？怎么？我开兰博基尼我就不占理？我有钱就是错？况且我根本没有说‘滚’这个字！老人怎么了？老人就没有坏人吗？”

赵淮归：“你看看你现在是什么样。”

像一个骂街的泼妇，哪里有半点上京城“冷艳贵牡丹”的样子。赵千初这才惊觉自己失态了，立刻收起在空中挥舞的手臂，愤怒的表情恢复至冷淡平静。

她优雅地坐下，叠起双腿，轻轻挥手，示意下面的人为她重新上茶。

姐弟俩如出一辙的冷脸，像一个模子里刻出来的。看到他俩的人都会默默感叹一句：果然是一对龙凤胎。

“爷爷那……”赵千初欲言又止。

赵淮归：“这点风浪，还不足以让他老人家心烦。”

老爷子半生宦海浮沉，平日行事低调，一年到头鲜少在公众面前露面，这些小打小闹的事根本不够级别让他烦心。最多就是说出去不好听，惹同僚们笑话。

赵千初刚松了口气，就听见赵淮归继续说：“爷爷的原话是，让你找个贫困山村去做志愿者，帮着村里的脱贫攻坚事业做一份贡献，争做时代新青年。”

赵千初一脸问号，新……新青年？

赵淮归：“不能只出钱，必须出力。”

赵千初冒出更多的问号，出……出力？

赵淮归淡淡瞥了一眼已经呆住的赵千初，继续说：“至少一个月。”

一个月！

随着最后一句话落下，赵千初刚回来的优雅又一次离家出走了。她，赵千初，赵家大小姐，手上掌着万亿资本，人称女版财神爷，虽挥金如土但同样点石成金，如今竟要被家里人送去搞“变形记”？

赵淮归嫌弃地看了一眼面前的女人，不咸不淡地说道：“集团因你损失的公众形象，你得自己挽回来。”他拿起桌上的一份资料，扔在赵千初的面前，“地方我帮你找好了，放心，至少能通车。但你的兰博基尼是不能开了，我给你安排了皮卡。你不是喜欢喝茶吗？那儿有茶叶种植基地。哦，对了，还给你安排了一个助理。这个助理，还是我说尽了好话，才替你求来的。”

赵淮归把老爷子的吩咐带到了，这才起身，居高临下地看了一眼此时面如死灰的姐姐。

“我还有事，先走了。你收拾收拾，过两天出发。乖。”

赵淮归挑眉，冷漠地吐出最后一个字。其实，他的心情不错，虽然亏了点钱，但能看到赵千初栽这么大一跟头，这钱花得值。

心情变好后，赵淮归又想到了某个被拉黑的女人。上车后，他拿出手机，把Cici从黑名单里放了出来。

季辞趁着关机前不停地跟赵淮归发消息，导致屏幕上出现数不清的红色感叹号。她把骂人的话全部发泄在了里面。登机的时候，季盛澜提醒了她几次，她都没听见。

Cici：“赵淮归，你以为你很牛？”

Cici：“你有本事就躲得远远的，别被我抓住！”

Cici：“如果不是为了搞钱，你以为我会缠着你？”

季辞被红色感叹号深深地刺激到了，耳边传来空姐温柔的提醒：“小姐，麻烦您收起小桌板，把手机调至关机状态哦！”

季辞头也没抬：“好，稍等。我发最后一条！”

Cici：“赵淮归，你就是玩弄少女感情的渣男！”

按下发送键，季辞把手机放下，长长地舒了一口气。虽然这通乱骂对赵淮归毫无影响，但至少，她觉得很爽。瘫软几秒后，季辞准备关机，搁在腿上的手机突然振动了一下，她伸了个懒腰，慢悠悠地打开手机。

界面仍旧是和赵淮归的聊天对话框，一切都和解锁前分毫不差，唯独多了一行来自对方的回复。

Z：“说说，我怎么玩弄你这个少女的感情了？”

季辞猛地坐直身体，这才发现最后一条消息已是发送成功的状态。赵淮归把她给放出来了？她看着她发出去的那条消息，尴尬得浑身都僵硬了。

季辞忽然觉得，她是不是最近犯了什么煞？等回上京城了，一定要去南山的庙里拜一拜，烧烧香。

季盛澜察觉到了她的异样，觉得好奇怪，怎么女儿从候机开始就不对劲了？未来女婿给她买了那么多东西，不应该高兴吗？

“你怎么了？女婿欺负你了？”季盛澜用手在季辞眼前晃了晃。

“你说谁女婿？”季辞气不过，“你不是前天还说要拖刀砍他？”

季盛澜憨笑两声：“我想了想，觉得赵老板这人还挺好的。”

季辞冷笑，瞧不来自己爹没出息的样子：“给你买东西就叫好？”

季辞准备装死，假装没看到赵淮归发来的消息，没想到正准备关机的前一秒，对方又发来了一条消息，是一条语音。

季辞犹豫了两秒，很没出息地点开这条语音。她如果不听，接下来十多个小时都睡不好觉，会翻来覆去地想着这条语音的内容是什么。

戴上降噪耳机，周围细碎的嘈杂声音都被过滤了，男人的声音格外低沉而性感，语调不缓不急，一点点钻入她的心尖。

“那不然，等你回来了，我如你所愿？”轻浮又暧昧，不似男人一如既往的淡漠。

季辞想到了和他接吻的时候，被他狂热的温度笼罩，自己就像一滴雨水，轻易就蒸发在他的掌中。脸颊在瞬间绯红一片，心跳加速。

她鬼使神差地听了好几遍，而后反应过来一个很严重的事实。

他……他这是在撩拨她？

飞机落地了，而文盛安排的车早早就等在了机场，一台宾利，后面还跟了台黑色大奔驰。

季辞问他：“是不是还要接别人？怎么有两台车啊？”

文盛礼貌回答：“因为季小姐的箱子太多了，一台车放不下。”

“呃……”季辞看着身后七个超大尺寸的行李箱，以及若干购物袋，只觉得无比尴尬。她干笑两声，把遮阳帽往下一拉，迅速躲进了车里。

文盛没想明白自己哪里说错了，只觉得气氛又变得奇奇怪怪。

到了家门口，季盛澜帮着司机一块把行李箱搬回家。季辞很感谢文盛这一路的照顾和妥帖安排，虽然他是赵淮归的人，但是跟在她后面提包刷卡时毫无怨言。

“帮我谢谢你们老板。”

季辞看着季盛澜双手拎着的十来个奢侈品袋子就觉得很丢脸。买的时候开心，买完觉得有点儿不好意思，原来她还没有坏到道德沦丧那一步。

文盛依然笑容满面：“没事。这都是我应该做的。”

季辞点点头，正准备挥手告辞时，文盛让她稍等，说还有一件东西忘了给她。他绕到那台宾利的后备厢处，打开后拿出一个小行李箱。

“季小姐，这个您拿好。”文盛颇为慎重地把箱子递过去。

季辞疑惑地看着这个黑色的行李箱，外表普普通通，看容量也装不下什么东西。

“这是？”

文盛：“这是老板送您的东西。”

赵淮归？季辞顿时警惕起来。毕竟黄鼠狼给鸡拜年，就是不安好心。

她迟疑地问了一句：“这里头……是……”

文盛：“您回家了打开看就知道了。”

回到家后，季辞躺在床上，对着那个黑色的小箱子发呆。她还没有打开，一直在猜那里面是什么。

是什么呢？刀？炸弹？季辞深吸一口气，想到了男人发的那条语音消息。该不会是一些奇怪的小玩具吧？赵淮归有这癖好？

季辞顿时手脚冰凉，后背冒出一阵冷汗。网友们说的都是真的，大佬们都不好伺候，大佬的女人更是一般人当不了的。

季年知道姐姐从澳洲回来了，回家后连包也没放就跑去找季辞，他有好消息告诉姐姐。

国内顶尖的音乐团队找到他，让他为一部电影写主题曲。这电影讲的是发生在一个偏僻乡村的故事。为了写好这首曲子，他决定找个有特色的小村落住上十天半个月，找找灵感。

“姐！”季年打开门，就看见季辞呆坐着，脸色灰白，他担忧地问，“姐！你怎么了？”

季辞摇摇头，一言不发地把季年推了出去，把门狠狠反锁。不行，决不能让弟弟看到这些东西。他还小，那么单纯，不能过早地面对社会的黑暗。

此时，手机振动了一下，是赵淮归发来的微信。

Z：“东西收到没？喜欢吗？”

她紧紧地闭上眼睛，颤抖着手去打开行李箱，打开后，她没敢睁眼，瞎子摸象般去摸箱子里的东西，摸到很多圆圆的小东西。

季辞猛地睁开眼，箱子里居然是各种颜色的筹码，每一片筹码都不低于十万，整个箱子加起来，估计有几百枚。那堆筹码里，还夹着一张卡片。一排刚劲飘逸的钢笔字落在干净的卡片内页——可以随时找我兑换现金。

季辞呆住了，小心脏在这一刻“扑通扑通”跳得好快。他弄这么一出，真是在撩拨她？

卧房内没有开灯，夕阳余晖透过柔软的粉色窗纱，化成水雾般的光晕，越发显出夏日的静谧。季辞安静地盘坐在地毯上，看着四周堆满的筹码。

一亿，她坐在从天而降的一亿里面。她不知该怎么形容这种感觉，有狂喜，亦有恐惧。她是商人，当然知道任何的“礼物”都是需要付出代价的。她不相信赵淮归会白白给她一亿，说好听点是单纯的礼物，可谁会平白无故给你价值一亿的礼物？

她从来都只会想她要什么，可从一开始的邮轮邀约，到后来短暂得不能再短暂的相处时光，再到现在，她已经无法再回避一个事实——她也许得好好想想，赵淮归要的是什么？

季辞的心跳从最开始的急促，逐渐平缓，像瀑布从九天落下来，最终汇入山川河流。半个小时后，太阳下山了，夜色降临。

她平静地起身，走到桌前打开了电脑，点开文件夹，其中一个文档是全季盛世的融资计划书。

次日，季辞起了个大早，足足花了一个小时打扮，打扮得比以往更为精致。吃早餐的时候，她打开微信。和赵淮归的对话框还停留在昨天那条“东西收到没？喜欢吗？”

季辞没有回消息，当然，赵淮归也没有再发消息过来。季辞有预感，如果她不主动找他，他们两个从此就不会再有联系了。

Cici：“你在工作吗？”

过了半小时，对方才回了一个问号过来。

季辞看着这个问号，不由得在心底冷笑。装，不把昨天她不回消息的仇给报了，就没完了是吧？

Cici：“昨天一回家就睡觉啦！你是不是在工作？”

在季辞的热情之下，对方勉强加快了回复的速度。

Z：“在开会。”

哦，开会。所以肯定在公司！季辞眼里精光闪动。

Cici：“是不是在天耀新区78号的创汇大厦里开会呀？”

季辞在网上搜索了元晟集团的总部大楼，定位就是在这里。寸土寸金的天耀新区，当年政府规划天耀新区时，总投资上百亿，多少公司抢着分这块大蛋糕，可全季盛世连勺汤都没喝到。

赵淮归正在公司开股东大会，这几天集团股价因为赵千初事件持续波动，他得给股东们一个交代。他最烦和一帮老家伙坐在一块，一半的时间都在听他们说丰功伟绩。比如当年我和你爸一块创立公司的时候，那叫一个呕心沥血，再比如当年集团出现危机时也是他们求爷爷告奶奶，才将集团挽救于危难之中等等。

赵淮归听得头昏眼花。这些话，他闭着眼都能倒背如流，还真没有和某个笨女人聊天来的有意思。

看着她发来的一大堆奇怪的表情包，赵淮归不由自主地笑了笑。这一笑，底下人突然就不说话了。本来还为了新一季度的财务预算吵得不可开交的现场，倏地安静下来。

众人惶恐地意识到，坐在首座的是赵淮归啊！不是所谓的大侄子，更不是初入社会，什么都不懂，可以放肆说教的年轻人。

赵淮归若有所思地看着季辞发来的消息，丝毫没有意识到现场气氛已经变了。

Z：“你怎么不直接说，你要来找我？”

按下发送键后，他抬头，发现有几十双眼睛在盯着他。他收起手机，冷声道：“吵完了？”

音量不高不低，众人如临大敌，纷纷低头。

赵淮归一一扫过去，发现没人吱声后，他冷漠起身：“那就散会。”

话音一落，众人面面相觑，绞尽脑汁地回想自己刚刚激动起来说的那些话，生怕说错了哪句，这可是个睚眦必报的主啊！

出了会议室，坐专用电梯回办公室。赵淮归又收到了来自Cici的微信。

Cici：“你是在暗示我让我来找你吗？”

赵淮归微微皱起眉心，觉得好笑。她都已经把地址精确到几号了，藏着什么心思不言而喻。倒是个会踢皮球的小骗子。

他低头打字，刚编辑完“没空见你”四个字，对方就掐着点发来一行字：“如你所愿！那我来了！”

赵淮归嘴角微僵，把没发出的四个字删除，随后熄掉手机屏幕，进了办公室。

季辞几口把三明治吃完，把资料塞进包里，再把黑色的小行李箱拖上车，一路开往天耀新区。

天耀新区是上京城发展最迅猛的商务区，配套设施完善，近两年还新修了不少的商场、小吃街。创汇大厦很好找，一栋纯黑色的玻璃材质的超甲级办公大楼，由世界顶级设计事务所打造，总共七十层，六年前被赵氏集团买下用作办公。

季辞在心里暗暗咋舌，买下这样一栋楼得多少钱啊……赵淮归果然财大气粗。她忽然释怀了，箱子里那一亿算什么啊，就是他拿来追女孩的小玩意而已。她怎么能为这点蝇头小利就跪倒在资本家的裤腿下呢？

必须把这一亿最大利益化！清水湖那事可没完。

进了大楼大厅，季辞闻到了扑面而来的高级气息。米色为基调的装修，搭配暖色灯带，入目是一整排做成屏风式样的墙，搭配绿植，给人耳目一新的感觉。大厅内来往的人很多，大多是步履匆匆的员工。

季辞穿着一条薄荷绿的设计师款连衣裙，脚踩一字带细高跟鞋，衬得双腿更加笔直修长。

她快步走到前台处，询问总经理办公室在第几层。前台小姐在登记时偷偷看了她好几眼，神色兴奋，一脸八卦。

也许是赵淮归提前跟秘书打了招呼，前台小姐很礼貌地带她走到最左边的电梯，告诉她按六十七层就好。

进电梯时季辞有些奇怪，不是都在等电梯吗？怎么这台电梯都到了，却没人进来？但她没时间细想，拿出手机给赵淮归发消息。

Cici：“我进电梯啦！”

赵淮归正在看合同，只是扫了一眼亮起的手机屏幕，便继续认真工作。

电梯门关上，季辞掏出粉饼盒子，对着小镜子查看自己妆有没有花。她决定再把在家里演练过的开场白复习一遍。眼睛眨一眨，配合闪亮晶莹的“锦鲤”眼妆，显得无比惹人怜爱。她清了清嗓子，用一种又甜又腻的声音表演着：“淮归，真是一日不见如隔三秋呢！”

之前赵淮归不让她叫他哥哥，那叫什么，淮归？可是季辞觉得别扭。竟然没有在家里表现得自然。她要的是那种婉转清丽，懵懂中还带一点羞涩的感觉，毕竟赵淮归这种没谈过恋爱的愣头青，最容易被这种女孩所迷惑了。

至于为什么其他“闯关”的小姐妹没有她这么顺利呢？季辞觉得原因有两点。第一，先天优势没她好。她这张脸装天真，才是真正的天然。第二，智商没她高。她绝世聪明的脑瓜子早已摸透了赵淮归的想法。既要懵懂纯情，又要火热大胆。总之，她等会儿一定要让赵淮归感受到她是多么的天真无邪不做作！这样才能顺利地把赵淮归引入她精心预谋的陷阱。

电梯才过半，季辞打算重新来几遍。

“淮归，我好想你呀！”

“淮归，你有没有想我？”

强忍着生理不适，季辞一边对着镜子调整表情，一边忘我投入。

专属电梯直达总经理办公室，赵淮归在电梯行至一半时，就站在了门前等着。他想看看，这个女人到底在玩什么花样。昨晚一整晚不回消息，今天却雀跃地说要来找他。难道女人都像赵千初一样，有两副面孔？

季辞正在沉浸式表演，就连电梯快到六十七层了都没注意，直到最后一句她才找到一点感觉，当然，内容也已经超过了她之前草拟的大纲范围，变得越来越直白。

男人站在电梯门口，电梯门打开时，他听到的就是这么一句：“想了你一个晚上！想到我的心都好难受哦！”

赵淮归面无表情地吞咽一下，迅速掩饰瞬间的哆嗦，手机都差一点摔在地上。

季辞关上粉饼盒子，满意地转过头，刚想看看电梯怎么还没到，就对上了直愣愣地站在电梯门口的赵淮归。

季辞心中大呼不妙，心中逐渐升起不好的预感，背脊有点儿凉飕飕的。

她刚准备干笑两声，再打招呼，只看见男人死死盯着她，问：“想我想到很难受？”

好家伙，全听到了？

见季辞呆若木鸡的样子，赵淮归上前一步，继续问：“说啊，为什么？”

电梯门好似出了故障，就这么一直敞开着。

季辞看着他一步步把她逼入角落。

“嗯……我那是……”

“是什么？”

赵淮归两指钳住她的下巴，像猎人把误入陷阱的小动物牢牢圈禁在掌心那般。女孩的皮肤光滑细腻，微微发烫。

季辞声音逐渐变小：“你别太……”

别太较真，毕竟女人的话十有八九信不得。听听就好了，当真的话……会死得很惨。

赵淮归的眼睛里散发出强势的光芒，像灌了一整瓶年份很久的红酒，醺得季辞晕乎乎的，狭小的空间里，温度正迅速攀升。赵淮归的呼吸里全是女孩身上的香气,仿佛在嗅着一朵无人区玫瑰。她泛红的面颊像一颗新鲜多汁的水蜜桃。也没多想，他干脆地俯身，在“桃子”上轻轻地咬了一口。

“所以，你想了我一晚上？”声音因为低沉而放大了性感的一面，顺着耳道滚入心尖的刹那，季辞生出心悸之感。

氧气几乎殆尽了，温度仍在节节攀高。脸颊泛起一大片火烧云，柔软且灼热，那样轻轻地一咬，并未带来任何视觉上的痕迹。只有季辞知道，牙齿咬上来的一瞬间，她的心里涌起了怎样骇人的风浪。她惊恐地瞪大眼睛，难以置信地看着男人放大的俊脸，她以为他要吻她了，她甚至做好了闭眼的准备。可，他怎么能咬她呢？她又不是食物！

咬过一口后，冲动并未消失，反而痒痒的，让人有上瘾的征兆，赵淮归用舌尖划过前齿，忽然觉得这种感觉还不错。未等多想，他伸手扶住季辞的背脊，把她往前一拥，以一种更方便进食的角度再次咬了一口。

这一次更用力了。

“好疼！”季辞猛地把他推向一边，仓促地逃出了电梯。

她揉着脸，赶紧把小镜子掏出来，果然在镜子里看见脸上多了一排牙印，顿时怒从心起。

赵淮归已经整理好了被弄乱的衬衫，从容淡定地迈步而出，眼里波澜不惊，仿佛刚刚什么事情也没发生。

季辞红着脸，不满地瞥了一眼赵淮归：“赵淮归，你是属什么的？”

男人刚想说问这个做什么，耳边就传来女孩含讥带嘲的几个字：“怕是属狗的吧。”

他低低地笑了一声，也不生气，只是朝办公桌走去，半晌后才扔下一句来回敬她：“所以季小姐招狗？”

季辞差点被赵淮归给气死。是是是！她是肉排骨！专招狗！

她恼恨地瞪了一眼男人清隽的背影，又跑进电梯里把小行李箱和买的奶茶给拿出来，三两步跑到桌前。

“虽然您咬了我，但我不计前嫌，给您买了奶茶。”季辞殷勤地把奶茶从纸袋里拿出来，撕开餐具包装袋，把吸管插上，还殷勤地递上一张纸巾。

奶茶来自创汇大厦对面的奶茶店。很火的网红牌子，没想到在天耀新区也开了一家，好在这边是商务区，工作时间排队的人并不多，不然放在市中心得排一个多小时才能喝上。赵淮归看了一眼那包装花哨的奶茶，纸杯上是古风绘图，奶茶上面还堆了一簇洒了坚果的奶油。

“我不喝。”他冷漠地移开视线，微微扬起下颌。

好吧。马屁拍在了马腿上，赵公子看不上均价十五块钱一杯的奶茶。

季辞“哦”了一声，默默地伸手准备把奶茶拿回来，刚触到奶茶杯，从天而降的一巴掌打在了她手上。

她吃痛，蓦地缩回手：“干吗？”

赵淮归冷笑，把奶茶挪到季辞够不着的地方，说道：“给我买的，你自己喝？”

意思是，我就算不喝，也不准你喝。

很好，很霸道。果然够格当她的工具人。

季辞只能悻悻地收回渴望的眼神，为了制造浪漫，她只买了一杯奶茶，也只拿了一根吸管，她想的是，两个人分享一杯奶茶，这种情侣必做一百件浪漫小事之一，一定能激发男人对美好爱情的想象。

毕竟这么青涩又可爱的女孩子，进了社会就不容易遇到了。

可现在季辞不只无法和赵淮归共享爱情奶茶，连杯子都碰不上，只能眼睁睁看着那一杯奶茶被打入冷宫，她觉得心口疼。

赵淮归翻开之前没看完的文件，随口问：“你来找我就为了送外卖？”

季辞这才想起自己来的目的，她换上比奶茶还要甜蜜的微笑，把赵淮归送她的小行李箱拖了过来。

她蹲在赵淮归的座椅旁，把那个小行李箱打开：“你说可以找你兑现金，是不是真的啊？”

女孩抬头去看他，盈盈的目光像春雨落在他身上。

从上而下的角度望过去，季辞巴掌大的小脸越发精致了，一双眼睛像一对透明美丽的玻璃弹珠，里头绘着奇异的花纹。她的眼睛偏孩子气，灵动中带着几分狡黠，尤其是她目不转睛地看过来时，让人升起一种剥开她的冲动。赵淮归现在就是这样想的，想剥开她，看看她的心里藏着怎样的秘密。

“你想兑，随时可以。”他不动声色地移开目光，继续看文件。

季辞没有站起来，像一只赖皮的小青蛙，向前跳了两步，紧紧挨着男人的裤腿，她翘起食指，戳了戳男人的腿：“这里面有一亿哦。”

男人应该是常年保持着健身运动的好习惯，肌肉紧致，含着蓄势待发的力量，戳上去有点儿硬。

“一亿哦，你就这么给我了？”

季辞也不知是觉得好玩，还是故意的，总之，多戳了几下。忽然，头顶传来“啪”的一声，是金属钢笔被人重重放在桌子上的声音。

季辞抬头，猝不及防地对上赵淮归那双冰冷的黑眸，他低声：“你有完没完？”

男人的唇型偏薄，不笑的时候是凌厉的，不可避免地让人觉得疏离，难以接近。听说薄唇的男人在感情方面不是薄情，便是花心。

那赵淮归是哪种呢？

季辞把手搁在他的腿上，歪着头，声音放轻：“如果放在以前，全季盛世还风头正盛的时候，这钱我肯定不会要。”

见女孩忽然变认真了，赵淮归扬了扬眉，看她的目光多了两分研判。

“我知道像你这种大老板根本不在乎这点钱，我也真的很想很想开口找你兑了这笔钱。你知道的，我们家现在……需要一笔救急的资金。”

赵淮归依旧坐在宽大的皮椅里没动，看她的角度是居高临下的。他忽然想她是不是故意蹲着，由上而下去看她，更让人有怜惜的冲动。

季辞咬了咬唇，露出几丝难堪之色，秀美的眉头拧出折痕，惹人怜爱。她太熟悉自己这张脸了，知道怎样的表情，怎样的眼神，怎样的姿态能让人放下全部的戒心。

“我妈从小就告诉我，不能白拿别人的东西。所以，我昨天想了一晚上，觉得不能就这么白白拿你的东西，毕竟我们现在什么关系都没有……”

季辞说到这里时，赵淮归微不可察地皱了皱眉，什么关系都没有?

“这笔钱就当是你投资给我们公司的好不好？我给你股份，或者分红，总之，绝不让你白给。”季辞一口气说完了准备的台词，心里有点儿虚，怯怯地去观察赵淮归的表情。

“白给的钱还不好？”赵淮归微微坐直身体，伸手去碰她的脸。冰冷的手指触上温热的脸颊，赵淮归感觉被烫着了，不自然地缩回手。

季辞心里盘算着，白给的当然好，但白给的钱只是钱，花了就花了，能翻出多大的浪花？但全季盛世如果有了赵淮归的投资，这钱就是用在了刀刃上。被有“财神爷”之称的大老板投资，带来的可就不止这一亿了。

不只企业有了隐形的保障，知名度、竞争力都能得到极大提升。

赵家在生意场上能呼风唤雨，她只要跟赵家搭上关系，何愁不能分到一杯羹?

季辞都想好了，等哄赵淮归顺利签下协议后，她就拿这一亿把最新期的工程款给结了，然后召开一次股东大会。到时候，她会邀请赵淮归出席，他如果不去，她想尽办法也要把他弄过去，赵淮归往那一坐，就是镇宅辟邪的最佳利器!

“我这么喜欢你！怎么能让你吃亏呢！”季辞鼓起腮帮子，嘟囔了几句，眼波流转间尽是小女孩骄矜的风情。

赵淮归心下颤动，空气中像是有细细的银线，一圈一圈缠绕上来，在人毫无察觉的时候，织成了一张捕兽网。

我这么喜欢你……不能让你吃亏……

好天真的童言，他有多久没在诡谲的生意场上听过了？

赵淮归看着她，轻飘飘地道：“倒是没想到季小姐这么善良，这么肯为他人着想。”

言辞间的不确定之意很足，看她的眼神也多了几分玩味。

这世界上，还有不要钱的人？除非她想要的根本不是钱。那是什么呢？想用不世故的纯真打动他？

季辞丝毫没听出来他话里有话，只娇憨地冲他笑了笑，弯起两枚小月亮似的眼睛。

“那也是对你善良呀，如果是别人我早就把他吃得骨头渣子都不剩了。白给我的钱，我肯定拿了就跑，让他再也找不到我！”

赵淮归一把掐住她的下颌，凑近了看她，仿佛在认真地细数她的眼睫毛。他的呼吸沉了沉，开口时连声音也哑了几分：“还想吃别人？”

气氛忽然就转向了暧昧。

季辞转了转眼珠子，下一秒果断否认：“不想。别人都没你帅。”

这破坏气氛的答案让赵淮归不由得失笑，薄唇勾出浅浅的弧度，笑起来时，倒是显得温柔了。

“真想好了？那你每年起码得分我这个数。不会心疼？”赵淮归比了个手势。

季辞郑重点头，严肃地说：“嗯。我不会白拿别人钱的。知恩图报，这难道不是小学生就该懂的道理吗？”

赵淮归看着季辞认真的眼神，确定了，她是真心的，真心地不要这白来的一亿，但他同时也看到她眼中微微闪动的光，是狡黠的。不图钱的女人，那就是图人了。

图人的话……难不成她是想当赵家媳妇？

说这个女人单纯，那必然大错特错。富有野心的女人也不失可爱，就是喜欢故作聪明。他倒是想看看，图他的人是个怎么图法。

“是吗？你就这么想和我绑在一块？”赵淮归挑了挑眉，身体陷入舒适的皮椅里。

季辞的指尖微不可察地颤了一下。

赵淮归一直不答复，她就一直处在紧绷的状态中，她一时分辨不出他这句是陈述句，还是在反问她是不是想和他绑在一块。难不成他察觉了什么？察觉到她就是想把全季盛世和他绑一块？

她平复呼吸，正努力想该怎么巧妙地圆过去，没想到男人只是温柔地抚摸她的头发，轻言细语：“把你拟的合同拿来看看。”

季辞难以置信地看着他：“你……你答应了……”

赵淮归嫌弃地看她一眼，拿起桌上的奶茶尝了一口：“你要分我钱，我还不乐意？”

清香的奶茶在唇齿间蔓延出缠绵的味道，奶油也不腻，是恰到好处的甜。原来还挺好喝？

季辞依然蹲着，她对这个奇怪的姿势上瘾了。毕竟这个角度去看赵淮归，下颌线更清晰了，带着凌厉感，鼻梁也挺直，整齐的白衬衫领口上方是微微凸起的喉结，滚动时透着一种高级的性感。

办公室隔音极佳，听不到外面的声音，三面环绕落地窗设计，极大地拓宽了视野。往窗外望去，是繁华的上京城，而这里，像一座被天空裹住的阁楼，带来摇摇欲坠的危险感。

纸张翻动的沙沙声在耳边无限放大，赵淮归似乎很认真地在看合同。

看着他一言不发的认真模样，季辞有点儿忐忑。

该不会是觉得分红太少了吧？资本家的邪恶面孔就要暴露了？

其实赵淮归根本没仔细看她罗列出的一大堆条条款款，只是扫了其中几个关键数据。出乎他的意料，这个数字很大方，刚想说可以时，他发现合同底下还压着一份额外的补充协议。打开来一看，赵淮归彻底愣住了。说是愣，不如说是被季辞离谱的操作给整昏了头。

简直大开眼界。原来她打的是这个主意？整个严肃的合同就因为这个补充协议而变成了村里小孩过家家的游戏。

赵淮归不动声色地用余光扫了一眼地上的季辞，可怜巴巴地缩成一小团。他让她去坐着，非不肯，偏要挨着他才行。

女孩低头在地毯上画圈圈的样子，就像……

赵淮归脑中突然跳出了一幅画面——黎栎舟家里养了只布偶猫，那猫一见他就围着他的裤腿蹭来蹭去，毛茸茸的尾巴翘起来，开心得不行。那猫蹭完几下后就会一跃而上，窝在他怀里。

赵淮归面无表情地踢了踢季辞："站起来。"

季辞蓦然抬头，疑惑地看他。

"站起来。"赵淮归不咸不淡地看着她，重复了一次。

季辞不乐意地站了起来。由于长时间蹲着，腿部血液不流畅，季辞还没完全起身就感觉到腿部涌来一阵酸麻感，一下没站稳，她身子歪了歪，刚好一屁股坐在了赵淮归的腿上。

季辞僵住。

这剧情不在她的计划范围之内啊！哪知下一秒，腰间就多了一双手，成环形状握上来，似乎在用手丈量一只瓷瓶的颈口。

耳边传来赵淮归冷冰冰的声音："其实你没必要玩这些拙劣的把戏，直接一点，也许效果更好。"

大哥，你在说什么？

季辞带着一脸的问号去看他，由于身下坐着男人结实有力的大腿，她觉得很不舒服，下意识扭了两圈。一转头就对上男人不耐烦的表情，他的眉心紧紧皱起，像她欠了他几亿一样。季辞一边扭一边目不转睛地盯着他，企图找到他突然不高兴的理由。

"别动！"赵淮归忍无可忍，一声呵斥。

季辞吓得一哆嗦，脚背瞬间绷直了，她只能僵在男人的大腿上，就算不舒服也不敢再动。

赵淮归看着季辞那张发白的小脸，心里更烦，双手一松，把她推了出去。女孩身上穿着玻璃纱质感的连衣裙，有些扎手，赵淮归觉得自己在摘一朵带刺的玫瑰花。

赵淮归声音更冷，还含着讽刺："你的小把戏真多。"

拙劣的把戏？小把戏？季辞这才反应过来。这个男人该不会以为她故意摔倒就为了坐他大腿吧？她犯得着吗？

季辞成功地被赵淮归气笑了，她认为这件事不能就这么算了。男人会在自以为是中变得不清醒，渣男就是这么惯出来的。虽然你不普通，甚至称得上优质，但也不必这么自信。

季辞板着脸，严肃道："你为什么觉得我是故意要坐你腿上啊？凭什么啊？你是不是觉得女人都对你心怀不轨啊！”

赵淮归若有所思，目光淡淡地落在她身上，轻哼一声。他把合同扔在季辞面前，态度带着说不出的微妙：“因为你就是心怀不轨。”

季辞一愣，傻傻地去接合同。看清楚是什么之后，她顿时就缩了一下肩膀，软声说：“这个是……”

赵淮归面无表情地看着她：“甲方在投资期限内能拥有随喊随到可爱小秘书一名？”

听着赵淮归一板一眼地把纸上的字念出来，还特意加重了“可爱”二字，季辞的脸涨得通红。明明她写的时候没觉得这么尴尬啊？怎么被他念出来，就这么的诡异？

赵淮归冷笑道：“这就是全季盛世的服务态度？”

季辞咽了咽口水道：“我这么可爱的秘书，你去哪里找啊？”

见她还在死鸭子嘴硬，赵淮归懒得搭理她，眉眼越发清淡如水：“还不承认你心怀不轨？”

他已经确信了他最初的猜测，这个女人就是心比天高，野心昭昭。

季辞只能先咽下这份委屈，她怯怯地偷偷去看他，软软糯糯的声音能掐出水来：“您还真是英明，这都被您看出来了……”

女孩的声音化作微凉冷气里一缕柔软的春风，扫过人的耳朵，痒痒的。

赵淮归满意地点头，拿起钢笔在合同上签下大名。三个凌厉飘逸的大字落在干净的白纸上，让整张纸都多出几分冷肃。

“既然你还算老实，我就不退货了。”他签完合同，轻描淡写说道。

季辞：“退货？”

赵淮归冷笑，慢悠悠吐出三个字：“退赠品。”

季辞：“……”

合同签完，季辞就被下了逐客令。就算赵淮归的态度异常恶劣，她也不生气，只是沉浸在成功力挽狂澜的欣喜当中。

“好嘞！小的就不打扰赵老板工作了！您好好忙，加油哦！”

加油！努力赚钱！

季辞说完，连个眼神也不给赵淮归，就这么喜滋滋地抱着合同，迈着轻飘飘的步伐朝电梯而去。

在踏入电梯前，身后传来男人冷漠的声音：“记得随时等我吩咐。”

哦。季辞的笑容顷刻间溃堤，残砖剩瓦被洪水冲得干干净净。

她假装很雀跃很期待：“我肯定二十四小时守着手机，不睡觉、不吃饭、不喝水、不洗澡！”说完，不等赵淮归再说什么，她一溜烟冲进电梯，按下一楼楼层键。

女孩跑得飞快，薄荷绿的裙摆飘扬起来，像一颗颗跳跃的薄荷味糖果。

第九章

原来，他哄人的时候，这么让人心动

季辞把合同拿到公司加盖公章，然后交给底下人去落实，该走程序走程序，该要款的要款。

整整一天，赵淮归都没有给她发信息，晚上回到家后，季辞洗完澡，和季年聊了一会儿，嘱咐他去偏远的山村一定要把东西带全，并且要早去早回。其实她哪里需要这么语重心长，季年的生存能力比她要强好几倍。

当年去英国读书的时候，还是季年为她鞍前马后，费心费力地找房子，订机票，准备各种必需的生活用品。不只如此，他还亲自送她去英国，看着她在那边一切妥当后，才独自返回国内。虽然小她两岁，做事却妥帖又成熟，反观她，从前年少轻狂不懂事，一心只知道吃喝玩乐。

微信里，姜茵茵发来了消息。

姜茵茵："朋友圈怎么回事？你这是枯草逢春啊！大吉之相！"

下午的时候，季辞把合同拍了一张照片，打上欲盖弥彰的马赛克，只露出季辞和赵淮归两个显眼无比的名字。

配文是：合作愉快！

发出去不到一分钟，收获点赞三十多个。到现在，点赞的人多到数不清，要往下刷两页多才到头。

季辞现在可谓是"春风得意马蹄疾，一日看尽长安花"，体验了一把背靠大佬好乘凉的快意人生。

她兴奋地回复姜茵茵："那是！毕竟追到了优质男！"

季辞想也没想就点了发送，随后继续打字，手指在屏幕上快得都要飞出花来，这是常年练习才摸索出来的手速。一句话打完，正要发送时，她抬眼一扫，才发现她刚才发信息的人，不是姜茵茵，而是Z?

她发错人了！季辞当即头皮发麻，耳朵"嗡"了一声。指尖也跟着惊慌起来，不小心按错了好几个字母。

人太得意就会犯错，一犯错就是这种致命错误！

季辞手忙脚乱地想撤回，结果点错好几次才撤回。撤回消息后，她丢掉烫手的炭火般，把手机扔在了床上。她心有余悸地深呼吸，看着陷入死寂的手机，心开始挣扎。他应该没看到吧？她都及时撤回了。季辞默默地安慰自己，眼睛却死死地盯着手机，升起一股壮士视死如归的悲凉感。

过了两分钟，手机亮了。她捂住胸口，探头去看。还好还好，弹出的是姜茵茵发来的消息。

现在是晚上七点半，正是男人应酬的时间，赵淮归大概是在忙，所以肯定没有看到她的消息。

季辞彻底松了口气，刚想回复姜茵茵，手机屏幕又弹出一条消息。

是Z发来的消息。

一天都没跟她发消息的Z在这时候发消息来了？仿佛从天而降一瓢冷水浇在她的头上，季辞的指尖都是凉的。

赵淮归正在一个饭局上。

觥筹交错之间，众人敞开了话匣子。饭桌上有无尽的八卦，饭桌上有人暗示性地提起了全季盛世，阿谀奉承地表示赵老板真是点石成金，明天全季盛世的股价怕是要大涨了。

旁人看了他一眼，笑说："你也不看看如今全季盛世的新掌门人是谁，是你我能比的吗？"

众人见赵淮归并没有生气，就更大胆地说起两人之间的暧昧关系了。

赵淮归全程没什么表情，只是喝了几杯旁人敬的酒，淡漠的眼底多了微不可察的暖意，呼吸间沾着微醺的酒气。他手上拿着手机，屏幕界面定格在和Cici的对话框上。明晚有一场晚宴，他缺个女伴，该怎么和她说？

不能说得太强硬，不然她肯定会在别的地方报复回来。当然言辞也不能太软，不然这个女人会蹬鼻子上脸。

就在他思索之际，对话框里出现一条新消息。他还没来得及看清楚，那条消息就被对方撤回了。

依稀抓到了几个关键字：追男人?

赵淮归眼神忽地就暗了下去，迅速逼退令他浑身慵懒的酒劲，取而代之的是冷肃的寒气。他若有所思地扬起一抹冷笑，想了几秒，给Cici发了一条消息过去。

这边季辞屏气凝神，慢吞吞地打开微信。

Z："看不出，你业务还挺广？"

怎么跟想的不一样？她以为赵淮归会说什么"想搞我的钱？就怕你有命搞没命花"诸如此类的霸道台词。

季辞装傻充愣地回了一连串的问号过去，很快那边又发过来一条。

Z："你撤回的我看到了。你那条消息本来要发给谁？"

季辞疑惑地看着赵淮归发来的消息，她好歹是京大毕业的，怎么现在感觉自己像是没读过书一样，连中文都不认识了？赵淮归好像看到了那句话，又好像没看到。

Cici："你在说什么？"

赵淮归拿着手机，微醺的眉眼还残留着些许慵懒之色，深邃的眼睛里仿佛漾着一小圈暖光，整个人反而流露出风流气。就在季辞发消息之前，他又喝了一小盅白酒。他私底下并不怎么喝白酒，几杯就上头的酒量。

赵淮归冷眼瞧着屏幕上一连串的字，只觉这个女人的心眼可真多。他想，干脆直白一点，堵住她狡辩的嘴。

Z："你不是要追男人？"

发完，赵淮归觉得不痛快，紧跟着又发了一条消息过去。

季辞在这边看着手机屏幕接二连三弹出来的消息，心跳逐渐从激荡回归平静，她判断着赵淮归应该是只看到了一半。

正要松口气，季辞看到最后一条信息。

"除了我，你还想追别人？"

这句就有些要命了，季辞的心仿佛被羽毛狠狠地挠了一下，痒痒的，让她脸红心跳。她忽然觉得自己是不是有奇怪的癖好，怎么这个男人越是强势且咄咄逼人，她越是有一点点雀跃？季辞胡乱地抓了抓头发，把那点不对劲的感觉赶走。

Cici：“你喝酒了？”

Z：“不行？”

Cici：“哦……那你喝吧……”

Z：“追我，或者谁也不准追，你自己选吧。”

季辞吓得赶紧把手机甩掉。这个男人怎么了啊？玩开心了？中毒了？被人揍了？季辞强烈怀疑屏幕后面的人不是赵淮归，是别人拿着他的手机在恶作剧，或是他们在玩什么真心话大冒险的游戏？可不争气的心还是为这几句不着调的话陷入了狂跳，像一台加大马力运转的涡轮机，把血液都搅烫了。

她煞有其事地思考，心脏跳太快的话会不会爆开啊？季辞把空调温度调到了十八度，但仍然感觉每一寸皮肤都是燥热的。

最后她跑去浴室，打开水龙头，不断地用凉水浇脸，试图降温。视线一抬，就看见了镜子里狼狈的自己。

红红的脸蛋，春水荡漾的眼睛，以及抑制不住上翘的唇角，活脱脱就是画上的思春少女。这是她？

季辞气愤地把洗脸巾扔在镜子上，一声清脆的响动回荡在空旷的浴室里，隐隐能听见回声。浴室没了人影，只剩下微微晃动的镜面。

季辞冲回卧室，拿起手机飞快地打字。

Cici：“你到底是谁？”

过了五分钟，Z发来了一张照片。

照片里，是一只男人的手，匀称而修长，骨节清晰，让人联想到徽宗笔下飘逸而遒美的瘦金体。她大学时曾特意练过，可惜，这种字体太难模仿，和她无缘。

男人的手捏着一只晶莹剔透的小酒杯，仿佛在转着酒杯玩，食指上戴着一枚昂贵而耀眼的铂金戒指。

季辞一眼认出，这是赵淮归经常戴的那一枚。就是这手长得也太好看了，不仅漂亮精致，还多了力量感，那微微凸起的青筋，布满迷人的细节。

季辞在鬼使神差之下，点了保存。

屏幕的另一端赵淮归又喝了一杯酒，彻底醉了，连看着手机屏幕都有模糊的重影。

他发了一条“明天晚上六点，我来接你”的消息后，关掉手机，吩咐文盛去备车。

季辞一觉睡到第二天下午。她整夜不停地做梦，梦见赵淮归，梦见红色，梦见酒。

最后一个梦她记得格外清晰，赵淮归拿着一张不知是什么的卡片，眼神阴鸷，盯着她：“就你这道行，还想玩我？季辞，你做梦。”说完，男人把卡片摔在了她的脸上，转身就走。

她跟在他身后，却怎么都追不上，只能眼睁睁地看着那个清冷的背影，一点点消失在眼前。

紧接着，季辞从梦中惊醒了。醒来的时候，浑身都是冷汗。打开手机才发现已经下午一点多了。正准备再睡时，有电话打了进来。

是快递的电话，告诉她东西已经送到家门口了，麻烦她出来拿一下。季辞只好翻身下床，在睡裙外套了一件宽大的T恤，下楼去开门。

“您好，麻烦在这里签字。”穿着职业装的快递员递来一支电子笔。

当看到是什么东西时，季辞傻眼了。

居然是一个大箱子，不知道里面是什么东西。

季辞费力地把箱子抱回客厅，去拿了小剪刀把它拆开。纸箱里面装着一个漂亮的银白色礼物盒，质地高档，棉絮纹路里夹着银粉，一只规整的丝绒蝴蝶结系在上头。季辞认识这个牌子，专做高定礼服，艺人们纷纷以穿着该品牌新款走红毯为荣。

她一边纳闷，一边扯开蝴蝶结，把礼盒盖子揭开，映入眼帘的是一条华丽的晚礼服裙。温柔的烟粉色，腰部是烟花造型的钉珠刺绣，裙摆上是星星点点的水晶，云烟般的纱料仿佛一片香气弥漫的大雾。

送礼物的人仿佛藏了一条银河在盒子里。

季辞张了张嘴，没能说出话来。这是谁送的？该不会是那位对她情根深种的富二代送的吧？不可能，他没这么大方，出手就是七位数的高定礼服。还是姓齐的那个神经病？也不可能，他除了跪在她面前哭得一把鼻涕一把泪地求她看他一眼以外，也翻不出什么风浪了。就在季辞想了一圈也没想出是谁时，微信弹出了消息。

Z："六点，记得准时。我不爱等人。"

季辞拍了一张照片发过去，问："你送的？"

Z："不然你以为谁送的？"

好吧，送礼服就送礼服！就不能好好说话吗？季辞没管他，把礼服从盒子里拿出来，开心地举在身前比画。她想要这个牌子的高定礼服好久了，但是她没有渠道买，也没有"钞能力"去搞一条上百万的高定礼服。

她开心地换上礼服，又化了一个漂亮的妆容后，季辞这才想到一个很重要很严肃的问题——

赵淮归为什么要一边凶她，一边送礼服？莫非总裁都有两副面孔？

赵淮归六点准时出现在她的家门口，一分不多一分不少。季辞穿着礼服等在院子门口。上车时，因为裙摆有些长，她只好先坐进车里，再探出身整理裙摆，动作很小心，生怕刮花了细腻的纱料。

整个过程中，赵淮归就在一旁看着，丝毫没有要帮她的打算。

关上车门后，季辞转过头对上男人看热闹的表情，她噘着嘴，不高兴地讥讽："赵老板不是在英国读的书，怎么就连一点绅士的派头都没学到？"

赵淮归一脸不想与她废话的表情。

季辞深吸一口气，在心里不断地暗示自己，就当他是人民币，人民币，好多好多人民币……

车子都驶出了小区，车厢内才传来男人清淡的声音："你不是也在英国读过书？"

季辞一愣，他怎么知道这事？她曾经去英国交换学习半年的事，就一圈亲朋好友及当时大学里的同学知道。

难道赵淮归私下里查过她？刚想问个明白，就听见赵淮归又说："我看你也不淑女。"

"装什么装……"季辞哼了一声。

赵淮归皱眉。自从季辞上了车，就没安静过，他耳边好似有蚊子在"嗡嗡"吵个不停，细碎又烦人。

他的声音不免沉了两分："你在说什么？"

季辞扬声道："我在说，你昨晚对我热情似火，没想到今天就翻脸不认人！"话才落音，司机一个急刹车。正好红灯亮了，可车身还是冲出去好几米。

赵淮归克制着火气："会不会开车？"

司机不停地道歉，恨不得把耳朵给堵上。

季辞把手机掏了出来，准备翻出两个人的聊天记录："聊天记录就是证据！你休想赖账！"

赵淮归不咸不淡地说："删了。"

季辞把翻出来的聊天记录杵到男人眼下晃了晃："哼！不删！要不要温习一下你昨晚的丑态？"

"可以。你给我温习一下。"

季辞心想这人今天怎么这么好说话？她把手机递了过去，一边说："里面还有你发的照片……"

赵淮归接过手机，迅速退出对话框，拇指往左一滑，点击删除。操作完后，他把手机扔了回去。

她拿起手机一看，傻眼了，什么都没了。始作俑者神色平静，慵懒地靠着座椅，一副事不关己高高挂起的态度。

"赵淮归！"季辞气得快发抖了。

男人转过头："有事？"

季辞磨着后槽牙，盯着他那双深邃迷人的眼睛。

赵淮归仍旧看着她，神色未变，淡漠如玉。半晌后，他笑了。下一秒，赵淮归摁下升起挡板的按钮。在挡板闭合的瞬间，他伸手把季辞拖了过来，旋身将她压在身下。

一个猝不及防的吻跟着袭来，伴随着肾上腺素急速上升的刺激感。

在这狭小的空间里，季辞不敢动，被强势的气息包裹着，仿若他的掌中之物。她想偏过头，不去看他，下一秒，她的下颌就被他用两指钳住。

赵淮归的神色平静，可眼神却极亮。

这样压抑的矛盾感让她越发错乱，时间和空间感都有些模糊了，寂静了。炙热的呼吸一寸寸地交缠在鼻尖、唇瓣，随后划过侧脸，直至耳郭。热气落在皮肤上，化作细雾，渗进皮肤，和汗意交融。

赵淮归低声问：“季辞，你也会怕？”

你也会怕。

季辞的口红花掉了，像晕开的血干在了唇上。她瘫软在逼仄的角落里，声音喃喃，像在说梦话。

怕？她原先是不怕的，但此时此刻，她是怕的。他这个样子，她拿不准。现在的赵淮归，是陌生的，是危险的，是无法猜测的。

她紧紧地闭上眼睛，试图忽略掉心中那种异样的感觉。

季辞强烈怀疑，他送她这条礼服是不是就图这一刻？腰间的拼接刺绣是镂空的，后背只用一根系带连着，整件礼服就像一个礼物的包装盒。

而她，是他的礼物。

“我怕你，怕你行了吧……”

她无力去推他，眼角泛出泪来，可手一使力身体就变得更软绵，赵淮归用另一只手掐住她的手腕，冷戾的气息没有消散：“你不觉得这话说得有些晚了吗？”

季辞狠狠地颤抖了一下，随即哭了起来。见她连哭都哭得这么矫揉造作，赵淮归轻哧，手上还是松了力道，放过了她。他坐了回去，慢条斯理地整理被弄乱的领带。

“你最好老实一点。别惹我。”

季辞长这么大还没被人这么欺负过，她恨不得把赵淮归大卸八块。可是想归想，她现在可不敢，只能委屈地咽下这口气。等她把眼泪憋回去后，她忙着去找小镜子。

惨了，妆不会被弄花了吧？粉饼盒子弹开，清晰地映入一张花掉的猫脸。眼影去了一半，还好睫毛膏防水，眼睛红红的，像只待宰的兔子，口红晕在四周，鼻翼的粉底也斑驳了。

她看着镜子里的自己，绝望了。

跟赵淮归接吻就仿佛被他泼了一桶卸妆水！他想看她素颜何必用这种破招数！他吃那么多口红也不怕被毒死？

季辞准备狠狠地瞪一眼赵淮归，让他知道她现在很生气！一转头，发现男人竟然闭着眼睛，舒展着眉心，靠在车椅背闭目养神。

季辞难以置信地张大嘴巴，妈啊，赵淮归能做个人吗?

今晚的酒会是庆祝赵氏旗下某子公司成功上市，赵淮归本来是可以不来的，这家子公司一直是赵千初在打理，如今赵千初被老爷子成功派遣到南方某农村搞脱贫攻坚工作，所以只能由赵淮归代她出席。

赵千初为了这家公司上市前前后后忙了小半年，如今最辉煌的时刻她却不能享有。她让赵淮归发照片，赵淮归直接丢过去一句——等你把村里的网都装好了再说。

是的，赵千初去的乡村，虽然环境优美，空气清新，民风淳朴，吃得也不错，但网络覆盖率连百分之五十都不到，她去的第一件事，就是自己出钱，给全村通网。

车子停在酒店门口，却无人下来。

酒会定在晚上六点半，刚一折腾，又担误了一些时间，作为主人公的赵淮归迟到，实属失礼，可是看着身旁一边疯狂补妆，一边嘀咕着骂人的女人，他认了。

季辞眼神幽怨："赵淮归，有你这样的吗？你看我精心化的妆，被你折腾成什么样了。你大可以去找别的女人，反正那么多女人想当你的女伴，也不差我这一个。她们都化着美美的妆，比我更漂亮，我的妆花了，我不美，我不配。"

赵淮归差点就伸手去探她的额头了，这个女人是不是被林黛玉附体了?

季辞一边补眼影一边唠叨个不停："我哭是因为谁呢？口红花了是因为谁呢？你亲就亲啊，你舔我做什么呢？"她又不是冰激凌!

赵淮归倒是有远超于常人的强大定力，车内的司机就很尴尬了。他如坐针毡，暗示自己只是空气。司机小心翼翼地摸向矿泉水，打算喝口水缓缓。

季辞："我的嘴巴都被你咬肿了！"

顿时，猛烈的咳嗽声响起，还伴随着水喷出来的声音。

司机恨不得扇自己几个大耳光，早不喝水晚不喝水，偏偏这个时候喝！这是能喝水的时候吗?

赵淮归眸色一暗，对司机吩咐："你先下去。"

司机小鸡啄米般点头，赶紧熄火，一溜烟下车，跑得比兔子还快。

季辞抱怨地看了赵淮归一眼：“我还有一只眼睛没化完，你爱等不等。”

赵淮归冷静地去储物格拿烟。

季辞：“我不抽二手烟。”

赵淮归微笑，猛地摔上储物格。

半个小时后，季辞顶着完美无瑕的妆容出现在酒会现场。她在眼皮上加了一层人鱼姬闪片，改换了玻璃质感的唇釉，一颦一笑里，颇有些娇媚千金大小姐的派头。

她的出场很闪亮，因为她挽着的男人是赵淮归。全场的目光都聚焦在了她身上，这让她的虚荣心得到了极大的满足。不错，这男人还是有点儿用处的。在看到周雨棠时，季辞更是兴奋到寒毛都立了起来，下意识把赵淮归挽得更紧，整个人恨不得贴上去。

赵淮归有一种被歹徒绑架的错觉，又觉得自己像被警察逮住的犯人。

他低声提醒：“挽太紧了。”

季辞笑着，她正隔空和周雨棠对视，这种巅峰时刻，先错开眼就输了，所以她的心思根本没在赵淮归身上，只是顺着男人的话敷衍道：“是吗？你不喜欢我挽着你啊？”

赵淮归微愣，最后还是作罢。她爱挽着就挽着吧。

虽然隔得远，季辞依然捕捉到了周雨棠眼里闪过的复杂情绪。从愤怒到嫉妒，再到羡慕，还有深深的挫败。

她满意地贴得更近，然后手一点点向下，在找到赵淮归的手后，她迅速张开手指，与他十指相扣。

周雨棠身体骤然一震，立刻错开了目光。

赵淮归感受到掌心和手指被一种奇异的温暖包裹着，他呼吸微滞，低眼看见了两人交缠的手指。

女孩的手很白，很细，指甲上又换了花样，这次是风情万种的紫色。手心软绵，细细去感受，能察觉到她掌心的汗意。

季辞看着周雨棠落败的背影，得意地挑眉，心情很是舒畅。把手收回来时，男人却不讲道理地发力，把她的手狠狠扣下了。

季辞疑惑地看他。

赵淮归不咸不淡地笑了，眼中带着玩味："你很会欲擒故纵。"

是的，她成功了。他吃这一套。

他曾经觉得欲擒故纵这一招，俗到让人恶心。如今，他觉得能够忍受，毕竟这个人是季辞。他受不了她每每看着他时，纯情又心机的样子。

欲擒故纵？季辞张了张嘴，半句话也说不出来，她只觉得赵淮归吃错药了。总之，手就一直被他握着，直到掌心布满了潮湿的汗意，她实在是有些受不了，挣扎着想把手缩回来。

"赵淮归，你松开好不好？"季辞的声音软软的，比一杯融化的绵绵冰还要黏糊。

赵淮归被她动不动就撒娇给腻到了，他松开了手。季辞的手背被箍出了红痕，许久都没有消失。她一边揉着手，一边抱怨着赵淮归好狠心。

五分钟过后，赵淮归要上台致辞答谢。

季辞摆摆手，让他快走，态度很是敷衍，甚至连看都不想看他。她早就盯上了对面的甜品台，那上面摆放着各种精致的小点心、饮料，甚至还有冷盘寿司。

为了穿这条礼服，她晚上都没吃东西，正饿得慌。

察觉到季辞并不想搭理他的样子，赵淮归深深地看了季辞一眼后，他抿了抿唇，转身就走。

男人走上台，身姿挺拔，有清风霁月之感，全场所有人都停下了交谈，将目光投向台上。

季辞则奔着甜品台而去。

赵淮归发言的过程中，视线不经意逡巡，最终锁定在那抹粉色的身影上，只见女孩正大快朵颐地吃着寿司。

他眉心微皱："感谢大家对元晟集团的支持，接下来，我们会把更多的精力放在公益事业上……谢谢。"

致辞完毕，场内响起雷鸣般的掌声。赵淮归下台后，前来敬酒打招呼的人络绎不绝。

季辞吃得很高兴也很满意，赵家可真是财大气粗啊，连酒会上的寿司用的都是这么新鲜又昂贵的食材。做寿司的厨师也厉害，不输外面的专业日料店。她偏爱鹅肝和鲜蚌壳肉，一连吃了好几个。

刚准备再吃一个，肩膀被人拍了两下。她转身，是一个漂亮的女孩，洋娃娃般精致可爱，就是表情有些不善。

季辞迅速咽下嘴里的食物。季辞当然不认识她，但是根据她多年的经验，面前站着的大概是传说中的恶毒白富美女配角?

“你就是二哥的女朋友？”女孩挑着眉，轻蔑的意味不言而喻。

果然，有那味了。

季辞思索一下，点点头：“你好聪明啊，这都能看出来？”

女孩的表情微微扭曲，她成功被季辞气到了，语气不善：“我劝你收起那副嘴脸，看着就恶心！家里都快破产了，围着二哥打转也是为了钱吧？也不知道二哥怎么就看上你了，真是低俗！”

季辞还是点头：“你说得对。他是挺低俗的。”

女孩气急败坏：“我说的是你低俗！没说二哥！是你！你俗不可耐！”

季辞保持体面的假笑：“哦。好吧。我低俗就低俗吧。”

女孩仿佛一拳打在了棉花上，刚想继续教训季辞几句，就听见季辞淡如白开水的声音：“可是，我再低俗也没你低俗。”

女孩愣住了，她从小锦衣玉食，犹如众星捧月的公主，哪曾被人这么下过脸面？关键是季辞的声音并不小，周围来往的不少人都听见了，纷纷窃窃私语。

女孩咬了咬唇，没有多想就去推季辞，可她的手还没触到季辞，就见季辞一副柔弱的姿态慢慢地倒了下去。倒下去的瞬间，季辞还配合着一声娇柔惊呼，就差喊救命了。

赵淮归正在和人交谈，听见骚动后，他转头，刚好看见季辞狠狠摔在地上的一幕。他感受到自己的心脏猛然一缩，也顾不得说句失陪，就把宾客扔在身后，大步朝季辞走去。

此时的季辞垂着头，肩膀轻轻颤着，赵淮归被她委屈可怜的小模样勾起了前所未有的强烈保护欲，刚要蹲下身去扶她，只见季辞哇的一下哭起来。

“这个女人欺负我！”那声音洪亮如敲钟，且嗲到令人发指。

赵淮归伸出去的手臂僵在半空。季辞抬手指向那个穿蓝色礼服的女孩，一边哭着一边软着声音告状。

女孩吓得倒退几步，被这贼喊捉贼的架势给吓坏了，语无伦次起来：“二哥！我真没有推她！”

“她说我低俗，说你看上我更低俗，我说淮归哥哥才不低俗，她说我顶撞她，然后就推了我。”季辞边说边揉着膝盖，仿佛那儿被撞肿了。

前一秒还耀武扬威的女孩，此刻已是灰头土脸。季辞心里觉得好笑，论装柔弱，她还没输过，对付这种人她早已炉火纯青。要怪就怪这个女孩不识相，撞在她枪口上了，这种“被女配角欺负，可怜求男主角抱抱”的戏码，她正愁没人配合她演戏呢。

赵淮归漆黑的眼眸更深邃了，满场明亮的灯也照不亮那深瞳。

他没有多说，只是蹲了下来，双手捧住季辞的脸，仿佛捧着一颗夜明珠。看着她泛红的眼睛，他的语气是他自己也没察觉到的温柔：“别哭了。再哭的话，妆又要花掉了。”

男人的冷漠不再，取而代之的，是一腔温柔。他用指腹擦掉她的眼泪，语气柔和。

季辞被他的温柔蛊惑了，一时间忘了哭。

原来，他也有这么温柔的一面。原来，他哄人的时候，这么让人心动。

赵淮归揉了揉她的头发当作抚慰，随后温柔陡然散去，他冷冷地瞥了一眼那个穿蓝色衣服的女孩。他知道她是谁，齐家的小千金。

“文盛。”

文盛上前：“老板。”

赵淮归：“以后别让我在赵家的地盘上看见她。”

多么倨傲的一句话，这是他一直以来的风格。

四周一片哗然，大家议论纷纷。

“这就是季辞？长得可真漂亮啊。看起来很单纯啊。”

“啧，单纯？能把赵老板弄到手的女人，你以为她能有多单纯。精着呢。”

“这齐家小姐也真是惨，这以后，谁家还敢请她？这不是公然和赵家作对吗！”

很快，有保安过来请那位齐小姐出去。

季辞是真没想到，赵淮归帮她出气的方式这么果决又狠厉。她以为最多不过是训斥那个女孩两句，甚至可能碍于背后家族的情分，干脆不了了之。

难不成……他真的喜欢她？

赵淮归哪里明白季辞心中想法，见她发呆，伸手碰了一下她的脸。刚刚不还哭着喊着告状吗？现下如她的意了，怎么又发起呆来了？

“还不起来？”赵淮归无奈。

季辞回过神，冲着男人嘟嘴：“要牵我才起来。”

嗯，不错。还是那个做作的季辞。

赵淮归把手放在她眼前，清瘦修长的手指微屈，这是一个标准的邀请公主跳舞的姿势。

季辞偷偷笑了，正想着该如何骄傲矜持地把手搭上去，她的视线一抬，无意中瞥见一道熟悉的身影，对方就站在人群中。

下一秒，她的手悬在了半空。

那是宋嘉远？宋嘉远怎么在这里？更让她不安的是，宋嘉远也在盯着她，神色略复杂，好似还有一点难以言说的眷恋。

赵淮归见季辞迟迟没有起来的意思，语气多了几分无奈和纵容：“还想坐多久？不然抱你起来？”

季辞还是置若罔闻，赵淮归这才察觉到异样。她仿佛在看着某处，眼神复杂，有憎恶，有愤怒，还有一丝丝他看不懂的情绪。他顺着季辞的目光，转头去看。季辞猛地回神，攥住了赵淮归的衣袖，试图把他拉回来。

赵淮归是何等聪明的人，他瞬间就在一群人中判断出季辞盯着的那个人是谁。

原来是个男人啊。他淡淡地瞥了一眼宋嘉远，唇边露出一丝讽刺的笑。

季辞很快就收敛了慌乱的神色。

遇到宋嘉远有什么好慌的？遇到他不该是火力全开讥讽负心汉？再不济也该视若无睹，装作不认识啊！

所以她慌什么？季辞不理解。难不成是因为赵淮归在这里，所以她才慌？季辞被这个想法震住了，她竟然会害怕被赵淮归知道自己的感情史！该如何形容此时的心情？就像和新交的男朋友一块上街，偏偏在街上遇到了前男友，慌乱而尴尬。

季辞想明白后，愣住了，随后倒抽了一口冷气。

让她觉得恐怖的不是把宋嘉远当成前男友，而是她无形中把赵淮归当成了现任男朋友，且十分享受……

太荒谬了！她不是一直把赵淮归当作赚钱的工具人吗？

季辞强压住内心的震惊，小指钩了钩赵淮归的腕表，声音轻细如烟：“扶我起来好不好？”

不知道赵淮归回头的那几秒里看到宋嘉远没有。季辞猜，他应该没有看到，就算看到了，也不会多想。毕竟宴会厅里那么多人，男男女女，衣香鬓影，谁又能分得清谁？

“好。”赵淮归不动声色地收起所有情绪，他动作轻柔，却蕴含着强势的力道，近乎霸道地把季辞拽了起来，揽入怀里。

季辞踉跄两步，鼻尖轻磕在男人坚硬的胸膛上，顿时嗅了一鼻子的冷香。他好像换了香水，虽然依旧清冷，但是今天的香水多了一丝让人心旷神怡的果香味，好像是佛手柑的气味。

她又贪恋地嗅了一下，像嗜糖的小孩：“好香啊……”

这味道让她有点儿想吃柑橘了。

赵淮归听见她小声地咕哝，英俊的面容凑近她，低声问：“什么香？”

两个人姿态亲昵，丝毫不顾忌这是在公众场合。所有人都在内心大呼好家伙，这就是传闻中不近女色的赵二公子？是生意场上杀伐决断，心机诡谲的赵老板？搞笑吧！

季辞听到了周围人的窃窃私语，却不好意思推开他，只是很窘迫地想，这个男人怎么突然就变成这样了？开始还嫌弃她挽得太紧，现在对她又搂又咬耳朵，中邪了？

赵淮归一旦热情起来，她还真是招架不住。更何况这副好皮囊，笑起来的时候能把不谙世事的小姑娘给迷死。

季辞开始怀念他那一张凡事都懒得搭理的冷脸了。

“说啊，什么香？”

灼热的气息不住地往季辞脸上扑，她的脸颊开始发热，心跳加快，整个人像要燃烧。

“赵淮归……你靠太近了……”季辞侧过头，不去看他。

赵淮归格外不喜欢她说的任何带拒绝意味的话语，他的眸色一冷，声音一沉，伴随着袅如云烟的冷酒香，那是他刚刚喝过的香槟：“你以前不是想方设法要靠近我？”

近距离之下，女孩脸上细细的小绒毛清晰可见，唇瓣水润，上面洒着细碎的光，睫毛如一排小扇子，又卷又翘，扑闪的时候仿佛能扇出微风。

季辞被他弄得没办法了，只好应下：“是你身上的味道，很香。”

赵淮归笑了一声，亲昵地捏了捏季辞的小脸，这才满意地直起身子。他挑起眉，视线往场内淡淡一掠，应该在某处停留一瞬，随即不动声色地收回视线。

“等会儿结束了，带你去吃日料。”他说。

刚刚看她一个劲地吃寿司，应该是喜欢日料的吧。

日料？季辞的眼珠子转了一圈，兴奋了起来，糟心事也忘了大半。

不远处，宋嘉远正在和人交谈，一副心不在焉的样子，眼神一直落在季辞和赵淮归身上，看着他们十指紧扣的手，心情苦涩又复杂。若是那晚他坚定自己的选择，没有上周雨棠的钩，是不是他和季辞就已经在一起了？可惜，时间是最无情也是最公平的，永远不会倒流，永远不会因为谁的后悔而仁慈地放慢脚步。

从他没有推开周雨棠的那一刻起，他和季辞就再也没有可能了。

“宋总在看什么呢？”一旁说话的人瞧出了宋嘉远的走神，也顺着他的目光看去，看清后，那个人笑了笑，“赵老板也是英雄难过美人关呢，没想到上京城这么多的千金小姐，他偏偏栽在了季小姐的身上，倒是有趣。”

“是吗？”宋嘉远看着站在季辞身边的男人，隔远看也是清贵冷俊，卓尔不群，心中顿时涌起了扭曲的不甘心，他在想要不要上去打个招呼？

想到这里，他恍然意识到自己有些魔怔了。赵淮归是什么人，他也招惹得起？现在公司正为了竞标赵氏的一个项目而忙得焦头烂额，在这个节骨眼上，他绝不能冲动。

就当宋嘉远准备收回视线时，一直侧头和季辞说话的赵淮归忽然转了过来，似是朝他这边瞥了一眼，又很快地移走视线。

不过是一眼，宋嘉远却感受到了，赵淮归看的是他。那眼神虽然是冷淡的，但他却品出了其他的意思，有警告，有嘲讽，有高高在上的轻蔑。

他也是男人，知道男人用这种眼神去看同性时，是怎样的用意。难不成他知道季辞和他曾经有过一些纠葛?

想到这里，宋嘉远再也忍不住了，他端起香槟杯，朝季辞走去。

第十章

不管他是否拿我当女朋友，核心思想不能动

季辞还在因为等下有日料吃而高兴，挽着赵淮归的手臂，声音娇媚：“什么日料啊，不高级的，食材不新鲜的我可不吃哦。”

赵淮归看了她一眼：“还行。”

高级不高级他没对比过，但食材在他看来，还算新鲜。

这时身后传来了一个男人的声音：“赵老板，您好。”

季辞愣住，这声音？不得了了，宋嘉远竟敢找上门来？季辞的脸因为愤怒而微微扭曲，再怎么会演戏，此刻也露了马脚。在季辞的心里，她是单纯的愤怒，可落在赵淮归的眼里，就有了别的意思。

赵淮归还没说话，宋嘉远就已经感觉到了压迫。

赵淮归把装死的季辞一把扳过来，搂住她的肩膀，随后才漫不经心地看向宋嘉远，懒散地出声：“你是？”

宋嘉远有些尴尬，他认识赵淮归，可人家却不认识他。

他虚虚咳了咳，掩饰不自然：“赵老板您好，我是宋嘉远，天成企业的市场部总监，家父是宋成业。”

赵淮归：“有事？”

宋嘉远怔了怔，视线一偏就看见了假装和他不认识的季辞，他难掩酸楚，说出来的话竟然也没有过脑子。

“这位是赵老板的女伴吗？和我的一个学妹很像。”

季辞要气疯了，从前她怎么没发现宋嘉远这么没脑子？亏他还是学霸，她看他出了大学脑子就被猪吃了吧？

赵淮归意味深长地看了一眼季辞，随后冷笑：“宋先生哪只眼睛看出我赵淮归的女朋友像别人了？”

声音不高不低，充满冷厉。

“女朋友”这三个字却像惊雷在季辞耳边炸开。

女朋友？他在说什么胡话啊？男人霸道而强势的话语，没有丝毫拖泥带水，是干脆而又绝对的。季辞的大脑已经一片空白，整个世界仿佛在这一刻安静了下来。瞳孔也渐渐放大，感觉眼前的东西变得不再具象，散了，飘了，模糊了。

宴会厅里灯光是冷调的白，明朗而洁净，把每一个角落都照得如此清晰。天花板吊着一个巨大的水晶灯，千百颗水晶吊坠在灯光下，折射出无数星光。

她觉得赵淮归就站在这些星光里。

宋嘉远得到了答案，沉默半晌，随后憋出一个难堪的微笑，转身的背影里有一丝落寞。

季辞根本不关心宋嘉远怎样，她此刻感觉自己正躺在漂浮舱里，像梦一样美好。

她希望世界把她就此忘掉，让她一个人高兴个够。

“又发呆？”赵淮归抬手拨弄她的小脑袋，语气很是不满。

季辞僵硬地转过头：“啊？”

赵淮归掐住她的后颈，狠狠一捏：“你是不是傻了？”

季辞这才回过神来，抬眸直视赵淮归：“那我是你真女朋友还是假女朋友啊？”

女孩郑重的表情煞有其事。如果是真的，她或许可以考虑喜欢他？如果是假的，那她大不了继续和工具人斗智斗勇。

她想好了，怎么样也得把清水湖的地给弄回来，到时候再跑路也不迟。

赵淮归没回答这个幼稚的问题，只是看了季辞一眼，沉下脸，心里一口气顺不下去。他一言不发，把酒杯里的香槟全喝了。

酒会还没结束，赵淮归就带着季辞提前离开，吃完日料后，他把人送了回去。季辞声音软软地和他道了晚安，心满意足地进了家门。直到季辞消失在了视线里，赵淮归仍旧坐在车内后座，一动不动地看着她消失的方向。

幽深的双眼在昏暗的车厢内，看不太清楚，仿佛和夜色融为一体。过了半晌，他才拿出手机给文盛发了个消息。

“去查宋嘉远。我要知道他和季辞的一切。”发完消息，他便关了手机，吩咐司机开车。

司机启动引擎，黑色的宾利如同蛰伏在深海的鲨鱼，伺机而动。

文盛的办事效率向来高，不出半日，宋嘉远就被他查了个底朝天。赵淮归抬手翻着平板里文盛传来的资料，整个人透着浓浓的戾气。

平板里是一些照片。

女孩在篮球场为男孩欢呼加油；女孩在自习室里和男孩一起温习功课；女孩在食堂和男孩共享一盘水饺……

“据他们大学同学的说法，季小姐本来和宋嘉远走得很近，大家都默认他们是一对情侣，但后来，两人突然就不再联系，即使出现在同一场所也装作不认识，这期间具体发生了什么，查不出来。但据我推测，应该和另一个女生有关。宋嘉远和周家的三小姐周雨棠在大三的时候公开了恋情，而季小姐和宋嘉远断了联系就是在她大三那年。”

“大三……”赵淮归把平板关掉，扔在一旁。

大三，应该就是她去英国做交换生的那一年吧。原来她躲在教堂后面偷偷哭，是因为男人。

想到这里，他呼吸变重，有些急躁地松了松领带。背地里查这事，是很跌份儿的，他压根犯不着。

可他还是没忍住，发疯一般想知道她所有的秘密。

昨日的酒会上，她看到宋嘉远的那一刻是那样的紧张。紧张、憎恶，这些情绪换个词来表达便是深刻，是不是爱而不得，才会深刻，才会紧张，才会憎恶？

“对了，老板，我还查到这次万和广场的项目，天成企业也参与了竞标，带队人就是宋嘉远。”

赵淮归思索后道：“竞标会是下周二？”

文盛："是的。"

赵淮归点头："好。我知道了。你下去吧。"

文盛走后，办公室里只剩下赵淮归一个人。偌大的办公室里空旷而寂寥。桌上的手机忽然振动了两下，打破了这份安静。

Cici："你在做什么呀？"

赵淮归笑了笑。

小骗子，秘密还挺多。不过没关系，他会一点一点把她的秘密全部剥开，然后抹掉所有的秘密，让她成为他一个人的专属秘密。

"下周二，过来给我当秘书。"他敲完，点击发送。

周二当天上午。

季辞选了一套低调的黑色套装，短款小西服搭配高腰长裤，料子的垂感不错，显得双腿更为修长。她又把头发盘上去，还戴了一副老气的黑边框眼镜。桌上的平板显示着下午会议的议程，以及她被分配的任务。

居然叫她过去给他当秘书？他不会把她的那份补充协议当真了吧？难道不是打着招秘书的幌子，和她公费谈恋爱？

季辞原本还以为赵淮归喊她去他公司是别有心思，但万万没有想到，赵淮归居然是真的喊她去上班。

姜茵茵："他喊你去是真当秘书？"

季辞："你敢信？"

姜茵茵："给领导端茶倒水的那种？"

季辞："你敢信？"

姜茵茵："他不都当众宣布了你是他女朋友吗？他就是这么对女朋友的？"

季辞抿唇，脸色当即凝重起来。姜茵茵这句话说到了点子上。

根据她对目前形势的判断，说赵淮归不喜欢她，那不可能，但说是很喜欢她，那也未必。但他那天在酒会上的表现，她承认自己怦然心动了，但是心动过后，还是要回归现实。

女孩子不能傻乎乎地相信男人的话，男人的嘴，骗人的鬼。

宋嘉远那时候不也是甜言蜜语一套套的吗？第二天就翻脸不认人，当着周雨棠的面把她送的生日邀约给撕掉了。如果宋嘉远私底下跟她断，她都不会有这么大的反应，可他偏偏让她在众人面前丢脸。她一辈子都忘不了周雨棠当时得意的眼神。

可是话又说回来，赵淮归不是宋嘉远。他又怎么会是宋嘉远那种男人呢？他虽然看着冷厉，说话也不好听，但他做的每一件事，都能让人心安，绝不是那些光说不做的花架子。

算了！季辞甩甩头，把心底异样的情绪挥走，还是赚钱最重要。

等全季盛世重新走上正轨，等她把清水湖的地拿回来了，她就请个职业经理人替她打理公司，她只要坐在家里数钱就好。

季辞继续打字："不管他是否拿我当女朋友，核心思想不能动。"

到了中午，赵淮归让司机来接她。招摇的雪松绿色劳斯莱斯就停在全季盛世的大门口，惹得公司大厅里来往的人连走路都是一步三回头，就想看看这车接的是谁。五分钟后，季辞一身黑衣从办公室下来，一溜烟就上了车。众人连影子都没看清，车就飞驰而去。

几乎是同一时间，公司内的八卦群活跃了起来。

"小道消息！老板今天穿的是黑色！"

"老板不是不爱穿黑色吗？"

"所以刚刚那台劳斯莱斯接的是老板？"

"你蠢啊，不知道赵氏注资了我们公司吗？先是一亿，没隔几天，又追加了一亿！"

"老板还是厉害！比董事长靠谱多了！"

"喂！楼上说话注意点，不怕被截图吗？"

到了创汇大厦，依旧是走直达总裁办公室的专用电梯。电梯门一开，办公室里站着好几个人。

听见老板办公室的电梯忽然就打开了，众人纷纷回头望去。入眼是一个身材纤细的女人，一身黑色的西装，很保守，却仍旧遮掩不住姣好的身姿。她鼻梁上架着一副黑框眼镜，显得小脸越发精致。

季辞脚步停住，不知道是该出去，还是该退回去，犹豫了几秒，出声："要不我下去等？"

赵淮归神色未变，曲指在桌上轻轻敲了敲：“进来。”

季辞垂下头，快步走了进去。站在办公室的这群人都是公司高管，见老板办公室里突然来了个女人，气氛顿时变得暗潮汹涌。

赵淮归扫了众人一眼，表情仍旧是不冷不热的：“我刚刚交代的，都听清楚了？”

众人立刻停止了小动作，垂首回答：“都清楚了。”

“那就先下去。”

很快，办公室又恢复了安静，只剩下了季辞和赵淮归两个人。

“过来。”赵淮归不悦地看了眼站在角落的女人。

季辞嘟着嘴，扶了下鼻梁上的眼镜，缓缓走到赵淮归身边。男人忽然伸出手，直接把她的眼镜给摘了。

“你干什么啊！”季辞去抢眼镜，动作很快，却没想到赵淮归更快一步，他迅速打开抽屉，把眼镜扔了进去。

抽屉是指纹锁，关闭后自动落锁。少了镜片的遮挡，赵淮归这才看清楚女孩灵动的双眼，明亮如星辰。

“眼镜太丑了。没收。”

那可是名牌！这人懂不懂审美?

“那……那眼镜，要八千！”季辞激动地比了个数字，杵在他眼下。

赵淮归意味深长地看她一眼：“不合适的，贵也丑。合适的，再贵也合适。”

季辞愣了愣，这男人在打什么哑谜?

赵淮归看着季辞呆愣的样子，微微皱眉，而后又移开目光，继续看文件，把她晾在一边。

看了没两行，这才出声问：“吃饭没？”

现在是十二点半，季辞开始在自己的办公室吃了从餐馆里打包的工作餐，三荤一素，虽然好吃，但她早就吃腻了。

女孩的眼睛忽地亮了起来，像藏着一盏灯，开关随她的心情，连声音也雀跃了几分：“若是我没吃的话，你是不是要带我去吃日料啊？”

一想到赵淮归带她去吃的那家日料，季辞就开始馋了，尤其是那烤得香喷喷的和牛裹上蛋液和果酱，一口包进嘴里，格外满足。

赵淮归：“只有工作餐。”

季辞泄气："哦……"

刚想说"你可真小气"时，耳边传来男人柔和的声音："晚上带你去吃日料。"

季辞挑了挑眉，嘴角不自觉地上翘。

这场会是最后一轮竞标会，入围的公司总共有四家。

万和广场的项目可以说是上京城本年度城东区改造的收官之作。政府联合元晟集团要在城东的中环打造一个集娱乐休闲、商务办公，以及旅游观光为一体的商业圈。当然，没有一家企业可以独吞这块大蛋糕。今天的竞标也不过是竞争万和广场的第一期工程。

会议室里，人员各就各位。赵淮归出现后，众人都进入到紧张的备战状态。季辞跟着赵淮归走到了长桌的最前端。赵淮归自然坐在首座，而季辞则站在他身后。站了不到五分钟，季辞就有些脚酸，她可太蠢了，早知道要这么站几个小时，她打死也不会穿高跟鞋。

赵淮归似乎没有察觉到季辞的不对劲，只是曲指敲了敲桌面，示意季辞给他倒茶，季辞暗暗地瞪了他一眼。给赵淮归倒完茶后，季辞端着水壶，打算去给下一位添茶。

赵淮归不解地抬头，睨了她一眼："做什么？"

"不是倒茶吗？"季辞小声解释。

她知道会务服务工作其实是很累的，需要给全场每一位添茶倒水，还要随时注意他们的动向，是否要添茶，是否有其他需求。

赵淮归没看她，压低嗓音："你是来给我服务的，不是给别人。"

他有那么一瞬间的冲动，想把季辞的脑袋掰开，看看她的脑子里都是些什么。

赵淮归指了指身边的椅子，冲季辞丢下一个字："坐。"

季辞眨眨眼睛，坐他身边？反应过来后，她喜笑颜开："谢谢老板！"

会议分为两个阶段。第一阶段是每家公司的代表团队依次进场，专家评审团对竞标公司进行一对一的提问，第二阶段是各公司进行最后一轮竞标的价格调整。

会议室门外，宋嘉远的状态不佳。只要一想到等会儿可能会遇见赵淮归，他就莫名其妙紧张。或许有不服输的心态在里面，他并非不优秀，相反，他从小到大都非常优秀，不论在哪方面。家境优越，长相英俊，不只有高学历，能力也出众，待人接物都备受赞誉，诸多的光环加在他身上，他从来都没有感受过什么是不如人。

唯有在赵淮归面前，他第一次尝到被碾压的挫败感。

“宋总，我们抽到了第二个，现在要准备进去了。”

“好。走吧。”宋嘉远平复呼吸。

进入会议室，礼仪小姐带着他们依次落座。宋嘉远在进门的瞬间，就看见了一张熟悉的面孔。纵使那女孩盘了头发，化了成熟的妆容，穿着一身黑色衣服，但他仍然第一眼便认出来，那是季辞，就坐在赵淮归的身边。

她怎么也来了?

宋嘉远缜密的思维被击散，大脑变得很空，随之涌来的是莫名其妙的紧张感。或许是他格外想在季辞和赵淮归面前表现出彩，但是越刻意，就越是弄巧成拙。专家评审团问的问题，他有两个没有答上来，说话也磕巴，就连跟着他一起进来的助理都皱起了眉头。

大学时，宋嘉远面对礼堂里上千名师生时依然滔滔不绝，自信飞扬，可在这间坐了不到二十人的会议室，他却卡壳了。

季辞也同样面露惊讶。怎么宋嘉远也来参加竞标会?不过很快，她就把惊讶抛在了脑后，她压根就对这个人没啥兴趣。她兴致缺缺地坐在椅子上，偶尔起身给赵淮归添杯热茶。

赵淮归全程面无表情，听着专家和代表团的对话，不时拿起钢笔在资料上写几笔，做些记录。宋嘉远一连两个问题答不上来，赵淮归的表情没变，反倒是季辞蹙了蹙眉。

怎么连这些问题都答不上来?

宋嘉远眼神闪烁瞟到了季辞那一瞬间的蹙眉，心里越发紧张，就连背脊都冒出了冷汗。十分钟之后，专家评审团提问结束，第二家竞标企业退场。

走出会场的那一刻，宋嘉远知道，今天的竞标，完了。

到了最后的专家讨论环节，季辞有些闷，跟赵淮归说出去透透气，她在大厅等他忙完就好。

赵淮归点头应允，说等会儿给她发消息，结束后就带她去吃日料。

季辞一个人出了会议室，想去公司附近的奶茶店买杯喝的，谁知还没走出大厅，就被宋嘉远拦下了。

“辞辞……”

宋嘉远忐忑地站在她面前，看她的眼神很是闪烁，不敢和她对视。

季辞退后两步，语气不悦：“做什么？”

宋嘉远的声音微微颤抖，没有一点当年意气风发的少年模样：“辞辞，我知道你恨我。我也知道赵淮归介意我和你的过去，我输了这场竞标，我没有怨言。我只想跟你说——”

季辞听笑了，不耐烦地打断他的话：“你该不会以为你输了标是因为我吧？麻烦宋总清醒一点，输标是你自己能力不足，与我没有关系，与赵淮归更没有关系。别把你的错误甩给他人。”

宋嘉远把她的嫌恶与指责全盘接下，语气苦涩：“辞辞，我不奢求你原谅我，只想跟你亲口说一声对不起，当年是我对不起你，我不该上周雨棠的当，我不该被她——”

季辞懒得听，又一次打断他：“宋嘉远，我希望你能做个男人。像一个男人那样说话，我说不定还能看得起你。”她顿了顿，又继续，“你当初放弃我，是你自己的决定，没必要扯上周雨棠。怎么？你不会是想说周雨棠勾引你，你没把持住，所以一切都不是你的错吧？你只是犯了男人都会犯的错？”

宋嘉远的神色颓败下去，脸上已经挂不住了。

季辞的话可谓句句戳心。

“没必要，真的。我是挺讨厌周雨棠的，这所有人都知道，但我更讨厌你这种遇事退缩，然后把一切责任推到女人身上的男人！这种行为很低级。你自己做了什么，你心知肚明。喜欢这个，又惦记着那个，还在人前扮委屈演深情？”

这顿扎心的指责一气呵成。话憋在季辞心里很久了，如今说出来，越说越顺畅，越说越舒爽。反观宋嘉远，被季辞堵得一个字都说不出来。眼里是震惊、挫败。季辞不想再和他有过多的牵扯，只想赶紧离开这里。

她今天用了发簪盘头发，第一次弄，还不太能掌握技巧，头发盘得太紧了，勒着头皮很不舒服。她绕过宋嘉远，转身朝另一道门走去，边走边抽盘发的簪子。

宋嘉远怔怔地看着季辞离去的背影，他忽然冲了上去："辞辞，对不起，真的很对不起。不论你怎么说我，我都认，我只希望你不要再恨我。"

他等了很久，才等到一个跟季辞道歉的机会，无论如何，他都不会放弃这个机会。

季辞皱了皱眉。这人在演苦情剧吗？挺会自我感动的。她想到了赵淮归，瞬间觉得赵淮归的形象高大了。做事干脆果决，绝不拖泥带水。

季辞越走越快，想甩掉跟着她的宋嘉远，簪子被头发卡住了，她不得不分神去弄，没看清脚下有台阶，就这么一脚踩空。

"小心！"宋嘉远手疾眼快，扶住了季辞的手臂，隔远一看，男人就像在抱着女人。

此时，簪子终于取下来了，啪的一声掉在了地上，簪子顶端那头镶着的珍珠也摔了出来，顺着光洁的大理石地面，滚出去好远，拖拽出一道晶莹的光影。

季辞站稳后，冷淡地抽回手，神情略显复杂地看向宋嘉远。这个人是可恨，但也可怜。只可惜，女人是不能可怜男人的，需要被可怜的男人，更加要远离他。

"我知道了，我不会再出现在你面前。辞辞，希望你能过得好。"宋嘉远垂眸，不再看季辞的眼睛。

门外，停车坪主道上，一台劳斯莱斯似乎停了很久。车内寂静得能听到起伏的呼吸声。赵淮归坐在后座上，不知在看什么。终于，他收回视线，转头平视前方。

"走吧。不用等了。"赵淮归淡淡吩咐。

司机犹豫了一瞬，还是开口："不等季小姐了吗……"

赵淮归眼底涌动着说不清的复杂情绪："不等了。"

司机点头，刚准备发动引擎，又被叫停。

"算了，你在这等她，接到后直接送她回家。"赵淮归说完，在储物格里拿了另一台车的车钥匙，一言不发地下了车。

季辞接到司机的电话后，匆匆赶到停车坪，打开车门后却没看见赵淮归，奇怪地问：“你们老板呢？”

不是说好了要一起吃日料吗？一声不吭地放她鸽子？

司机挠了挠头：“不好意思，季小姐，老板临时有个饭局，推托不掉，让我在这里等到您后把您送回家。或者您想吃什么，我也可以送您去。”

季辞泄气地坐在后座，情绪像六月的天，一下子就从艳阳高照变成阴云密布。过了半晌，她幽幽道：“算了，回家吧。我也不想吃了。”

直到回了家，她也没有收到赵淮归的消息，她每五分钟就掏出手机看一下，越看越委屈，这个人怎么了？就算有饭局，就算很忙，几秒钟的时间都抽不出来吗？好歹跟她发一条微信啊！

她今天都经历了什么破事。先是被赵淮归莫名其妙地带到会场，莫名其妙地遇到宋嘉远，莫名其妙地差点摔倒，还弄坏了她喜欢的簪子，现在还被赵淮归一声不吭地放鸽子。想着想着，她莫名其妙地红了眼圈，眼泪毫无预兆地落了下来，好似一场下不完的大雨，越去擦，越是汹涌。连她自己也搞不明白她在哭些什么，哭得上气不接下气之时，手机响了。

来电是一个陌生的号码。

她接通后，语气凶恶：“谁啊！”

“是我。”

“你？你是谁！我不认识！”季辞的声音带了哭腔。

电话那头的男人沉默一瞬：“你在哪里？”

“关你什么事，我才不会告诉你我在家！”季辞继续哭。

“你等我。十五分钟之后你出门。”说完，男人干脆地挂掉了电话。

季辞听着电话里传来的忙音，觉得好奇怪。在听到男人熟悉的声音的那一秒，满腹委屈一下就烟消云散了，只有薄雾散开的明朗。

现在她情绪稳定了，眼泪也流完了。她又变得开心起来，赶紧去补妆。十五分钟后，家门口停了一辆车，一辆橙色的奔驰。季辞愣了愣，不敢想象赵淮归会买这种颜色的车，和他一点也不搭。

车内的男人落下车窗：“上车。”

季辞连忙回神，拉开车门，坐上了副驾驶座。

上车后，赵淮归没有多说什么，只是递给她一瓶水，见她不喝，又放回了储物格。车速很快，车窗开了一道缝隙，季辞听见耳畔的风呼啸而过。

“你开太快了……”她抓扶手的动作，泄露了她的害怕。

女孩没有用矫揉造作的语气，自然而然露出的慌乱好似一场绵绵春雨，浇在他的心尖上。男人放慢车速。

一路上，季辞察觉到身旁人的低气压，没怎么敢说话，只是观察着，可眼见着气氛越来越僵。最后，她忍不住了：“这车……是你的？”

“朋友的。”

他去了宸南公馆，黎栎舟把他的车开走了。

季辞又问：“我们这是去哪……”

眼瞧着这路怎么越走越荒无人烟？

“去你逃不掉的地方。”

“啊？”

赵淮归抿唇，不再搭理她。

车子最后在一座复古庭院前停了下来，这座庭院坐落在半山腰。还没等她好好欣赏一番，赵淮归拖着她的手就往走廊深处走去。

“喂！赵淮归！”季辞踉踉跄跄地跟着他。

卧室门打开，没有开灯，入眼全是模糊的，分不清人和物。季辞刚想说话，就被身后的摔门声吓住了。下一秒，男人压了上来，粗重的气息伴随着黑暗，一起朝她袭来。

“你……你做什么……”

剧情陡然发展到她无法预料，也无法掌控的地步，一切都失控了。或许，她从来都不是导演，她只是一个没有剧本的戏中人。

赵淮归的手掌控住女孩清瘦的肩头，轻轻一拽，脆弱的吊带就断掉了。他的动作不急不徐，但力道凶猛，每一次拉拽都让季辞感到害怕。

“你疯了……”季辞去推他，手刚触上他就被他扣住，他的身体不同往常，异常滚烫。空气明明是凉的，是他太热了。

“是疯了。”赵淮归轻轻地回答她，声音低哑，那是极度压抑过后的声音。

他捧住季辞的脸，唇碰到女孩的鼻尖。

“你是谁？”他的声音罕见地流露出一种颓废感，是一支烟，一杯酒过后，夜色渐沉的雾霭里透出来的那种颓废。

季辞的大脑早就一片空白了，全身酥软，连声音都有点儿颤抖：“我是季……季辞啊……”

男人不满意这个答案，又逼问道：“那你是谁的？”

“是……是我自己的……”

她软绵绵地呼吸着男人身上迷醉的气息，这香气带了十足的蛊惑，蛊惑着人把心掏出来，不求前路，不问归途，只是把自己交给他。

男人的气息沉沉，似是绷到了极致：“不对。重新答。”

“是……是……”季辞的思绪已经乱成一团麻了，哪里还有余地去思考这些问题。

“是我的。”赵淮归笃定地撂下三个字，语气是一如既往的蛮横，没什么道理可讲。这世间，他最不讲道理，也没人敢和他讲道理。

“记住了没有？”他按住她薄瘦的背脊。

季辞的心跳已经不属于她了，仿佛如他所说，她是他的，都是他的。

“是……是你的……”她决心放弃抵抗，像败兵落入敌方悍将的掌中。沉默的眼泪早已浸湿他的衬衫。

黑夜里，赵淮归低声笑了一下，热气喷薄在她的耳郭，他轻声说：“既然是我的，那就谁也别想染指。”

不知过了多久，赵淮归把她抱去浴室，洗完后，用细腻的浴巾裹住她，为她擦干潮湿的水汽。季辞迷迷糊糊睡着了，像一个疲惫至极的洋娃娃，任人摆弄。夏夜的风偷偷从窗户的缝隙中钻进来，掀开了一角纱帘，月光也从那一角偷偷跑了进来。因为庭院坐落在半山腰，四周是寂静的山林，少了城市的车马喧闹，十分安静。

男人借着月光去看季辞的脸，娇柔而脆弱，睫毛上挂着水珠子，脸色潮红，虽然已经睡了，可嘴里还说着模糊不清的呓语。

凑近去听，似乎是在骂他。赵淮归觉得好笑，捏了一把软软的脸颊。

他想起了第一次见她的时候，她脸蛋要比现在胖一点，但多了一丝少女的青涩。其实在铭达的相遇并非他们的初见，或许那是季辞的初见，但不是他的。他比她想的要更早，更早遇见她。

第十一章

较真的男人真是一点也不可爱

三年前的英国伦敦。

一连下了几天的小雨，天空雾蒙蒙的，雾气落在身上带来一股潮湿的木质香气。

校园里一派生机勃勃，就连松鼠都十分活跃，它们肥硕的身影穿梭在丛林里。学校里随处可见穿着学士服拍毕业照的学生，三两成群，也有拉了一帮小伙伴拍大合照的。

赵淮归对拍照没什么兴趣，就连学士服也是朋友帮他买的。三百镑一件黑色拼紫色的学士服，穿在身上松松垮垮的，但架不住有人就是能把学士服穿出不一样的味道。

一个留着利落短发的阳光男孩走来，眉眼深邃，像是混血儿，他递给赵淮归一瓶柠檬水："不过去拍照？"

这男孩叫Mars，是赵淮归在伦敦为数不多的好友之一。

赵淮归收起手机，看了看不远处闹哄哄的人群，说："不去了，太热。"

Mars短促笑了声："不就是怕被那群妞缠着拍照吗？走！我们单独找个没人的地方拍。"

虽然赵淮归没什么兴趣，但还是跟着他一块儿走了。或许是想到即将离开这里，要和那些好不容易熟悉起来的朋友分离，一向万事不上心的他，破天荒地陪着拍了两张。

Mars一边满意地翻着相册，一边说道：“晚上的舞会别忘了，七点准时到啊！”

一群姐姐妹妹给他下了死命令，必须把赵淮归给带去。

赵淮归淡漠地应了声。

晚上是学生会组织的化装舞会，地址选在一座维多利亚时代建造的城堡。这场舞会不只邀请了本学校的毕业生，也邀请了其他学校的学生。草坪上挤满了热情四射的年轻人，大家伴随着激烈的电子音乐，在天然的舞池里疯狂蹦迪。

赵淮归一连被灌了六杯酒，脸上的黑色面具遮挡微醉的面颊，若是凑近，就能轻易地闻到他呼吸中的酒气，混着身上好闻的冷松香，让不喝酒的人也能醉。

月色下，赵淮归一身笔挺的黑色西装，身形修长，玉树临风的气质充分彰显出什么叫来自神秘东方的“俊”。不同于意大利男人的热情、法国男人的性感、英国男人的绅士，这是积石如玉，列松如翠的贵公子。不过短短半小时，前来搭讪的女生络绎不绝。

把一群喝得正开心的朋友甩在脑后，赵淮归独自进入城堡内，想找个安静的地方醒醒酒。城堡内部没有草坪上的霓虹斑斓，流光四溢，反而古旧沉寂，就连空气也似乎带着久远时光的痕迹。

月光从顶上的刻花玻璃漏进来，照亮了昏暗的视野。男人靠着旋转楼梯，望着高悬的弯月出神。

一连串仓促的脚步声打破了难得的静谧。

高跟鞋敲击在泛着灰白色的地砖上，由远及近，声音越来越清脆，一圈圈随着旋转楼梯，流水一样潺潺而泻。

赵淮归被酒精冲击得头昏，这“嗒嗒嗒”的敲击声像有人拿了把小锤子在敲他的太阳穴，他蹙眉，下意识转头朝身后看去。

视线里出现一个女孩的身影，一袭袅如云烟的水蓝色纱裙被主人提着，露出精致的银色高跟鞋；腿部线条流畅，犹如博物馆里陈列的精致白玉，及腰长发披散着。

女孩戴着一个银色面具，面具遮住了半张脸，看不清她的长相。

在这一刹那，赵淮归觉得这个世界是割裂的，他依稀能听到草坪上传来震耳欲聋的音乐声，但这里却是如此安静，仿佛站在了风暴眼中，令人生出处在梦境中的错觉。醉酒的他一时间忘了避开，就这样直直地站立在楼道中央，女孩疾速而下，像一缕风撞进了他的怀里。

那一瞬间，他想到了一个词——温香软玉。原来古人口中所说的温香软玉，是如此的令人遐想，令人难以克制。银色的面具不知怎么就掉落了，露出了一张干净漂亮的脸。

女孩灿若星辰的眼睛看进他心底，酒瞬间醒了。

“不好意思啊！先生，是我跑得太急了。”女孩吸了吸鼻子，揉着撞疼的肩膀。

赵淮归这才发现她眼眶泛红，很明显哭过了。

“没事。”他侧身，让到一边。他没那么闲，更不爱多管闲事。

女孩见他好说话，又主动让了路，弯起眉眼笑了：“谢谢你。”声音很好听，像一串摇曳的风铃，从遥远的亘古响起。她提起裙摆，继续下楼，擦肩而过的瞬间，她侧头，又笑了笑：“你真好。”

这莫名其妙，又令人摸不着头脑的夸赞。

赵淮归一时哑然。

他做了什么就让她觉得真好了？是没有计较她撞了上来，还是被她撞了之后还主动让路？可女孩没有停留，又化作一缕蓝色的风。赵淮归目送着她翩然远去的背影，忽然，余光一定，瞟见一丝银色的光，再看发现是一张精致的面具。是刚刚被撞掉的那个。

赵淮归鬼使神差地叫住了那个即将消失的女孩：“你的东西掉了。”

女孩刹住脚步，疑惑地看他。

“面具。”极淡的两个字，被他用压抑的声音念出来。

女孩看了一眼他脸上戴着的面具，这才想了起来，她恍然大悟的表情十分灵俏，紧接着，她扬起声音，嗓音越发娇脆：“嗯！那个面具送给你了！”想了想，她又补充道，“我花了一百镑买的，很贵的哦！你可别扔了。”

她咬字，强调一百镑。朦胧的月色下，女孩的眼睛清亮无比，看进他心底的同时，也撒下了一把生机盎然的种子，种子落进他心底最灰暗的土地里。生根发芽，既不需要氧气，也不需要浇水，自然而然，野蛮生长。

很快，女孩走了，一切又恢复宁静。赵淮归看了一眼地上的面具，弯腰拾起，拿在手里。

回国的前一天，赵淮归被Mars拖着去了一次教堂。Mars信奉天主教，四年里说了无数次要带他去教堂体验做礼拜，没想到一拖就拖到了毕业。

最后一天了，他没有拒绝。

在教堂的庭院里，他又遇到了那个女孩。这次她还是一个人，坐在长椅上手里拿着纸巾，肩膀不停耸动，似乎在哭。赵淮归平淡的情绪有了起伏，他忽然想知道她是谁。长这么大以来，第一次想要知道一个女孩的名字，想要联系方式，甚至想了解她更多。

他刚想过去时，朋友的声音从身后传来。

“等了你好久！最后一天了，我一定要请你吃顿大龙虾。”Mars笑嘻嘻地走过来，心里盘算着一顿龙虾得多少钱，但只是心疼了一秒，大学四年，他蹭了好友多少顿龙虾？几十顿是有的了。

赵淮归深深地看了一眼长椅上的身影，那缩成一小团的身影，柔软而脆弱，他想上前和她说话，但他终究没有过去。他明天就要回国了，这场相遇注定无疾而终。

“好。”他回应，握紧了拳头，转身离开。

把女孩留在了原地，把一瞬间的心动留在原地。

季辞一觉睡到次日下午三点，醒来的时候，人是麻木的。准确来说，是身体麻木了，脑子还是很清醒，并清晰地重温了昨天发生了什么。赵淮归就是个恶魔！连着骨头吃人的妖怪！早知道跳进陷阱的代价就是以身饲狼，她就是有这个心也没这个胆！

她现在只要轻轻地动一下，就能感觉到如滚滚海浪般翻涌而来的酸疼，她慢慢地坐了起来，手机就在离床不远的地毯上，她裹着被子翻身下去拿。幸好偌大的卧室里只有她一个人，赵淮归不知道去哪儿了，不过没关系，反正她现在也不想看到他。

解锁后，季辞迅速翻出姜茵茵的微信。打字说话都没什么逻辑，总之发了一大堆过去。

姜茵茵：“好家伙！你被他当点心吃掉了？”

季辞冷笑一声，食指飞速地敲击键盘，好似要在二十六键上敲出一朵花。

季辞：“吃干抹净了！你开心了！”

屏幕面前的姜茵茵激动得像沸腾的水，一下从工位上蹿了起来，把周围的同事都吓了个半死。

“不好意思，不好意思，哈哈，家里小孩考了第一名！哈哈哈……”姜茵茵赶紧溜去了厕所。

出了办公区，被封印的“洪荒之力”爆发了出来，她已经不满足于打字了。姜茵茵摁下语音键，几分钟之内，十来条超长语音就滚了过去。

“我的天！上次你俩共处一室都没有好消息，我还以为他有什么毛病。你们昨晚怎么发展起来的？你主动他主动？”

季辞看着不断冒出来的长语音，她的手又酸又胀，一直举着听都要累死了，干脆把手机搁到一边，点开扬声器，一条条自动播报。

“昨晚怎么样？评价评价啊！”

季辞怔怔地开始回忆昨晚。

赵淮归此时正在餐厅准备午餐。

并不是亲手做的，丰盛的午餐是派人去酒楼打包过来的，但牛奶可是他亲手泡的，知道季辞嗜甜，他还特意加了一勺桂花枫糖。食物放在漂亮的碟子上，很像日式的定食，每一道菜都只有一小碟，看上去精致又可口。

摆好后，赵淮归托着餐盘，朝卧室走去。

还没进卧室，在虚掩的门边，赵淮归就听到季辞讲话的声音。她起来了？在和谁打电话？

赵淮归端着餐盘不好敲门，就这么直接进去了。

“赵老板可以啊！这下你不用担心他是个中看不中用的花架子了！”

花架子？中看不中用？这是在说谁？赵淮归皱起眉。

季辞正听着姜茵茵发来的语音信息，又好笑又好气。忽然察觉到背后投来一道灼热的目光，迅速回头，就看到了门口的赵淮归。他走了进来，一旁的手机还在继续播放语音。

季辞呆若木鸡地看着面前的男人，整个人尴尬到动弹不得。

赵淮归黑黢黢的眸子里涌动着奇异的光，他若无其事地向她走来。

季辞下意识地揪紧被子，憋出一个僵硬的笑容：“呃……那个……”

赵淮归把餐盘放下，优雅地伸手拿走了季辞的手机，随后递给她，深邃的眼眸好似要把万物都吸纳进去。

“花架子？在说谁呢？”他似笑非笑地问道。

“嗯？你说什么啊？”季辞装傻充愣，眼睛眨了又眨。

赵淮归觉得好笑，她的演技真是越来越差了，但也越来越大胆了。

“花，架，子。”他一字一顿重复，“听清楚了吗？”

听清楚了，听清楚了。较真的男人真是一点也不可爱。

“我不知道！”季辞飞速吐出一句话，从床上跳下来准备逃离现场，可一只脚才刚伸出去，男人就洞悉了她所有的套路般，牢牢握住她的脚踝，一点余地也不给她留。

“那要不要再感受一下？”赵淮归向前倾去，唇辗转移至季辞的耳朵上，湿漉漉的暧昧热气落在皮肤上。

“我……我……清楚……”

赵淮归把她的后脑勺往前一按，封缄了她还没说出口的废话。

季辞有溺亡之感，已经不是第一次接吻，可心动的感觉一次比一次清晰，一次比一次深刻。好似昨晚，她只能在他的强势与温柔的交替中，陷落得更深。男人的唇齿间还带着兰花薄荷的牙膏香气，这款牙膏是她常用的一款，她失神地想，会不会以后她的牙膏口味，都不会换了？

过了许久，季辞才迷迷糊糊地睁开眼，目光落在他挺直的鼻梁上，她忽然凑上去，用鼻尖碰了碰他的鼻尖。赵淮归的心又一次塌陷在柔软中，他觉得自己被一只柔软馨香的小猫咪“宠幸”了。

“先吃饭。”他揉了揉季辞的脑袋，再不转移注意力，他怕直接复制粘贴昨晚的疯狂。

有些味道尝过就放不下了，只剩下食髓知味，永不餍足。

见终于可以吃饭了，季辞顿时高兴起来。

餐桌上摆着精致可口的午餐，十来个小碟子，十分丰富。季辞忙不迭地舀了一勺蛋羹，口感香滑软糯，日式酱油很鲜美，搭配肉末和香菇丁，满口浓香。细细去尝，应该是用排骨汤蒸出来的。

“这是你做的吗？也太好吃了吧！”季辞笑盈盈地看了男人一眼。

赵淮归大方承认他不擅长庖厨之事：“云笙酒楼的，你喜欢明天带你去吃。”

季辞：“那儿不是只接受预订，没有单独外送吗？”

“是吗？”赵淮归夹了一块炖得软烂的牛腩放进季辞的碗里。他并不知道云笙酒楼还有不外送的规矩，平时订工作餐都是订的这家，打个电话的事而已。

季辞默默吞下牛肉，心想：自己问这问题可真傻，赵老板想吃什么，哪家餐厅不巴巴地送来？还管得了什么规矩不规矩。

季辞：“那我明天还要吃云笙的外卖！”

“好。”男人头也不抬，飞快应下。

季辞脸上的笑意收也收不住，一口气吃了大半碗饭。忽然就觉得，这个男人除了不爱说废话，似乎也没有什么太多毛病？

十月末的上京，一连落了两场雨，温度陡然降下来，炎炎夏日已经结束了。银杏叶黄一半落一半，遍地都是小扇子形状的叶子，一晚上而已，道路仿佛染上云霞，金灿灿的。

这半个多月以来，季辞的日子过得甚是舒坦。眼看着公司走上了正轨，甚至呈现出重回巅峰的趋势，她的心情已经无法用“激动”二字形容了。除了激动，还有心酸，她总算是对得起死去的爷爷，守住了他老人家的心血。

就在上个月，公司趁热度开售了韵香苑第二期。韵香苑是园林式高档小区，地理位置好，离新建成的万和商业区也近。楼盘开售后，没到一周，整个楼盘包括商铺都销售一空。当然，大部分功劳要归赵淮归。他不知用了什么方法，让韵香苑成功划入万和小学的学区，房子顿时犹如镶金嵌玉。

今天下午，季辞本来可以和赵淮归一起去郊外的庄园泡温泉的，但她要接弟弟季年回家，只能忍痛拒绝了赵淮归。

也不知道季年这一个月的乡村生活怎么样，看他发来的照片应该过得挺滋润的，顿顿不离柴火鸡、农家腊味土钵子，鲜辣浓郁的南方口味，看着都让人流口水。

去机场的路很堵，在等红灯的间隙，季辞拨了电话过去，过了一小会儿，电话通了。

“喂，季年你下飞机了吗？我这还没到呢，堵在路上了。”

电话那头的季年说话却有些吞吞吐吐，说了半天季辞也没听清楚他说了什么。

“你说什么？是不是你那边太吵了？我听不清楚！”

季年有些头疼。

在他一米开外的地方，有个女人正盯着他。女人环抱双臂，眼神冷艳高傲，仿佛在警告：我已经等得不耐烦了。

“姐……我这边有朋友突然说要来接我，人都已经到机场了。”季年深呼吸，眼睛一闭，一句谎话脱口而出。

他撒谎的技术并不高明，一双清澈的眸子里全是闪烁飘忽的光，让人一看就知道做了坏事。

冷艳的女人哧了一声，扬起艳丽的红唇，她戴上蓝牙耳机，懒得听他接下来的拙劣谎言。

两分钟之后，季年挂了电话。

女人踩着D家限量款高跟鞋，走路时背脊挺得笔直，像昂贵的白玉花瓶，经过季年身边时，她挑眉讥了一句：“弟弟，你哪来这么多姐姐呢？”

“还不跟上来？”走出几步，发现他还站在原地，她不悦地皱了下眉。

“噢！来了！”季年赶紧跟上去。

女人走路带风，白皙纤长的手指拎着一只紫色鳄鱼皮Kelly包，漂亮的脸上没有表情，高贵冷艳得在机场硬生生展现出了巨星走戛纳红毯的风范。

季年则一手拖着自己的行李箱，一手拖着女人的三个大箱子，狼狈地跟在后面，活像长公主的倒霉小侍卫。

两个人一路快步到了停车场。

女人打开兰博基尼的双飞翼，又拿出车钥匙开了旁边一台大奔的后车厢，指挥季年把行李放上去，说是等会儿自然有人把车开走，不用管。

季年把行李都放好了才对车内的女人说：“千姐，我就不用你送了，我打车回去就好。”

赵千初愣了一下，随后利落地摘下墨镜扔进储物格：“说了一万次，叫我姐姐。”

“千姐”听上去不符合她优雅的形象。

最后还是没能拗得过去，季年只好上车。

在价值八位数的兰博基尼上，他如坐针毡，毕竟一旁坐着的女人压根不是正常人。中途，季年想说把他放在路边就好，一通电话把他想说的话顶了回去。车载蓝牙电话，赵千初看了一眼来电显示，毫不避讳地按下接通键。

“回来了？”说话的男人声音很好听，像玉珠子在瓷盘上滚动。

车内音响赵千初选装的是顶级配置，音质纯净，连呼吸的声音都能听得一清二楚。

“你姐回来了你都不来接，是和哪个漂亮姑娘约会？”赵千初虽然人在村里，但通了网，依然知晓天下事。

自己弟弟和某个小姑娘的八卦，已经有不下二十个人来她这儿绘声绘色地说书了。还是有图有视频的，就差拍一部电影邀请她参加首映礼了。

赵淮归讥讽道：“看来你的地下工作做得不错。”

赵千初轻哼：“我告诉你，这事妈也知道了，问了我几次，还说下个月爷爷过生日那天让你把人带回来见见。”

赵淮归坐在办公室，指尖来回转着一支钢笔，银色的钢笔在冷白修长的手指上划出道道寒影，像一幅油画。

他略一思索才道：“再看吧，我跟她说说，她想去，我自然带她去。”

赵千初心里跟明镜一样，栽了栽了。这玩意儿栽了，栽在女人身上了。

挂了电话，赵千初看了一眼副驾驶座上的漂亮男孩。男孩有一张干净秀气的脸，不笑的时候十分纯真，笑起来的时候又温暖可爱，这张脸她怎么看，怎以喜欢，尤其是他唱歌的时候，那就更招人喜欢了。

季年正在想一句歌词，隐隐约约感受到有一道热辣的目光落在他脸上，他侧头就看到前面有一辆摩托车逆行。

“姐姐！看路！”

是和长相完全不符的性感的声音，尤其是“姐姐”那两个字的发音。

赵千初顿时头皮发麻，猛地一踩刹车。兰博基尼和摩托车擦肩而过。

目睹了这一瞬间的危险，季年心有余悸，少见地沉了脸：“以后开车要注意安全！”

少了少年味，多了一丝成熟男人的性感。赵千初呼吸一颤，去他的！他竟然能在两种极端中切换自如？

她想要的东西，就该是她的，不是她的也要变成她的。心里的念头蹿了起来，铺天盖地地燃烧。赵千初实在是受不了了，干脆把车停在路边临时停车位上，挂挡，熄火。

季年不知道她准备做什么，想到刚刚自己的语气并不好，只好软了性子准备道个歉。

“对不起”三个字还没说出口，就听见耳边传来女人轻佻又性感的声音：“弟弟，你有女朋友吗？”

季年还没有来得及回答，就听见她接着说：“现在开始，你有女朋友了。”

季年：“……”

季年那边是不用季辞管了，可去机场的路都已经开了大半，现在折返公司又需要经过最堵的市中心。季辞略加思索，调转方向，去了城东的天耀新区。不过她没打算和赵淮归说，她打算偷偷去看他有没有乖乖在公司工作，替她赚钱！

季辞今天的打扮以舒适简约为主，上身穿了件浅绿色短款卫衣，下身一条未到膝盖的百褶裙，看上去就像青春活力的大学生。而扎起来的高马尾，随着走路的节奏在空中摇摆，格外引人瞩目。

前台小姐和季辞已经很熟了，一见她来纷纷主动打招呼。

“季小姐又来找老板啊。”其中一个前台小妹满脸暧昧，都快把季辞脸上盯出花来了。

季辞开始反思自己是不是来得太勤快了，其实她觉得她还是很矜持的。

前台小妹笑得十分甜美：“季小姐，你来得越勤越好，大家都盼着你能天天来！”

季辞一来，老板的心情就肉眼可见地变好，不只发火的次数变少了，就是有人做错了事，也不用面临来自老板的恐怖眼神。所以公司上上下下的人都喜欢季辞，甚至有不少姑娘迷上了“萌妹和霸道总裁”的绝美爱情。

季辞意味深长地笑了。她点点头，附和着这一群涉世未深的小姑娘：“嗯，是挺有意思。”

她和她的工具人，真有意思。

前台小妹告诉季辞，大老板正在开部门联动会，估计还得二十分钟才结束。季辞想着去办公室也是玩手机，倒不如在这里陪小姑娘唠嗑，说不定还能听到一些关于赵淮归的八卦。

“告诉你哦，去年我们老板还被家里逼着去相亲。”小妹压低声音，生怕被人听到。

现在是下午四点半，大厅里来往的人极少。偶有外卖小哥风风火火走进来送外卖。

“真的？他还相亲过？”季辞震惊，这消息苏皓白怎么没给她挖出来？

“我是听楼上秘书办的人说的，嘘！这消息啊咱们公司内部的人都知道些，但具体内幕扒不出来。”

“是和闻家的小千金，闻太太和咱们董事长夫人是好朋友，因为这层关系，才有的相亲局。”

赵淮归的八卦，比赵淮归本人更有吸引力。此时的季辞像一只在瓜田里上蹿下跳的猹，完全忘了绯闻男主角是她男朋友！

季辞急切追问：“那为什么没成？闻小姐不喜欢他？”

一群小姑娘齐刷刷抬眸看着季辞，异口同声：“怎么可能！”

另一个姑娘补充道：“闻小姐对我们老板一见钟情！相亲那天老板去了不到一分钟，说了三个字，然后就走了，连最后买单都只买了自己那杯咖啡，听说闻小姐当即让店员清场，一个人坐在餐厅里哭了两个多小时。”

季辞眨眨眼：“哪三个字？”

一群姑娘异口同声：“别烦我。”

季辞晕倒，果然是某人的风格，她又问：“那为什么连买单都只买自己的啊？”

这个男人也太没有绅士风度了！

一个姑娘笑了一声，惟妙惟肖地演绎：“老板的好哥们也问过他同样的问题，咱们老板只回了四个字，斩草除根。”

一杯咖啡的机会都不给别的女人，好帅好酷啊！

季辞的小心脏怦怦直跳，眼里闪烁着无数颗小星星。男人仿佛就在眼前，薄情又迷人的唇瓣里吐出四个字：斩草除根。斩断除她以外的一切桃花，妖魔鬼怪莫敢近身，她宣布这绝对是年度最佳情话！

怎么办，她感觉自己像喝了酒，有了微醺之意。

一群女孩嬉笑间，不远处的电梯门打开，从里面走出一男一女。女人的长相明艳，一双眼睛十分多情，妆容精致，只是嘴角微微下垂，看上去很不高兴。

男人跟在后面，神色复杂。

“闻小姐，您的车已经在门口候着了，我替老板送您上车。”文盛微笑着说，语气不卑不亢。

闻溪从鼻息里哼出一丝不悦：“你们老板可真忙，不是顾阿姨让我来，我才不来呢。”

今天中午，闻溪和母亲去赵公馆做客，一群太太小姐喝下午茶，打麻将，在露天庭院里观赏新移栽的日本红枫。她不爱打麻将，就在赵公馆里面走一走，消消食。

当然，消食是借口，看看某人在不在家才是目的。

赵淮归的母亲顾筠哪里看不出她的心思，笑着说：“溪溪啊，你别看赵二表面上做事认真严谨，其实丢三落四得很，这是他昨天落在家里的文件，刚刚还让我帮他找呢，不如你帮阿姨送去？”

闻溪看着那份文件，心中小鹿乱撞。她当然愿意啊！表面上却装出有些为难的样子，半推半就地接了这份差事。她怕路上堵车耽误时间，一路绕了最远却最畅通的环城高速，没想到来了之后，等了足足半小时也没见到人影。最后还是文盛出来打圆场，说老板太忙了，实在是没空见闻小姐，不如把资料留下，他替她转达。

闻溪冷笑一声：“你转达？我看你连说都没说。”说完，她把文件重重地摔在沙发上，怒气冲冲地进了电梯。

文盛挠了挠头，觉得这个闻小姐怎么这么聪明呢？他的确没打算跟老板报告她来这事，他可不想挨骂。这些大小姐们，他一个都得罪不起，尤其是眼前这个。虽然有老板给他撑腰，但架不住夫人威严，如果闻溪回去告状，他第一个跑不了。

夫人的靠山可是董事长啊！董事长可比老板恐怖一百倍！

“闻小姐，您慢些走，小心地滑。”文盛跟在后面，殷勤得很。

闻溪不搭理他，踩着高跟鞋，径直出了电梯。

大厅很安静，女孩们的嬉笑声就显得很大声，闻溪才出电梯，就听见了那些不合时宜的笑声。她拧起秀气的眉头，这都是些什么员工，在全球排名一百的大集团总部大厅里嬉笑吵闹？还有没有规矩了！

“文助，你们老板就是这么管理员工的吗？”闻溪不冷不热地扔下这句话，朝着声音的源头走去。

闻溪隔老远就瞧见了一个身材高挑的女孩，她慵懒地倚着前台，姿势随意极了，时不时还笑两声，高马尾在空中摆着，像一架飞扬的秋千。女孩的穿着休闲又随意，脚下是一双小脏鞋，两条笔直纤细的腿毫不顾忌地露在外面，整个人就像在自己家一样舒适。

这是什么员工啊？闻溪惊呆了。

衣着也没品位！像那些十八线小“网红”。

季辞专心致志地听着赵淮归和闻小姐的八卦，还准备发表点评论,可惜被尖细的女声打断：“当这里是菜市场吗？”

季辞眼底划过不爽。几个前台小妹似惊弓之鸟，逃得飞快，都回到自己工位上假装认真工作。

“怎么，规定不让人在大厅里笑吗？”季辞笑眯眯地看了眼闻溪。

闻溪这种锦衣玉食的千金大小姐哪里受过这等阴阳怪气，身边的人和她说话，不是温柔细语，就是谄媚恭敬，自然养成了骄矜的性子。

“这里是上市公司的集团总部，现在正是上班时间，是你们可以放肆大笑的地方吗？”闻溪转头看着文盛，“这是公司的员工吗？怎么连上班也不穿职业装？上班时间聚在一起聊天，二哥哥天天那么忙，你们就连这点小事都管不好吗？”

二哥哥？季辞这才认真打量起面前的女孩来。

大牌连衣裙勾勒出姣好的曲线，裙摆在膝盖下三厘米，优雅、妥帖。就是不够高，即使穿了七厘米高跟鞋，站直了也才到季辞的鼻子处。

季辞是典型的小骨架，看起来小小的，其实净身高一米六八，脚下踩的运动鞋又自带增高，此时的她大概一米七。闻溪要抬头才能直视季辞的眼睛，气势上自然弱了半截。

“文盛！我在问你话呢！”闻溪见压不过季辞，便把矛头对准好欺负的文盛。

文盛忙不迭地应了一声，立刻把手机收起来：“在呢，闻小姐。”

闻溪：“她是这里的员工吗？你们是怎么招人的？”

文盛不好回答，主要是怕把这个千金大小姐给气坏。季辞当然不是这里的员工，她可是老板的女人，俗称老板娘。他一个助理，得罪不起。

“嗯……这位小姐是……”

“我是这里的员工。”季辞抢先回答。

闻溪挑眉，越发傲气了：“那你怎么不穿职业装？还穿这么短的裙子，企图太明显了吧？”二哥哥公司里竟然还有这种人！还好被她逮住了。

季辞歪着头，语气颇为不解：“我穿成这样当然是给老板欣赏的啊！”

闻溪愣了一下，随即气急败坏地说：“二哥哥怎么招了你这种员工？我回去就告诉顾阿姨，让她把你开除！”

季辞终于站直了身子，不再慵懒地靠着前台。一下子，闻溪在她面前就更显矮了。只见她轻轻抬起小腿，揉了揉脚踝，那白皙的长腿越发惹火。

做完准备动作后，季辞挑起眼尾，风情万种地拨了下头发，语气很嚣张：“哦，开除我？不知道我是这里的老板娘吗？”

在场所有人都惊呆了。

包括收到文盛的手机信息，匆匆赶来救场的赵淮归。

赵淮归难掩震惊，平日里在他面前又娇又嗲又爱哭的小姑娘还有这么厉害的一面？那眉眼间挑衅又嚣张的气势，从前怎么没看过？

三分钟之前，正在开会的赵淮归收到了文盛的微信。

文盛：“老板！季小姐快被闻溪小姐欺负哭了。您要不要来帮忙？”

就这？好一个快被欺负哭的小姑娘？

赵淮归若有所思地摸了摸下巴，这么厉害的老板娘，他以后该怎么办？

第十二章

赵淮归，看不出来你喜欢喝绿茶

季辞将嘴巴抿成一条缝，一声不吭地跟在赵淮归身后。她垂头丧气得宛如斗败的母鸡，恨不得把头埋进卫衣里。她都胡说了一些什么啊？狐假虎威的时候被人抓了个正着！

赵淮归看着季辞，此刻的她乖巧安分，就连高昂的马尾辫也乖乖垂着，哪里还有半点嚣张的气焰。他倒是回味起她自封老板娘时的神情，生动、骄矜，像绿藤上的小辣椒，辣味十足，却让人心生偏爱。他眼里藏着戏谑，走路的步调刻意放缓几分，身后那满心羞耻、根本没敢看路的小姑娘就这样撞了上来。

鼻尖陡然撞上男人坚硬的后背，季辞疼得红了眼圈，却不敢说什么，只能揉着鼻子乖乖地跟着男人。

一路无声。

到了电梯口，赵淮归率先上了电梯，转身发现女孩还垂头站在那儿，双手不断地绞着衣袖，没有要跟上来的打算。

“还不进来。”赵淮归语气微沉。

季辞磕磕巴巴：“我……我先回去了……”说完转身就想跑，动作快得跟田野里的兔子一样。

赵淮归像是掐准了她的坏心思，就在她说话间，就已经大跨步迈出电梯，季辞刚转身，后颈就被一只大掌捏住了。

“想跑？”赵淮归又好气又好笑，不知道她到底在扭捏什么。不就是被他抓住她在别人那里自封“老板娘”，有必要这么害怕？

季辞绝望地看着自己被人往回拖了两步，她摊开掌心把脸深深地埋进去，欲哭无泪：“我真的不是故意的……”

她不是故意要说“老板娘”那三个字的，这种没有官方认证的自吹自擂，还被正主抓个正着，简直太丢脸了。

赵淮归盯着她逐渐烧红的耳尖，笑了一声：“我看你挺享受的。”

被他这么一嘲笑，季辞的脸快把手心烫化了，赵淮归则面无表情地把人拖进了电梯。

“文盛，你出去。”男人淡淡地吩咐。

文盛同情地看了一眼季辞，随即火速撤离现场。

季辞看着一点点关上的电梯门，升起一种四面楚歌的危险感。后颈被男人冰凉的手指摩挲着，像小冰虫钻进毛孔，顺着血液爬进心脏。

女孩身上的香气弥漫在这个狭小的空间里，是鲜辣的玫瑰香，赵淮归浅嗅一口，这才明白为什么她每次都让他产生割裂的错觉。

这香气是辣的，女孩是甜软的，一对矛盾的组合，但如果换成刚刚这个张扬的女孩，一切就对了。

赵淮归不由得陷入思索，手下的动作重了几分，季辞缩了一下脖子，想避开这温水炖煮般的折磨。

“想当老板娘怎么不跟我说？”他的声音很沉，也沙哑。

“我……我……”季辞连话都说不出来。

赵淮归用两指钳住她的下巴，把她转过来，眉眼里显出几分戏谑：“不过，我也可以考虑。”

季辞绝望地对上面前的俊脸，无语凝噎。幸好这时电梯门打开了，季辞用力把他推到一边，跑进了办公室。

背后传来男人的轻哧：“真没用。”

季辞假装没听到，她喝了几口水，缓过来后，这才问赵淮归：“刚刚那个女孩是谁啊？”

“闻溪。”

季辞小声地念出这两个字，这怎么有点儿不对劲？好耳熟啊。她惊诧地抬眼，她这不是刚刚才听说闻溪和赵淮归的八卦吗？这未免太巧了吧。

赵淮归：“你认识她？”

季辞摇摇头：“不认识，那她口中说的顾阿姨又是谁啊？”

赵淮归头也不抬，打开桌上的平板，滑动着财务报表，道：“我妈。”

季辞大惊失色，希望是她听错了，她三步并作两步地跑到办公桌前，对上男人的脸：“什么？你说谁？”

赵淮归放下平板，看着她的眼睛，重复了一遍：“我妈。”

季辞呆住，有些人还活着，但她已经死了。

“所以我现在买机票打包出国还来得及吗？不会半路被你妈派来的人给……”季辞做了个手起刀落的动作。

谁能想到，她碰个瓷还碰到了老板的妈妈面前，豪门狗血大戏已经在季辞脑袋里上演了。

赵淮归拧了一下眉，认真思考了一下季辞的问题，才答道：“不会。”

顾筠在他眼里就是标准的“傻白甜”，不然也不会被他爸骗回家。

季辞才刚松了口气，就听见男人后面接了一句：“但她会请你去我们家做客。”看看你是何方仙女。

闻言季辞满脑子问号，去做客，然后甩张支票让我离开她儿子吗？

闻溪回到赵公馆时，已经六点了。此时庭院里灯火通明，红枫错落在星星点点的光影里，沉静而美好。

一群太太还在打麻将。

顾筠怕冷，不过初秋，就已经围着羊毛披肩了。披肩是赵璟笙上个月去伦敦出差时带回来的，纯手工制作，图案是她最爱的小鹿和月亮，披肩角落绣了她的英文名：Molly。这披肩在一堆高定珠宝、奢侈品大牌里是最不起眼的，却偏偏最入她的眼。

闻溪已经哭了一路，一见到母亲，泪水更是哗哗地往下掉。

“这孩子是怎么了？”顾筠连胡的牌也没要了，起身把女孩搂在怀里，轻声安慰着。

“你说话啊！谁欺负你了？这孩子，真是急死人！”闻太太急得跟什么似的。

顾筠心里有了个大概的猜测，肯定是儿子又欺负女孩子了。怎么就生了这么个混蛋儿子？小时候调皮捣乱，长大了又变得强势不讲理。但是转念就想到了某人，顾筠嘴角一僵。也难怪，有什么爹，生什么崽。

闻溪哭哭啼啼地把事情经过说了一遍，中途还添油加醋了许多。

“她在我面前耀武扬威，说她是赵氏的老板娘！让我滚一边去……关键是，二哥哥还默认了！她更嚣张了！”

听到“老板娘”三个字后，顾筠愣了愣。保养得极好的脸上，露出一丝奇怪的表情，是想笑却又忍得极辛苦的表情。

顾筠温柔地劝慰闻溪：“是阿姨不好，不该让你去送资料。下次不会有这种事了，阿姨回头就替你去教训那个浑小子！”

顾筠真是后悔让闻溪跑这么一趟。

最近这段时间，不少人跟她明里暗里地提起儿子已经有了喜欢的姑娘。可她不信，她觉得这都是儿子为了躲避相亲故意放出来的假消息！

没想到，不是假消息？是真有了喜欢的人？

这几天，赵淮归快被烦死了。顾筠每天准时五个电话关心问候他，内容都很无聊，譬如儿子冷不冷？吃得好不好？睡得好不好？工作忙不忙？

“妈，你儿子不是智障。”

是会穿衣、会吃饭、会睡觉、四肢健全、有能力工作的正常人。

电话里的女声，比秋日的微风还要温柔，听得赵淮归心里发毛：“归归啊——”

“妈！说了不要这么叫我！”赵淮归无情地打断她的话，表情更冷了。

听起来像乌龟。如果其他人这么叫他，他保准把人弄到妈都不认识。

“那好，儿子，你什么时候把季辞的微信推给我？”顾筠言归正传。

赵淮归：“时候到了自然会让她加您，您这么着急做什么？”

顾筠怎么不着急？在她眼里，赵淮归和赵千初百分之百地遗传到了赵璟笙的脾性——工作起来不要命。

别人家里最多一个顶梁柱，可她家里，整整三台赚钱机器。现在儿子快二十四岁了，好不容易看到一点希望，无论如何她也要抓住这个机会。

“可是……”

“妈，别可是了，爸今天中午不是要带你去吃新开的法国料理吗？别迟到了。”不然，赵璟笙肯定要来找他麻烦。

赵淮归挂了电话，专心开车。

窝在副驾驶座里睡觉的女孩被吵醒了，她把手从毯子里拿出来，迷糊地揉了揉眼睛。往窗外看去，他们在高速公路上，两侧全是绵延的山。

“这到哪儿了？”

赵淮归觉得这样的她真可爱，声音不自觉地放柔：“快到清水县了。还有二十公里。”

说了要带季辞去郊外的庄园泡温泉，拖来拖去，今天才成行。

“清水县？”季辞挣扎着从暖暖的座椅里爬起来，把靠背往上调节。

那不是清水湖所在的地方吗？她后来得知，黎家买这块地是为了修建综合度假性质的温泉酒店，早知道是修温泉酒店，她大可拿地当投资，直接入股他们家的酒店，岂不是两全其美？想到这里，季辞的心一阵疼，这是损失了多少钱啊！

“能绕道去清水湖那边看看吗？”季辞用手指戳了戳男人，刚睡醒，声音格外软绵。

“可以。”

季辞开心地眨眨眼，手指调皮地往上，又戳了两下：“谢谢！”

赵淮归的呼吸明显乱了节拍，他沉下脸，冷冷道：“把手放好。”

季辞立刻收回手，乖乖地坐在自己的位子上，不敢乱动。

去庄园的路本就经过清水县，去清水湖也不算绕路，不过二十来分钟就到了。季辞大学时来过一次，对这儿怡人的自然风光记忆深刻。湖水清澈，丛林茂密，是没有被过度开发的自然之貌。那时，她还和家人在山上种了好多树。

如今的清水湖，陆陆续续进驻了不少挖掘机，给人一种面目全非之感。

季辞蹲在河堤上，幽幽叹了口气：“你知道为什么清水湖这块地明明留着对我也没什么用处，我却一直不肯卖吗？”

“为什么？”

见她冷不丁地提起这事，赵淮归来了兴致。这的确是他没想明白的事。

按照季家当时的财务状况，卖掉清水湖的地绝对是最明智的选择，更何况黎家开出四亿的价格，远远超过它本身的价值。

“不告诉你。”季辞干脆坐在河堤上，伸了个懒腰。

赵淮归无语。

“你和你的好兄弟联手骗我的地，你告诉我了吗？”季辞斜睨他。

赵淮归自觉理亏，也蹲下来，手搭上她的长发，轻缓地抚摸着：“该赔的不都赔给你了？还小心眼？”

该赔的是都赔了，不该赔的她也从别的地方给弄回来了，损失的两亿，她至少赚回了四五倍。

她静静地看着面前的赵淮归。

男人一身高定灰色西装，就算陪她蹲在这满是泥土的河堤上，也难掩矜贵之气。眉眼精致，骨相优越，浑身流露着天生上位者的傲气。这样的男人，完美得有一点虚幻。

赵淮归见她不说话，敲了一下她的额头：“想什么？”

季辞迅速收敛眼底复杂的光，重新恢复甜美动人，她靠着赵淮归的肩膀：“那我告诉你，你不准生气哦。”

赵淮归抬了抬眉尾，示意她有话就说。

“因为这是我爷爷留给我的嫁妆。”季辞声音略带涩意，就一点点而已，面对赵淮归这般敏锐的人，只需一点点就足够了。

她发誓这是最后一次。最后一次仗着赵淮归对她的心软，最后一次利用他。从此以后，只要他对她好，她肯定十倍百倍地回报给他。

她本质上就是个自私的女人，她要拿回所有属于她的东西。

季辞笑着说：“我爷爷去世前拉着我的手，让我一定要把这块地好好地留着，留着傍身，带到婆家，也算是个倚靠。”

赵淮归表情不自然地皱起眉头，抚摸她长发的手也慢了下来，原来是她的嫁妆。他竟然帮着别人骗她的嫁妆。

“所以就算是季家快破产了，我也舍不得卖。毕竟，这块地是爷爷留给我唯一的念想了。”说到这里，季辞眼眶蓄满了晶莹的泪水，一眨眼，脆弱的眼泪就会滑落下来，她喉咙有些发酸，“你说，我是不是很没用？爷爷留给我的东西，我都保不住。”

她克制不住地想流泪，明明是在演戏，明明是在利用，为什么看着他那紧皱的眉头，自责的眼神，她就是很想哭？

她是不是真的完了？

近段时间，国金顶楼新开的三星法国料理店成了女孩们的首选“打卡”地，季辞提前一周才预约到周末的晚餐位，姜茵茵对法国大餐很积极，比季辞早到二十分钟。

“你怎么来得这么早啊？点菜了没？”季辞边问边脱下厚毛衣外套，递给服务员。

入秋以来，温度一天比一天低，白昼渐短，才五点多，天色已经发暗。今天有小雨，微凉的潮气钻进毛衣里，骨头缝里都添了丝冷意。餐厅敞亮通透，暖气十足，坐下后，季辞用服务员递来的热毛巾暖了一会儿手，这才开始看菜单。

“今天我请客，放心点。”季辞冲姜茵茵挑眉。

“点了，你喜欢的都点了。”姜茵茵想了会儿，继续说，“我喜欢的，也点了。”

季辞在心里叹了一口气，果然还是自己太客气了。

姐妹俩一见面，话比在微信里还要多，很多私密话说起来都没个顾忌。

“所以，他真帮你把地拿回来了？”姜茵茵满眼发光，脑海里自动上演了不下几十场霸道总裁爱上我……不，爱上我姐妹的小电影。

说起这个，季辞的情绪变得很复杂。

前几天逛街时碰上了黎栎舟的女朋友豫欢，从她口中得知，赵淮归为了帮她把地的所有权拿回来，以私人名义投资了黎家开发的温泉酒店，拿到了百分之二十的股权，除了手上有百分之三十五的股权的黎家，她就是第二大股东，也算是侧面意义上替她把地拿了回来。

该温泉酒店项目的总投资不下五十亿，是清水县三年内最重大的文旅产业项目。他为她拿到了百分之二十的股权，想必付出的代价不少。

当然，这事赵淮归没有跟她说，一切都是瞒着她进行的，应该是想给她一个惊喜吧。

“其实我心里也没底，也就是抱着试一试的态度，但现在情况超出我的想象了。”季辞的声音有几分凝重。

姜茵茵不解：“这不是很好吗？他为你鞍前马后，又出钱又出力，还那么疼你，你还纠结什么呢！当然是把他抓得越紧越好啊！这种男人，你搞丢了，别的小姐姐是不会还给你的！”姜茵茵看起来比季辞还着急，一副恨铁不成钢的样子。

季辞无奈地看了姜茵茵一眼。

很显然，这个女人已经对霸道总裁的爱情故事上瘾了。

“你就没有想过，如果有一天他知道了我在利用他、骗他，还不止一次，他会怎么做？”

从第一天遇见他开始，就动了利用他的心思。缠着他，说喜欢，说甜言蜜语，也只是因为有利可图。可到了现在，她却有点儿分不清，她说的那些话，做的那些事是演的，还是真的。和他在一起的时候，她是幸福的。被他抱着的时候，她生出了从未有过的喜悦。她渗透进他的世界的同时，不知不觉中，也被他一点一滴地渗透了。

季辞缓缓地呼出一口气，看着落地窗外的世界。清冷的玄月悬在天边，脚下是无边无际的人间灯海。

姜茵茵察觉到了季辞的低落，只能安慰她：“那就别让他知道啊。”

季辞回过头，眼中充满讶异：“你觉得可能吗？”

姜茵茵被这股子突如其来的忧郁氛围弄得浑身不痛快，她起身，给了季辞一记栗暴，恨铁不成钢地说道：“怕什么啊！被他知道了，大不了在他面前哭一哭，他不就没辙了？”

被姜茵茵这么一搅和，季辞的忧郁很快就散了，她本来就不是杞人忧天的性子，与其担惊受怕赵淮归会发现，倒不如想点实际的，比如被他发现了之后她该怎么做？道歉？他不吃这套。解释？季辞都能想象到，赵淮归用那张冷脸，一言不发地对着她的场景。

姜茵茵还在说着一百种让赵淮归心软的方法，手机突然响了起来。

姜茵茵眼睛一亮：“是不是赵老板啊？”

季辞拿起手机，屏幕上的来电显示是张谨华。怎么又是他？

电话接通后，一个极尽谄媚的声音响起：“辞辞啊，你终于接电话了！”

季辞声音冷淡："张总，您又找我做什么？"

这几天张谨华没少给她打电话。说来说去就是要她求赵淮归帮忙，可现在的她哪里还会任张谨华摆布。铭达的融资于她而言，已经没有价值。

"辞辞，您就帮忙在赵老板面前说几句好话。临近年末，审查的人一旦来了，铭达可就真的完了，我这不也是实在没办法了吗？就几句话的事，小姨父保证不亏待你。"

季辞漫不经心地搅弄碗中的汤："我就算跟赵淮归说了，他又怎么管得着？而且你这不是小事，你这闲事，他管不了。"

"管得了管得了！赵老板一句话的事。全季不是打算规划一个酒店吗？选址还没定好吧？我刚好在万和广场附近有块地。市面价往下压两成，你看怎么样？"

短暂的犹豫过后，季辞仍是拒绝："不必了，我不会帮你的。"

她告诉过自己，不会再利用他。

见季辞要挂电话，张谨华急了，只当她是在压价，脱口而出："三成！三成怎么样！"

季辞握着水杯的手骤然一颤，心中的天秤开始不断摇晃。

终于，她还是开口："我最多做到让你见他一面，至于其他，靠你自己的本事。"

只是帮他见赵淮归一面，不算利用。季辞宽慰着自己。

张谨华沉默了几秒："好。成交。"

电话挂断后，季辞兀自发呆，姜茵茵看出她不对劲。

"辞辞，你到底怎么了？"姜茵茵握住她发抖的手。

季辞这才回过神来，倏地松开指尖，小银勺跌落汤碗中，几滴汤汁溅落在她雪白的袖口上。

她用纸巾抹去污渍，平静道："没事。吃饭吧。"

国金大厦一楼。

赵千初和赵淮归一起把喝醉的领导送上车，嘱咐了司机几句，务必小心把人送到家。目送着黑色奥迪远去后，赵千初看了赵淮归一眼，只见他面无表情，冷峻的侧脸在灯下格外凌厉。

“喝多了？”赵千初伸手去探赵淮归的额头，冰凉的手指触到男人滚烫的脸颊，温度有些惊人，她吓了一跳。

“都说了让你少喝点。明明酒量差，还挡在我前面，让你逞能！”赵千初乜了他一眼，没好气地数落。

赵淮归的确喝得有些多，但也没到赵千初说的那个地步，不过是白酒下肚后烧得心口有些闷热罢了。他抬手打掉赵千初的手，冷声问：“文盛怎么还不来？”

赵千初气笑了，刻意捏着嗓子，学着那些小女生撒娇的调调：“怎么？谈恋爱了连姐姐都碰不得？”

赵淮归的脸色更冷了，他毫无温度地吐出三个字：“老妖婆。”

“我就老你三分钟！”赵千初气极，抬脚狠狠地踩了上去，力道不轻，足以让男人吃痛。

赵千初越看自己的弟弟越觉得不行。果然，弟弟与弟弟之间是不同的。

赵淮归拨通文盛的电话，催他赶紧来，文盛这边说还有十分钟，今天下了雨，路上堵车。

“你别催他，站在风口上等等，就当醒酒了。不然回去了也没人管你。”

没人管？赵淮归不悦地蹙眉，算起来，某个没有良心的东西已经整整一下午没有出来蹦跶了。

赵淮归的语气很不客气：“不关你事。少管我。”

赵千初哧了一声：“我可提醒你，在男女之事上，别犯傻，放清醒点。”

赵淮归看着她，没出声。

赵千初继续道：“黎家那个温泉酒店怎么回事啊？平白无故地拿了十亿，还动了三亿的现金，你当你自己是印钞机啊？投就投了，这项目不亏本，但我听说你打算把这些股份转给你那个小女友？赵淮归，你怎么回事啊？千金买一笑也不带这么玩的，我看你还真有当昏君的潜质。这事如果被爸知道了，你打算怎么交代？”

赵淮归听得不耐烦，出声打断她：“这事不用你操心。而且，我没动公司的钱。”

“你私人的那几个钱，你就糟蹋吧！到时候爸把股份给了我，你可别眼馋。”赵千初双手环抱，看着赵淮归气不打一处来。

赵淮归没接话，只是别过头，看着不远处的绿化带。他知道，这事是他没有顾虑周全，亏本的生意他从来不碰，这次偏偏就做了，不计得失，不问利害，只为了让一个女人高兴。

赵千初说他有当昏君的潜质，何尝不是？

晚餐结束后，季辞和姜茵茵从餐厅出来，坐电梯下一楼。国金大厦是上京城的地标性建筑，往下二十层全是国金大酒店，一楼是酒店大堂。季辞的车停在大门右侧的停车坪里，今天下雨，地下车位早就满了。

两个人刚出门，一阵湿冷的风袭来，季辞赶紧把衣服扣子全部扣上，又把帽子戴好。

就在季辞扣扣子的时候，姜茵茵的目光却被不远处的男人吸引。

男人很高，一袭黑色的长风衣包裹着精壮的身体，劲窄的腰身，宽厚的肩膀，以及被风衣遮住却依旧掩饰不了的大长腿。

姜茵茵咽了咽口水，怎么就是侧脸看着有点儿眼熟？

“你看那边是谁？”姜茵茵推了推季辞的胳膊，凑到她耳边小声说。

季辞顺着她指着的方向望去。

“怎么有点儿……像你男人？”姜茵茵越看越觉得像季辞的赵老板。她没见过真人，只见过季辞发来的照片。

季辞定睛一看，什么叫有点儿像，那就是赵淮归！他怎么也在这里？关键是，他身边怎么还有个女人？

女人身姿仪态上佳，长发披在身后，远远看去也知道那是一头柔软如绸缎的秀发，是金钱奢养出来的战利品。即使在深秋时分，女人依旧穿着短裙，露出两条莹白匀称的长腿，黑色长款毛衣，脚上穿着一双黑色的高跟鞋，是某大牌最新款。

见女人一直在和赵淮归说话，还靠得很近，这种距离已经完全超出了朋友之间的社交距离，再近一点，就能挽上了。

季辞眯了眯眼，又回头看了看富丽堂皇的酒店大堂。

这时，一辆熟悉的雪松绿色的劳斯莱斯缓缓开过来，停在赵淮归两个人面前，从车里走下来的人是文盛，他随后拉开了后座的车门。

赵淮归离车近，先上了车。

季辞的内心在尖叫：文盛！快！快把车门关上！

可文盛一动不动，继续拉着车门，他在等着女人上车。

看到这里，姜茵茵明白了过来，她内心甚是紧张，这是看到了什么不该看的？和好姐妹出来吃大餐，结果撞上了姐妹的男朋友在外偷吃？

豪门少爷果然不靠谱！刚想劝一劝季辞，男人都这样，没什么好伤心的，没想到一侧头，季辞却不见了。

赵千初今天穿着长毛衣，不方便上车，她把外套脱下后搭在手上，正准备上车时，一只白嫩的手拦在了她面前。

赵千初疑惑地侧头，只见一个笑意盈盈的女孩正目不转睛地盯着她。奶粉色的毛衣衬得女孩肌肤胜雪，五官优越，鼻子小巧挺翘，眼睛又圆又大，看着人时顾盼神飞。

“你……”赵千初刚开口，就被面前的人打断了。

“这位姐姐，你是不是上错车了啊？”

雨夜里，女孩清甜的声音格外动人，伴随细细的雨丝飘进车内，快睡着的男人顿时睁开了眼。

赵千初不解地看着面前的女孩，几秒后，她想到了什么，一下笑出声。她曲起手指，在车窗上敲了两下，似乎在叫车内的男人。

赵千初上下打量起季辞，然后转头对车内的男人笑道：“赵淮归，看不出来你喜欢喝绿茶？”眼波流转间，便带了几分轻蔑。

季辞瞬间握紧了拳头，这个女人不好对付！

此时雨下大了，风也更冷了。赵千初环抱双臂，慵懒地倚着门框，两条莹白的腿交叠着，少了黑色长毛衣的遮盖，就这样大胆而张扬地裸着，寒风冷雨吹来，却吹不乱主人精致的笑容，她仿佛一点也不冷。

虽然赵千初在内心已经呼喊一万次要被冻死了，却依然摆出妩媚动人的姿势。面前的这个小妹妹，看上去已经很不开心了。

季辞也笑得温软，可只有她自己知道，她现在真的很生气！她生气的点在于，她今天穿的是一条长及脚踝的裙子，把她两条纤长的腿遮得严严实实的，就视觉冲击力来讲，她竟然输了！就算她里面的裙子是吊带的又如何，她现在总不能刻意到把外套脱了吧？

再说了，可爱在性感面前不值一提。

赵淮归被当作空气，已经插不进去两人之间了，他一连两次出声，第一次被赵千初抬手示意闭嘴，第二次被季辞抬手示意闭嘴。

“妹妹，你说说，我为什么就不能上这台车了？”赵千初这种千锤百炼出来的人精，一眼就看出季辞在想什么，她笑得开心极了，两条腿又摆了摆，像锦鲤的尾巴。

她换了种更好看的姿势，让双腿看上去更加修长。

季辞拒绝看她的腿，不动声色地解开领口的扣子，修长的脖子便露了出来，整个人于可爱之外添了一丝柔媚。

“我说不准就不准，哪来这么多为什么？”

赵千初愣了愣。面前的小姑娘看上去人畜无害，可一出声还挺呛？

赵淮归本来就昏沉的头现在更疼了，再不下车，这两人能没完没了。他从车上走下来，径直插进两人中间，陡然间挡住了两个女孩目光之间的交会。季辞松了一口气，躲在赵淮归高大的身影里，不自觉地哆嗦了一下。脖子露出来，真冷！

赵淮归看了季辞一眼，替她把领口的扣子系好：“不冷？”

季辞狠狠地瞪了赵淮归一眼，怕冷就输了！你看过哪个女艺人争奇斗艳的时候是穿羽绒服的吗？

赵千初看着面前的小情侣如胶似漆的样子，眼底划过一丝捉弄的坏意，上前两步挽住赵淮归，撒娇道：“哥哥，我也好冷，你把外套脱下来给我穿好不好？”

“哥哥”这两个字像一道闪电，准确地劈在赵淮归的头上，他难以置信地望着赵千初：“你中邪了？”

赵淮归尚且能保持冷静和淡定，可季辞不能，她倏地火冒三丈，一把将赵淮归拽过来：“淮归哥哥，我冷，你把外套脱下来给我穿嘛！”

“给我穿。”

“给我穿！”

赵淮归就像个皮球，两边的女人不只抢来抢去，还暗暗地掐他手臂。一下比一下使劲。

“都闭嘴！”赵淮归顿时沉声怒喝。

两人倏地安静了。

“赵千初，你是不是有病啊？”他瞪了赵千初一眼，示意她安分点。

赵千初挑了挑眉梢，一脸看好戏的样子。千挑万选就挑了一个“小绿茶”，她觉得自己弟弟脑子坏掉了。虽然这个女孩看上去性格软软的，毫无攻击性，长得也温柔漂亮，有种与众不同的纯美，可还不是个只会撒娇耍小手段的小姑娘？那十亿真是亏大了。

赵淮归把外套脱下来，披在季辞的身上，又替她在车里拿了条围巾给她裹上。

“你不打算解释解释？”季辞看着他认真系围巾的表情，心无端地软了几分，很凶的一句话也软成了绵绵细雨。

照现在这局势来看，两人应该不是来开房的，更有可能是生意上的伙伴。应该是很多年的老朋友，不然女人不会如此随意放肆。而且这个女人一看就是百炼成精，比起闻溪、周雨棠，她的段位高多了，赵淮归怎么就认识了这种棘手的女人？

“解释什么？”赵淮归喝了酒，反应慢了半拍。

季辞火气又上来了：“解释你和这女人的关系。”

赵千初插话：“看不出我是你淮归哥哥的好妹妹？”

赵淮归顿时一个头两个大，凌厉的眼风飞向赵千初，实在是不懂她今天怎么这么多话。

“我姐。”他不咸不淡地吐出两个字。站在外头吹风实在有些冷，他牵住季辞的手，捏了一把，示意她上车再说。

以季辞目前的智商，根本不可能想到这两个字纯粹就是字面上的意思，在她看来好妹妹和好姐姐是一回事。

她把男人的手一甩，捏着拳头，控诉道：“你不仅喜欢比你小的，你还喜欢姐姐？你这人怎么这么龌龊！”

赵千初都快憋不住笑了，这个女孩怎么还挺可爱的？

赵淮归站在风口，他冷静地吸入一口凉风，让自己头脑清醒了些。指尖用力揉了揉眉骨，随后，他把生气的女孩圈进怀里，手掌摁住她的背脊，迫使她用那双泛着星光的水眸看着他，认真地说："这是我姐，一个妈生的姐，亲姐。季辞，你听明白了吗？"

男人幽深的眼瞳在暗夜里呈现出深黑色，浓稠如墨汁。而听闻此话的季辞呆若木鸡。

"明……明白了……"

"乖。"赵淮归满意地揉了揉她的头发，把彻底安静下来的人抱进车里。车门关上，他侧头看赵千初："送你回去，你坐副驾驶座。"

"别来祸害我，我拒绝'狗粮'。"说完，赵千初意味深长地看了一眼车内依旧呆滞的季辞，笑了笑，随后转身朝酒店大堂走去。

"你住酒店？"赵淮归看着赵千初的背影，有些不放心。

大晚上，女人喝酒了不回家却跑去住酒店，于情于理，他都不能不管。

赵千初乜他一眼："别管我！"

赵千初进了酒店，很快，那只柔弱无骨的手里多了张房卡。

赵千初整个人是半醉半醒的状态，手指灵活地玩着那张卡。思索了一小会儿，她拿出手机拨通一个号码。

电话很快接通，微微沙哑的男声响起："喂？"

"国金酒店218号房，我要在一个小时之内看到你。"说完，她不等那边回话，就利落地挂断了电话。

挡板升起，如一道叠嶂，将车内分割成两个完全独立的空间。车外的细雨斜斜飘落，仿佛透过玻璃窗，落进了女孩起雾的桃花眼里。

车内温暖如春，连呼吸都是暖融融的。

季辞被男人抱在怀里，小小地缩成一团，心里觉得丢脸死了。早知道那个女人是他姐姐，她怎么敢惹！她这脸真的可以丢垃圾桶了！

赵淮归目光迷离，他猜不透女孩在想什么，只觉得她像一团云，软软地倚靠在自己的胸口，扑面而来的香气覆盖他的呼吸。

"绿茶是什么意思？"赵淮归忽然问道。

季辞一愣："你说什么？"

她深刻怀疑他在装不懂。

"为什么她形容你是一杯……绿茶？"男人挑起一抹邪气的笑，"解释解释，这什么意思。”

季辞强撑着微笑，她知道男人喝醉了，问出什么奇怪的问题都正常。

她胡乱地解释：“你没喝过绿茶吗？闻起来很清香，喝起来很甘甜。那就是说我又香又甜咯。”

赵淮归似懂非懂地点点头：“又香又甜？那我尝尝。”说完，他突然俯身，精准地衔住她的唇。

季辞在男人细致的亲吻中丢盔弃甲，心里是甜滋滋的念头：他肯定是想吻我才问那种奇怪的问题吧？他怎么……这么会哦。

第十三章

他要她的一颗心，
完完整整地落在他身上

雨过之后，接连几天都是艳阳高照。

季辞一连约了赵淮归三次，都被各种突如其来的局冲掉了。

临近年末，人情酬酢不少，各种酒局饭局扎堆而来，还有公司的周年庆酒会，各种晚宴，生日宴，赵淮归根本没有时间和季辞约会。

这日下午，赵淮归抽空来了樾宸南公馆。黎栎舟说合同拟出来了，只等大老板签字盖章了。他真是搞不懂赵淮归怎么对这事这么上心，生怕钱没地方花似的，催着让他把合同拟好，他只能赶在放假前让法务部加班加点把所有合同条款赶了出来。

“赶这么急？你要拿钱砸我也砸得太猛了点吧？”黎栎舟中途从牌局上撤下来，把合同递给赵淮归。

赵淮归一目十行地过了一遍，从口袋里拿出签字钢笔，大手一挥，龙飞凤舞的三个大字落在了页尾。

“她生日在一月底。”赵淮归随口一说。

黎栎舟拿酒杯的手抖了抖：“真打算一掷千金买一笑？”

“就怕她不笑。”赵淮归心情不错，仿佛这只是点小钱而已。

黎栎舟在心底翻了个白眼。他是真疯了，砸十亿，就为了送一份生日礼物，还怕人家女孩不高兴？季辞铁定是给赵淮归下蛊了。

他从小和赵淮归一起长大，就没见他做过这么亏本的生意。这笔钱砸下去，真是连水声都听不到，完全是为他人作嫁衣。

忽然，黎栎舟想到了什么，神情略显凝重：“对了，二哥，你就没想过一个问题吗？”

赵淮归把玩着手里的钢笔，整个人慵懒得很：“你说。”

“唉，你也别怪我多嘴，我就是觉得季辞不像她表现出来的那样……天真？”

季辞在他们面前无疑是天真可爱的，浑身散发着小女孩的那种聪明劲，这种聪明是没有攻击性的，只会让人把她当成性格活泼的小姑娘来宠爱。

可前几天在牌桌上听到的却不是这样。

他们交女朋友可以很随意，可一旦牵扯上利益、婚姻，自然是另外一套标准。从小到大，身边的女人太多，多到如过江之鲫。一个个抱着不同的目的，谁又能看得清谁是真，谁是假？

玩归玩，女朋友换归换，无非是砸点小钱，可赵淮归这种玩法，平心而论，太过了。放眼望去，一大帮兄弟，最不该栽的就是赵淮归，可偏偏他栽进去了，还栽得比谁都狠。

黎栎舟觉得自己刚刚那话绕口了，又换了个说法：“你觉得，她真那么简单？”他想到了那天牌桌上，别人口中的季辞。一个女孩，真的是人前人后两副面孔吗？

前几天，黎栎舟应朋友之约去吃饭，有一个人带了新交的女朋友过来，众人嬉笑间，女孩说到自己是京大毕业的。

有人问：“京大的？赵老板的女朋友不也是你们那所大学毕业的？”

女孩腼腆一笑，说：“季辞学姐谁不认识，当年可是我们系的传奇人物。”

众人对季辞都很好奇，当事人又不在，谈论起八卦来自然毫无顾忌。女孩便多说了些。

比如说学姐模样看起来单纯可爱，却是个顶聪明的人，至于是不是真单纯，那就见仁见智了。

说到这里，那个女孩笑得颇为意味深长。

当年他们系里一群人为争国奖闹得不可开交，辅导员收到一封匿名举报信，信里举报季辞的论文造假，能在杂志上发表靠的是裙带关系。这种事系里也很难彻查，毕竟一旦曝光就是学术丑闻，只是囫囵地把季辞从国奖名单中踢了出去。

匿名信落到季辞的手里时，国奖评选已经结束。可她知道后，没哭没闹，只是拿着匿名信花了半个月的时间，找到了写信的人。季辞私底下把写信的人约出来，在那个人面前一把眼泪一把鼻涕地哭诉，委屈至极。

季辞放话，就只要一句道歉，至于奖金什么的，也就那几千块钱，她也不在乎，毕竟都过去了，她也不可能把国奖要回来。愣是逼着那个人亲口承认了信上内容纯属胡编乱造。第二天，两个人谈话的录音到了系主任、老师，以及辅导员的邮箱里。季辞说如果不取消那个人的国奖，她就把整件事情的来龙去脉发给全校所有学生，让大家来给她评评理。几个辅导员轮番来劝季辞退一步海阔天空，她却咬死不松口。

最后的结果自然是写信之人被取消了国奖，从此背上诬告之名在大学里抬不起头，甚至出了校园后，两次求职都在签正式劳动合同的前一天被公司无故辞退。没人相信这其中没有季辞的作梗。都说她心狠，这是要把人往绝路上逼。

“二哥，光是能从一圈名单里查出写匿名信的人，就已经不是一般的聪明了。为了一封匿名信，她能做到这个程度，前段时候她家里破产，又刚巧遇到你，你就不怀疑……”不怀疑她找上你，是另有所图吗?

黎栎舟想到这事，背脊就生出凉意。这和季辞在他们面前展露出来的模样大相径庭。这个故事里的女孩，聪明、倔强、有耐性、肯隐忍、擅伪装，懂得利用自身优势，偏偏心狠也记仇。对自己狠，对别人更狠。

“闭嘴！”赵淮归霍然抬眼，眼神如凛冽的风。

黎栎舟噤声，一个字都不敢再说。

从宸南公馆出来后，司机问赵淮归接下来是去哪里。赵淮归坐在车上，望着花园里开得正艳的山茶，久久没有出声。

他难道不知道她聪明吗？他当然知道。她比他见过的任何一个女孩都聪明。从她推倒所有筹码，抬眸望向他的那一瞬间，他就知道她是与众不同的。当然，心里也明白她对他是别有目的的。她隐藏得再好，他也能看出她眼底含着的某些野心勃勃的欲望。但无所谓，他不在乎她私底下那些小聪明，只一点，他要她的真心。

“去全季盛世。”寂静的车内响起男人冷静的声音，听不出任何情绪。

五点半，季辞伸了个懒腰，把自己从一堆文件里拔了出来。

自从公司走上正轨，事情比之前更多更繁杂。从前只需要想方设法地弄到更多的资金，如今却涉及方方面面，包括新建酒店的考察，政府项目的招投标，工程的进度跟踪，公司内部的人员管理，以及社交关系的维护，每一件事都需要她操心。

挑大梁之后，她才发觉季盛澜也挺不容易的。作为一个从小到大养尊处优且没有危机意识的富二代，能把爷爷打下的江山延续下来，交到她手上时，还未败到精光，的确不容易。

走出公司时，季辞接到了张谨华的电话，她一边讲电话一边朝街边走去。

常开的跑车送去年检了，她嫌家里的大车开着不顺手，倒车时把控不好车距，这几日都是打车出门。

“明天晚上吧，到时候我会晚到一刻钟，你最多只有一刻钟，听到没……随你，你觉得扯我们之间那点亲戚关系对你有用，那你就扯吧，这个我管不着。到时候我把地点和时间提前发你。”

电话里张谨华还在说话，季辞心不在焉地听着，身后突然有人喊她。

清冷的声音，如覆冷霜，与喧闹熙攘的街头格格不入。

季辞握着手机的手颤抖了一下，也不管电话那头的人还在说什么，她迅速挂断电话。

“季辞。”

身后的人又唤了一句，她这才装作刚听见的样子，缓缓转身。赵淮归就站在她身后几步的地方。

男人穿着一件简单的灰色毛衣，同色系休闲裤，来自某大牌的秋冬新款。穿在他身上，比欧美模特还要清俊三分。此时，落日余晖洒落在他周身，万物都沦为无声的背景。

季辞的心突突地跳了一下。

“你怎么来了呀？”她笑着走过去，亲昵地挽上男人的胳膊。

“和谁打电话？怎么我一来就挂了？”赵淮归伸手碰了碰她柔嫩的脸颊。

这是一张漂亮到让人怦然心动的脸，他见过无数次这张脸上动人的笑容，依然会在她笑的时候为她沦陷。

季辞不自然地错开他的视线，佯装轻松地说：“和姜茵茵啦！和她说的话我敢给你听吗？”

赵淮归用两指钳住她的下巴，似笑非笑地看着她，直到把她的脸盯到起了红云，羞赧地咬住下唇，他才收回目光。

上车后，季辞把头埋在男人怀里，小声问：“你……你刚刚盯着我做什么？”

盯着她做什么？赵淮归也不知道。大概只是想看看这张皮囊之下到底掩藏了一颗怎样的心。

“你说话啊……”季辞用双手缠住他的脖子。

她心里发虚，怕他听见了什么，但转念一想，她那时的声音并不大，足以被车水马龙的声响淹没。所以，他肯定没有听见。

赵淮归笑了笑，把她牢牢掌控在怀中，俯身逼近她那张纯真的小脸：“你有什么是瞒着我的吗？”

男人强势的气息从四面八方涌来，像细密的蛛网缠住她这只走投无路的飞蛾。

季辞那颗不安分的心彻底乱了，那一秒，她能想象到自己的笑容定是破绽百出。他听到了吗？听到了吧……不然不会这么问。赵淮归整个人都靠了过来，遮挡了仅有的光源，季辞看着他的眼眸缓缓黯淡。

“是辞辞哪里做错了吗？”她翘起唇角，强撑出一个笑容，水眸里全是惶恐，是害怕，是破碎的质感，她可怜兮兮地去看赵淮归。

又是这种甜腻、娇怯，带着试探的笑容。这是她惯用的话术，也是在他这里无往不利的绝招。

赵淮归忽然就释怀了。她本来就是个小骗子，不是吗？

“季辞，你想要的，我都会给你。但我想要的……”赵淮归用手指挑起她的下巴，与黑暗融为一体的眼神死死地攫住她，“你也必须给我。”

他要她的一颗心，完完整整地落在他身上。

次日，赵淮归让文盛把部分工作推掉，特意为今晚的晚餐空出了时间。

Cici：“我这边还有一点事，大概要迟几分钟，你先去点菜好不好呀？”

Cici：“我要喝海鲜汤！还有，鸭胸肉不要配蓝莓酱，我要柠檬酱！”

赵淮归打开手机就收到了女孩发来的微信。

Z：“我来接你。”

Cici：“不用啦，一来一去太浪费时间了。”

Cici：“你是不知道那里上菜有多慢！你乖乖去帮我点菜！不准偷吃！”

赵淮归思索了一下，回过去一个“好”字。

餐厅的位置极佳，在落地窗旁，能看到上京城最美的一方夜景。夜晚，城市的星光霓虹全部点亮，像一片坠落人间的星空。点完菜后，赵淮归慵懒地靠在座椅上，双腿自然交叉，无声地看着这座城市。

就在他打算问问季辞到哪里了，身侧传来一个谄媚的声音：“赵老板？真巧啊！您也在这里吃饭？”

赵淮归收起手机，面前站着一个有点儿眼熟的中年男人，他记得是铭达投资的张谨华，也是他母亲的大学同门师兄。

赵淮归没有起身，只是淡淡地说了两个字，就当是打招呼了：“张总。”

张谨华看了一眼赵淮归对面的空位，笑着道：“赵老板在等人？是在等女朋友吧。”

赵淮归眼底微不可察地划过一抹不耐烦：“有事？”

“哦哦，没什么事，就是觉得辞辞运气真好，遇到了您这么优秀的另一半。我也替她父母高兴。”

听到“辞辞”二字，赵淮归这才认真地看了面前的中年男人一眼，随口问道：“你认识她？”

张谨华惊讶地说：“辞辞没跟您说吗？我是她姨父呢，从小看着她长大的。”

姨父？赵淮归抬了抬眉。

等季辞到餐厅后，菜已经上了大半了。只剩下一道惠灵顿牛排，服务员说还要等一小会儿。这家西餐厅以摆盘精致、食材新鲜而出名，即使是一份海鲜汤，也能摆出富有艺术感的画面。

“你真一口没吃啊？”季辞扫了一眼餐桌，发现每一道菜都是完好的，就连餐具也没有挪动的痕迹。

赵淮归看着她，淡淡开口：“不是说等你来？”

季辞娇嗔地看了他一眼，小声嘀咕：“那也不能让你饿着嘛！”她脱下外套，随意搭在旁边的椅子上，一边絮叨，“等很久了吗？路上太堵了，我绕了远路才赶到，不然还得堵半小时。”

“没多久。”赵淮归把海鲜汤放在女孩的碟子上，又体贴地递过小银勺。

男人的语气依旧很淡，季辞觉得不对劲，疑惑地看着他，问道：“你怎么了啊？心情不好？”

女孩的眼睛像两颗玉葡萄，看着他时，仿佛能嗅到其间鲜甜的香味。

赵淮归深深地看她一眼：“吃饭吧，不然菜要冷了。”

吃饭的途中，两人聊得愉悦，一如往常。

唯一突兀的插曲在于，男人看似随意地问了一句：“对了，张谨华是你姨父？”

季辞自然地避开男人灼灼的目光，捏了一块蒜香面包在手里，边吃边笑：“谁这么讨厌啊！告诉你这些！他是我小姨父啦！小时候每次都给我好多压岁钱！”

女孩银铃般的笑声落在赵淮归耳畔。

他点点头，轻轻应了一句：“那挺好。”

晚餐过后，赵淮归让人把季辞的车开走，亲自开车送季辞回家。季辞笑他小题大做，回个家而已，还让司机多跑一趟，她自己开回去又不是不行。

回家的路上，季辞有一搭没一搭地和赵淮归聊着最近工作上的烦心事。她不断地找话题，只是因为察觉到他有些心不在焉。难道张谨华那边出了什么问题？鬼知道他跟赵淮归都说了些什么乱七八糟的话，为了攀关系，他什么话都能说。她就不该答应安排他见赵淮归一面！想到这里，季辞后悔得要命。

“赵淮归？”季辞食指伸过去，想去戳戳他握方向盘的手，哪知男人像在她身上装了探测仪，还未等她触碰到他，手就被他握住了。

“做什么？”男人语气沉沉，看她的眼里也含着迫人的气势。

季辞难过地噘着嘴，磨蹭了好一会儿，才委屈地开口：“你是不是不喜欢我了？”

女孩的话软软的，却像一根刺扎进赵淮归的心里，他能清晰地感受到疼。季辞没看他，自顾自地把身子蜷缩起来，像一小包棉花团，惹人怜爱。

“你如果不喜欢我了，我就不会再来……”

烦你了。

“喜欢。”

赵淮归拦下她即将出口的话，握着她的手也在不经意间添了几分力道，似乎在抓一场虚无缥缈的梦，太轻怕梦飘走，又怕太重，会把梦捏碎。

他把她的手牵过来，放在唇下，轻轻地吻了一下。

很喜欢，喜欢到害怕最后发现你其实根本就不喜欢我，从来都不曾喜欢过我。赵淮归轻轻呼出一口气，用力在女孩的手指上咬了一口。

“呀！好疼啊！”季辞吃痛，猛地抽回手指。

莹白的皮肤上，现出一道浅浅的牙痕，像一道专属的烙印。

赵淮归睨她一眼，说道：“季辞，别被我抓到你动坏心思，不然你真的会被我……”

季辞的心猛地一跳，手指不自觉地抓紧了裙摆，生出一种等待被审判的惶恐感。他是知道什么了吗?

赵淮归眯着眼，威胁的意味更重了：“你懂的。”

季辞一脸茫然，她懂什么?

还有两天就是跨年夜，商家们的圣诞装饰都没来得及拆下，就要换上新年主题的装扮，大街小巷充满着热闹的节日氛围。

年末的几天，大家工作上大多是一半认真，一半“摸鱼”，坐等元旦三天小假期的到来。赵璟笙忙完了北美分公司上市的准备工作，赶在跨年前回了上京。

赵淮归一大早就收到了顾筠发来的微信：“宝贝，你爸昨晚凌晨落地，今天中午十一点半哦，记得准时回家吃饭。”

还没来得及回复，赵千初的电话就插了进来。

“赵淮归！爸回来了你知不知道？”语气中夹杂了一丝慌乱，不是她平日里冷静高傲的状态。

赵淮归把椅子转了个方向，对着背后偌大的落地窗，繁华的上京城一览无余，坐在这个位子上，有一种将城市踏在脚下的错觉。

“爸回来，你慌什么？”他不咸不淡地开口。

赵璟笙自五月去了美国后，中途只回来了两次，匆匆陪着老婆吃了两顿浪漫法餐，就匆匆赶回美国。

姐弟俩整整半年多没有见过父亲了。

酒店的豪华套房里，四周一片狼藉，被窝已经整个被人掀翻在了地上，沙发、地毯上都有红酒泼洒的痕迹。

赵千初呆呆地坐在床上，对啊，只是爸回来了而已，她慌什么？但一想到昨天晚上，她心里还是发虚，是那种做了坏事之后，怕被人知道的心虚。

“我哪里慌了？你别乱说。”赵千初压下音量，有些愠怒。

“你做了什么心虚的事情怕被爸知道，你自己清楚。”

莫名其妙的一句话，直接戳中了赵千初现在的炸点，她倏地从床上站起来，怒道：“你什么意思啊赵淮归！我做什么了我心虚？”

她就是找了个比她小三岁的男孩子谈恋爱，她又没做什么伤天害理的事！关键是，她只知道这个男孩是个歌手，艺名叫安年，其他的一概不知……心细如尘的她，竟然没想过找下面人去查一查。现在查还来得及吗？

赵淮归觉得自从赵千初经历上次被碰瓷的事情后，就彻底中邪了，难道是一个月返璞归真的乡村生活把她给搞疯了？

“中午十一点半，别迟到。”

挂断电话，赵淮归抬手揉了揉眉心，年末的行程安排一如既往的繁重，他必须在这几天把所有重要的工作全部做完，不然元旦期间还得来公司加班。他从前认为加班就跟吃饭睡觉一样正常，不知从什么时候开始，他也学着偷懒，推掉不必要的工作，只想多空出一点时间来，和季辞待在一起。也不用做什么，就陪着她，看着她，就很满足了。

他曾经觉得人一旦与孤独和解，是会上瘾的。可她比孤独更让人上瘾，浅尝一点，就再也不想回到过去的状态中了。赵淮归想，自己大概也疯了。

赵公馆。

阿姨把餐厅打扫得一尘不染，四周摆放了几盆新鲜的水仙和山茶。餐桌上摆放好了四份不同样式的餐具，是按照每个主人的喜好来摆放的。三个厨师从一大清早就起来忙活，一共做了二十道菜。满满一桌子的精致吃食，规格堪比酒店里的一顿团圆年饭。

“爸。”赵千初千算万算，没算到过节前的交通能堵到这种程度，新买的法拉利根本施展不开，到家时已经迟到了十五分钟。

“坐下吃饭。”赵璟笙的声音很冷，是从骨子里透出来的冷，含着久居上位的压迫感。

赵千初乖乖地坐下。

赵淮归看了一眼赵千初，带着一丝嘲笑。

赵千初假装没看见，偷偷在餐桌底下狠狠地踢了赵淮归一脚。赵淮归闷哼一声，硬生生挨了一记。

赵璟笙当作没看见两个孩子幼稚的动作，替顾筠盛了一碗乳鸽汤，随后漫不经心地问赵淮归：“最近公司怎么样，万和广场的项目打算什么时候动工？”

赵淮归答道：“公司一切正常。万和那边，初步预计是明年开春动工。”

赵璟笙点点头，如夜色的眸底涌动着某些晦涩的东西，他沉吟一瞬，道：“和那个女孩到哪一步了？”

赵淮归目光蓦然一顿，声音却依然冷静：“哪个女孩？”

他知道，这句话是明知故问。父亲既然能问出来，自然是已经把季辞查了个翻天覆地，怕是祖上三代姓甚名谁都了如指掌。

“姓季的。”赵璟笙淡淡道。

气氛一瞬间低至冰点。虽然此刻的矛头是对准赵淮归的，但赵千初已经慌到需要靠调整呼吸来平缓心情了。她这事一旦曝光，保准比赵淮归的更可怕。如果爸爸知道了会怎么做？该不会派人暗地里把安年给……

顾筠没有作声，只是深深地看了一眼自己的老公，男人虽然已经将近五十岁，可保养得宜的脸上看不出任何衰老的迹象，甚至比年轻时更加英俊。鼻子挺直，眉眼深邃。灰蓝色的手工西装下是一副健壮的身体，这是常年克制饮食，规律运动的结果。

这么多年了，他还是这样，岁月仿佛没能在他身上留下印记。

“说话。”赵璟笙加重了语气。

“爸，为什么私下查季辞？”赵淮归抬眼，直视自己的父亲。

赵璟笙慢条斯理地剥着虾，剥好的虾肉整齐地摆放在顾筠的碟子里，开口道：“全季盛世负债十三亿，八月二十五号起，先后融资三次，总金额十五亿八千三百万，不到四个月，季家起死回生。”赵璟笙接过旁边阿姨递来的热毛巾，将弄脏的手指擦干净，“还有你私下投资了黎家的温泉酒店，为了谁，你自己清楚。你不会蠢到认为她是在和你谈恋爱吧？”

毛巾被主人扔在桌上，像一滴水，溅入大海，寻不出任何波澜。顾筠捏着勺子的手，颤了颤，纤长的羽睫低低地垂着，压出一片鸦色的阴影。

赵淮归沉默半晌才平静地开口："我的事，不用其他人操心。"

季辞为了什么，他不知道。可一开始，是他先对季辞起了念想，也是他把季辞诱入了这场局。更何况，季辞从头到尾都没有向他开口要任何东西，钱或是喜爱，都是他自愿给的。

"爸，我可以很肯定地告诉你，季辞和我在一起不是为了我们家的钱。就算是为了钱又如何？我供得起她。"

赵淮归许是想把心底那些不确定的想法压下去，那句话就这么脱口而出。他父亲的手段有多冷血无情，他再清楚不过。当年为了把顾筠从自己大哥手里抢过来，生生吞了大伯百分之六十的股份。如果他要对季辞出手，不用一天，季家就会在上京城消失得干干净净。

"爸，别动我的人。"

赵璟笙看着自己的儿子，有和他如出一辙的面容。

他无声地笑了笑，没再说话。

一顿饭吃下来，四个人心思各异。赵千初全程装死，只吃离自己最近的菜，偏偏离她最近的两道菜，一道是清炒百合西芹，一道是香菜牛肉。

香菜！西芹！她闻着就想吐。

赵淮归吃完就借口先走了，徒留赵千初一人坐在这里。

"袁姨，把千初面前的菜换成这两道。"赵璟笙指着一盘鲍鱼炖鹅掌，以及一道蟹黄焖豆腐。

赵千初说了句"谢谢爸爸"，便埋头继续吃饭。

午餐过后，顾筠去花房给花浇水。整顿饭，自赵璟笙说出那句"你不会蠢到认为她是在和你谈恋爱吧"之后，她就再也没说过话。

赵璟笙察觉到妻子有些不对劲，于是后脚跟着顾筠进了花房。

冬日时节，玻璃花房内种满了各色的鲜花，繁花似锦，仿佛万物生长的春天。

"筠筠，心情不好？"

顾筠停下浇水的动作，回头笑了笑，语气很淡："因为那个女孩的家世不够好，所以你不同意吗？"

赵璟笙："是她心机太深，这种女孩不适合我们儿子。"

如果赵淮归是个温润良善的孩子，他或许会同意一个有手腕的媳妇，但他的儿子他清楚，他想得到的东西，可以不计任何代价，得不到的，便会亲手摧毁。

顾筠摇摇头，无所谓地笑了一下，又开口道："当年，我父亲因为破产差点跳楼自杀，我走投无路了，被你逼到只能来找你，你会不会也觉得我心机深？"

妻子这番旧事重提摆明就是在嘲讽，男人有些措手不及，只能沉默地看着她。她这是在为那个姓季的女孩说话？

另一边，季辞和姜茵茵在逛商场。

"我这几天老是做噩梦。白天眼皮还莫名其妙地跳，你说我是不是要去庙里拜一拜？"季辞捂着眼睛从试衣间里出来，身上是一条鱼尾裙摆的小礼服，胸口处有几片羽毛图案的刺绣。

姜茵茵立刻问："右眼还是左眼？"

季辞指着自己的右眼："你看，现在就在跳。"

姜茵茵大惊失色："右眼？右眼是跳灾啊宝贝！"

季辞心里害怕极了，灾？什么灾？

试衣服的心情都没了，她心不在焉地让人把她刚刚试的两条裙子包起来，刷卡的动作也少了欢快的节奏。

姜茵茵拉着她在商场里到处逛，季辞的右眼皮还是一直跳，虽然她不封建迷信，但这种事宁可信其有，不可信其无。

季辞还是没忍住，又问："真的跳灾？"

姜茵茵笑出声："拜托！这种瞎子算命都不会说的话，你还真信啊？"

季辞顿时松了一口气，姜茵茵忽然又一脸严肃地说："辞辞，你是水瓶座吧？"

"是啊……"

"跳不跳灾我不懂，但你最近水逆我能确定。"

"水逆？谁说的？"

"微博上说的。"

季辞无语。

“所以，你需要搞点实用的东西消灾解祸。”

季辞还是来了点兴趣，问：“什么东西？”

姜茵茵扬手一指，季辞顺着她的手看过去，是一家内衣专卖店。

姜茵茵说：“买一套，晚上去拜一拜你家大佛，让他保你水逆无忧。”

就这样季辞被姜茵茵拖进了内衣店，鬼使神差地买了四套内衣。白色的、粉色的、紫色的，还有赵淮归喜欢的……黑色。

回家的路上，季辞都不敢打开那个粉色的袋子，总觉得提着这个袋子，四周的人都在用异样的眼光看着她。回家后，她冲进衣帽间，把袋子匆匆搁在了包架的最上层。

这一排架子摆放着各种各样的名牌包包，因为袋子的突然加入，变得有些挤。放在最边上的那个圆形晚宴包，被挤到了架子边缘，只需轻轻一碰，就会跌落。季辞没有注意这些细节，红着脸从衣帽间出来。

她的心跳得好快，甚至出了一层细密的汗，她拿起手机给赵淮归拨了一通电话过去。

接到季辞的电话时，赵淮归正从车上下来。今晚是一个朋友的生日宴，地点设在城北的一处私人会所。会所的位置极其隐秘，车子开入一条古巷，往里走还要再转两道弯。进去后，扑面而来一股纸醉金迷的气息。暗色的灯光下，有许多穿着制服、戴着面具的少女穿梭，她们都是今晚的服务员。

“刚到，我坐一会儿就走。”

“那你不准看其他的漂亮小姐姐哦，只准看我！”

电话那边是女孩娇软的声音，透过手机，径直穿过男人的耳朵，听得人头皮发麻。

赵淮归还是扛不住她这般说话，他压低声音，冷声开口：“季辞，好好说话。”

季辞咯咯笑出声，把头埋进枕头里，压抑着令人心跳加速的哼唧声，跟猫一样，围着主人的裤脚蹭来蹭去。

赵淮归的脸色很黑，颈部线条紧绷，喉结以错乱的节奏滚动着，说话的声音哑到自己都皱了皱眉：“不然我现在过来？”

季辞拿手机的手莫名其妙抖了一下，差点被他吓死，这个人说话能不能温柔一点。

“拜拜！赵老板！您开开心心地参加生日party！小的告退了！”季辞飞速挂掉电话。

赵淮归听着电话里的忙音，哑然失笑。他迈步往前走去，黎栎舟他们在二楼的包间，一楼也坐了不少人，现场有DJ在打碟，热闹得很。

“我告诉你！我表姐现在就是这个！”一个喝得半醉的年轻男人对周围的几个朋友比着大拇指的手势，“以后就是赵夫人，赵家少奶奶！赵二公子都知道吧！那以后就是我姐夫！”

一旁有人接话：“季辞真是你表姐？”

“那当然！”

“我听说，是赵老板追的你姐姐？不是还下了一亿的赌注吗！”

年轻男人又干了一杯酒，神神秘秘地说：“嘘！我就告诉你们哥几个啊……半个月以前，赵老板都还不认识我姐，我姐家的公司不是……不是出了点小问题吗？季辞跟我爸放话，说她搞定了赵老板，我爸就给她融资！我表姐要拿下谁那就是分分钟的事！赵老板那样的人物，还不是乖乖当我姐的裙下臣！你看，我爸公司不出了点事吗？就我姐一句话，轻轻松松解决……”一句话没说完，一杯酒从天而降，泼在了他头上。

“是谁泼老子？别被我……赵……赵老板？”

陡然间对上赵淮归冰冷如霜的眼睛，他一个激灵，酒全醒了。周围的一群年轻公子哥都紧张地站起来，不敢说话，一时只剩下吵闹的音乐声。

男人那双眼睛仿佛从寒冬腊月的冻湖里捞出来的。

“姐……姐夫……”他用手抹了一脸的酒水，谄媚地笑着。

“再说一遍，你刚刚说的。”赵淮归淡淡开口。

想到刚刚自己说的那些话，他忽然膝盖一软，就这么直直地跪在了沙发上：“我……我胡说的，我该死！我喝多了乱说话……”

赵淮归不再看他，只对身后的文盛吩咐道：“把人带上来。”

第十四章

珍爱生命，远离赵淮归

不等那一桶凉水泼下来，张衍的酒意就彻底被恐惧取代了。初冬的天干燥又寒冷刺骨，那凉水从头往下淋，湿重的厚衣服贴在身上，简直是一种折磨。

“张公子，酒醒了吗？”文盛拿着浇花的水壶，礼貌地问张衍。

张衍害怕地往后退，没退两步就被人摁住，张衍浑身发抖：“醒了醒了！我真的不敢胡说了……求你们放过我好不好……求求了……”

“既然酒醒了，那我们老板问什么，你就答什么，有一个字是假的，那你今天就别回去了。知道了吗？”文盛和和气气地看着张衍。

张衍被人摁在一方很小很硬的小木凳上，动弹不得。他从小到大哪里见过这种架势，吓到人都没了魂。

包间里很大，很安静。隔音效果不错，外头的电音被过滤了大半，只剩下一些袅袅如烟的余音，听起来像在一场幻梦里。赵淮归坐在沙发上，整个人被黑暗笼罩，面色阴沉，像冬日的霾。

“赵老板，我真的不太知道我爸那些事，他也没怎么跟我提过……”

“再给他醒醒酒。”赵淮归的声音不高不低，阴冷得很，他看着指尖夹着的烟，青灰色的余烟散开来，落在眼里，全是雾。

张衍连忙抱头缩成一团，吓得语无伦次：“我说！我说！我什么都说！我什么都说！”

赵淮归弹了弹烟灰，挑眉，示意他继续。

“全季盛世前段时间不是出了些小问题吗？季辞来求我爸，让铭达给她公司融资，我爸觉得……觉得季家就是个无底洞，不肯投钱，那天不正逢您去了我们铭达吗？听我爸说，季辞那天还不小心撞到了您，可能她也是没办法了吧，见到我爸有事求您，就说……就说……”

赵淮归不耐烦地加重语气：“说什么？”

张衍眼睛一闭：“就说她替我爸来搞定您这边，事成之后，铭达会投资全季盛世。”

赵淮归挑眉，不知道心里是什么滋味。原来，她从第一天遇见他时就动了心思，和他一样。只不过他求的是她，而她求的是财。恍惚间，大梦初醒的虚无感顷刻间席卷了全身。

“后来……后来季辞和您在一起后，愿意投资全季盛世的公司不计其数，她根本看不上我们铭达的投资，这件事也就搁置了下来……我也不知道怎么、怎么这段时候我爸又求到她头上去了，可能是被逼急了吧！”

赵淮归咀嚼着这番话，无声地笑了笑。那几天，她又是撒娇又是生气，说他没时间陪她，想约一次晚餐都约不到，为此，他推了一个重要的饭局，就为了带她去吃一顿晚餐。

原来这不过是她骗局上的一环。

张谨华的出现不是巧合，是他们提前设计好的。她催他提前去点菜，又假装堵车，留出足够的时间给张谨华，而张谨华则在不经意间带出和她的亲戚关系，以此来吸引他的注意。她吃定了他喜欢她，只要是她的家人，他一定会慷慨相助。

“你爸答应给她什么报酬？”赵淮归看着手中的烟。

张衍：“万和广场附近的一块地……”

赵淮归没什么意味地笑了一下，又重重地抽了一口烟。

一块地。不过区区一块破地，也值得她那么费心，前前后后在他这儿演了好几天的戏。然后呢？是不是每一天都是在演戏？

脑子里循环出现了很多吵闹的杂音——

“全季盛世负债十三亿，八月二十五号起，先后融资三次，总金额十五亿八千三百万，不到四个月，季家起死回生。还有你私下投资了黎家的温泉酒店，为了谁，你自己清楚。你不会蠢到认为她是在和你谈恋爱吧？”

“为了一封匿名信，她能做到这个程度，前段时候她家里破产，又刚巧遇到你，你就不怀疑……”

赵淮归仿佛听到耳边有烟花爆炸的声音，绚烂落幕之后，是无穷无尽的黑暗，碎片被一点一点粘连，拼凑出完整的故事。

他想到她甜甜地喊他的名字，把一行李箱他送的筹码还给他，还有那份哄他签下的投资合同。她哪里是要那一亿的投资，她要的是和他在一起之后带来的无穷无尽的利益、方便和好处。他们季家一旦有了他的庇佑，上京城又有谁敢不卖季家三分面子？她甚至不用开口向他要什么，只要站在他身边，让所有人看到他对她的与众不同，让所有人知道她是他的人，就有滚滚而来、数不尽的财富。如果遇到她自己搞不定的事，那就冲他笑一笑，哭一哭，撒一撒娇，他就会心甘情愿地奉上她要的一切。

多么划算的买卖。

她的确是个聪明的女孩，比他想象的更聪明，可他却还觉得她不过是个故作聪明的笨蛋。其实蠢的那个人是他，从未提防过她，从未有过戒心，才被她用几滴眼泪，几句讨巧的话，玩弄于股掌之间。

指间的烟还在燃烧，火星舔舐着烟草和卷纸，烟头早已蓄了一长截白灰。赵淮归仿佛感受不到热度，直到火星烫到手指，才回过神来。

赵淮归抬手碾灭烟灰，最后一丝青灰逃逸出来，火星在瞬间熄灭。

把知道的全部说了，张衍忐忑地看着沙发上的男人：“赵老板……其他的我就真的不知道了，求求您……我……”

“滚。”压抑住翻涌的怒火，男人冷冷地撂下一个字。

张衍得了准许，连滚带爬地出了包间。

包间内一度陷入死一般的沉寂，就连常年跟在赵淮归身边的文盛，也不免有压抑感，他从来没有见过这个样子的老板。

“老板，现在……”

“去查。我要知道季辞的一切。”

他想知道她在他面前还说了多少谎，想知道她是不是真的对他一丁点的喜欢都不曾有过。即便到了此刻，他还是觉得，至少有一件是真的。那场赌局，是他开了头，是他把她彻底地带进了他的世界。是他开了头，逼她跳了进来，那就不算她的错。

跨年夜倒计时前一天，各种聚会邀请纷至沓来。无数朋友提前预约季辞的跨年夜行程，什么化装舞会，夜店蹦迪，邮轮派对等等，季辞全部拒绝。

跨年夜……这么有意义的一天，当然要和赵淮归一起度过啊。

每年的跨年夜，政府都会安排烟花晚会，欢庆新年的到来。季辞早就想好了，她要去赵淮归的办公室看烟花，偌大的上京城找不出比他办公室更合适的观景台了。楼层足够高，又是通透的玻璃结构设计，偌大的空间堪比上京城最好的总统套房。在这种地方看烟花，一定很带劲。为了把明晚空出来，季辞和朋友们的狂欢约在跨年夜前一晚，也就是今晚。苏皓白早早订好了上京最大的一家夜店，三令五申要她不准放鸽子。

季辞弱弱地问了一句：“那……我可不可以带家属啊……”

苏皓白哼了一声：“辞辞，你要不怕你男人被全场女妖怪当作唐僧觊觎，那你就带。”

赵淮归从没遮掩过她的存在，一直都是按照女朋友的标准来介绍她。但她还没有正式地把赵淮归带入她的朋友圈。说起来，是有点儿不公平。想到这里，季辞甜滋滋地拿出手机发了一条微信过去。

赵淮归正在一场饭局上，觥筹交错之间，多喝了几杯。摆在桌上的手机连续振动几次，仿佛在催促着视若无睹的他赶快打开。想了想，他还是放下酒杯，拿起了手机。

Cici：“你吃完饭了就过来找我好不好啊？我带你去玩！去见我的好朋友！好不好？”

赵淮归淡淡一笑，笑意却未到眼中，整个人看上去越发冷漠。

Z：“好。你在哪儿？”

Cici：“在家呢！”

按灭屏幕后，赵淮归起身，提前从饭局上离开。上车后，吩咐司机直接开去季辞家。

六点的天色是一场黄昏的尽头，月光从乌云中挣扎着撕开一道裂缝。华灯初上，夜生活才刚刚开始。

季辞拿出了万年不用一次的卷发棒，认真地卷头发。上一次用它还是在邮轮上。邮轮上的那三天，就像一场睡了很久很久的美梦，原来，有些梦是可以永远做下去的。

镜子里映出一张精致的脸庞，五官柔和，有少女的娇憨，又有女人的妩媚，眼睛大而圆，让这张本是风情万种的脸只剩下天真。她今天刻意拉长了眼线，中和了眼睛里的孩子气，斜斜睨人时，有波光潋滟的娇艳。

怎么……这么好看?

她激动地打开自拍软件准备拍几张留着明天发朋友圈，不巧楼下的门铃响了起来。今天家里没人，父母去参加朋友饭局，就连季年也不知跑去哪里鬼混了，偌大的家里只有她一个人。

“谁啊？”

匆匆打开门的一瞬间，有风吹进来，裹挟着一股若有似无的檀香，浮动在鼻息。赵淮归一身黑衣伫立在门前，仿佛和夜色融为一体，挺拔的身姿，看上去像一株清傲的细竹。

“你这么快来了？”季辞眼睛一亮，开心地扑了上去。

男人一把托住她的手臂：“别摔了。”

他说话间，季辞闻到淡淡的酒味，仿佛还有冷涩的烟草味，她瞪大眼睛：“你抽烟了？”

他不是不抽烟的吗？和他在一起的这几个月，就看他抽过两回。

赵淮归淡淡地应了声：“应酬。”

季辞拉着赵淮归进门，开心地给他拿出一双新拖鞋，一边拆包装一边笑着说：“最后一双男士拖鞋了，不然你就得穿我的小粉拖鞋了。”

女孩娇俏的声音格外惹人怜爱，蹲在地上拆拖鞋的模样像一只毛茸茸的小动物。可有些动物，天生擅长伪装。

赵淮归别开眼，接过拖鞋穿上，问：“还有多久？”

季辞：“还有半个多小时？头发还没卷完……衣服也没换……”

她委屈地扯了扯男人的衣角，想到等会儿去玩就快乐得要起飞，丝毫没有察觉到今天赵淮归的脸色分外冷淡。

赵淮归：“那你去吧。”

季辞笑着点点头，把男人的手牵着，带他一块上了二楼。

进了卧室，季辞让他坐会儿，又把平板电脑拿过来给他玩。卷头发的时候，季辞透过镜子看着身后的赵淮归。他只是坐在沙发上，一动不动，神情空寂。到了这时，她才察觉到有点儿不对劲。今天的他，似乎格外冷淡。

像一炉烧尽冷却的灰。

季辞咬了咬唇，可能是最近工作太忙了，有些烦心事吧，得想个方法让他转移注意力才好。

“赵淮归，”她回头，小声唤他，“我还没选好穿什么呢，不如你去衣帽间帮我选一套衣服好不好？你品味那么好，肯定能帮我艳压全场！”

她笑盈盈地看着他，一双动人的眼睛里全是灵动的光泽。这种小情趣，他总不会不开心吧。赵淮归淡淡应声，起身往隔壁的衣帽间走去。

衣帽间很大，看得出女孩从小就是在万千宠爱中长大的。四周挂满了各种应季的服装，从外套到裙子，花样繁多，包包和鞋子铺了整整两面墙架。赵淮归的心思没在这里，他漫不经心地打量着这方小小领域。这里是季辞最私密的个人空间，充满着她的味道，像一个巨大的壳子，包裹着他，挤压着他，同时也撕扯着他。有那么一瞬间，赵淮归想，算了，就当作一切都没有发生，当作他不知道她那些百转千回的小心思。

只要她在身边就好。

心中的天平逐渐失控，在剧烈地摇摆，赵淮归深吸一口气，想平复情绪，抬眼却对上一台包架。架子上摆满了各色的包包，但有一个粉色的袋子插在其中，不仅格外突兀，还把周围的包都快挤到变形了。他蹙眉，强迫症犯了，一时没忍住，上前两步把袋子拿了下来，袋子拿下来的瞬间，伴随着“啪”的一声脆响，一只球形晚宴包从架子上滚落了下来。

赵淮归把袋子放好，再上前去拾那个掉落的包包。包在撞击中摔开了，一个球仿佛被劈成了两半，包里面的东西随之散落在地上。东西不多，两支口红，一张银行卡。他拾起包包，准备把东西放回去时，目光被一抹奇异的花纹夺去。

一张卡片被主人放在包的夹层里，露了尖尖的一角。

赵淮归的心陡然一跳。这是一张扑克牌，这个花纹他记得，属于摘星号邮轮上牌场里专用的卡牌。

脑海中突兀地跳出一个画面——

女孩红着鼻子，目光柔柔地看着他，委屈地说：“赵淮归，我都已经输给你了，你连一张牌都不能让我带走吗？”

这就是被她带走的那张牌，那场赌局中唯一没有被揭晓的一张牌。当晚，在场所有人都在等待着季辞掀开这张牌，可她按住了这个答案，没有人知道这张牌到底是什么。

赵淮归的目光死死地攫住这露出的一角，心底的血气正在翻涌。从小到大，这是第一次升起紧张的感觉，他鬼使神差地抬手，把牌抽了出来。心中萦绕着一种强烈的预感，这牌就是她最后的秘密。

他几乎是颤抖地展开那张对折的牌。

瞬间，他僵在原地。

是9。

他记得清清楚楚，她当时翻出的第一张底牌就是9。摇晃的天平在这一刻倾覆，碎了一地。

赵淮归冷静地看着这张牌，看了许久，久到都能听到时间流淌而过的声音。蓦地，他笑出了声。是笑牌，笑她，还是笑自己，分不清。

季辞卷着最后一束头发，想着男人怎么还没动静，刚想发个微信问问，忽然她身子一僵。

情！趣！内！衣！

她怎么忘记这茬了！那装着四套邪恶内衣的粉色袋子还放在衣帽间呢！季辞猛地把电卷棒插线拔掉，飞一般跑去了衣帽间，推开门之前，她已经想好了不下三套说辞。

季辞轻轻推开门：“赵淮归？”

她绕过摆在中间的屏风架子，只见赵淮归散漫地倚靠着落地镜。

男人沐浴在灯光下，周身仿佛被镀上一层朦胧的釉质。他低着头，漫不经心地玩着手里的东西，仿佛没察觉到有人闯了进来。

“赵淮归……”季辞讷讷地唤了他一句。

赵淮归抬眼，锐利的目光盯住她，像盯住了一只狡猾的狐狸。季辞莫名其妙觉得恐怖，不由自主地打了个寒战。

怎么了？他怎么了？季辞的心跳在加速。在这个世界上，她害怕的事有很多，害怕变老、变丑，害怕家里的生意江河日下，害怕她以后会过得凄惨，但这些所有的害怕都抵不过会失去他带来的恐惧。

“你……你怎么了……”

一种浓浓的空虚感席卷了她，她不喜欢这种感觉，她从来没有见过他这副模样，即使在最初相遇时，他那么冷淡，也能在其中看到温柔，但此刻的赵淮归仿佛变了一个人，浑身充满了生人勿近的冷戾。

赵淮归无声地笑了笑，淡淡开口：“好玩吗？”

季辞不解：“你说什么？”

他直起身子，高大的身躯瞬间覆盖了她，一股强势的气息蔓延开来。季辞颤抖着身体，眼睛里蒙上了一层水雾。

她就这样一点点被他逼向角落。只差一点，眼泪就要滚落。可这副模样丝毫勾不起男人的怜惜。她越这样，他心里越觉得可笑。得多么精湛的演技，才能把他玩弄于股掌之间。

“你别这样……我害怕……真的……”她的声音很轻，轻如一片飘落的羽毛，仔细听还带着一丝哭腔。

“怕？你也会怕？”

男人被霜雪浸泡的声音刺入季辞的耳中，他的脸色阴沉，充满戾气，眼睛里仿佛浮现出一片杀戮的血色。撕掉了最后的柔情，只剩下冰天雪地般的寒冷。他抬起手，指间夹着一张卡牌，神情似笑非笑。

“玩我的时候怎么不知道怕？”

季辞愣愣地看着那张牌，随后，死死地捂住自己的嘴。

季辞咬住唇，不让自己发出任何的声音。手指揪住裙子，勒出几道红痕。她从邮轮上带出来的牌怎么会在赵淮归手上？她甚至都忘记了这张牌的存在，她不是已经把这张牌扔到海里去了吗？季辞的思绪被高压的氛围击成无数碎片，她绞尽脑汁地回想那日的场景。

那天晚上，她从私人厅出来后就到了甲板附近，她打算将牌扔进海里的……对，那时文盛正好来了，她慌乱之下把牌塞进了包包里……之后就再没有想起过这张牌……

季辞双眼空洞，灵魂仿佛被抽离了身体，像一盏摇摇欲坠的玻璃灯，随时都会碎掉。

“说话。”赵淮归的耐心已然耗尽，声音沉沉，还带着一丝凶狠。

季辞这才从混乱中回过神，不知道该怎么办，眼睛里已是泪水盈盈：“我……我不知道……”说完，她就后悔了，这样的解释简直是此地无银三百两。

赵淮归明显被她气到了，眼神一凛：“不知道？不如我替你说？张谨华不到一亿卖了你一块地，你不知道？哄我签那份投资合约，是为了借我的名吸引其他人来给你的全季盛世融资，你不知道？还有清水湖的地……什么爷爷留的念想，也是你编的吧？”

好看的薄唇里吐出的每一个字都在鞭挞着季辞，鞭挞着他们这一段建立在欺骗之上的感情。

季辞不想听他再说这些残忍的话，可就算捂住了耳朵她也能听得一清二楚，捂住又有什么用呢？不过是掩耳盗铃罢了。

她退到了无路可逃的角落。男人高大的身躯，挡住了所有光源，铺天盖地的阴影罩下来，结结实实地覆盖住她。

季辞升起压抑之感，她骗了他，又何尝不是把自己困在骗局里？

心底五味杂陈，有无措、惶恐、难受、痛苦，还有好多连她自己都说不清楚的情绪，她其实想过，一旦被揭穿了，她该怎么做。原来，真的走到了这一步时，她什么也做不了。

“对不起，我骗了你……”季辞低下头，终于说出了一句完整的话语。

赵淮归愣了愣，随即笑出了声，语气讽刺至极：“季辞，我需要你来给我道歉吗？”

季辞沉默地看着他，嗫嚅两下，想说却不知道该说什么，平时伶牙俐齿的她，此时就像一个哑巴，一个字都说不出来。

她双腿无力，抵着墙面一点点往下滑，像一片树叶缓缓下坠。可就在她以为自己就要这么落到地上时，赵淮归迅速地揽住了她的腰，说是揽，不如说掐，力道发狠。季辞只觉得窒息。

他低头，只差几毫米的距离，就能吻到她的唇。可他的脸色铁青，看着那柔软的唇瓣，只想着该如何去撕咬，嚼碎，连骨带皮地吞下去。

“费尽心机待在我的身边，就为了那点破钱？”他声音有些嘶哑，却仍旧维持着诡异的平静。

季辞被迫仰头，看着他阴森的眸光，她有些不适应，泪水悄然滚落，滴在了他的袖口上，迅速地融进那一片黑色里，悄无声息，仿佛水入川河。

“对不起……我真……”

他忽然打断她的话：“季辞，你喜欢过我吗？”哪怕一秒钟。

季辞张了张嘴，大脑在这一刻彻底麻木。喜欢过吗？当然喜欢，很喜欢。他亲她的时候，她是喜欢的；他抱她的时候，她也喜欢；他对所有人说她是他女朋友时，她也喜欢；和他相处的每一个瞬间，都是喜欢的。

如果不喜欢，很多事怕是一秒都忍受不了吧。

季辞焦急地想告诉他答案，可“喜欢”两个字却怎么也说不出口。都这个时候了，说这些还有什么意义呢？他会觉得她仍在骗他，到了穷途末路还不忘用谎言去博取他的怜惜。

赵淮归没说话，只是静静地等待答案。女孩只是倔强地抿着唇，用那双潮湿的眼睛看着他。

时间仿佛静止了，把一切情绪都凝固。

季辞快被沉默逼疯了，心中的天秤还是倾斜出一个答案，一个念头在疯狂催促她，说出来吧，说出来，告诉他，就算他觉得这是假的。

“赵淮归，我……”我对你是真心的。

赵淮归冷声打断她：“不用说了。”

季辞一时哑然。

赵淮归冷冷地看着面前的女孩，忽然就觉得没什么意思了，他松开掐住她腰的手，退后两步。

季辞茫然地看着男人后退，看着他冷漠地转身，最后连背影也看不见了。她彻底失去了力气，顺着墙壁缓缓地坐下来，然后她隐约听到一声重重的摔门声。

季辞呆滞地坐在地上，视线不知道落在哪儿。心中只有一个念头，那就是他走了。

走了，是不是再也不会回来了？

坐了好久，一直到一阵仓促的铃声将她惊醒，她去捡掉在地上的手机，动作有些狼狈。手机屏幕上显示的是苏皓白的电话。她粗鲁地擦掉眼泪，接通电话。电话那头传来吵闹的音乐声，听起来很热闹。

“季辞！怎么还不来？一群女人快把我烦死了，赶紧把你男人带过来！”苏皓白提高音量说道，怕四周太吵，季辞听不见。

季辞觉得耳朵是麻木的，就连自己说出来的声音也听不太清。

“哦，不来了。”

“不来了？”

“分手了。男人没了。”季辞的声音异常平静。

电话那头的苏皓白蒙了，还没来得及消化这个事实，电话里就传来一阵忙音，季辞把电话挂了。

季辞的胸口堵得慌，酸涩的情绪像气泡一样冒上来。她轻轻呼出一口气，扶着墙壁站了起来。

回到卧室后，她把手机关机，随后去卸妆，去浴室泡澡，一套沉浸式护肤流程完成下来，时间已经到了九点多。她穿上睡衣，躺在柔软的床上，关掉最后一盏昏暗的床头灯。

整个卧室一片寂静。睡吧，睡一觉就好了。

醒来的时候，已经是第二天下午五点。醒来的时候，季辞还以为自己穿越了，怎么睡的时候天是黑的，醒来的时候天还是黑的？

她坐在床上，活动着久睡之后酸胀的肩颈，感觉有些饿，便下床去客厅找点吃的。

下楼的时候隐隐约约听见客厅里传来了说话声，还挺热闹的。

季盛澜、苏静语、季年正在餐厅吃饭，满满一桌子菜，年夜饭那样丰盛。三人正有说有笑地吃着，正中间是一盘饺子，白白胖胖的，看起来让人很有食欲。

他们看见突然出现的季辞，都吓了一跳。

“辞辞？你怎么在家？”季盛澜咽下饺子，第一个反应过来。

季辞头发乱糟糟的，她默默上前拿了个碗，坐下吃了两口饺子，之后，她才开口说话：“我为什么不能在家？”

苏静语在桌子下踢了季盛澜一脚，觉得他说这话就是脑子有病，女儿在家不是很正常吗?

“昨天回家时没有看见你，今天中午也没看见你，你什么时候回来的？”季盛澜觉得不可思议，他今天一天都在家啊。

“我昨晚九点就睡了。”季辞继续吃饺子，吃相优雅，可速度极快，一口接着一口。

“睡了这么久？”

“啊？”

“睡了一天？”

三人都反应过来，用奇怪的眼神看着季辞。季辞这才把目光从那盘饺子上移开，正好对上季年的眼睛。

“你剪了头发？”

季年一头长毛不见了，取而代之是利落干练的寸头。

季年摸了摸自己的头发，笑了笑：“剪了。显成熟一点。”

季辞皱眉：“你要显成熟做什么？”

说实话，寸头让季年看上去多了几分男人味，少了些青涩的少年感，五官明朗，整个人闪闪发亮。

季年眼神飘忽，眼前浮现出女人妖媚的眼神。他躲开季辞的眼神，随意地糊弄了一句：“都出校园了，成熟点不好吗？”

季辞点点头，觉得他说得对。她又埋头继续吃饺子，季盛澜就这样看着女儿把盘中最后一个饺子吃完了。

他咽了咽口水，将伸出去的筷子默默地收了回来。

季辞吃完，抽了张纸巾擦掉嘴上沾着的油星子：“吃完了，我上楼去睡觉了。”

三人茫然地望着季辞离去的背影。不对劲，很不对劲。

苏静语：“女儿刚刚吃了二十八个饺子？”

季年：“好像……是的。”

忽然，三人猛地反应过来，这大过年的，不出门跨年，睡什么觉?

刚睡下没多久，季辞就被姜茵茵的夺命连环Call叫醒了。

“起来！季辞！我已经在你家门口了！”

季辞觉得她是不是听错了：“啊？家门口？”

姜茵茵在寒风中快冻死了，今天跨年，她为了美只穿了短裙配长靴，见电话里的人还磨磨蹭蹭的，她一声怒吼：“季辞！给老娘开门！”

季辞浑身一震，连忙从卧室飞奔至大门。姜茵茵一见季辞，眉头蹙成了一个“川”字：“你怎么搞成这副鬼样子了？”

眼下泛着淡淡的乌青，头发乱糟糟的，绸缎睡衣上全是皱褶。整个人失魂落魄的，仿佛从沼泽泥潭中爬出来的亡灵。

“失恋了？”姜茵茵忽然问。

其实苏皓白昨天就告诉了她。

季辞张了张嘴，垂下眼，淡淡道：“嗯。失恋了。”

果然。

姜茵茵叹了一口气，心疼地摸了摸季辞的头发，她的姐妹什么时候这么狼狈过。都是男人惹的祸！想到赵淮归，姜茵茵气得咬牙切齿。英俊多金又怎样？男人就没一个好东西。

“跨年夜你不出去玩，在家里装死？”

季辞还没反应过来就被姜茵茵扯回了卧室。姜茵茵一把将季辞按在化妆镜前，翻出一大堆化妆品，可季辞没动作，依旧是放空的状态。

“辞辞，不就是失恋吗，没什么的，男人嘛，旧的……”

“旧的不去，新的不来。我知道。”季辞的声音干干的，眼睛也干干的，可是潮湿的情绪却在胸口蔓延，令她想哭却哭不出来。

她感觉自己像一杯酸掉的果汁。

“知道那你还这么沮丧？别这样……辞辞，大家都很心疼你。”姜茵茵看见季辞这个样子，她心里也不好受。

季辞看着镜子中的自己，憔悴又疲惫，哪还有半分灵动的俏丽感。忽然，她鼻头一酸，眼泪瞬间滚落，带着热意的水珠滑过皮肤，激起了无数被压抑在心底的情绪。

她捂住了眼睛，不想再看见镜子里的自己，镜子里的那个季辞，不是她。双眼像坏掉的水龙头，不断地涌出泪水，她就这样哭了好久好久，想停都停不下来。

“你说得对，我为什么要沮丧？”哭过之后，季辞拿开被泪水浸泡过的双手，这句话，不是在问旁人，而是在问自己，“他不和我跨年，那我就和姐妹们跨年，再不济我可以自己一个人跨年。我凭什么非他不可啊……”

听到季辞的话，姜茵茵燃起希望之火：“对！凭什么！让臭男人滚远点！快化妆，姐妹请你去吃炸鸡！”

一个小时之后，两个人来到了一家新开的韩式炸鸡店。看着面前香喷喷的芝士炸鸡，季辞咽了咽口水。

“我刚刚吃了饺子，现在又吃炸鸡，会不会太罪恶了？”

姜茵茵白了她一眼：“反正你现在是单身，自然想吃什么就吃什么。对了，内衣大法你怎么没用上？你穿上那身衣服往他面前一站，他还有闲工夫和你分手？”

季辞默默咽下嘴里的炸鸡，回忆当时的情景。他用那种恐怖至极的眼神望着她，她哪里还想得到什么内衣大法。

季辞冷笑：“他想得美。”

姜茵茵竖起大拇指：“姐妹，牛还是你牛！”转念一想，姜茵茵还是觉得亏，“那么帅的男人，就这么分手了，想想还是亏了……”

炸鸡虽然好吃，但吃了两块后，季辞总感觉缺了些什么，大概是没有配啤酒吧。

“你好。”季辞朝一旁的服务员招招手，“麻烦拿两瓶啤酒过来。”

姜茵茵：“喝酒？”

季辞哼了一声：“不喝酒喝什么？醉酒不是失恋标配吗？”

姜茵茵灵光一现，想出一招妙计。

“喝酒有什么意思，失恋了当然是……”姜茵茵冲着服务员吩咐，“来一打旺仔！”

季辞觉得她朋友疯了，她失恋了，她不喝酒而是喝旺仔？

姜茵茵打开一瓶，贴心地插上吸管，递过去，很正经地说道：“没听过江湖上流传的一句话吗？喝了这瓶奶，忘掉那个仔。干了这瓶忘仔奶，明天一觉醒来，那个仔就被你抛在脑后了。”

救命！她能不能跑啊？

苍穹是巨大的黑色幕布，一朵朵璀璨烟花依次绽放，划破了沉寂的夜空。一时间，月光和星光都在人间花火的映衬下失去了颜色。赵淮归站在窗前，即使隔着厚厚的落地玻璃，烟花爆裂的声音依旧清晰地钻入耳中。

“赵淮归，我们跨年夜去你办公室看烟花好不好啊？”

“不，不想吃烛光晚餐，也不要吃法式料理，都不要！”

“我们可以在你办公室点外卖啊！再开一瓶红酒，就我们两个人，不觉得很有意思？”

不管是闭眼还是睁眼，看到的都是同一张脸。那双蒙着水雾的眼睛，眼尾带着委屈的胭脂红，像挥散不去的鬼魅，时刻萦绕他在心头。

宸南公馆里，跨年的气氛很足，音乐躁动，清甜的酒香伴随着女人好闻的花果调香水一起浮在空气中，一众年轻公子哥望着站在落地窗前的男人，窃窃私语。

“二哥怎么了？不是说和女友跨年，不来了吗？”

“他脸上看上去很不好啊，一晚上一句话也没说……”

“谁知道……反正我不敢问，要问你去问。”

“咦，老黎！你去问问啊，二哥不是最疼你了？”

“二哥最疼”的黎栎舟干笑两声，是最疼，从小到大被揍出来的疼。反正他是不敢问，但凡有脑子的人，都知道问就是死。联想一下今晚赵淮归竟然抛弃女友来陪他们这几个大男人，并且一进门就摆着一张死气沉沉的臭脸，肯定——不是被甩，就是失恋了。

至于他甩别人？不可能，那个女友可是季辞，众所周知，季辞把他拿捏得死死的。最后，黎栎舟玩骰子玩输了，一帮人让他赶紧去“以身试法”。没办法，他只能硬着头皮上。

“二哥，喝杯酒？”黎栎舟拿了两杯白兰地过去。

晶莹的切子杯盛着琥珀色的液体，两种流光缠绕在一起，仿佛一捧烟花。赵淮归接过酒杯，轻巧地转了两圈，杯中不断变幻的光芒，也太像某人的眼睛了。

呼吸顿时粗重了，他迅速移开视线。

黎栎舟刚想说点什么缓和气氛，就听见耳边传来赵淮归冷冰冰的声音：“没事别烦我。”

“你别这样啊，二哥！是真有事。”黎栎舟上前两步，“你不是让我找一家小公司去竞标茗业银行拍卖的那块地吗？就城西市中心边上，说是要建酒店……”

“不用了。”赵淮归淡淡开口。

“不用了？不是说要留给季家吗？”黎栎舟愣了，为了找一家靠谱又不能让任何人查出和赵家、黎家有牵扯的小公司，他可是费了一些功夫的。

“她有了更好的选择。”用不着他的了。

男人如深潭的眼眸被烟火的光照亮了，却毫无温度。

黎栎舟心想，他猜得果然没错，就是小情侣闹别扭了。他盘算着该说哪些安慰的话。比如，女人都喜欢闹脾气，让着点不就完了？又比如，有些话是不能闷在心里的，该哄就得哄。就在苦心酝酿之时，一个震惊的声音打破了他的思绪——

“二哥！你和季辞分手了？”说话人声音之洪亮，好似怕别人听不到。

在场所有人都停下了动作，纷纷朝赵淮归那边望去。分手？什么意思？赵淮归蹙眉，有些不解。

“谁说的？”他冷着脸，语气非常差。

那个人被赵淮归的眼神吓得缩起脖子，弱弱地说了句：“季辞说的啊……”

刚发的朋友圈，新鲜热乎的一手八卦呢！

赵淮归搁下酒杯，大步流星地走过去。

“季辞跟谁说的？跟你？”他冷笑，居高临下地睥睨着说话之人，是发火的前兆。

那个人赶紧把手机拿出来，翻到季辞刚发的那条朋友圈，证明自己纯粹只是八卦，绝对不敢私下和大佬的女人有任何联系。

赵淮归接过手机，冷冷地看着屏幕。是一张照片，女孩迷离地看着镜头，一双剪水瞳格外漂亮，眼尾带着潮湿的泪意，那点泪光让女孩看上去越发明媚且诱人。女孩笑得无比甜，花枝乱颤似的。她趴在桌子上，一只手虚虚环抱着整整十二罐红红的饮料瓶子，另一只手比了个“V”。

配文：忘仔快乐！分手快乐！

赵淮归就这样站着，眼睛死死地盯着屏幕，捏着手机的右手青筋暴起，骨节处一片煞白。他被“分手快乐”四个字深深刺激到了，他的眼神足以用杀气腾腾来形容。连个通知都没有，就单方面宣布分手了？连一个字都不给他，就迫不及待地卷铺盖闪人了吗?

真厉害。

赵淮归很难形容自己此时的心情，一股怒气在心底不断地翻涌又不断地被他强压下去。反复间，那股怒意非但没有减弱，反而越来越强劲，在五脏六腑间翻搅，在血液里胡乱地窜。

他觉得再这么下去，被季辞气疯指日可待。

赵淮归感到喉咙发涩，身体紧绷，他泄愤似的把手机摔在沙发上，抿着唇，一言不发地走出包间。

男人走了好久，包间里依旧安静。

众人面面相觑，脑子里是同一个念头：珍爱生命，远离赵淮归。

第十五章

她是他生命里的不速之客

出了包间，赵淮归回到了车上。静坐在封闭的空间里，似乎能好受些。

男人安静地抽完一支烟，车内烟雾缭绕，车载香氛的木调香气完全被刺鼻的烟味掩盖了，浓浓的烟雾被关在车内，出不去，形成了霾。

说实话，他很讨厌烟味。他从小就被老爷子带着出入各种佛门清净地，习惯了悠远绵长的佛香，所以对于烟味是很抗拒的，总觉得这烟熏火燎的东西，满是灼灼的躁意。此刻，那些虚无缥缈的佛香拯救不了他，唯有麻痹感官的烟草能让他得到几丝喘息。抽完烟，赵淮归打开手机，点开季辞的朋友圈。他想着自己是不是有病，找虐一般非要再看一次那照片不可。

笑得那么开心……她怎么能笑得那么开心！她就这么讨厌他吗？连多演一秒都不情愿。是不是觉得无法靠坑蒙拐骗从他这里获得利益，他对她而言就没有了利用价值，所以才迫不及待地宣告，她和他解绑了？

赵淮归呼出一口气，觉得有些闷，这才发动引擎，将车窗降下来一半。

他呼吸着新鲜空气，却发现季辞的朋友圈一张照片也没有，显示着一条杠。这个女人屏蔽他了？赵淮归把车窗降到底，新鲜的空气涌进来，伴随着冬日的冷风，驱散了刺鼻的烟味，他试图让自己冷静一点。

退出朋友圈界面，点开和季辞的聊天记录，最后一条消息已经显示为去年的了。原来在不知不觉中，十二点已经过了。

新年到了。

聊天记录有很多，甚至不用往上翻，满满都是“她喜欢他”的痕迹。

Cici：“赵淮归，我找朋友从日本带回来一对超棒的杯子，我们跨年夜那晚就用这个杯子喝酒好不好啊！”

Cici：“真的很漂亮，紫色的是海王星，红色的是火星，你看看喜不喜欢？”

赵淮归点开那张照片，日本传统的手工切子杯，颜色浪漫璀璨。

女孩总喜欢缠着他问东问西，非要扒出他所有的隐秘爱好不可。他实在是受不了，就告诉她，若是非要说喜欢什么，收藏杯子应该算是他为数不多的爱好之一。之后，女孩只要发现好看的杯子，就会买来送他。不知不觉，家中玻璃柜里摆满了她送的杯子。若说她是演员，应该再找不出比她更敬业的演员了吧，不只演技好，敬业，还信念感十足。她甚至能演出爱意来，演出她很爱他的样子。随着不断往上翻的聊天记录，这种感觉越来越强烈。

赵淮归的心头涌上一股烦乱。空空荡荡的胸口，只有冷风荡在其中，肺里都在发疼。

终于，他忍不住了。

算了，折磨自己又何必？既然离开她之后他这般难受，那就把她找回来好了。放眼整个上京城，谁能给她所有她想要的？唯有他。金钱富贵也好，权势地位也好，宠爱喜欢也好，这些他都能给她。她怎么可能愿意放弃好不容易得到的一切。嗯，肯定又是她欲擒故纵的招数。所以只要他肯退一步，说几句软话，她就会飞奔着朝他而来吧。

一定会的。

想到这里，赵淮归蹙了蹙眉，怎么感觉自己这个想法不太……对劲？

真烦。季辞这女人就是有毒的，只沾上了一点，就上瘾了，最后还把自己搞得人不人鬼不鬼的。他以前是这样的吗？他赵淮归这辈子从出生那天开始，对谁这么忍让退步过！偏偏遇到了季辞这个不按套路出牌的女人！现在，他还跟争宠似的，千方百计地显摆出自己的优势，能带给她哪些利益，好求她让她主动回来。

在她眼里只有钱，他这个人就这么不值钱？当他的赵太太难道不更好？他名下千百亿的资产至少得分一半给赵太太，她想不到这一点？真是又愚蠢又肤浅，格局还小！

赵淮归冷着一张俊脸，开始思忖着该怎么发一条不失格调，又能让她看出他让步了，并且能让她主动回来的消息。

“季辞，朋友圈什么意思？”

不行，这句话没说到重点。

“我订了你喜欢的川菜馆，什么时候去吃？”

不行，这句话太卑微。

“我同意你分手了吗？”

赵淮归觉得这句还不错，无论从哪方面来看都符合他的意图和气质。他点击了发送。紧跟着，屏幕上就来了季辞的消息。不，准确来说，是系统发来的消息。

一个偌大的红色感叹号，以及“消息已发出，但被对方拒收”。

男人难以置信地盯着屏幕看了好久好久，灼灼的目光快把屏幕盯出一个洞来。不得不接受眼前的现实——季辞把他给拉黑了。

下一秒，手机被主人狠狠地砸在对面的车窗玻璃上，屏幕瞬间粉碎。

季辞！你牛，你是真牛！

一晃眼，新年的第一个月就被吞掉了三分之一的进度条。季辞看着日历发呆，干燥的眼睛里很快就蒙上一层水汽。

今天是十号啊。

距离他离开她那天已经十二天了，没有电话，没有消息，就像一滴薄情的水，消失在长河中，而她就这么浑浑噩噩地过了十二天。原来，一个人离开另一个人，真的能做到一点痕迹也不留下，而那些过往，却像一场梦。

其实，她的生活并没有发生翻天覆地的变化，不过是回到了从前而已，回到了四个月之前。好好吃饭，好好工作，好好睡觉，闲暇的时候就约朋友一起逛街看电影。也有开心的时候，也有笑到花枝乱颤的时刻，但季辞就是觉得每一天都活得仿佛行尸走肉。心脏这块拼图，缺了最重要的一角，空荡荡的。灵魂似乎也飘飘荡荡的，没有归宿。

手机日历上，十号被一个粉色的圆形标记牢牢地圈住，仿佛怕那一天会偷偷溜走，主人不只提前做了标记，定好了闹钟，还郑重地在这一日的备忘录里写了一行字——赵淮归的生日，大日子！

今天是赵淮归的生日。

季辞用力地摁住心口的位置，压下隐隐的痛感。要给他发一条生日祝福吗？算了吧。季辞立刻打消了这个念头。

一想到赵淮归转身离开的背影，以及那冷漠的眼神，她就生出一种脖子被人死死掐住的窒息感。被她骗了那么久，他应该讨厌死她了，怎么还会想收到她的生日祝福，应该恨不得让她立刻滚出上京城才好。

他知道她就是个骗子，也好，她反而觉得轻松了好多。之前一块巨大的石头日日夜夜压在心头，他对她越好，她内心就越不安，越是受折磨，如今大石头轰然落地，其实轻松了许多。

他离开的那一日，她就做好了十足的心理准备，做好了接受他猛烈报复的准备。他那样一个高傲到目空一切的男人，冷漠的外表下其实是睚眦必报的狠戾性格，这样的他被她算计，被她骗得团团转，如今真相大白，恼羞成怒之下说不定连同整个季家都会被他碾成齑粉。

可是，这么多天过去了，无事发生。他该是彻底厌恶她了，厌恶到连报复都不屑。不如，就干干净净地消失在他的世界里，她不想让他觉得，她是他完美人生里挥之不去的“污点”。

季辞翻身下床。已经中午了，家人各有各的约会，家里只剩下她一个人，连说话都有回音。

打开冰箱，拿了西红柿和鸡蛋出来，打算随便弄碗面条。关上冰箱门，她看见了旁边的柜子里放着一整套制作蛋糕的工具。

电动打蛋器、打蛋盆、硅胶铲等，甚至连裱花用的器具都有。这是她之前逛超市时买的，准备为他做生日蛋糕。

季辞怔怔地望着那些工具。

季年回来的时候，季辞正在厨房。她一扫阴霾，仿佛一个快乐的小天使，在宽敞的厨房里跑来跑去。干净整齐的厨房没有了，取而代之的是乱糟糟的“车祸”现场。地上洒着一些面粉，台面上摆着切好的几份水果，奶油弄得到处都是。

“你在做什么？做蛋糕？”季年惊讶地开口。

季辞完全没有发现季年的靠近，她在认真地洗着草莓，一颗一颗地洗。

听见季年的声音她才抬头，就看见一幅赏心悦目的画面。

漂亮的男孩一手捧着一束浪漫的鲜花，一手提着一个精致的礼袋，男孩逆着光，周身仿佛被镀上了一层金色，像坠落人间的俊美天使。

“这花……送我的？”季辞目不转睛地盯着季年手里的花。

新鲜的厄瓜多尔玫瑰被喷染成深紫色，浅米色香风呢料布做包装，花束上绕着一条细细的珍珠链子，暗黑文艺又带着诗意的浪漫。是她喜欢的风格，捧着这束花拍照一定会很好看！

季年退后两步，警惕地看着自己的姐姐：“不是给你的。”

哦，全世界都来欺负她。她分手了，没有男朋友送花给她，她不配。

季辞撇着嘴，继续洗草莓。

赵淮归真是一点都不浪漫，他们在一起几个月，连一束花都没有送给她，只知道送珠宝，送高级定制服装，送股份……想到这里，季辞鼻子一酸，觉得自己怎么能这么矫情啊。季辞啊季辞，男人送你珠宝、送高定、送股份，你还不满足吗？看看现在的你……只有空气。

季辞沉浸在悲伤之中，似乎被草莓鲜红的颜色刺痛了眼睛，委屈的眼泪啪嗒啪嗒地掉了下来。季辞站在那里放声大哭，一边哭还一边吃刚刚洗好的草莓，看起来不太正常的样子。

季年慌了，手足无措地站在原地。不是吧，就一束花而已，就算不是送给她的，她也没必要哭吧？

“不是，季辞，你突然哭什么啊？”季年着急地去扯纸巾，“行行行，这花送你了，好不好？别哭了啊……”

季年把花束推进季辞的怀里，季辞别扭地又推回去。

她噘着嘴，泪如雨下：“我又不是因为你的花才哭……我是那种人吗？我不是那种人。”

她要的是赵淮归送的花……

季年没辙了，只能不断地递上纸巾。季辞委屈地擦掉眼泪，垂眼一看，这才发现她一边哭一边把草莓全吃了。

“啊！我的草莓……”

没了草莓，还怎么做草莓蛋糕啊？这是附近超市里最后一盒丹东大草莓了！季辞嘴一撇，眼泪又掉了下来。

最后，季年只能又开车出去，跑到另外一家水果店，买了两大箱草莓回来。季辞看着两大箱红彤彤的草莓，心里才好受了很多。打发奶油后，季辞按照教程学裱花，再把草莓一颗颗铺在蛋糕上面，加了水果的蛋糕顿时热闹起来，让人看着打心眼里开心。

季年上楼了好一会儿，下楼的时候季辞已经把蛋糕做好了。

“你做的是生日蛋糕？”季年疑惑，他明明还没说啊，怎么季辞就知道了？还是她也有朋友是今天过生日，她等会儿有约了？

季辞正在围着蛋糕“拍拍拍”，敷衍地“嗯”了一声。

“今天是你朋友过生日？”

“不过生日就不能吃生日蛋糕吗？”

季年松了口气，还好，看来今晚是有空了。

他清了清嗓子，继续试探：“姐，你今晚应该没事吧，不如我带你去见个朋友？”

今天是赵千初的生日。赵千初提前一周就发出了邀请，邀他参加生日宴，还强调让他把亲姐姐带过去。

季年觉得很奇怪，问为什么。

赵千初妩媚地看他一眼，慢悠悠地说道：“就想看看是亲姐姐漂亮，还是假姐姐漂亮咯！”

做完生日蛋糕，季辞觉得心情好了许多，随口问道：“哪个朋友？”

季年说：“女朋友。”

女朋友啊……女朋友？

季辞惊愕地抬头：“你谈恋爱了？”

“嗯。”估计是想到了自己的女朋友，季年露出幸福的表情，清澈的眼睛里带着沾了蜜糖般的甜。

季辞嫉妒了，很快发展成怒火中烧！就在前天，姜茵茵羞赧地发来消息，说和一个追她很久的男孩子恋爱了，所以全世界只有她季辞是单身？

一股悲愤涌上心头。

季年哼了一声：“我就不能交女朋友？只准你交男朋友？”

季辞微笑。

“晚上六点，现在还有两小时。姐，你要不要去打扮打扮？”季年迟疑地看着面前的女人，头发蓬乱，还有一撮头发上沾着面粉，眼睛有些红肿，眼下还有淡淡的乌青。

赵千初如果看到季辞这副模样怕是会暗爽吧？毕竟在她眼中，全世界只能她最美……

季辞心底飙出一句脏话，都来不及问一嘴关于季年女朋友的信息，就迅速飞奔上楼。

她今晚得把那双十厘米的闪电红高跟鞋拿出来穿！见弟弟的女朋友，必须得把长姐如母的身份给端出来。不论怎样都得给年年撑一撑场面，不然他们还以为季年是个任人揉搓拿捏的小朋友呢！

下午五点。

赵千初已经到了酒店。上京城内五星、六星的高档酒店遍地都是，但七星酒店就那么一家，坐落在城中最大的公园附近，靠北是旅游景区，靠西是市中心，地理位置绝佳。

今晚的酒店被她包了场。

本来她将生日派对的地点定在了城郊的私人庄园，但她嫌庄园被赵淮归装修得太老气，一进去就是亭台楼阁，假山池塘，参天古树，不知道的还以为是哪座古时候的园林。

最后她决定在酒店里办，顶楼就是酒吧，出门就是泳池和大花园，想怎么玩都可以，有人喝醉了就扔进开好的房间里，轻松省事。

总统套房里，赵淮归兴致缺缺地坐在沙发上，面前的女人已经换了不下十套的礼服，房间里堆满了她的衣服、鞋子、珠宝以及化妆品。

“这套红的怎么样？”赵千初照着镜子，总觉得不满意。

都怪她，如果只订了一套礼服就好了，偏偏她一口气订了十套，想着到过生日那天随便选，没想到选择一多，就成了个麻烦事。

赵淮归眼也没抬：“还行。”

赵千初冷笑，她清楚地从镜子里看见了赵淮归敷衍她的全过程。

“等会儿我男朋友来，你可别顶着这张脸，要是把他吓跑了，赵淮归我跟你拼命。”

赵淮归错愕一秒，旋即收起手机，抬头问道："你有男朋友了？"

除了牛马猪还有狗，谁能受得了这种大小姐？

"我就不能有男朋友？他比你帅多了。"赵千初高傲地抬头，轻蔑地看了一眼自己的弟弟——虽然她弟弟也很帅，比她见过的所有男模、艺人还要帅，但这张脸她从出生那天起就开始看，看到现在，再帅也腻了，"你以为都跟你一样……母胎单身哦。"

赵淮归嘴角僵硬。很好！他被气到了。

"你前女友没给你发生日祝福？"赵千初继续对着一颗千疮百孔的心，手起刀落。

"你不说话，没人把你当哑巴。"男人脸色很黑，比身上黑漆漆的西装还要黑。

赵千初咯咯一笑，继续阴阳怪气地气亲弟弟："别伤心嘛，今晚我给你安排了一个漂亮小姐姐。保准让你这个生日过得开开心心的。"

赵淮归深吸一口气，皮笑肉不笑地看着她："赵千初，你是不是有病？"

赵千初眉梢一抬："赵淮归！我好心好意给你安排女伴，你还嫌弃我？你再这么消沉，难道是要让所有人都知道你被季辞甩了吗？爸本来就对你不满意，现在快到年关，如果哪个酒局、饭局上讨论你，说你被女人甩了，你让爸的脸往哪里搁？爸不高兴，到时候死的还不是你！"

虽然也没这么严重，毕竟从小到大，赵淮归要被"弄死"的前一秒，顾女士都会及时出来救场，结果就是高高扬起，轻轻放下，赶回书房抄几遍经书罢了。

"那个女孩真挺不错，当个女伴而已。"

她特意按照赵淮归喜欢的类型找的，除了没有季辞一双圆溜溜的小鹿眼，以及灵气的少女感以外，长得不比娱乐圈里的女艺人差，还是名校毕业，书香世家。再说了，不过是当一晚上的女伴而已，又不要他做什么，更不逼着他和别人谈恋爱。

这些天关于赵淮归和季辞分手的消息传得沸沸扬扬的，不少人都暗地里猜测，是不是赵淮归被女人甩了。她这样做，就是为了堵住众人悠悠之口，赵家的颜面是一体的。

赵淮归没说话，只是冷着脸，他知道赵千初是什么意思，偏偏他无法反驳。最后，赵千初选好了礼服，化妆团队为她整理造型，一切弄完已经六点多了。

与此同时，季辞坐在季年新买的小轿车上。

小轿车价值九十来万，是季年自己赚钱买的。季年买车的时候，季辞说要给他加点钱买台更好的，被季年拒绝了。

从大二开始，季年就没找家里要过一分钱，父母和她给的钱全部都被他存了起来，说是留给未来的小外甥。

“我当时就想你怎么突然就要买新车，原来是为了谈恋爱啊！”季辞打趣道。

季年的脑子“咣”的一下，不知道该怎么回答。这辆车在某个人的眼里应该和保姆买菜的小破车没区别吧?

“对了，我就送一个蛋糕会不会太寒酸了？”季辞看着怀里的草莓蛋糕，越看越不顺眼。她本来在一堆没拆封的袋子里挑了一只爱马仕包，打算当作见面礼，可季年说有亲手做的草莓蛋糕就够了。季辞只当他是觉得礼物太贵重，怕小女友不好意思收，就没坚持，现在想想，还是有点儿失礼。

第一次见面，又是生日，这样真是……太寒酸了。但转念一想，刚出大学的小女孩应该不会计较太多，正如季年所说，心意最重要吧。

车子一路往市中心而去，最后停在了一家酒店门口，上京城仅有的一家七星级酒店。停车坪里塞满了各类豪车，一眼扫过去，劳斯莱斯都有七八台，像一场疯狂的豪车展。

季辞眨眨眼，终于察觉到有点儿不对劲。

“难不成，你的小女友是哪家的小千金？”她瞪大眼睛，看着季年。

季年说话吞吞吐吐的：“呃……也不算小女友了……”

“那是什么？”

季年坦白：“她比我大……”

“季年！你傍富婆？”季辞大惊失色，“你欠债了吗？你欠债了告诉我啊，我帮你还啊！十几亿的债你姐都搞定了，你欠的那点钱用得着你傍富婆？你千万不要出卖自己啊！”

季年：“……”她到底在胡说什么啊?

唉，不知道该怎么说了。算了，先带她进去再说吧。

到了宴会厅门口，季辞就已经感受到了什么是金钱的力量。

门前铺满了新鲜的荷兰芍药，放眼望去，上千朵白色花朵落在眼里仿佛一团团云。

“你这个女朋友……我们家养得起吗？”季辞憋了好久才憋出一句话来。季年心想，大概以后要更加认真地写歌赚钱吧?

季辞挽着季年进了宴会厅。

纸醉金迷的一切扑面而来，厅内的鲜花更多，更美，更夸张，成千上万颗水晶吊坠从天花板上垂落下来，奢华到极致的布置，偏偏同色系的搭配看上去又很干净大方，格调十足。季辞大开眼界。这是结婚还是过生日？角落设置了专门摆放礼物的桌台，客人带来的礼物都可以摆在上面，由专门的服务员来保管。

季辞扫了一眼那个台子……顿时想哭。

哪里有垃圾桶啊！她恨不得立刻把手中的自制草莓蛋糕给扔了！

季辞卑微地看向季年，试图拉一个同伙：“你的礼物呢？”

季年：“我的在车里，等会儿单独给她。”

季辞微笑，很好，你不出丑，让你姐出丑，你真的很棒！

季辞最终还是把蛋糕摆在了礼品台上，在一圈奢华精致的礼盒礼袋里，小小的草莓蛋糕显得不伦不类。

宴会厅里已经来了不少宾客，衣香鬓影，觥筹交错，这是一场顶级晚宴。季辞在心底暗暗庆幸她今天的裙子挑对了，不然就是刘姥姥来了大观园。她穿了一条红色的丝绒礼裙，露背的设计，精致的蝴蝶骨像一对天使的羽翼，性感又充满诱惑。

季辞甚至都开始反思，是不是因为她穿得太夸张了，所以周围的人都在打量她？一道道目光落在她身上，似乎要把她盯出一个洞来。那目光中有惊艳、有惊讶、有错愕，有看好戏的意味，甚至还有嘲讽……

季辞蹙眉不解。这些人是不是有病？看她做什么?

季辞看到很多熟悉的面孔，这些人她跟着赵淮归出席晚宴时见过。

忽然，她脑子里出现了一个可怕的念头。该不会，季年的女朋友是赵淮归那个圈子里的吧?

季辞忐忑地试探：“季年，你女朋友——”

话说到一半，就被季年兴奋的声音打断：“姐，她来了。我带你去见她。”

季年拉着季辞的手，朝着宴会厅里面走去。

厅内很大，是纵深设计，季辞顺着季年的目光，往前望去。下一秒，她浑身僵直，血气翻涌，大脑晕眩，整个人如同堕入梦里，摇摇欲坠。

那个背影……是他?

男人被簇拥在中间，一身黑色的手工西装完美地衬托出他挺拔的身形，在繁花似锦里依旧显得冷峻。

他仍然耀眼，耀眼到她的眼里只容得下他一个人，无论多么奢华炫目的场景最终只沦为他的背景。

除了他，没人能把黑色穿得那样好看。

最后几米的距离，季辞是被季年拖着才走了过去，两腿不受控制，机械地动着。待她稍微醒神，才看到男人身边还站着一个女孩。

站在他身边的是一个娇小漂亮的女孩，女孩离他很近，说话时几乎挨着他的手臂。所有的绮思都在这一刻消散了，取而代之的是酸涩的泡沫。鼻子酸，眼睛酸，喉咙酸且涩。

季辞调整了一下呼吸，觉得自己好奇怪啊，又没吃柠檬，为什么就是想哭……步伐越来越慢，距离却越来越近，近到能闻到他身上独有的沉木混合冷柑橘的香气。

男人似乎也感受到了什么，停下喝酒的动作，回头望去。电光石火间，季辞对上了他的眼睛。心脏像一头失控撞上栅栏的鹿，胸口就是那一排被撞痛的栅栏。

赵淮归眼中闪过惊讶、惊喜，又变成更复杂的情绪，最后他目光下移，落到了她被季年紧握住的手腕上，眼睛里闪过一秒的杀气，下一秒，除了冷漠之外，什么也没有了。

短短数秒，季辞已经走到了赵淮归的面前。

陡然间离他那么近，她一时不知道自己到底该做什么。

赵淮归身边的一圈朋友也跟着转过身来，看到季辞后，都难掩惊讶的神色，神色最复杂的莫过于离赵淮归最近的那个女孩。

那个女孩暗暗打量着，这就是季辞？

众人你看我一眼，我看你一眼，又看季辞一眼，又看赵淮归一眼，又看看赵淮归的新女伴一眼，又看看陌生的新面孔季年一眼。随后众人的脸上，都浮出诡异的笑容。

前女友来参加生日宴对上现任女伴？这戏码好土好好看！季年作为局外人，根本不知道发生了什么，他的眼里只有赵千初。

虽然，赵千初的眼神也……并不正常。

此刻赵千初心里只有一个想法，她男朋友抓着她弟弟的前女友搞什么？如果今天不是她的生日宴，如果不是她今天犹如女王般万众瞩目，必须维持优雅与体面，她肯定早冲上去暴捶季年了。

室内的气压很低，气氛很压抑，没有一个人敢开口说话，毕竟枪打出头鸟，谁都不愿当出头的鸟。全场最单纯的季年率先打破沉默，他握着季辞的手腕，把她带到赵千初的面前。

“姐，这就是我跟你说的女朋友。”季年笑着介绍两人认识。

姐？

女朋友？

随即，现场爆出两声尖叫。

季辞反应很大：“她是你女朋友？”

她弟弟这么牛？不出手则已，一出手就是赵氏集团的千金大小姐？天啊，这信息量太大了，她现在的大脑乱成了一锅粥。

赵千初自诩是见过大风大浪的，眼下她却差点控制不了自己的行为，差点就要跳起来暴打季年。

“她是你姐？”

她弟弟的前女友竟然是她男朋友的亲姐姐？

一旁的赵淮归：“……”

季年没弄懂，只能跟着满头雾水。

这一秒，季辞感到五雷轰顶，觉得自己在坐过山车，好不容易爬到顶点，车厢脱轨了，飞出太空。生活就是在不经意之间给你致命的“惊喜”。

所以，她前男友的亲姐姐是她亲弟弟的女朋友？她和前男友当不了恋人还能当亲戚？而她来参加亲弟弟女朋友的生日宴其实也是前男友的生日宴，还在生日宴上看到了前男友的疑似新女友？这是什么天雷滚滚狗血八点档剧情？

她现在逃离这个无情的世界，还来得及吗？众人的脑袋都是轻飘飘的，眼睛已经不够看了，真是好戏不断，让人眼花缭乱。

此时此刻，大家恨不得拍手叫好！这真是百年一遇的盛世奇景！虽然以往每年的这一天都要送出双份大礼包，但这次，真是第一次值回票价。

季辞站在原地，她可笑不出来，像是在玩“我是木头人”。

赵千初则强迫自己冷静，把季年拉到身边，小声质问他：“你知不知道季辞是我弟弟的前女友？”

季年：“啊？”

他向赵千初指着的方向望去，看到了一个和赵千初的气质无比接近的男人。只是他的冷漠中还带着肃杀之气，像冬日里吹过的凛冽寒风。

或许是感受到了季年的视线，赵淮归转过头来，对上季年的视线。他眼里的情绪如同散不开的浓墨，脸色阴郁，目光像刀子一样扎过来。

季年被赵淮归的眼神弄蒙了，一时不知道该怎么唤人，只是呆愣地冲赵淮归说出两个字：“弟弟？”

看着那和季辞无比相似的脸庞，同样灵动的眼睛，赵淮归只觉得整个人都要炸开了。从姐夫变成弟弟，是个人都要被弄疯！

季辞，你真厉害。不只你厉害，你全家都厉害！

赵淮归的大脑微微发空，耳朵仿佛失聪，他深吸一口气，目光如冰，直指季年：“你再敢喊一声试试？”

声音凶悍，仿佛一只蓄势待发的猛兽，只差一个契机，便会扑上去撕了猎物。男人捏紧五指，死命地扣住掌中的酒杯。酒杯上复杂的切割花纹如刀锋，嵌进肌肤里，带来阵阵疼痛。

季年心中大呼不好，糟糕，他忘了面前的男人是自己姐姐的前男友。他喊人弟弟做什么啊？他脑子有病吗？

“不好意思，我不是故意的。”季年乖巧道歉，看上去就像一个被“校霸”欺负的“三好”小学弟。

众人见状，都不免叹口气。

赵淮归已经被所有人归为脾气恶劣的“校霸”了。

赵千初心里一酸，就差两眼泪汪汪了，弟弟怎么能这么乖这么懂事呢？她的男人怎么能受这种委屈，她见不得季年受委屈！正当她准备为季年撑腰时，一个人比她更快、更狠、更准地出击了。

季辞气愤不已：“不准你欺负我弟弟！”

她上前两步，拦在了季年面前，倔强地仰头，径直对上赵淮归冷厉的眼神。护着季年，像护着幼崽的鸡妈妈，将浑身的羽毛都竖了起来。

众人在心里大呼精彩！是的，校园里的真善美“校花”站出来发声了！为了守护家人，毫不惧怕地对抗前男友这个恶势力！

赵淮归被季辞突如其来的“一枪”击中，正中心脏，让他觉得五脏六腑都开始痛起来。女孩此时视死如归地怒瞪着他，一副大不了两败俱伤，同归于尽的架势。赵淮归死命咬着后槽牙，拼命压制住想把季辞拖到无人之处狠狠教训一顿的冲动。

是啊，她心疼自己的弟弟，把他当作洪水猛兽，就不能也心疼心疼他？他难道不是在场最倒霉的那个人？那个小男孩有什么好心疼的？他难道会把她弟弟给吃了？

赵淮归越想越生气，重重地把酒杯搁在身后的甜品台上，随后一点点靠近季辞。

季辞紧张地后退了两步。他要做什么？他不是要打她吧？她吞咽着口水，正准备绝望地闭上眼睛，视线里多了一抹跳跃的绿色。

那抹绿贴上了怒火中烧的男人，轻轻柔柔地挽住了男人的胳膊，像一汪春水浇在火上。

“赵老板，别生气好不好？不如陪婉婉去吃点东西吧。”郑婉用楚楚可怜的目光看着赵淮归。温柔的语调，天真无邪的表情，一副“这个姐姐好凶啊，我好害怕”的模样。

季辞成功被恶心到了。当着她的面这么亲密，这不是挑衅是什么？赵淮归居然还不避谦？和她分手后，这么快就有了新女友？季辞气得浑身发抖。

被女孩挽住后，赵淮归停下脚步，眼底微不可察地闪过一丝厌恶，只是他精准地捕捉到了季辞眼中的情绪变化。紧张和惶恐没有了，更多的是……不爽？她不爽什么？

赵淮归觉得很微妙，所以忍住恶心没有推开郑婉。他盯着季辞，一字一顿地说：“好。我陪你去吃。”

季辞愕然，赵淮归这是在当着她的面秀恩爱?

季辞看着面前的女孩，看着被女孩挽住的赵淮归，他没有推开她。真棒，他真棒。季辞对着赵淮归，露出一丝冷笑。

赵淮归走之前，恶狠狠地看了一眼季年，又深深看了一眼赵千初。

今天的他只想好好解决季辞，改天再解决这两个人。

众人热切期盼的“快点打起来”的画面没有出现，季辞落落大方地退开两步，为赵淮归和他的“新女友”让路。

一场闹剧至此结束。

走到自助餐台处，赵淮归冷着脸，迅速抽回手臂，眼神含着警告，冷声道：“离我远点。”

郑婉嗫嚅着，一双纯净的杏眼里满是不知所措。刚刚不还好好的吗?

“姐，你没事吧?”

看着季辞落寞的神情，季年心里很愧疚。全是他的错，都怪他没有说清楚就把季辞带来了，现在好了，碰上这种尴尬的场面。

在震惊和气愤过后，赵千初很快冷静了下来。说实在的，她也觉得季辞挺可怜的。可能是因为那一张和季年相似的脸，让她根本狠不下心来漠视她。可赵千初忍了又忍，还是没有告诉季辞，郑婉只是她给赵淮归找的女伴，两个人见面的时间都不超过一小时。但如果赵淮归愿意说，自然会说，轮不到她来插手他们之间的事。

季辞摇摇头，示意季年不用担心她，又朝赵千初笑了笑，献上迟到的祝福：“生日快乐啊。今天很漂亮。”

赵千初莞尔：“谢谢。其实，你更应该跟他说生日快乐。”

对他来说，你的生日祝福，比其他所有人的都来得重要。

季辞张了张嘴，拼命忍住即将夺眶而出的泪水，她垂眸，把这份情绪藏进心底：“他不会想看到我的。”

她只是，这场生日宴的不速之客，她是他生命里的不速之客。

现在他都找到喜欢的女孩了，那么漂亮，一点也不输给她。她又何必去打扰他的生活?

第十六章

她要誓死守护她的美貌和尊严

宴会中途，季辞和季年说出去透透气，让他好好陪着初姐过生日，不用管她。季年欲言又止，最后还是决定放她一个人去走走，有的路只能自己走。

季辞从宴会厅的后门出去，这里是一个无人踏足的空中花园。上百根星星灯缠绕在玻璃栏杆上，像璀璨的银河，又像迎风飞舞的萤火虫。

一切都如童话般美好。

季辞靠着栏杆，安静地看着脚下一览无余的霓虹灯火、川流不息的街道、熙熙攘攘的人群，好一派繁荣的人间盛景。不是说把注意力放在更广阔的事物上，想着人间，想着历史长河，想着宇宙万物，把自己当作一只蜉蝣，就能放下那些不值一提的细小悲伤吗？可为什么，她觉得更难受了。

“这什么破方法啊，都是骗人的吧！”她生气地踢了踢玻璃栏杆。

季辞的眼前又浮现出那个女孩挽上赵淮归时的羞赧模样，那两抹春心荡漾的粉红色是多么的刺眼。

“你在做什么？”

身后突然传来隐带薄怒的声音，季辞吓了一跳，高跟鞋一滑，整个人不受控制地往前栽去，就在她以为自己要跌下万丈深渊时，一股力道从身侧袭来，来人牢牢钳制住她的手臂，力道大得让她痛苦地皱起眉头。恍惚间，她被强势的力量狠狠地拉回人间。

“季辞，你是不是疯了？”赵淮归以为她要做什么蠢事，整个人格外地愤怒，声量也不受控制地提高。

肌肤温暖相贴，呼吸缠绵在了一起，说不清是她在温暖他，还是他把她拉入一处冰雪之地。

季辞看着他，眼泪再也忍不住，迫不及待地滚落下来。

“你好凶啊……”软软的语气，还带着楚楚可怜的哭音。

赵淮归一度产生了错觉，她是不是吃多了奶油蛋糕，为什么说出来的每一个字都这么……可爱？下一瞬间，他觉得自己有病。这不是有病是什么？

“哭什么哭。”还委屈上了！赵淮归故意冷着脸，也不去拭掉那些能搅弄人心的眼泪。

季辞赶忙去擦眼泪，越擦泪水越多，一只手已经忙不过来了，她需要另一只手帮忙。可另一只手，正被他握着呢。

“你能不能……先松开我？”季辞用泪光盈盈的双眼去看他，视野有些模糊，看不太清。

“我凭什么听你的？”他的声音依旧冷漠，态度恶劣。

你又不是我的女朋友，你不是和我分手了吗？这两句，赵淮归还是忍住了没说出口，听起来不像那么回事。

季辞顿时被铺天盖地的委屈淹没。这算什么啊？他都有新女朋友了，为什么还要跟她这么暧昧？男人都是这么坏的吗？

“你不陪你新女朋友吃东西，来这里做什么！”季辞赌气地要甩开他的手，可男人的手就跟牛皮糖一样，粘上了就甩不掉。

新女朋友？赵淮归愣住：“什么新女朋友？”

“你自己的新女友你还来问我？就是刚刚挽着你，比我丑一点，穿绿衣服的那个。”这话，听上去酸死了。

赵淮归想笑，却成功忍住了。这个人竟然还不忘记损别人比她丑……

“噢？我觉得很漂亮。不比你丑。”赵淮归疑惑地看她一眼，语气不咸不淡。

季辞怒了：“怎么可能比我漂亮！你这个人眼睛是瞎了吗？你有没有品味？”她要誓死守护她的美貌和尊严，比前男友的新女友还丑绝对是这个世界上最让人愤怒的事了，没有之一！

这无关爱情，只关乎尊严。

“我的眼睛比她圆！比她大！皮肤也更白！你仔细看啊……还有我的睫毛也比她的长，我的鼻子更小巧一点……”

赵淮归静静地看着她喋喋不休，红润的小嘴不断张合，心底逐渐烧起一把火来。

“还有，我的嘴巴要更性感一点！现在流行我这种嘴唇，她那种微笑唇一看就是用玻尿酸打出来的，一点也不自然……”季辞嘟起嘴，让他看得更清楚，“不信你看，我这儿还有……”

余下的话没机会说了，全部被堵在了唇齿之间。

季辞错愕地瞪大双眼，这突如其来的剧情，让她有些措手不及。一个无比汹涌的吻，堵住空气的来源，堵住一切宣泄的出口，将两人困在这狭小的空间里，或共生，或同死。

这是什么？爱情将死之前的回光返照？

很快，季辞就不再挣扎，她甚至闭上了眼睛，享受着末日到来前最后的狂欢，她决定好好把这一刻珍藏在心底。

季辞带着赴死的心情和赵淮归陷入抵死纠缠，可她不知道的是，吻住她的前一秒，赵淮归就已经决定，放弃抵抗，缴械投降。

泪水随着逐渐加深的吻不停地落下来，滑进嘴里。尝到了咸咸的泪水，两个人同时一顿，随后是更深的拥抱，以及不断延长，进入加时赛的吻。

直到季辞再也受不住了，猛地推开他，扑在栏杆上，大口大口吸入氧气。风从赵淮归的方向吹来，裹挟着他身上的淡香，齐齐灌入她的肺里。

赵淮归背着他的新女朋友跑来和她这个前女友接吻，而她竟然没有推开，反而很享受……

赵淮归抬手碰了碰泛疼的嘴角，刚刚失控了，有些太用力了。季辞似乎更惨烈一点，漂亮的口红已经全部晕开，双唇充血，遍布咬痕。

赵淮归这才觉得心里舒坦了几分，这些天郁结的无名怒火也稍稍散了些。他整理好被抓乱的领带，上前两步，站在季辞面前。

女孩用复杂的眼神看着他，一时间赵淮归有些心虚。

他清了清嗓子，淡淡地低声说：“不然我……”

“啪”，一个巴掌扇了上来，干脆利落地截断了赵淮归的话。

女孩的动作毫不拖泥带水，她用她那温暖的、纤细的，捏起来柔柔嫩嫩的小手，给了他一个大耳光。时间在这一刻静止了，风不再吹，星星也不再眨眼睛。

赵淮归彻底蒙了，他不敢相信刚刚发生了什么，若非脸颊上还弥漫着疼痛，他甚至觉得他是不是在做梦。

若不是在梦里，谁敢打他？就算在梦里，都不可能有！

季辞打完那一巴掌就后悔了，腿软了，她强撑着栏杆才让自己站稳。

男人的眼神已经从错愕扭曲到微怒，五官微微有些狰狞，不再是他往常淡漠倨傲的表情。

季辞咽了咽口水，悄悄地往后挪了两步，拉开与赵淮归的距离。

“你知道你在做什么吗？”赵淮归冷冷地质问她。

“我……我……”季辞嗫嚅了两下，还没等男人做什么，她“哇”一下哭了出来，边哭边控诉，“赵淮归你怎么能……这么‘渣’啊……你都有女朋友了还来惹我……我就算是再喜欢你，我也不会……做第三者的……你做梦！”

“你再说一遍。”男人扣住季辞的下颌，迫使她正对着他。

陡然间对上那双幽深冷酷的眼睛，季辞不禁打了个寒战，脑子里晕晕乎乎的：“说……说什么？”

赵淮归捏住她发红的小脸，双眸锐利：“你刚刚说的那句。”

“你做梦……”季辞弱弱地咬住下唇。

“上一句！”赵淮归冷冷地睨她，额上隐隐露出青筋。

上一句？季辞努力回想着，上一句是什么？

“哦……上一句啊，我绝不可能当第三者的！”

赵淮归在心底骂了句脏话，冷声道：“那不是我女朋友！”

季辞呆住了。原来那个女孩不是他的女朋友啊……不是女朋友！她开心地咧开了嘴，眼睛里是止不住的欢喜。

看着她又喜又羞又憋着的样子，赵淮归在心底冷笑一声。

“所以，现在能说了吗？我要听上一句。”他换了种轻柔的语气，深邃的桃花眼在无数星星灯的映衬下，多了三分诱惑。

季辞受不了他用这种眼神看她，眼睛含着迸发的热度，表情却十分冷淡，偏偏很是性感。男人的手从下巴尖滑落到她的纤腰，不轻不重地在腰窝上打圈。

季辞绞尽脑汁地想着上上上句是什么，想着快点让他满意了好逃离这里。忽然，她眼睛亮了亮，脱口而出：“我就算是再喜欢……”

赵淮归拧了一把她柔软的腰，唇角有了一丝笑意：“喜欢什么？”

“喜……喜欢你啊……”她扭扭捏捏地说了出来。

赵淮归的眉心顿时舒展开。她说喜欢他。

很快，那一点微妙的表情被收回，赵淮归恢复冷漠脸。他收回手，退后两步。腰上陡然间少了那摩挲的温暖掌心，季辞反而觉得有些不舒服，心里空落得很。她疑惑地看着赵淮归，不知道他要做什么。

她刚刚那可是表白啊！在“星空里”向他表白，在他生日这天向他表白，这么浪漫的事，他怎么能没有点儿表示呢？

“你都没什么想说的吗……”季辞羞怯到不敢抬头，青涩得像一颗小苹果。

赵淮归头也没抬，只是漫不经心地看了一眼腕表：“嗯，知道了。”

季辞的圆眼睛霍然睁得大大的。

赵淮归像一个冷漠古板的领导面对着汇报工作的属下，面无表情且惜字如金。

季辞上前两步，想和他争几句，把这事说清楚。

赵淮归蹙眉：“还有要说的？”

季辞哽住，垂头闷闷地说：“没了……”

赵淮归本来觉得心情好多了，听到这两个字后又无端地冷了脸。他冷哼一声，抛下了回厅内的想法，问道：“就没有什么话想对我说的？”

口袋里的手机时不时地振动，不用想就知道是赵千初在催促他回去切蛋糕，他将手伸进口袋，把手机调为静音。

季辞撇着嘴，心里想着赵淮归怎么越来越奇怪了。在她想说的时候摆出一副爱搭不理的样子，她不打算说了，又开始穷追猛打。

“那祝你生日快乐？”

赵淮归觉得又好气又好笑，不知道该怎么说她，除了第一千零一次夸赞她厉害，还能说什么呢？

他阴阳怪气地提醒：“我的生日还有两小时就结束了。”

季辞不知道该怎么接话。她昨晚零点的时候是准备跟他发个生日祝福的，可她怎么敢啊？他十来天不理她，她都已经默认他再也不会理她了……

“我……我不敢打扰你。”她垂着头，声音细若游丝。

赵淮归冷笑：“发分手快乐的时候怎么敢？拉黑我的时候怎么敢？”

这个人……怎么这么咄咄逼人？而且他居然说她拉黑他？季辞的脑海中跳出来一个场景：分手那晚，她喝掉了半打旺仔奶，喝太多的结果就是跑去厕所吐到人发虚，吐完后胃也疼，心也疼，眼睛也疼，委屈之下就把赵淮归给拉黑了。可是，她明明第二天清早醒来就把他给拉回来了啊……

季辞委屈地解释：“这不能怪我啊。我以为我们结束了，我想着就不要再打扰你的生活了。”

“所以你把我拉黑了，还发朋友圈说你很快乐。”

“可我第二天又把你放出来了啊……”季辞嘀咕，谁知道只让他待在黑名单不到十小时，就被他捉住了把柄？她继续辩解：“谁告诉你我很快乐了，明明哭了好久好久……”

“为什么哭？”赵淮归上前，轻轻碰了碰她绯红的小脸，“你想要的都得到了，为什么要哭？”

她的脸是烫的，和想象中一样温暖。

为什么要哭？为什么要伤心到自己都无法控制自己？这个问题，她问了自己不下千百次。每一次的答案都是相同的。那是因为，她很早就喜欢上了他，比她意识到自己喜欢他要更早。

季辞抽了几下鼻子，忍住不掉下新鲜制造的眼泪珠子：“因为骗了你，我也很难受。对不起，我就是一个很自私的女人，没有你想象的那么好，我走投无路了，我没办法，我只能抓住一根浮木往上爬……”说着说着就有些语无伦次，“骗了你的钱，我……我还给……”说到这里，季辞顿了顿，立刻改口，“我还一半给你。我每年多给你百分之十的分红……我慢慢还……”

全部还，那不可能。她还是得收取自己应得的劳务费！

看着她慌乱地改口，赵淮归真是哭笑不得。该骂她蠢，还是骂她耍小聪明？都这个时候了，还计较那些破钱。

“但我是真的喜欢你，才骗你的啊……”

他的心猛地跳了一下，除了“厉害”二字，他还能说什么呢？

“如果换一个人呢？你遇到的不是我，你也会去……”用那些甜言蜜语的花招去欺骗他吗？

“不会！”季辞毫不犹豫地回答他，“我只喜欢你，也只骗你！其他人我看都不看一眼！”季辞将红润的嘴唇凑近他，“只有你能让我一眼心动啊。”

赵淮归喉结上下滑动，冷声制止：“够了。”

季辞立刻收声，眨着大眼睛望着他。够了？不能够。她喜欢一次把事情做绝，不留后患。

想到这里，季辞忽然抬手环住了男人的脖子，声音娇媚地在他耳边说：“再说……你都把我吃掉了，算起来你也不亏……”

男人的背脊蓦然僵硬，掩盖在西装之下的肌肉顷刻间绷紧，他压抑着灼热的呼吸，静静地看着她。

过了半晌，他笑了笑，笑意有点儿恐怖。

“你可以啊，季辞。”他说。

季辞：“……”玩过火了？

半个小时后。从花园到厅内的距离不算远，季辞走得飞快，赵淮归跟在她身后，步调慢悠悠的，看上去轻松又惬意。推开玻璃门之前，季辞再一次检查自己的礼服是否整齐，口红是否完整，确定看不出端倪之后，这才放心。她迅速推开玻璃门，做贼般地溜了进去。

隔着薄薄的一层玻璃，季辞指了指赵淮归的嘴，用唇语道：记住你答应我的。答应在晚宴上和她继续扮演前任的角色。她可不想再惹出什么麻烦来，今晚受到的非议和瞩目已经够多了。比起她和赵淮归的恋爱八卦，她和赵淮归分手的好戏显然更让群众兴奋。

赵淮归看了她一眼，讽刺地扯了扯嘴角。

之后的宴会上，赵淮归竟然比她想象中的更配合，已经不是扮演前男友了，而是全程当作不认识她这个人。

季辞躲在一旁冷笑，看着大家如众星捧月一般，簇拥着他，可这个男人却淡漠冷清得如同置身红尘之外。

晚宴结束后，季辞被赵淮归堵在柱子后面，男人把她的包打开，往里塞了一张房卡。季辞一脸疑惑地看他。

赵淮归平静地看着她：“结束后来找我，不然……”

“不然什么？”季辞不屑。

男人冲她微笑，“不然就把那一半还给我。”

季辞瞬间老实。

十分钟后，季辞揣着那张房卡，小心脏扑通扑通地跳，以至于走的时候，都没听见季年喊了她好几声。她心里想着该怎么开口说今晚不回去了，但不回去的话，她住在哪儿呢？跟谁在一起呢？为什么不回去呢？季年那么聪明，该不会联想到她和前男友死灰复燃了吧……天啊，每一个问题都堪称送命题。季年会不会乱想啊？

季年疑惑地看着季辞，看着她的表情从复杂变到微妙，再到不可言说，这表情弄得他都手心出汗了。西装内侧口袋里的那张房卡仿佛会发热一样，灼烧着他的心脏。

该怎么跟季辞说他不回去呢？难道说他今晚要陪赵千初吗？那为什么要陪的话就得陪一整晚呢？那一整晚该不会要做坏事吧？季辞会不会乱想啊？

两人各自怀揣着心思，大眼瞪小眼。

“季年啊……”

“姐……”

两人同时开口，皆是一愣。

“你先说。”季辞打算再缓缓。

季年试探道：“姐，我这边还有事，不如我把车钥匙给你，你自己开车回去？”

季辞眼睛一亮，还有这等好事？那她岂不是可以假装开车回家，然后再偷偷找机会溜走？见季辞不说话，季年很紧张，生怕她多问，哪知道季辞摆摆手，还很高兴的模样：“去吧去吧，年轻人就是要多玩玩。噢，对了！也不用太早回家，多玩会儿哟。”

最好玩到明天天亮。

季年似懂非懂地点点头。

等季年走了，季辞这才偷偷摸摸地溜上电梯。已经过了零点，酒店里很安静，电梯也只有一部在运行，其余的五台电梯全部空着。

季辞刷了房卡，摁下顶楼的楼层按钮，全程心怦怦乱跳，她拿出手机给赵淮归发了条微信过去。

Cici：“你在……吗？”

很快，那头回过来一个字。

Z：“嗯。”

电梯很快，季辞收起手机，松了一口气。很好，中途没有停留，直达顶楼。

出了电梯，四周似乎更安静了。感应灯带在她踏上地毯的瞬间齐齐点亮，顶楼是圆形的结构，顶上是巨大的玻璃罩子，四周映着银河，像壮阔的宇宙。房间很少，季辞只看到了两扇门，隔着宽阔的走廊，错落对着。

房卡上写着3501，就在左手边。

季辞朝四周张望一圈，发现没有人，才做贼心虚地刷了房卡，门锁弹开，她迅速拉开，进门，“砰”一下关上。玄关处立着一道朱红色屏风，绕过屏风，视野陡然间开阔，像站在旷野里，对着一望无际的夜空。

原来顶楼套房长这样啊！前年过生日的时候，季辞就想订下这家酒店的顶楼套房，可惜预订了一个月都未果，最后只能退而求其次，选了总统套房。酒店经理是这样解释的：应该是她消费的额度不够，顶楼的两间房只会预留给他们的VIP客户。

季辞找了一圈，没见到赵淮归。

“赵淮归？”

她往里面走去，套房内功能房很多，甚至还有专门的影音室，走着走着就到了最深处的主卧。她没多想，径直打开门。

“赵淮……”季辞眨眨眼，不作声了。

赵淮归刚洗完澡，裸着上半身从浴室走出来，冷白的皮肤上沾着的晶莹水珠，顺着隆起的胸肌缓缓而下，经过性感的腹肌，再往下……这个男人的身体她看过，碰过，摸过，可他这么大大方方地展现在她面前，她还是头一回见到。

非礼勿视的道理她懂，只是面前的场景让她觉得口干舌燥，舍不得移开眼睛。

赵淮归漫不经心地提醒她：“再看要收费了。”

季辞迅速缓过神，立正稍息向右转，对着墙壁：“你给钱我都不看。”她一本正经说瞎话。

赵淮归眯了眯眼：“给你一百万，看吗？”

季辞陡然间精神抖擞，喜笑颜开，以飞一般的速度跑到男人的面前，睁大眼睛，微距观察，边看边评价："线条感好强啊！你是不是又健身去了啊！"说着她还伸出了手，直到触上那还散着热气的皮肤，她的心头猛地颤动，手触电般缩了回来，她吐了吐舌头，"不好意思啊，我摸的话要另外收费的。"

赵淮归冷笑："想得挺美。"

他径直走向沙发，拿起浴袍披在身上。

活色生香的景色被浴袍遮住，季辞微不可察地哼了一声。

跟着赵淮归出了卧室，一路回到客厅。季辞眼睛一瞟，这才发现岛台上不知道什么时候摆了一个草莓蛋糕——是她做的那个蛋糕！

"这个蛋糕怎么在这儿啊？"季辞疑惑地问，同时扯住赵淮归的袖口。

赵淮归脚步放慢，由着她用手拽着自己："你说怎么在这儿？"

季辞怎么知道为什么，她还以为她这么不起眼的生日蛋糕早就被服务员扔掉了，毕竟全场来宾没有谁送礼是送自制生日蛋糕的。更何况，晚宴切蛋糕的环节，赵千初切的是足足十层的黑天鹅造型的蛋糕，精致华丽又大气，一眼看上去，除了贵就没缺点了。虽然她做的草莓蛋糕很丑很土很便宜，但是必要的吹嘘营销还是得有的。

季辞把蛋糕拿到客厅的小茶几上，揭开透明的罩子，十分得意地说："这个蛋糕是我为我的男朋友亲手做的，一大早跑了四五家水果店才买到这么大颗的草莓，每一颗我都亲手洗了三遍，奶油也是我手动打发的！还有蛋糕坯，是我精心实验了五次才得出的完美配方！"

赵淮归很想把她那喋喋不休、谎话连篇的嘴给缝上。手动打发奶油？亏她吹得出来。

"送我的？难道不是送给你弟的女朋友的？"赵淮归冷冷扯了扯嘴角。

被人毫不留情地戳穿假话，季辞欢快的情绪瞬间碎了。这个男人……不过分手了十来天就变了一个人，男人变脸都变得这么快吗？难道他还心存芥蒂吗？也是，她骗了他那么久，哪能轻易就释怀。

季辞顿时不敢再说什么，收敛了所有的小情绪，强迫自己平静下来，她要适应和他相处的新的方式。少矫情，少撒娇，少说那些虚情假意的甜言蜜语。

赵淮归看着眼前的女孩一下就没声了，像泄气的皮球，皱眉问道："怎么不说了？"

季辞嗫嚅片刻，才小声说：“不敢说了，还是您说吧。”

赵淮归走过去，捏住她的肩膀，迫使她对着他，语气有些无奈：“又怎么了？”

“没怎么，就是想知道赵老板叫我来这儿是做什么……”季辞垂下眼，小声问。

女孩话里有话，犟得很。

赵淮归叹了口气，挑起她的下巴，低声道：“那你说，一个男人给你房卡是做什么？”他的声音像能蛊惑人，季辞的身体软了软，像一汪温泉水，漾在男人怀里。

“我……我怎么知道啊……”她的嗓音透着自己都没想到的嗲。

微凉的手指一点点拨开红丝绒，背后的钻石链子“啪嗒”掉在了沙发上，发出闷闷的声响。正在她脸红心跳、意乱情迷的时候，上方传来戏谑的笑声：“看来你这几天的确很快乐……”

小骗子。还骗他说她日夜以泪洗面，吃也吃不好，睡也睡不香，天天想着他。

“啊？什么快乐？”

“都长了这么多肉，还说你过得不快乐？”

季辞这才后知后觉，他这是说她胖？

季辞醒来的时候已经十点多了，她是饿醒的，害得她想多躺一会儿都不行，可身上好疼，根本没多余的力气。她闷在枕头里抽泣，肩膀耸动，时不时还发出呜呜的闷哼。赵淮归回到卧室看到的就是一动一动的被窝，人缩在里面，裹成一团，像一条小肥虫。

“你在做什么？”

被窝外面传来冷冽的声音，季辞顿时停下动作，畏怯地把那一点儿冒尖的头缩进被窝里，彻底把自己盖起来。

她现在听见赵淮归的声音，心尖就是一悸。

见女孩一动不动地装死，赵淮归加大音量：“季辞。”

听到他连名带姓地叫人，语气冷硬，还夹着点不耐烦，季辞觉得好委屈。从前他都是唤自己辞辞的，昨晚还叫她……宝贝。现在吃到嘴里了，转身就翻脸不认人。

“别叫我季辞……”被窝里传出嗡嗡的蚊子音，最后两个字细如烟，被枕头吞噬。

赵淮归没听清，也懒得去猜她说了什么，只是坐在床边，伸手一个巴掌掴在了棉花包上。

“痛！”季辞从被窝里钻出来，眼泪汪汪地看着他，气急败坏，“我就打你一耳光而已，至于这么记仇吗？真是没见过你这么小心眼的男人！”

心眼小，睚眦必报，别人进他一尺，他要让别人退十万八千里。

赵淮归微拢了下眉，一双深邃多情的桃花眼要笑不笑地看着她：“你见过几个男人？”

季辞蒙着被子，只露出一双扑闪的大眼睛，睫毛少了睫毛膏的支撑，安静垂落着，像收着羽翼的天鹅。那双灿烂的眼里是数不清的问号。

忽然，酒店经理的话在脑海中一闪而过——

“不好意思小姐，您目前没有权限预订顶楼套房。这两间房间需要年消费满五百万以上的客人才能预订。”

季辞冷哼：“我怎么有赵老板见多识广呢？一年得开多少次房啊，都开出了尊贵VIP身份了，您这么见多识广，怎么不带我也长长见识？”小嘴像一把机关枪，嗒嗒扫射。

赵淮归脸色不变，看上去没什么情绪。季辞没有嗅到危险气息，于是继续攻击：“外头竟然还传你没有女朋友！瞒天过海你最行。没想到最后栽在酒店经理身上吧！”

赵淮归终于出声：“什么酒店经理？”

“酒店经理说顶楼套房要年消费达五百万才有资格预订！你说你是不是一年带女人开了五百万的房啊！”季辞瞟他一眼，越看越不顺眼。

赵淮归冷笑一声，漆黑的眼眸里带了些傲慢，冷淡开口：“这酒店我占一半股份，那条规定对我不管用。”

再说，那无聊的规矩还是他定的，一是为酒店弄个炒作的噱头，宣传的手段而已，二是纯粹为了挡掉想订这间房的人。

占了一半股份？季辞撇嘴，好吧，又被他装到了！她竟然不知道这个男人还投资了酒店，万恶资本家就是喜欢把触手伸入百姓生活的各个角落。

一通互相伤害过后，季辞开始收拾打扮，一边在胳膊上抹身体乳一边在三百平方米的套房里闲逛，俨然一副视察自家产业的样子，时不时还提些建议。比如，壁炉里可以加上假火焰装饰，现在这样不仅死气沉沉，还浪费了这么好的设计。再比如，卧室里可以加个大鱼缸，弄点热带金鱼在里面，梦幻又浪漫。

赵淮归比她起得早，昨晚凌乱情动的模样不再，取而代之的是清贵公子哥的模样。他坐在岛台处，支着平板电脑，看着秘书群里发来的文件。

“喂，你说话啊，你不觉得浴室里的浴缸换成圆形的会更好看吗？还有，客厅里应该多摆几瓶鲜花，这样的话客人一进来心情就会很好啊。”

赵淮归无声笑了一下，抬头看她一眼，眉梢轻挑：“这么爱管事，你是老板娘？”

季辞愣了一下，脱口而出：“嗯？不是吗？”你都在这占股一半了，我难道还不能算半个老板娘？

看着她认真反问的模样，赵淮归哑口无言，默默把话吞了回去。他没反驳也没认同，只是继续垂头看文件。赵淮归今天穿了一件浅灰色的毛衣，微微宽松，料子看上去厚实温暖，一条简单的黑色长裤，脚上的白色运动鞋中和了他的严肃气质，令他多了几分柔软。

季辞一时看呆了，很久才反应过来，这个男人还没回答她呢。

“你怎么不说话啊？”

赵淮归被她吵得头疼，文件是看不下去了，只能关了平板，转过椅子对着她：“说什么？”

季辞扭捏几下，轻眨着明媚的眼，小声地说了三个字：“老板娘。”

男人不咸不淡的目光压下来，让人拿不准他的心思。

他反问：“你觉得呢？”

“啊？”季辞睫毛轻颤，“我怎么知道……”

赵淮归沉默几秒后，起身走到季辞身边，扣住女孩的后颈：“怎么？现在的目标又变成老板娘了？”声音低沉，尽挑那些让她羞愧难忍的话来说。

季辞敏锐地感受到了他的变化。男人的视线很有压迫感，仿佛一把悬在头顶的冰刃。顿时，委屈涌上心头。是，是她太贪心了。老板娘这位置，她想不得。

季辞一把推开他，站了起来，她脸色黯淡下来，灿烂的笑容化成礼貌微笑：“你放心，我没那么贪心。”

她的手纤细匀称，捏起来的时候柔弱无骨，但铆足了力气推人时却很有劲，把男人推到一旁，她咬咬牙，不再理他，转身朝门口走去。

赵淮归盯着她逐渐远去的背影，不知道她突然发什么脾气。

最后，他叹了口气。

就在季辞赌气拉开门的时候，手被一片微凉包住了，十指交错后再狠狠纠缠。赵淮归从身后虚虚地环抱住她，将下巴搁在她的颈窝处，温热的呼吸荡漾在她耳边，惹出一阵阵酥麻。

“那为什么不贪心一点？”

季辞怔了一秒：“你说什么？”

他不厌其烦，重复一遍：“我说，你为什么不贪心一点？为什么不从一开始就要更多？难道只要钱就够了吗？”

季辞被他弄得语无伦次，不知道该怎么接他这一连串的问题。

“不是，我只是怕你……”

他似乎预料到了她要说什么，未等她说完就先一步给出答案：“季辞，贪心一点吧。”

他声音很轻，轻得像在示弱，不似他平日里睥睨万物，冷漠倨傲的姿态。

季辞蓦然顿住，生出这个世界上很多事都是不可思议的感慨，比如现在，比如他。

“以后想要什么直接告诉我就好。你不说怎么就知道我不肯给？”

他牵着她的手，凑到嘴边，轻轻咬了一口，咬完还觉得不够，忽而重重地咬下去。季辞吃痛，却没有躲，由着他发泄。

赵淮归忽然想到了什么，轻轻笑了一声，捏住她的下巴，冷声问她：“还是，你就喜欢玩欲擒故纵这一套？下次这种游戏在其他地方玩，我会更欣赏你。”他眼尾一挑，温柔退去，只剩恶劣。

季辞微笑，把感动的泪水憋了回去。她翻了个白眼，看到他那张高冷的脸就烦，径直解开防盗锁，边按下门把手边问：“等会儿吃什么？”

赵淮归见她穿了条连衣裙就要跑室外去，便折返去沙发，替她拿扔在一边的大衣外套：“你想吃什么？”

她倚在门边，欣赏着门外的风景。与夜晚宇宙般的星空不同，白日的顶楼如同花的乐园。阳光透过玻璃圆顶洒落下来，廊道摆着的鲜花被换成了新的。昨天还是粉色玫瑰，今天全部换成了白色铃兰，整整两排，全部插在好看的水晶花瓶里。

四周静悄悄的，奢华高冷得没有半点烟火气。

季辞抬眼看了一下斜对面紧闭的房门，应该没人入住吧。也是，这种一晚十万的套房，还要求年消费五百万才有资格预订，估计没哪个傻子愿意。

季辞突然想起自己没拿手机，冲门内的人喊道：“赵淮归！我的手机落在卧室里了，帮我拿一下啦！”

赵淮归左手提着女孩的爱马仕，右手臂搭着女孩的羊绒外套，听到她的吩咐后只能退回卧室，去帮她找手机。

“手机在哪儿？”

“你看看枕头底下。”

正在说话间，走廊多了响动，季辞下意识地抬头去看，对面的房门居然打开了。门口出现一个身材高大的男孩，他背对着她蹲下，似乎在给里面的人穿鞋。应该是给女人穿鞋，因为那扇门里隐约传出女孩的笑声。

季辞正幻想着赵淮归给自己穿鞋，忽然她眨眨眼，怎么前面这男孩的身形看上去有点儿熟悉？浅米色格纹羊绒大衣，这衣服很熟。卡其色西装裤？这裤子也眼熟。某奢侈品牌新款运动鞋，还是限量款，这鞋子怎么感觉她买过一双？扑面而来的熟悉感，她竟然没反应过来对方是谁，直到男孩起身，再转身，两个人就这样直直地对上了眼。

季年明显也没有预料到这种情节，一动不动地立在原地。

两人同时心虚。

季辞：被自己弟弟抓到开房？

季年：被自己姐姐抓到开房？

门对门的房？电光石火的几秒间，季辞发现，这情况不对劲。

季年开房还说得过去，毕竟是有女朋友的人了。那她呢？她开房做什么？跟前男友开房？昨天在晚宴上，她和赵淮归不是剑拔弩张地对峙，就是谁也不理谁地装陌生人。她总不能解释说她和赵淮归在房间里一晚上是盖着被子躺着彻夜长谈吧？

季辞迅速把头埋下，假装没看见季年，迅速转回去，可门还没来得及关上，就被一只手拦下。

赵淮归从门里走出来："你的手机。"

两个人就这样一人揪着一边门把手，僵持不下。

她深吸气，冲着赵淮归又是挤眉弄眼，又是抬下巴，暗示他别出来，可面前的俊男人冷着一张脸，无动于衷，就是领悟不了她的意图。

"你怎么了？眼睛疼？"赵淮归声音不高不低。

季辞绝望地看着赵淮归走了出来。

走廊对面，赵千初一边从包里掏出墨镜一边出门，嘴里说着："我们等下吃什么……"说话的声音明显一滞，季辞想都不用想就知道是为什么，她现在已经尴尬得脚趾抠地了。

赵千初的眼神罕见地有些闪烁："你……你怎么在这？"

赵淮归抬眼，只见季年和赵千初一前一后地站在走廊上。眼底迅速闪过惊讶，面上倒还镇定，他平静反问："你怎么在这儿？"

赵千初刚要欲盖弥彰地解释，忽然就看见赵淮归身边还藏着一个人！是个女孩！背对着他们，看不清模样。一袭卡其色长裙，脚踝被黑色透明丝袜包裹，脚踩一双漆皮小方头高跟鞋。

好家伙！老天助她！这下不用慌了。

"好啊！被我抓到你带女人来开房！"赵千初先发制人。自己弟弟这回可真出息了啊，这么快就忘了季辞，转身带着别的女人来开房啦？赵千初含讥带嘲，冲着赵淮归挑眉，"可以啊，赵淮归。不错不错，这么快就走出失恋的阴云。不介绍介绍你的新女友？"

季辞头皮发麻，干脆一不做二不休，埋头就朝里面冲，哪知道男人像装了探测器，手臂轻轻一抬，就捉住了她，摁着肩膀，把人往反方向一转。

"你认识的，季辞。"赵淮归又加了一句，"嗯，你男朋友他姐。"

赵千初一脸茫然。本来安静的走廊一时间风起云涌。

一对嚣张对峙谁也不让的姐弟，以及一对垂头丧气、恨不得捂脸埋地的姐弟，形成鲜明的对比。

第十七章

他的真实身份可能就是季辞的工具人

电梯下降至负二楼，季辞打算门一开就冲出去。幸好她昨天把季年的车移到了地下停车场，现在开溜还来得及，哪知脚刚迈，大衣领子就被人钳住了。

“又想跑？季辞，你是兔子吗？”

赵淮归又好气又好笑，看着她那扑闪扑闪的眼睛，仅有的烦闷也变成了无奈。可是想到女孩五分钟之前还在疯狂地撇清和他的关系，那一点点烦闷立即变成火气冲了上来。在他问清楚之前，她休想跑。

“跑什么啊？没跑啊。”季辞镇定地看着他，“就是电梯里太闷了，赶紧出来透透气。”

赵淮归好心地戳穿她：“电梯里装了新风系统。比室外空气更好。”

季辞哑口无言。

赵淮归无奈摇头：“你要跑去哪儿？这里是地下停车场。”

司机把车停在了电梯出口处。赵淮归用手臂揽住季辞的肩膀，不由分说地把她带到了车前。司机很有眼力地跑下车，为老板打开车门。

眼见只差两步路就要被人送上车了，季辞扭动着身体，比一条离了水的鱼还要活蹦乱跳。如果被他弄上了车，那还了得？尤其是刚刚她在赵千初面前说什么来着？貌似说她一大早是来找前男友拿快递的？

“我有车，我自己可以开回去。不用你送。”季辞赶忙掏出车钥匙，摁了一下开关。

感受到了主人的召唤，不远处一台车的前车灯闪了闪，似一双从沉睡中霍然睁开的眼睛。

赵淮归看了一眼车，没说话，只是掌心向上，摊开在她眼前，淡声道：“拿来。”

季辞狐疑地看着他：“干吗？”

“钥匙给我，我让人给你把车开回去，你现在坐我的车。”语气透着不容商榷的蛮横。

季辞退后两步，把钥匙捂在口袋里，警惕地看着他。

男人皱眉，沉默了半晌。忽然，他上前两步，直接弯腰把季辞打横抱在了怀里。伴随着一声惊呼，温香软玉落入了怀中。女孩的长发在空中旋出一道优美的弧度，划过赵淮归的脸，淡淡的洗发水香气扑面而来，是清新的白茶香。

陡然间离开地面，季辞吓得环上男人的脖子：“你这是做什么啊……”

他的行为虽然蛮横不讲理，但动作却十分轻柔，把她小心翼翼地放进车厢，生怕她磕到。放下后，他没着急走，依旧维持着弓腰的姿势，慢慢凑近她。悠远绵长的木调香气包裹着她的呼吸，呼吸的每一口氧气都变得存在感极强，她看着他一点点靠近，直到唇离她的鼻尖只剩不到一指的距离。

季辞刹那间心动了，但是……在这里接吻不太好吧？司机还尴尬地站在一边，而且随时都会有车进出，可他真的好好闻哦……这个距离看他，鼻子好挺，唇也好柔软的感觉。被他吻一吻好像也不亏啊！

她想推开这个帅男人，又想让他快点吻下来，不知不觉间，她慢慢闭上了眼睛，呼吸也放轻了。

赵淮归看着她的脸红一阵白一阵，又是矫揉造作，又是严肃凝重，最后，她慢慢闭上了眼睛。

他看懂了，眼里划过一丝笑意，身子凑过去，却不是冲着她，而是她旁边的……安全带，手指轻巧牵过安全带，替她扣好。

季辞闭了半天眼也没等来吻，反而听见了安全带扣上的清脆声，她倏地睁开眼，对上男人一脸戏谑的神情。赵淮归正气定神闲地看着她，斜斜地靠着车门。

“怎么？你好像很失望。”

季辞迅速坐直，目不斜视，一脸拒绝：“你想多了。”

赵淮归显然还是低估了季辞的脸皮，他迅速钻进车内，把门关上，吩咐一句开车后，就升起了挡板。司机如获大赦，等到挡板快升到顶时，司机透过后视镜瞄了一眼自家老板。

男人脸色淡然，浑身散发着生人勿近的气息。

看着缓缓升起的挡板，季辞咽了咽口水，偷偷往外挪了几下。根据她的经验，挡板升起必有妖。

赵淮归则一脸漫不经心，直到无人能窥探这方封闭的小空间，他这才一把将季辞抱到了怀里，双臂用力，狠狠地箍住她，似乎要把她体内的氧气都挤压出来。

他冷着脸，声音沉沉的：“一张嘴怎么这么厉害？”

季辞被他弄得上气不接下气，憋出一句求饶的话来：“我错了，我……我呼吸不了了……”

也许是季辞的模样太过可怜，赵淮归松开手，轻柔地抚摸着她凌乱的长发，又捏了捏她的鼻子。

车子朝着季辞家开去。车厢内隔音效果极佳，一路上很安静，外界的纷扰喧闹都钻不进来，隔着玻璃看窗外，像在看一部彩色默片。

季辞别过脸看向窗外，不想搭理一旁的男人。窗外是暖冬，明媚的阳光像一捧细碎的金粉落在女孩的侧脸。她安静的时候很温柔，少了机灵古怪的俏皮，天真无邪的美好容颜，如同坠落人间的仙女。

赵淮归时不时侧头，看她一眼，硬是瞧出了几分仙气。伦敦初遇那次，他的脑中也是这样的念头。她一袭水蓝色的纱裙，从旋转楼梯而下，像熹微之下，江面上凝出的缥缈水雾。当时，他真以为自己遇见了仙女。

想到这里，赵淮归笑了笑。事实证明，他眼瞎，不只眼瞎还心盲。想到被这么个小丫头骗得团团转，他就哭笑不得。

“你笑什么啊？”季辞听到响动后转过头。

赵淮归立马收敛表情：“没什么。”

她歪着头看他，眼里明晃晃地透着——你以为我这么好骗吗？

“刚刚为什么说谎？”赵淮归岔开话题。

季辞继续眨眨眼，一脸天真，语气软绵：“嗯？说什么？”

“说你地址填错了，只是一大早来找我拿快递。”赵淮归皮笑肉不笑。

这种蹩脚的借口，亏她想得出来，竟然把赵千初那种人精当傻子。就这么不想和他沾上关系吗？还是说，她就是个彻头彻尾没心没肺的小白眼狼，用完他就扔？想用就又捡回去？

“我这也是为你好啊，”季辞眼珠子一转，开始胡说八道了，“您这种高冷霸总的人设怎么能一看见前女友就迫不及待地求复合呢？实在是有损您的英明形象啊！”

她一板一眼跟他分析，黑葡萄般的眼睛水润透亮，小心思不言而喻。

赵淮归：“我求复合？”

“不然呢？”季辞嘟嘴，难道还是她这种可爱又貌美的小仙女求的复合吗？她可不会做这种事。

赵淮归笑一声，觉得她真是不可理喻，阴郁的黑眸攫住她，一字一顿：“我有和你说过分手？”

从第三人口中得知，他被女朋友“分手快乐”了，实在是他赵淮归这辈子最丢脸的事。不管是被老爷子关在祠堂里不吃不喝三天，还是被赵千初当众喊乖弟弟都没这么丢脸过。强势的气息陡然间腾起，从四面八方围剿她这只小白兔。细长的睫毛颤动着，季辞在他步步紧逼的视线中垂下了头，指尖怯怯地抠了抠昂贵的真皮座椅。

半晌后，她犹豫地抬头，满眼真诚地看他，发问：“可是，你也从没说过和我在一起啊。”

赵淮归这下彻底蒙了。

高中时，他被朋友拉着看武侠电视剧，不懂为什么里头的人能被一句话气到吐血，只觉得导演和编剧们太夸张。今天，他终于领悟了为什么。

他这辈子，总有一天会被季辞气到吐血！

一年一度的内陆金融峰会依旧定在上京城召开，地点设在市中心的一家豪华星级酒店。今年的阵仗比以往都要大，邀请了不少国际金融大鳄、知名企业家，以及著名财经学者参会。

赵淮归抵达会场时是九点，迟到了二十分钟，开幕式已经开始。场内很有秩序，所有来宾都安静地坐在观众席，财政部部长正在台上致辞。

赵淮归跟随礼仪小姐走到自己的座位，第一排正中靠左的位置。看到坐在他边上的人后，赵淮归神色一凛，却很快恢复平静。

赵璟笙怎么来了？

“你迟到了。”赵璟笙直视前方，没有看赵淮归，冷淡的声音中含着一丝诘问。

赵淮归：“路上有些堵车。”

赵璟笙显然不信，却没再说什么。作为赵家的继承人，赵淮归从小就被要求事事做到完美，在重要会议上迟到这种错误是绝不能犯的。如今赵家的发展如日中天，众人的眼睛都盯着赵家人，一点点细节都会被无限放大。这也是赵璟笙对他格外严格的原因。

中场休息的时候，来宾都移步隔壁的宴会厅，那里摆放着自助的食物、饮料等，供客人随时取用。赵淮归站在赵璟笙身后，听着他和旁人交谈。

知道自家老板没有吃早饭，文盛悄悄递来一瓶饮料，赵淮归刚准备拒绝，结果看了一眼饮料包装，是某牌子的白桃气泡水，拒绝的话就咽了回去，他接过饮料，拿在手里。赵璟笙敏锐地观察到赵淮归这细小的举动，他的儿子他知道，从来只喝矿泉水和茶。

和人谈完后，赵璟笙转身，淡淡开口：“昨晚去哪儿鬼混了？”

赵淮归旋开瓶盖，当着父亲的面喝了一口，口吻平静：“好地方。”

这么狂？看不惯赵淮归那副桀骜的模样，赵璟笙的语气越发冷了：“把你那些风流韵事藏好了，别让我帮你清理。”

赵淮归皱眉，什么风流韵事？他倒是想和季辞弄出点尽人皆知的风流韵事来。可惜，季辞最近不知道被什么妖魔鬼怪附体了，就是不肯承认他的“合法”地位。只要是两个人共同出现在什么酒会、宴会上，她就全程装作不认识他。

昨晚，他们去餐厅吃饭，经理过来推荐餐厅新推出的情侣套餐，问两位有没有兴趣尝试一下。虽然他很不喜欢这种噱头，但听到“情侣”二字后觉得勉勉强强，可以一试。

没想到，季辞却问了一句：“我们看上去很像情侣吗？”

经理一愣，立马笑道：“那是肯定的啊！不是我吹牛啊，我这辈子就没看过这么般配的金童玉女！郎才女貌！佳偶天成！”

成语越说越多，恨不得把这辈子知道的都用上，赵淮归不免觉得聒噪，却很反常地没有甩脸。经理这话，倒是中听。

赵淮归觉得会说话的人，可以让他多说几句。经理一番激情陈词之后，赵淮归刚想说干脆就点这个套餐吧，人家推销也辛苦。

季辞却轻轻皱起了秀气的蛾眉，水灵灵的眼里满是苦恼：“可……他只是我哥哥哎，情侣套餐有点儿不合适吧？”

赵淮归当场黑脸，心里十分地窝火。

想到这里，赵淮归冷冷地扯了扯嘴角，语气不满：“等我有了风流韵事再说。”他又强调一句，“爸，别把我当小孩子。”

赵璟笙还想说什么，周秘书走过来附在他耳边说了几句。他看了一眼手表，已经十点了，他十点半还有一个座谈会。

临走时，赵璟笙漫不经心地问了一句：“季家的断干净了？”

赵淮归握塑料瓶的手指倏地一紧：“您答应过不插手。”

赵璟笙觉得好笑，自己儿子从来冷静自持，天崩下来都不见他有什么表情，怎么提到一个“季”字就这么大反应？

他拍了拍赵淮归的肩膀：“你紧张什么？”

他犯不着对一个小丫头出手，没那么闲。

“你妈这几天很想你，没事多回家陪她。”说完，赵璟笙恢复冷淡，转身离开了会场。

一台黑色的劳斯莱斯等在会场门口。上车后，赵璟笙闭眼小憩，坐在副驾驶的周秘书开始汇报十点半座谈会的参会人员以及流程。即使在能够完全放松的私人空间里，男人依旧挺直背脊，神情冷漠，压迫感十足。

“参会人员有罗总，余总，还有下头的一些分管领导。罗总是上个月调任来的，是老爷子亲自推荐的。”周秘书汇报完毕。

赵璟笙没接话，过了半晌，他才开口：“初初的事查得怎么样了？”

话题转得有点儿快，好在周秘书反应迅速，用上了排练过好几遍的台词：“大小姐那边的事……还在查，查到之后第一时间汇报给您。”

赵璟笙意味不明地笑了一声：“她来找过你？”

周秘书顿时头皮发麻。他难道有哪句话没说对吗？这明明是大小姐亲自给他设计的“口供”，到了董事长面前，竟然不出一秒就被识破了。

“这话是她教你说的？”赵璟笙微微放松了身体，把左臂搭在中央扶手上，指尖轻轻敲着。车内很安静，只有呼吸声，钟表嘀嗒声，以及手指敲击实木板发出的清脆声。

周秘书没办法，只能硬着头皮老实坦白。交代清楚后，他放轻呼吸，不敢打扰后座的男人。赵璟笙看着平板电脑里的照片，几张而已，他来回划了很多次。

他关掉屏幕，神色依旧平静：“这个男孩叫什么？”

周秘书：“季年。”

“季？”赵璟笙皱眉，“哪个季？”

周秘书不敢接话了。

短暂的安静过后，赵璟笙的脑中冒出一个格外荒诞的念头，他声音分外凛冽：“别告诉我是季辞的季。”

周秘书从喉头里憋出一句干涩的话：“董事长，好像就是那个季……”

细微的敲打声刹那间止住，四周陷入死寂。跟着董事长这么多年，这是周秘书第二次闻到腥风血雨的味道。

赵淮归接到周秘书的电话是在次日中午。周秘书在电话里没有说什么，只说董事长中午订了一家餐厅，让他一起来吃午餐，现在司机已经在公司楼下候着了。

“不去不行？”赵淮归从电梯里出来，到了负一楼停车场，他正准备去接季辞。

周秘书：“不去的话，董事长可能会不高兴。”

忖度片刻，赵淮归只能折返回到电梯口，还没想好怎么跟季辞说，季辞的电话就打了进来。看着屏幕上醒目的一行来电备注“小仙女”，冷淡的眉眼微微松弛，带了点宠溺。

她什么时候改的？昨晚？还是前天早晨？看来告诉她手机密码真是一个错误。

“喂？你出发了吗？”女孩的声音软软的，让人觉得舒适而惬意。

“辞辞，我这边临时有一个饭局，推不掉。餐厅我都订好了，我让司机去接你弟弟，让他陪你吃，好吗？”怕女孩不高兴，赵淮归尽量把话说得委婉无比，又想着干脆明天带她去看电影。

话没说完，那头的女孩明显雀跃了起来，似乎还和边上的朋友欢呼庆祝了一声。

季辞的语速很快：“没事没事！我刚想跟你说，我今天中午要和茵茵一块吃饭，就不能和你一起了，你自己好好照顾自己，没有我在也得乖乖吃饭！”停顿一秒，季辞又继续，“对了，吃饭的账单我就刷你的卡了，还有等会儿我要和茵茵去逛街买衣服，也一并刷你的卡！你能帮两个小仙女买衣服应该会很高兴吧？”

赵淮归无所谓高兴不高兴，卡给了她，就是给她刷的，他只想把一句话说完：“那明晚……”明晚看电影吗？

季辞打断他：“明晚我大学同学聚会呢！你自己去玩，就这样说好了！快去吃饭吧，不用管我。”

赵淮归：“我……”

女孩迫不及待地挂断了电话。

听着电话里传来的忙音，赵淮归一脸愣怔。全程他就说了一句完整的话。直到电梯到了G层，赵淮归快走到公司大门口时，他才反应过来一个很严肃的事实——男朋友这个名份还在待定，他的真实身份可能就是季辞的工具人。之前是她的捞钱工具人，现在是她的买单工具人。不，他甚至不配陪着她给她刷卡，毕竟她和小姐妹在一块会更快乐。

赵淮归在心底冷冷骂了句“该”！

车子一路开到一家会员制的餐厅。整家餐厅被设计成仿古园林，每一个包间都是独立的小阁楼，四周隔着池塘假山，私密性极强。这里到处都是梅花，梅花的冷香盈在沁凉的空气中，小院中间挖了一方人工池塘，上千条锦鲤在里面游动，在阳光照射下，闪着金色的粼粼微光。

门打开后，赵璟笙没在，沙发上只坐了一个女人。那个女人听到响动后，回过头。

“爸也叫了你？这是干什么啊？神神秘秘的。”赵千初明显很不解。

赵淮归走进来，脱下外套扔在一旁：“不知道。”

姐弟俩难得安静地看着彼此，都没有多说什么。过了半晌，包间门又一次被打开。赵璟笙走了进来，周秘书跟在后面。

两人站了起来，恭敬地问好。

赵璟笙淡淡应了一声："上桌吧。菜都齐了。"

圆桌上，菜式丰富，是根据姐弟俩的口味喜好安排的。两人面面相觑，很是狐疑。赵璟笙平日里忙得连轴转，除陪母亲的时间充足以外，旁人连抠几分钟都抠不出，居然还能抽出空来陪他俩吃午饭？除非，是有重要的事要交代他们两个。可一顿午饭都过了一半了，也没见父亲说话，气氛安静得有些诡异。

赵千初率先打破了僵局："爸，妈妈呢？她不来一块吃？"

父亲对谁都是冷冰冰的，就算是自己的儿女也没太多额外的情绪，唯有对着母亲会展露出一丝属于人的鲜活。小时候，赵千初就想过，她和赵淮归难道不是父亲的亲生小孩？是的话，那为什么父亲很少对他们笑？后来她想通了。如果她和赵淮归不是亲生的，应该下一秒就会被父亲派人扔进海里喂鲨鱼。

"不叫她来，是怕她被你们俩气死。"赵璟笙用热毛巾擦了擦手，随后冷冷地把毛巾掷在了碟子上。

赵淮归神色不见慌乱，他搁下筷子，问道："爸，怎么了？"

赵璟笙开口："你们以为自己瞒得很好？一个季辞也就算了，现在又来了一个季年？这事说出去，当我们赵家是个笑话吗？"赵璟笙自己说出来都觉得好笑。

自己的儿女同时看上了一对姐弟，简直荒谬至极。

生日当晚，赵千初就勒令所有知道这件事的朋友不准走漏风声，甚至连周秘书那里也提前通了气，为的就是防止父亲知道这件事，只是没想到这么快就被查到了。

赵千初叹了口气。果然，她和乖弟弟还是太嫩。

"爸，事情不是你想的那样。"赵千初的声音不似平日冷艳，反而含了些委屈。

现在还不示弱，那就是蠢到家了。她恨不得挤出两滴眼泪来，她用力揪着自己的大腿肉，顺便在桌底下踢了踢自己那不争气的弟弟。赵淮归忽略赵千初的暗示，他坐直了身子，眉宇凝着寒气，摆出进入战备的状态。

赵淮归毫不示弱："爸，我一直想知道为什么季辞就不行？还是您希望我和赵千初找一个门当户对的人结婚。但是您和母亲当年，不也是门不当户不对吗？"

一句话说得够狠。赵千初嘴角一僵，猛然回过头，疑惑地看着赵淮归。这是做什么？公然抬杠？他难道不知道从小到大和父亲抬杠的结果就是一个"惨"字吗？

赵璟笙无声地笑了，脸色越发骇人："门当户对？上京有哪家门第可以和我们赵家相配？你觉得，区区门第就是我不同意的原因？"

赵淮归径直对上父亲的眼睛，父子俩如出一辙的倨傲。他等待着父亲接下来的话。

"两个季，我们家只能要一个。这是我最后的让步。你们姐弟俩自己商量吧。"

电话挂断后，季辞的心思就被明晚的同学聚会勾跑了，她已经忘记了赵淮归是谁了，只知道赵淮归的卡还好好地在包里揣着。

"怎么说？你男朋友这么容易就同意你放他鸽子啦？"姜茵茵吸着奶茶，一脸崇拜地看着季辞。

她的姐妹简直就是恋爱界的小天后啊，拿捏男人拿得死死的。况且，那还不是一般的男人，那可是顶级霸道总裁！

"那当然！他有什么不同意的。唉，不说他了，快说同学聚会是怎么回事？"季辞很兴奋，一口气喝了大半杯奶茶。大学同学聚会！这简直就是人生的一大乐趣啊，她还以为这辈子都感受不到这种乐趣了。

"还不是周琦，就是每次体育课都喜欢在球裤里穿个绑腿裤的那个，辞辞你还记得他吗？"

"当然记得！大二的时候他还给我递过情书呢！"

姜茵茵大吃一惊："什么？他给你递过情书？这个事情我为什么现在才知道！"

季辞翻了个白眼，有点儿后悔告诉这丫头了："好了好了，这些陈芝麻烂谷子的事就不用提了，快说他怎么了！"

姜茵茵继续说回正题：“他考研失败后不是去南省创业去了吗？现在在全国开了好几家分店，前段时间还被我们系主任邀请来给大四的学生讲创业经呢！这次同学聚会就是他和我们辅导员联合发起的。”

季辞止不住地惊讶，看来大家毕业后都混得不错嘛。

“都有谁来啊？”

姜茵茵：“来的人很多啊，只要在本地的大都说要来，群里还挺热闹的，大家都表示支持。”

“群？什么群？”

“就我们这一届的同学群啊。”

季辞这才想起来是有这么一个群，群名是：精英植物园。

京大是本地最好的大学之一，全国排名前三。能够考进这所大学的学生，除自身能力拔尖以外，家世也大多不错。大学同学可以说就是学生进入社会之前的一个小型资源库，人脉聚集地。为了维护同窗友谊，也为了方便日后资源置换，毕业季的时候有人专门建了这样一个群，把那一届商学院的毕业生都拉了进去。

“哦，我被移出群聊了。”季辞漫不经心地用吸管搅着奶茶，顶端浮着的桂花粉末顷刻间融进了奶油里，只剩下淡淡的余香萦绕在鼻尖。

自从全季盛世濒临破产的边缘后，季辞就被无缘无故地移出了各种微信群。当然也不是无缘无故，因为什么大家都心知肚明。她既没有了利用价值，又怕被她缠上了会有麻烦呗。

姜茵茵突然明白了为什么，一股恶心从胃里翻涌而起。

“这是什么时候的事？怎么我都不知道？”

“算了。就是怕你知道后去群里闹，弄得大家都尴尬，所以才没有跟你说。”季辞想了想，又说，“群主是周雨棠的小姐妹，她们早就想把我踢出去了。”

想到周雨棠，姜茵茵做了个呕吐的动作：“那明晚你去不去？”

“去！当然去！不去怎么能艳压她们！”季辞双眼喷火。

姜茵茵眼珠子一转，心生一计：“我觉得你还可以更出风头。”

季辞：“怎么说？”

“把你男朋友带去呗。周雨棠还不被气死？”

带赵淮归？她都能想象到周雨棠和那群小姐妹气疯的表情。

可转念一想，还是不妥。如果把赵淮归带去了同学会，该怎么介绍他呢？这等于变相承认了他的家属地位，不费吹灰之力就能重回男朋友的位置，那他也太得意了。

回想两人相处的时光，他似乎一直没正式说过一句和她恋爱的话吧？仅有的一次，也不过是在生日宴那天，不明不白就把她强行归为他的所有物。以后要过纪念日，她都不知道该选哪一天。所以，不能带他去！

次日，季辞被姜茵茵拉进了群聊。她知道，姜茵茵是故意的，就是想硌硬一下周雨棠她们，当初她们做了什么亏心事，她们自己心里清楚。

群里，辅导员发来了消息。

“Hello，各位同学们！今晚的聚会定在了云笙酒楼的凤栖梧包间，晚上六点，大家不见不散！另外，感谢周琦同学对本次聚会的大力赞助！”

“感谢周老板鼎力支持，大家不见不散！”

很快，群里排起了长龙，热闹得像在过年。

季辞按灭了手机屏幕，觉得这种复制粘贴的回复可真无聊。

云笙酒楼的位置就在天耀新区的商业中心。酒楼走高端新中式风，环境优美宜人，服务员拉开古典气息的红木雕花大门，扑面而来的是碧螺春被煮沸后散发的清香。酒楼用词牌名作为包间的名字，也很有创意。

今晚的聚会来了不少同学，各个衣着光鲜打扮亮眼，丝毫看不出平日里为生活工作奔波的疲惫。

周雨棠早早就来了，辅导员给她安排在主座，她不好意思地推辞：“我怎么好意思坐主座呢？还是等周老板来，让他坐主座才合情合理啊！”

辅导员一脸还是你懂的表情：“对对对，还是雨棠考虑周到。”

大家三三两两聚成一团，气氛很热闹。姜茵茵握着手机，一直等着季辞的微信。现在已经是六点多了，难道她不来了？

周雨棠瞟了一眼落单的姜茵茵，扬高音量：“茵茵啊，你怎么不过来和我们一块聊天呢？难道……只有季辞才能和你这个大记者聊得来吗？”话中带着调笑的意味，周围的一群女孩都咯咯笑了起来。

姜茵茵冷漠地看着周雨棠：“你不说话，没人当你是哑巴。”

周雨棠没想到她这么呛人，脸上有些挂不住。场面有些尴尬。果然跟着季辞久了就学到了她那副嚣张放肆的做派，周雨棠心下暗怒，面上却装出可怜委屈的样子。

“季辞？她不躲在家里哭，还敢跑来这儿丢人现眼？”一个尖细的声音打破了短暂的沉默，众人都抬头去看来人。

姜茵茵神色一凛，陆佳妮也来了？她得赶紧告诉季辞一声。

周雨棠看到陆佳妮后也有些惊诧，眼底还有一抹不易察觉的慌乱。

“妮妮？你也在上京啊？之前不是听说你去了陵城吗？什么时候回来的？”周雨棠笑容满面地打量着这位老同学。

一扫往日朴素的模样，陆佳妮妆容精致，身上是某大牌最新款连衣裙，外套是经典款驼色大衣，手上拎着一只拼色爱马仕，脖子上戴着满钻项链，可真是珠光宝气，熠熠生辉。哪有半分当年被季辞逼着为不实匿名举报信道歉的模样。

陆佳妮坐下来后优雅地叠起双腿，一颦一笑都颇具名媛的味道，她的目光扫过众人，将所有的惊讶都收入眼中，不无得意地说：“我啊，我去年就回来了。”

周雨棠笑：“还是回来好！父母都在这边，也有个照应不是？妮妮，你现在在哪工作啊？”

陆佳妮抬了抬眉梢：“开了几家美容馆，也还行吧，比拿工资强。”

看着她一脸得意的模样，周雨棠很是鄙夷，她心里很清楚，陆佳妮一看就是傍上了哪个大老板。当年季辞逼她在教室里当众道歉，这个仇就算能释怀，那连续两次搅黄她的工作呢？这笔仇总不至于轻轻带过吧。要知道，她当初偷偷投递给人事的两封匿名邮件，就是为了让陆佳妮去季辞那儿闹，哪知道陆佳妮竟然忍下这个屈辱偷偷跑去了陵城。不过现在看来……陆佳妮似乎是冲着季辞来的。

想到这里，周雨棠笑得越发灿烂了，拉着陆佳妮不停地说话，一会儿夸她的品味真好，一会儿又说要去她的美容馆办卡。

和包间内的争奇斗艳、暗潮汹涌不同，云笙酒楼后的停车坪里，季辞被堵在车里，出不来了。

“你这是干什么啊？”季辞和坐在副驾驶的男人大眼对小眼。

几分钟前，赵淮归不知道从哪里冒了出来，迅速拉开车门把她堵在车内，不让她下车。

“说说，你今天忙什么去了？”赵淮归漫不经心地把玩着车内的小熊挂件，目光却灼灼地盯着季辞。

“我化妆去了呀！”季辞窝作一团，往男人身上蹭。

打扮了整整一下午，所以没有回消息，没有接电话。听到这敷衍了事的解释，赵淮归笑了笑，没当回事。女孩今天格外让人惊艳，艳丽的红唇，配上米金色眼妆，仿佛把繁星捉下来，碾碎成粉末，洒在了眼尾，昏暗的路灯也无法削减星光潋滟的美好。

赵淮归看着就有些不痛快了，参加同学聚会就这么肯花心思？平日里和他出去吃饭怎么不见她上心？虽然他不是很喜欢女孩子浓妆艳抹，但黎栎舟告诉他，女孩化妆的时间越久，就是对即将见面的人越重视。这样一看，季辞根本就没怎么在他身上花心思。

赵淮归挑开女孩的外套，看到里头的红色一字肩丝绒连衣裙。他蹙眉，冷声道：“你穿敬酒服去同学聚会？你去聚会还是去结婚？”

敬酒服？这个男人的脑子是不是有问题？

“这哪里是敬酒服！这是小礼服！我昨天花了两万买的！不好看吗？”季辞甩开他的手。

赵淮归：“一般。”

其实挺好看的，莹白的肩膀小巧精致，像上好的白玉雕刻而成，锁骨也漂亮，配上她那张蛊惑人心的小脸，整个人散发着甜甜的性感。不过，又不是穿给他看的！一想到等会儿的聚会上肯定少不了“男同学”，赵淮归就坐不住了。

“同学会是可以带家属的吧。”

季辞不解地看他：“带家属做什么？”

带当然能带，姜茵茵说好多同学都带了另一半来，就为了图个热闹。当然，更重要的还是拓展人脉。

赵淮归虚虚握拳，眼神闪向一边：“你不想带我去吗？”

季辞瞪大眼睛：“当然不想！”

她好好地去参加个同学聚会，为什么要带他去添乱。有他在的话，她还怎么当人群的焦点？岂不是要把“C位”拱手让给他？

可赵淮归一张清俊的帅脸刹那间密布阴云，漆黑幽深的眸子死死攫住季辞的小脸，他一字一顿：“季辞，我很丢人吗？”

季辞在心里叹了口气。唉，这个男人，越来越不好打发了。她瞄了一眼车上的时间显示器，都已经迟到了一刻钟。季辞有预感，如果不把男朋友安抚好，今天是去不了同学聚会了。她又叹了口气，无奈地凑上去，双手柔柔地缠上男人的后颈，也带来属于她小太阳一般的温暖。

赵淮归以为她要继续使用撒娇大法，便没动。下一秒，红唇覆了上来，她轻柔地吻住他。一吻过后，季辞那双含情美眸里也添了一丝情动。

她娇嗔，语气很是不满：“赵淮归，你现在越来越厉害了哦。”

要亲一下才能打发了。

还没来得及回味那浅尝辄止的柔软，赵淮归就蒙了。他厉害？是他厉害，还是她厉害？

季辞见男人不作声，又狠狠亲了他一下。

“这下够了吧？”季辞歪着头，然后不等他反应过来，就溜下了车。

直到看不见女孩的身影了，赵淮归才回过神来，抬手碰了碰被女孩亲过的地方。他看着指尖上那一抹淡淡的红色，忽然间自嘲地笑了笑。

算了，以后不和她抬杠了。

她这么厉害，他玩不赢她。

第十八章

难道他私底下报了什么恋爱速成班

凤栖梧包间内，服务员上齐了菜，辅导员李老师在群里最后问了一遍还有没有没来的同学。

“李老师，不如我们先开始吧，不守时的人就别等了。”陆佳妮漫不经心地提议了一句。

话音一落，就有几个女生跟着附和。李老师面色为难。五分钟之前周琦过来找他，说想等到季辞来了大家再一起开席，让他帮忙安抚一下同学。现在离约定的开餐时间已经超过二十分钟了。

“还有谁要来啊？竟然让我们这么多人等她一个。”周雨棠掩嘴一笑，语气有些不屑，“也不知道是谁这么大面子。”

听到这阴阳怪气的腔调，周琦有些不满，直言说：“系花的面子还不够大吗？”

周雨棠立马变了脸色，李老师还想着说点什么缓和气氛，包间门开了。

一个男同学兴奋地惊呼：“是季辞！季辞也来了！”

女孩不过是静静地站在门口，就吸引了所有人的目光。一身娇艳的红丝绒连衣裙，心机的剪裁勾勒出曼妙的曲线，外面罩着黑色斗篷式短款羊绒大衣，领口绕着一圈毛茸茸的围脖，衬得玉色的小脸越发楚楚可怜。

季辞为自己的出场效果打九十九分。还扣一分是因为……赵淮归不知道从哪里变出一条围脖，非要让她戴上，导致她不能露出引以为傲的天鹅颈。

幸亏，这条围脖很漂亮，不然他就是发脾气她也不可能答应他。

“不好意思，路上有些堵车，耽误了时间。”季辞笑盈盈地走来。

“没事！能等季女神可是我们的荣幸！”一个男生说。

“是啊是啊，季女神快过来这边坐，最好的位子给你留着。”另一个男生兴奋地站了起来。

陆佳妮冷笑地看着一群土猴子，周雨棠则笑都笑不出来了。

周琦搓了搓手，有些紧张，他迎上前去打招呼：“季辞，好久不见。你能来我真的很高兴。”

季辞笑了笑，脱下大衣递给一旁的服务员：“好久不见啊，没想到你越来越帅了。”

得到女神的夸奖，周琦羞涩地挠了挠头。季辞走到姜茵茵边上的空位，正准备坐下时，周琦绅士地为她拉开座椅。

季辞回头冲他笑了笑：“谢谢。”

这一小小举动引来了全场男生们的起哄。

“可以啊！老周，你老实说，你搞这个同学聚会是不是就冲着季女神来的？”

“我看啊，我们都是陪客，唉，四年的室友情谊都付诸东流咯。”

周琦怕季辞不高兴，赶忙使眼色让他们闭嘴：“都别胡说，没有的事！赶紧吃你们的！”

陆佳妮看了一眼季辞，讽刺道：“季辞，人家周总都这么热情了，你也不表示表示？周总家境好，能力又强，你不是最喜欢这种优质男人了吗？”

季辞抬眼，看清楚说话之人是陆佳妮后，眼中闪过一丝诧异，变化倒是挺大的。陆佳妮径直对上季辞打量的目光，忽然抬手捋了捋刘海，中指上硕大醒目的钻戒晃得人眼花。

季辞后悔了一秒，大意了。早知道同学聚会逃不过炫富这一劫，她就该把赵淮归送的那条八位数的古董鸽子血宝石项链戴上，要不然就戴那根满钻配海螺珠的手链。那些夸张到宫廷剧都不敢设计的行头一戴，她可以直接去走红毯。

季辞看着陆佳妮，语气温柔似水：“请问，你是我们班的吗？怎么之前没见过你啊。”

陆佳妮捋头发的动作顿时凝固在半空。

姜茵茵强忍住爆笑的冲动，扯了扯季辞的袖子："辞辞，那是陆佳妮。就是喜欢写信的那位。"

季辞眨眨眼，赞许地看了一眼自己的小姐妹。不愧是大记者，说话就是一针见血。

"佳妮？"季辞惊讶地张大嘴，"你这双眼皮做得真好啊。在哪家医院做的？我爸最近眼皮都耷拉了，正想找个地方给他拉一拉。"

"季辞你！"陆佳妮的脸色又黑又臭，气得一句完整的话都说不出，放在桌下的手止不住颤抖了起来，连带着那一小块餐布也在颤抖。

眼见才刚开席，气氛就要跌到谷底，周雨棠不动声色地覆上陆佳妮颤抖的手，语气温柔："妮妮，你这只戒指在哪儿买的啊，净度好纯，比我上次找珠宝商定制的还要漂亮呢！"

众人松了口气，李老师也向周雨棠投去赞许的目光。

插曲过后，男生们开始吃饭喝酒，女生们聊着八卦，偶尔三两成群地玩自拍，很是热闹。

姜茵茵低声在季辞耳边吐槽："周鱼塘真虚伪。"

"她不是最喜欢玩两面派吗？你还没习惯啊？"季辞满不在乎地说着。

今日的菜品很丰富，全是云笙的招牌菜，可季辞却没什么胃口。自从她说喜欢云笙酒楼的饭菜后，赵淮归就让人变着花样地往她办公室送，一连两周的午餐都是云笙的外卖。

之后，她领悟到一个道理，那就是绝不能跟赵淮归表示她喜欢什么，不然他一定不厌其烦地替她把喜欢做到极致，极致过后，她往往就免疫了。比如买宝石就像买白菜一样，平均每周三次地往她家送从各大拍卖行拍来的高定珠宝，直到她新添的保险柜都放不下了，勒令他收手，求他别买了，他才没再让人送。她甚至觉得赵淮归就是故意的，他是不是就想用钱把她砸晕，让她觉得赚钱也不香了，最香的还是他这个人啊？

季辞陷入沉思，开始对赵淮归进行深度的剖析。一旁的陆佳妮和周雨棠却打得火热。

"是呢，这款包包还是我男朋友让助理跑去伦敦才买到的。"陆佳妮得意地说道。

“你男朋友对你真好啊，不像我男朋友，根本就不懂得这些浪漫。”一个女生哀怨地说道。

“那你男朋友是做什么的啊？一年肯定赚不少钱吧？”

陆佳妮扬眉：“我男朋友是鹿科金融的高管，钱不钱的也不重要，主要是性格好。”

周雨棠笑了笑，眼神微妙：“鹿科金融？上市公司啊。我有个亲戚在那儿当市场部总监，不知道你男朋友叫什么啊？”

“他叫黄……”陆佳妮忽然想到了什么，止住话头，紧接着话锋一转，“哎呀，就是一普通高管啦，管他做什么。”她笑几声，把话题带到了她新开业的美容馆上。

姜茵茵冷眼看着陆佳妮得意的样子，见她三言两语就要暗讽季辞一下，心下不爽。

“还不是靠男人。”姜茵茵小声地骂了一句。

陆佳妮耳朵尖，怎么听不出来姜茵茵是在拐弯抹角地骂她，她冷笑一声：“说起靠男人，我们谁能比得过季辞啊。如果她肯在京大开个讲座，来旁听的学妹会把礼堂门都给挤破。”

声音不高不低，刚好让在场每一个人都能听到。场面再度陷入死寂，没人接话，也没人敢接这种话。

季辞眉心动了动，她关掉手机，抬眼去看陆佳妮，口吻极淡却强势：“管好你那一亩三分地，别想着惹是生非。”

陆佳妮笑了笑，手指却捏紧杯子：“季辞是什么货色，大家都心知肚明。你们家本来都要破产了，怎么会一夜之间就转危为安，不用我说大家也都猜得到吧？”

有不少同学已经听不下去了，却也不好随意打断，免得落人话柄。

周琦没想那么多，出声呵斥：“陆佳妮，你乱说些什么？好好的一个聚会被你弄得乌烟瘴气！就不该请你来！”

陆佳妮气笑了，把手中的饮料重重地砸在桌上：“周琦，我劝你别被季辞给骗了。圈里谁不知道季辞千方百计搭上赵二公子，从人家手上哄走了十来亿。这么大的本事我们谁学得来啊？”

众人都倒吸一口凉气，没想到来个同学聚会，还能听到这种能上头条的惊天大新闻。

看着季辞冷下去的脸色，陆佳妮更高兴了，双眼充血，不管不顾地继续说：“被人识破的滋味不好受吧？季辞，当年宋嘉远不要你，现在赵老板也不要你了，我劝你还是好好反省反省，是不是自己做人有问题。”

姜茵茵激动得拍案而起：“陆佳妮你胡说些什么！”

“我胡说，呵呵，你自己去问问你的小姐妹吧！”

周雨棠插话进来，语气轻柔：“茵茵啊，你别怪佳妮胡说，这事啊……我也听说过。也不怪你，毕竟你没在我们这个圈子，有些事不太了解也很正常。季辞为了攀龙附凤，最后狐狸尾巴收不住了，落得个被甩的下场。这事啊，圈里闹得沸沸扬扬的。你随便去问一问，估计和佳妮说的都差不多。”周雨棠不咸不淡地说完，又看了看满脸怒火的周琦，“周总，您也别太在意了，我们这些人看看热闹就成了。真要沾上啊……怕是会惹得一身腥。”

季辞眼神凛冽，看着一群跳梁小丑在她眼前唱戏。她想笑，又笑不出来，正想说什么，搁在桌上的手机响了，是赵淮归回了信息。

Z：“问鹿科金融做什么？是有一个姓黄的董事。”

季辞冷冷地扫了一眼陆佳妮，但她最终也没说什么，只是低头回复赵淮归的消息：“这位黄总的女朋友是我同学。我正在被她欺负，所以问问到底是什么情况。”

那边回复得很快。

Z：“怎么回事？”光看文字都能想象得到男人的脸色必定很差。

Cici：“小事，我可以解决！”

赵淮归正在一家茶楼喝茶，也在天耀新区，离云笙酒楼不过十分钟车程。几个生意上的朋友约着谈下半年的合作项目，来的人里面正好有鹿科金融的董事长。赵淮归端起面前的品茗杯，浅浅地嗅了嗅茶香。上好的金瓜贡茶，一小块茶饼能在市场上拍出天价。烹茶之人手艺高超，用了唐朝陆羽煎茶法，过程繁复，煎出来的茶，茶香浓郁，胜过醇酒。

几位老总正聊得火热，赵淮归懒懒地坐在一旁品茶，一直都没怎么说话，以至于他开口时室内顿时鸦雀无声。

“黄董，听说您的妻子是美院高才生，画得一手好画？”

黄耀群愣了一秒："赵老板怎么突然问这个？她啊，哈哈，是清美的研究生。难不成内人的哪幅画作入了您的眼？您别跟我客气啊，直接开口就成，改日我让人把画给您送去。"

赵淮归没什么表情，只是随意地道了句谢。过了两分钟，赵淮归起身，说公司还有事，就先告辞了。出了包间，赵淮归让文盛把车钥匙给他，又在文盛耳边吩咐了几句。

文盛难掩惊讶，老板吩咐他去办这种事，说出去都不会有人信。

"是现在就办吗？"文盛需要确认一遍。

走廊上燃着一排蜡烛，赵淮归的眼神凛冽如刀锋，几乎把黑瞳中烛火的倒影割裂成两半，散漫的声音带着点寒意："立刻，马上。"

凤栖梧包间内，场面已经失控了。好好的同学聚会变成了女人的战场。陆佳妮穷追不舍，大有往死里纠缠的意味。旁人都清楚，她就是在报复季辞当年逼着她在全班人面前念道歉信这茬。这种可真可假的豪门秘密，最容易三人成虎，假的也能说成真的。更何况陆佳妮和周雨棠两人一唱一和，说得有鼻子有眼的，在场的同学已经有不少人信了。一时间，席上窃窃私语，大家看向季辞的眼光也带着异样。

"没想到她是这种人啊！"

"嘘！你说那么大声做什么，小心她听见了私底下找你麻烦。"

"也对，这种人我们惹不起。"

"我听说过他们口中的那个赵家，在上京横着走的那种。"

"真的？以后还是少和季辞来往吧，免得惹了惹不起的人。"

季辞没管众人那些难听的话，她和苏皓白聊了几句，得知鹿科金融和苏家有业务上的往来，这才放下了手机。这种小事，她自己能解决，就没必要让赵淮归出马。

季辞笑了笑，目光如一道凌厉的风，刮向陆佳妮。

跟在赵淮归身边久了，她也学到了他几分不怒自威的气势，不发一言，却叫人生出不寒而栗的惶恐。

陆佳妮的呼吸紧了紧，猜不出季辞是什么意思。

季辞开口道："来找茬的？不就是当年逼着你念了封道歉信，难为你还记了这么久，留下的印象挺深刻的吧？要不要我再跟你回味一次？”

季辞说得很轻蔑，恰恰是这种无所谓的态度刺痛了陆佳妮。

说得可真轻松，自从念了那封道歉信后，她在大学里再也没能抬起头过。所有人都嘲笑她是赔了夫人又折兵，国奖被取消，又被季辞揪着不放。对，她胡编了那封举报信是不对，可她也道歉了，但是季辞竟然这么狠毒，先后搅黄了她两次求职。

“你给我求职的公司写匿名邮件，说我在大学里因为做了丑事而被取消国奖，让我连一份工作都找不到，你真是我见过最毒的女人。”陆佳妮笑了笑，一幅对那些往事不是很在意的模样，“不过我也要感谢你，把我从上京逼走，没有你，哪来我今天这么好的生活。”

季辞深吸一口气，皱眉冷声道：“我说了很多次了，那两封邮件不是我发的。”

陆佳妮仿若未闻，继续道：“你以为我不知道你们家那些丑事？你这个做姐姐的被人抛弃了，就换弟弟去勾引人家姐姐？现在这事都传开了，你们家就没一个好东西！”

“你有本事再说一句？”季辞的背脊绷得笔直，她不知不觉就握住了一杯红酒，双眼直勾勾地盯着陆佳妮。

场面彻底失控了，好好的同学聚会算是毁了。

“你弟弟叫季年吧？听说还是个小火的歌手，如果我把他姐姐的丑事抖出去，你说他会不会上热搜……”

话还没说完，季辞猛地站起来，手里的红酒猛地往前一扬。红酒，连同玻璃酒杯全部砸在了陆佳妮的脸上。本来还在窃窃私语的人，一时间连大气都不敢喘一下。

季辞冷笑：“不怕死你就试试。”

陆佳妮一时间蒙了，不受控地颤抖起来，带着酒香的红色液体缓缓滑落，有几滴钻进了眼睛里，刺激着她的神经，她的表情扭曲，精致的妆容一下子被毁了。她缓缓走近季辞，众人都不知道她要做什么，人在疯狂之下，什么事都做得出来。

季辞神色未变，目光死死地盯住她，看着她一步步逼近。

周围的同学怕闹出什么大事，纷纷开始劝和，可陆佳妮仿佛什么都听不到。周琦察出了不对劲，立马起身，绕过圆桌，打算拦在季辞的面前，可还没来得及走到季辞身边，众人又爆出一阵惊呼。

陆佳妮尖叫一声，一只突如其来的手扼住了她的手腕，她被人生生往后拽了几步。

季辞还没反应过来是谁来了，就落入一个沾满茶香的怀抱。

赵淮归紧紧地揽住季辞的纤腰，看着她涣散的神情，眼中闪过一丝戾气，低沉的声音不带什么温度："她动了你？"

季辞摇头，不吭声。

赵淮归伸手碰了碰季辞的脸颊，视线从上自下检查了一番，确认她没事，这才放心。众人呆若木鸡，他们只看见包间门突然被踹开，冲进来几个男人。为首的男人径直走到季辞身边，抱住了她。

姜茵茵第一个反应过来，她激动地看着面前的人："赵老板您怎么来了？是不是来接辞辞回家的啊？"

大家你看看我，我看看你，不敢确定这是不是陆佳妮和周雨棠口中的绯闻男主角。而且眼前的事实怎么和她们口中说的不太一样？几个女生在看到赵淮归的模样后，心跳和呼吸都快了几拍。

周雨棠看着突然出现的赵淮归，还不顾众人的眼光，亲昵地搂着季辞，她的背脊逐渐腾起寒凉的惊悚感。他们竟然没分手？不是早就分手了吗？

她硬着头皮站起来，磕磕巴巴地打招呼："赵老板，您怎么来了？"

赵淮归淡淡扫了一眼周雨棠，面色阴冷表情骇人。

季辞轻轻地从男人的怀抱里挣脱出来，刚刚没觉得委屈，可赵淮归一来，她的委屈就像滔滔不绝的江水，从五脏六腑里漫延出来，她一点都不想被他看到这么狼狈的一幕，只是好好的一句话说出口就变成了娇气的抱怨："你怎么来了啊？"

"来接你回家。"赵淮归捏了捏她的脸颊。

季辞的喉头骤然涌上酸涩，强烈的心悸感深深地把她掩埋，一种复杂的情绪沿着血管蔓延到四肢百骸，看着赵淮归，她突然无比安心。

赵淮归拿着季辞搭在椅背上面的外套，牵着季辞的手，转身准备朝门口走去时，一个大胆的女生问了一句："请问，您是……"

赵淮归顿住脚步，回头，淡淡落下一句话："我是她未婚夫。"

话一落，姜茵茵差点兴奋到昏厥，嘴里念叨着原地拜堂成亲送入洞房！

季辞也愣住了，他说什么？

陆佳妮则呆滞地站在原地，觉得难以置信。她明明听人说他俩分手了啊？季辞是被抛弃的那一方……

赵淮归牵着季辞的手往门口走去，经过陆佳妮的时候，他停了停，冷声道："陆小姐，别说十亿，就是百亿给了季辞，也是我乐意。我的事，轮得到你置喙？"

陆佳妮打了个寒战，身体虚软，撑着座椅靠背才不至于滑下去。

出了门，迎面而来的是清新的梅花香以及淡茶香。季辞用小手指轻轻挠了挠男人的掌心，羽毛拂过般带来的微痒惹得人微微意动。

"别不老实。"赵淮归一把扣住她作乱的手，"被人欺负成这样，也不嫌丢人。我看你欺负我的时候，挺有本事的。"

季辞不乐意了："什么叫我被人欺负，你不来我也能解决她！我都找苏皓白问到了她男朋友是谁！"

她打算让苏皓白出面在鹿科金融的黄董事面前提点两句，让他好好管管自己的女朋友，别让她出来丢人现眼。

赵淮归被她一句话弄得哭笑不得。果然还是个心善的小姑娘。

季辞嘟着嘴，眼神倔强地盯他，似乎很不满他的态度，忽然她想起了什么："赵淮归，未婚夫怎么回事？我连你当我的男朋友都没同意呢。哼，你还敢批评我！"

女孩的声音娇娇的，让赵淮归想起了端午时家里厨师包的糯米粽。

赵淮归叹了口气，捂住她的眼睛，把人反过来，从后面环住了她柔软的腰身。他的下巴抵在季辞的颈窝，暧昧的呼吸缱绻在她的耳郭。

"辞辞，有时候解决问题，没必要亲自动手。"他的声音裹着无边冷意，"你要学会借刀杀人。"

季辞被他搂在怀里，好似被一泓温泉水裹着，听了这话，打了个寒战。

借刀杀人……这是第一次，她看到他的另一面。不是清冷淡漠，而是冷酷、狠辣、毫不留情。

"什么意思啊……"她软软地哼出一句。

这时，走廊前方走过来一个珠光宝气的女人，女人的身后还跟着几个孔武有力的保镖。女人看上去很是优雅，可步伐却是怒气冲冲的。她快步向这边走来。

“辞辞，看见那个穿蓝色衣服的女人没？”赵淮归漫不经心地玩着女孩的手指。

“她是谁啊？”

“她是我替你选的刀。”

“刀？”

赵淮归似是笑了一声：“你那位好同学的男朋友的老婆。哦，我还给他老婆送了点刺激的照片。”

这会不会太狠了？那个女人刚刚的表情很可怕啊，能看得出来非常愤怒！她瞪大了眼睛，难以置信地看着赵淮归，男人要笑不笑的样子很阴郁，连温暖的灯光都驱散不了他眼中的那抹阴影。

赵淮归笑了一声，看在那个人是女人的分上，他留了足够的情面。

这时，这一行人与他们擦肩而过，目标明确地朝着最里面的凤栖梧包间而去。

赵淮归轻巧地扣住季辞的下巴，温柔地说道：“所以，辞辞，我这个未婚夫，你认不认？”

这哪里是温柔！这是明目张胆的威胁！他哪里在教她什么借刀杀人！分明是找机会杀鸡给猴看！季辞磕磕巴巴的，说不出完整的一句话：“你你你……你威胁我！”

季辞悲愤地看着他，没有花，没有“鸽子蛋”，没有浪漫的表白，亲朋好友的祝福也没有。什么都没有，他就偷偷升级为她的未婚夫，然后惊艳所有人？还讲不讲道理了！

赵淮归眼底幽深一片，她那小脑袋在想什么，他大概率能猜出一半。只是那倔强不肯松口的表情让他觉得有意思。他抬手替她把鬓角散落的头发挂在耳后，微凉的指尖不小心划过她羞红的耳郭，像山间雪落下来。

“辞辞，你再不松口，我也不知道我会做出点什么。”他把声音故意压低，带来乌云压城的惴惴感。

季辞的睫毛颤了颤，遮住眼底的委屈，像被雪压住后摇晃的树枝，她没接话，唇抿得更紧。

不远处的包间里忽然传出了一阵惊天动地的声响，听上去似乎是椅子被拽倒，碗碟摔碎的声音。不用看，就知道里面有多混乱。找上门来的妻子，还是常年养尊处优的阔太，哪会那么轻易就收手。

陆佳妮算是毁了，虽然她也是多行不义必自毙，但是被当众“处刑”还是让季辞有些唏嘘。

当年的事，季辞后来有反省，她自己也有错，错在不给人留余地。可面前这男人却是连活路也不给人留。那些明里暗里得罪他的人，可想而知下场会是如何。季辞有些想不通，像赵淮归这种心机深沉、做事狠绝的男人，怎么就会被她迷住，还被她连哄带骗玩得团团转？最让她震惊的是，他知道真相后，竟然是高高举起，轻轻放下。不只没有报复她，对她似乎比以前更好了。这不符合常理！

“好了，”男人伸手揽住她，用力一带，把人抱进了怀里，“我刚刚逗你的。”

季辞把头埋进他温暖的胸口，十分委屈：“什么都没有，就想让我和你在一起……”

“你想要什么？”赵淮归轻声问。

季辞忍不住小声啜泣起来，眼泪鼻涕全部往他身上擦：“我跟你说，那就没意思了。”

走廊里不算安静，时而有来往送菜送饮料的服务员，他们都偷偷往两人瞄去。季辞缩在赵淮归怀里，哭个不停，文盛等人都没眼看，默默转过身。

赵淮归被她狠狠地揪着衣服，也没动，只是伸出手，温柔地顺着她的后背：“别哭了，季辞。大家都看着你，丢不丢人？”

“反正丢的是你的脸！你都没跟我表白！一点也不走心，送礼物都送得不浪漫……”季辞想到她连句正儿八经表白的话都没听过，就稀里糊涂地被吃干净了，心里一委屈，也顾不得什么公共场合，哭得更凶了。

表白？赵淮归有些嫌弃地皱起眉。他环顾四周，显然，在这种吃饭的酒楼说那些山盟海誓的话，他实在做不出。

“季辞，你要的都会有。我保证。”他附在她耳边，轻声哄道。

文盛等人在旁边看得目瞪口呆。老板什么时候耐心这么好了？站在过道上哄个哭鼻子的女孩半小时。

"不。我就要你现在告诉我。"季辞抬起头来，认真地看着他。

赵淮归这种天上月山间雪，就得把他一点一点拽到人间烟火里。

赵淮归眼底闪过一丝无奈："就这么点要求？"

季辞还没来得及点头说是，唇就被人轻轻衔住了，他的唇齿间还残留着淡雅的茶香，与那一起一伏粗重的呼吸形成鲜明的对比。季辞霍然瞪大眼，整张脸一下红透了。

很快，唇上的温热散去，那双情潮翻涌的黑眸看向她："季老板，给个上位的机会吧。让我把你想要的都补给你。"

季辞的呼吸微滞，身体里似乎多了一股细细的电流，它在血液里流窜，带出奇异的悸动。过道上偶尔有来往的客人、服务员，饭菜香、酒香、花香，各种味道杂糅在一起，组成了熙攘的烟火气。可他站在她面前，温暖的灯火映在他身上，让她觉得自己不是在人间，而是在他织造的梦境里。

"好。"她的声音里带着些羞赧，她又忙不迭地追加了一句，"但是一次只能升一级，你现在是男朋友。"

未婚夫还是算了吧，"鸽子蛋"都没有就想骗老婆。

赵淮归微不可察地松了口气，声音恢复淡然："都听你的。"

季辞被他牵着手走出了饭店，朝着停车坪走去。上车前，季辞把车钥匙给了赵淮归，示意他来开车。

"你把我的司机助理都赶走了，就是想让我给你开车？"话是这么说，赵淮归却顺从地接过钥匙，乖乖坐进了驾驶座。

季辞："给老板开车不是很正常？"她轻挑眉梢，骄横恣意。

赵淮归眯了眯眼，倒也没说什么。他这么听话，季辞一时间怵了，摸不清他的心思。接下来几分钟，她很乖巧地坐在副驾驶座。

赵淮归用余光瞟她一眼，心里觉得好笑，果然是窝里横。发动引擎后他没挂挡，貌似随意地问道："刚刚穿蓝色衣服的女人，是不是也欺负你了？"他指的是周雨棠。

季辞觉得他这么认真，有点儿大惊小怪："我和她从小不对付，她和我抬杠也不是一天两天了，这次借机会踩我两脚很正常。"

赵淮归点点头，亲昵地捏了捏她软乎乎的面颊："还挺心善的。活该被人欺负了还不知道。”

季辞笑着打掉他作乱的手：“女孩之间，你不让我我不让你，拌一下嘴，闹点矛盾，这不是挺正常吗？更何况，她也没对我造成过实质性伤害，我骂哭过她那么多次，也算是抵消了。”

赵淮归收回手，有一搭没一搭地转着无名指上的铂金戒指，说道：“那你知不知道，她伪装成你写过两封匿名邮件，你那位姓陆的同学两次求职失败，都是她造成的。”

“是她？”季辞惊讶得脱口而出，这才后知后觉，陆佳妮之所以如此恨她，原来还有周雨棠在背后做了推波助澜的事。

“你还记不记得，季家出事后，你去找过庆玺集团，并且差一点就拿到他们的融资了。”

季辞想了想：“是有这件事，不会也是她在背后作梗吧？”

赵淮归笑了一声，不置可否。他屈起食指，刮了刮她的侧脸，声音低沉：“辞辞，这件事你别管，我替你做主了。”

任何蛰伏在黑暗中的危险，任何有可能扎伤她的刺，他都要先一步替她拔除掉。比起睚眦必报，他更信未雨绸缪。

“你这种大老板也不嫌麻烦，还有闲心管这些小事。她哪里值得你费心。”季辞哼了声，心里却甜甜的。

“我这刚上位，地位不稳，难道不该在季老板面前表现表现？”他姿态悠闲地环抱双臂，眉眼带笑的样子很迷人。

黑暗的空间，借着那来自车前灯反射进来的弱光，季辞模糊地看见了，他眼中倒映出两个她。她的心跳都漏了半拍。他现在怎么这么会说话！难道他私底下报了什么恋爱速成班？

“嗯，都听你的。”她除了相信他，不想再思考任何其他的。

“辞辞，我会保护你。不论是谁都不能欺负你，就算是我的家人也不可以。”他凝神看着她，一字一顿地说着。

“家人？你的家人？是你爸妈不喜欢我吗？”季辞吸了吸鼻子，瓮声瓮气地说着。

“我喜欢你就够了，辞辞，你讨好谁都不如讨好我。”他钳住她的下巴，温热的呼吸拂在她的鼻尖，低沉的声音里带着难以言说的诱惑。

周末，季辞下午没有去上班，而是约了苏皓白出来喝咖啡。选在苏大少爷指定的一家私人咖啡馆，价格贵到离谱。

季辞点完单后，笑着踢了踢对面的苏少爷："还好你喜欢的是咖啡，如果是喝茶，你岂不是一顿可以喝掉我六位数？"

苏皓白掀起眼皮，看她一眼："季辞，九百一杯的咖啡你还嫌贵？有没有当豪门阔太的觉悟？"

季辞："话不能这么说，赚钱不容易，我替他省一点是一点。"

"你在赵淮归面前也这么做？他这都能忍？"苏皓白有些同情赵淮归了，这么矫揉造作的女人都能忍，果然不是凡人。

季辞扬起下巴："人家就喜欢我这种类型。"

两人又拌了几句嘴，这才说到正题上。

"周家的事，是不是赵淮归弄的？"

季辞沉吟片刻后点点头。苏皓白和她从小玩到大，她没什么好遮掩的。

"我就说嘛。不过你男人是真厉害，能把这事儿查出来，拿到有力证据。不过话说回来，周家也太大胆了，居然敢漏税二十亿……"

季辞无所谓地笑了笑："那当然，他们家本来就不干净，被查出来，也是迟早的事。"

瞧瞧，还没结婚，站队就这么明显了。

"你今天出来找我，不会就是来告诉我周家的事吧？"

季辞微微欠身："不是。我找你是问别的事。赵淮归他……他父亲是个怎样的人，你有所耳闻吗？"

"赵淮归的父亲？赵氏集团的现任董事长？"

季辞不问赵淮归，反而来问他这个外人，显然是不想让赵淮归知道。

苏皓白想起来，从前跟着父亲去饭局时听过赵家的事。上一辈的叔叔伯伯喝了酒，就喜欢在席间说那些豪门秘密。

"听说他父亲是个狠角色。行事风格怕是比你男人还狠上三分。"苏皓白转念一想，觉得不对，"你要打听这些做什么？"

"没什么，就问问啊。"季辞轻松回他。

"辞，我真的要提醒你一句，有时候胆子别太大了。我爸常说，人要有敬畏之心，毕竟天外有天，山外有山。这句话真不假。”

季辞认真听着，没出声。

苏皓白最后总结道：“我还是那句话，赵家的水很深。你看你男人就该知道。”

季辞笑得有些勉强：“你这话，说得我都怕了。”

苏皓白不信，表示怀疑：“真怕了？真怕了，还有机会抢救一下。看来你不算太笨。”

看着他满脸凝重，季辞一下笑出声来：“难道这种雷霆手段，人人谈之变色的男人，就没有弱点吗？”她抬头，一字一顿，“我不信他没弱点。”女孩的容颜天真无邪，可眼神比鹰的还要锐利。

苏皓白端着咖啡的手无端地抖了一下，咖啡都差一点溅出来。

他放下咖啡杯，将手指抵在下唇：“也不知道这个消息有没有用。我只知道，赵淮归母亲曾经和他大伯订过婚，但不知道为什么，后来又嫁给了他父亲。听我爸他们说，当时他母亲嫁到赵家的事闹得挺轰动的，阵仗很大，光是婚礼就花了不少钱……”

季辞的眼底闪过一道精光。看来她今天这杯昂贵的咖啡，买得值。

之后两人又聊了会儿，一个多小时很快就过去了。

快五点的时候，赵淮归来咖啡馆接她。男人身材高大，鹤立鸡群般，一进咖啡馆就吸引了馆内大部分女生的目光，好几个女孩眼里闪动着跃跃欲试的光。

季辞还没来得及接通赵淮归的来电，一转身，就看见了伫立在咖啡厅门口的男人。她的心跳漏了一拍，要不要这么帅?

赵淮归穿着一件长款黑色大衣，灰色针织开衫，搭配黑色的长裤，以及季辞为他挑的某大牌最新出的黑色短靴。

苏皓白一看赵淮归，就推了推季辞的手臂：“这鞋是你选的吧？太缺德了你！”

季辞雀跃地点头，目光已经粘在赵淮归身上移不开了。

苏皓白决定了，今天他的屁股就粘在这张沙发上了，绝对不要站起来！他一米八三，不算矮了，可是在赵淮归面前绝对会被碾压得很惨。苏皓白后悔了，他就该把那双厚底靴穿出来！再加两个增高鞋垫！

赵淮归还没走近，就看见季辞和一个男人坐在一排，手臂蹭着手臂，看着很是亲密。他脸色陡然间沉了下来，第一件事就是把季辞从沙发上捞起来，冷厉的黑眸瞥了一眼苏皓白，含着不怒自威的警告。

苏皓白打了个寒战。

“这是你发小？”赵淮归问道。

“苏皓白，我从小一起长大的好朋友。”说完，季辞踢了踢苏皓白，示意他好歹讲点礼貌，站起来和赵淮归握个手啊。

苏皓白假装没接到她的暗示，死活不挪屁股：“赵老板，你好。早就听辞辞提起过你。”

赵淮归淡淡地“嗯”了一句，没再搭理他，弯腰拎起季辞的包包：“走吧，我订好餐厅了。”

“苏苏，那我走了啊？”季辞觉得苏皓白好奇怪。

苏苏？赵淮归又是一记凌厉的眼刀。

出了咖啡馆，赵淮归目不斜视，淡淡开口：“苏苏？这么亲热啊。”

季辞愣了一下，随即捧腹大笑起来：“你是不是吃醋了啊！我发小的醋你也吃？”

赵淮归冷冷地觑她：“他是男人。”

季辞踮起脚，在男人耳边轻轻吹了口气，小声说：“担心我，还不如担心下自己。”

“什么意思？”

季辞俏皮地眨眨眼：“苏苏喜欢皮肤白的，鼻子挺的……眼睛啊……桃花眼最佳。所以，难道不该担心下自己吗？”

赵淮归难以置信地看着季辞，脸色阴沉得不像话。

第十九章

心动本就是一个人最美好的秘密

临近新年前一周，一大堆人际酬酢根本逃不掉。

季辞在电话里嘲笑赵淮归忙得像一只陀螺，只要稍微转慢了，就有无数个电话和微信化作鞭子来抽他。赵淮归刚挂季辞的电话，文盛就敲门进来，向他汇报下午和晚上的行程。

“老板，晚上袁总的局实在是推不掉，董事长交代了，让您替他跑一趟。”文盛汇报完，刻意提了一嘴。

赵淮归放下签字钢笔，揉了揉眉心，声音透着一丝疲惫：“知道了。”

今晚不能回赵公馆陪母亲吃晚餐了。关于赵璟笙提出的那道要命选择题，赵淮归不只没退让，反而戾气更甚。父子俩一脉相承，天生反骨不受掣肘，越来硬的，两人却越兴奋，谁也不让谁。结果就是赵淮归已经半个月没回家了。

顾筠打了好几次电话，劝他少跟他爸犟，这件事，还需要从长计议。

从长计议，说得轻松。赵淮归想到父亲就有些恼火，也不知道他哪根筋抽到了，分明是故意在整人。

“拍卖会那边安排好了没？”

文盛：“已经安排人去了。”

赵淮归点点头，怕文盛有些事拿不准，又加了一句：“告诉他们，不论如何，明天我要看到那颗石头。”

石头？文盛脸上的笑容僵在嘴边，今天又是为大老板和小娇妻的绝美爱情哭泣的一天。他也想拥有一颗二十一克拉的蓝色石头。

文盛赶忙拿出手机把老板的指令交代下去，忽然想起另一件事，便说道：“老板，有个事忘记跟您汇报了。老板娘前天找我要了一份董事长夫人近一个月的行程详单。”

季辞拿到单子时，三令五申告诉文盛不准跟他老板打小报告，还用凶狠的表情盯着他：“文助理，我知道你就是赵淮归的头号狗腿！这件事你如果说了，等我当上了你的老板娘，看我不把你的年终奖全部扣完！”

文盛当时是应了下来，可他这会儿就出卖了未来老板娘。

前天的事，今天才来汇报，赵淮归笑了，淡淡开口：“她拿什么威胁你？”

想到女孩威胁人的样子，他就觉得可爱。真是长本事了，连他手底下的人都敢威胁。

文盛委屈：“年终奖。”

赵淮归嫌弃地看了一眼文盛，跟了他三年了，还是这么没出息。

“今年年终奖给你翻一倍。”

文盛的心脏差点跳“爆表”，女朋友找他哼唧了好久的新车，他今晚回去就选颜色！

“好的！老板！以后老板娘再找我办任何事，我第一时间给您汇报！绝不拖延一秒！明年一定更加努力工作，为您天天加班，鞠躬尽瘁，做牛做马，绝不叛变……”

赵淮归蹙眉：“闭嘴！滚。”

季辞和姜茵茵两人约好两点钟在亚林美术馆门口碰头。到了两点，姜茵茵找了一圈却没有见着季辞，只能打电话过去。

“喂，你人呢？说好了两点。”

季辞戴着口罩，气喘吁吁：“来了来了，你回头就看到我了。”

姜茵茵回头，依然没有看到季辞，直到一个全身黑衣的女人冲她一个劲地挥手，然后朝她跑过来：“茵茵，奶茶给你，你喜欢的乌龙茶。”

姜茵茵接过奶茶，上下打量面前的女人。黑色长款大衣，黑色大檐帽，黑色长靴，还戴着口罩和欲盖弥彰的黑框眼镜，奇怪地问：“你这是改行干卧底了？”

季辞取下口罩，吸了两口新鲜空气，又把口罩戴回去，趴在姜茵茵耳边，压低声音说：“左手方向，站在莫奈睡莲前，穿紫色套装，身材特好的那个女人。”

今天是工作日，来美术馆的人不算多。馆内播放着舒缓的轻音乐，营造出静谧安宁的氛围。从季辞的角度望过去，只能看见女人的侧颜。女人看不出年龄，比照片上更年轻。肤如凝脂，白皙雪亮，优雅的香家紫色套装勾勒出迷人的曲线，裙摆落在膝盖处，露出纤细修长的小腿。她独自站在莫奈的《睡莲》之前，紫色的名画竟沦为了她的背景，遗世独立，仙气十足。

“她是谁啊？”姜茵茵看呆了，用胳膊肘抵了抵季辞。

“我未来的婆婆。”

下一秒，季辞及时地捂住了姜茵茵的嘴：“嘘！别暴露我的名字！”

根据她的观察，赵淮归的母亲不是一个人来的，至少有四个人跟着她。大概率是助理，贴身保镖之类的。他们分散在不同的地方，和她保持着一定的距离，距离拿捏得很精准，不会因为太近让女主人感到不舒服，也不会太远，不至于遇到突发情况却不能及时处理。

“我们今天是来偷窥的？”

“不，是来观察的，我这未来的婆婆是一个怎样的人。”

姜茵茵一脸蒙：“你这能观察出什么名堂？”

季辞还真观察出了点名堂。

“这个月总共有三场大型画展，莫奈、凡高、毕加索。可她只来了莫奈这一场，这充分说明她很喜欢莫奈。莫奈擅长抓住稍纵即逝的光影，把瞬间的感觉呈现在画布之上，挖掘细小且普通的风景，用色大胆又明亮，让人能通过画作感受到被自然抚慰的喜悦感。这说明她的内心充满了温暖细腻的情愫，热爱简单、自由、浪漫。”

姜茵茵听蒙了，觉得好像是那么回事。总之就是，听起来好厉害。

她还是有些怀疑，问：“你确定，你的分析靠谱？”

季辞十分自信：“当然啊！”

她把行程单拿回家，扎扎实实花了整晚的工夫研究。这位豪门太太出入的大多是高端优雅的场合，但十分低调。如果要再加一个词那就是“无聊”。一个月里，一个人去了十次花艺课，三次品酒课，两次马术课，平均每周逛街两次，每两天去一次高端美容院做皮肤护理。其余的时间都待在家里，打麻将、健身、下厨烘焙。然而，这一个月里，她的儿子总共回家两次，女儿也只小住了三天。至于老公呢，一个月陪着吃了五顿饭而已。

姜茵茵依旧没听明白：“所以呢？”

季辞白眼都要翻上天了：“这说明她很孤独，渴望有一个甜甜的小姑娘陪伴她啊！所以，只要我肯黏上去，保证不出一周他妈妈必定被我拿下。”

一个热爱浪漫、自由和大自然的女人，出个门都得被起码四个保镖跟着，不是参加高端奢华饭局，就是名媛太太局，再不然就是孤身只影自娱自乐。这样的豪门太太，完全在她的射程之内。

姜茵茵目瞪口呆地看着季辞：“那你打算接下来一周都用在攻略你未来的婆婆上？”

季辞在心底叹了口气，指望着赵淮归和他爹火拼，那情况只会越来越糟。必要的时候，她该出手时就出手。

“当然，我都想好了。一步一步来。只要把婆婆搞定了，赵家总共四个人，拉拢了三个，还剩一个……”季辞笑了一声，眼里全是狡猾的精光，“迟早主动投降！”

姜茵茵吸掉杯中最后一口奶茶，不由得感叹：“嫁入豪门可真难啊，我开始同情你了。”

季辞意味深长地笑了笑：“我的目标可是让赵淮归为我赚一辈子的钱。只有在巨人的肩膀上，我们全季盛世才能获得突破性的发展，说不定我个人资产还能冲一冲福布斯富豪榜！到时候，爱情、事业齐头并进！”

姜茵茵大受震惊，好一个甜甜又心黑的小姑娘。

“我收回我刚才的话。我该同情的是你们家赵老板！”

上京的冬日，晴天比雨天多，空气干燥，明媚的阳光消解了风中的凉意，落在皮肤上，暖融融的。即便是冬天，赵公馆的后花园也是花团锦簇，整个公馆里都浮动着沁人心脾的冷香。

今天中午，家里比以往都热闹。难得地赵璟笙和赵淮归今天都说回家吃午饭，阿姨们早早就开始备菜了。如果是往常，儿子和老公都回家了，顾筠应该是很高兴的，可今天，她在高兴之余还生出了小小的失落感，看来中午不能和辞辞一起吃麻辣烫了。

昨晚辞辞告诉她，京大附近的小吃街新开了一家骨汤麻辣烫，汤底鲜香浓郁，用来煮麻花和油面筋那叫一个绝，还有老板手工秘制的鲜美虾滑、藕丸等等。光是听季辞描述，顾筠就要流口水了。

大学小吃街，人群熙攘的苍蝇小馆，于她来说还是好多年前的体验。说起来，还真是有点儿怀念曾经无拘无束的校园时光了。平时，她不是吃家里厨师制作的精美菜肴，就是被赵璟笙带去各种米其林或高端的私人餐厅，享受一顿至少五位数的豪华大餐。虽然那也很浪漫，但总觉得少了点什么，比起来，她还是更喜欢和辞辞出去吃的麻辣烫和火锅。

赵璟笙回家后，把大衣脱下，递给阿姨，随口问了一句："她上午都做了些什么？"

阿姨答道："太太上午九点起来后，练了一小时户外瑜伽，然后和朋友打了一个多小时语音电话。"

赵璟笙闻言皱眉，什么电话要打一个多小时？他在客厅和卧室都没有见到顾筠，走到花房才寻见女人娇小的身影。

"我们明天去吃麻辣烫好不好啊？"顾筠窝在摇篮里，笑容很甜。

"可以啊，那我明天中午早点去排队！给咱们占一个好位置。"电话那头，季辞乖巧地答道。

"那我们吃完后做什么？"顾筠握着手机，不知道电话那头的小姑娘又会带来什么与众不同的惊喜。

"不如我们去体验方程式赛车好不好？我玩过一次，超级刺激！还可以穿赛车服拍酷酷的照片！"

赛车？赵璟笙自己爱赛车，却只在年轻时带她玩过几次，但自从她生了孩子，身体变差了之后，就再也不带她玩了！

顾筠眼睛一亮，赶忙说："真的啊？那太棒了！"

赵璟笙走近，就听见了妻子欢快的语调。轻松、愉悦，还带着孩子一般的期待。

"筠筠，在和谁打电话？"低沉的声音突然传来，打破了女人安静的小天地。

顾筠眉头一皱，赶紧又跟季辞说了两句后，就挂断了电话。

“什么时候回来的？”顾筠从摇篮上下来，走到男人的跟前。

赵璟笙的眼底藏着涌动的暗流，他轻轻摸了摸妻子柔软的长发，重复了一遍：“在和谁打电话？”

顾筠哼了一声，虽然对他的强势很不满，但还是交代道：“和辞辞。”

“又是季辞？”他的脸色顿时冷了几分。

最近半个月，他已经从妻子口中听到不下十来遍“辞辞”了，语气又雀跃又亲热，提起季辞时，眼睛也亮亮的，像两盏暖暖的灯。

“她给你下什么迷魂药了？你这么喜欢她。”赵璟笙语带嫉妒地说。

小丫头片子，给赵淮归下迷魂药就算了，现在竟然把迷魂药下到顾筠这里了。

顾筠很是不解，为什么现在一提到季辞，老公就很不开心的样子。明明之前说起季辞的时候，他也不过是淡漠，但现在，淡漠已经变成讨厌了。

“赵璟笙！你能不能别这么说辞辞！”顾筠乜了一眼赵璟笙，语气极其不满，“她好有趣，和她在一起我真的很开心。”

男人拥着顾筠，一起朝餐厅走去。

“你说她脑子里都装了些什么啊？感觉全是好玩的。辞辞前天还带我去了水果种植基地，我们摘了好多草莓，又大又甜，冰箱里还有，等下洗给你吃，好不好？”

“不吃。”男人斩钉截铁回道。

顾筠愣了一秒，有些无奈地苦笑：“你这人……还真是……”

“和我在一起不开心？”赵璟笙没忍住，多问了一句。

“那不一样。”顾筠想了想，很认真地回答。

“我现在觉得和辞辞在一起，更开心。”她看了一眼自己的老公，“而且，有时候和你在一起，一点也不开心，原因你自己心里清楚！”

回到餐厅后，赵淮归已经到了。他坐在餐桌旁，低着头玩手机，看神情很是投入，丝毫没有察觉到顾筠和赵璟笙的到来。

直到两人都落座了，赵淮归这才抬起头，喊了一声：“爸，妈。”

赵璟笙看见赵淮归那副漫不经心的样子就上火，语气很重：“吃饭！玩什么手机！”

赵淮归：“哦，等下，我再和季辞聊两句。”

又是季辞！

赵璟笙刚想再说两句，顾筠插话进来：“儿子，辞辞明天下午约我去玩，你要不要一起来？”

赵淮归下意识地想说下午要开会，可转念间，他把拒绝的话憋了回去，看了一眼亲爹冰冷的脸色。

“好啊，我把赵千初也叫上，我们一家人一起去。”赵淮归自动把某人排除在外。

赵璟笙冷笑，我们一家人？呵呵。

之后，赵璟笙在饭桌上完全插不进话，只能听着妻子和儿子围绕着一个他连见都没见过的小丫头说着说不完的话。

吃完饭后，顾筠去厨房洗草莓，餐厅里除了收拾的阿姨，就只剩下父子二人。一方楠木桌，像一道楚河汉界，两边驻扎着势均力敌的千军万马。

“所以，你们两姐弟是选好了？”赵璟笙漫不经心地转着中指上的婚戒，淡淡地开口。

看来是选了季辞。倒是和他的想法相左。

说实话，他比较同意季年进门，年纪小，家世又一般，看上去还算单纯、实诚，没有季辞那些古灵精怪的坏心思，这种女婿听话好拿捏，至少成婚后不敢给赵千初气受。

赵淮归抬了抬眉梢，径直对上父亲锐利的双眼：“爸，你没听说过一句话吗？小孩子才做选择题，成年人当然是全部都要。反正我们家有的是钱，养两个又不是养不起。”

赵璟笙被气笑了，声音里带着一丝不易察觉的戾气：“你知道你在说什么吗？”

赵淮归也笑了，开口时语气依然冷淡：“我说，我替赵家做主了，两个都要。”

赵璟笙只是看着自己儿子，没接话，两人静静地对峙。

赵淮归打算起身时，赵璟笙动作极快地拿起桌上阿姨还没来得及收拾的小银刀。下一秒，赵淮归眼前闪过一道冰冷的锋芒。如寒冰带着疾风骤雨般，那刀擦过赵淮归的脖子，精准地刺在了他身后桌上摆着的一碟水果上。一个红润的苹果霎时四分五裂，带着汁水的果香逸了出来。旁边的几个阿姨反应过来后，都死死地捂住自己的嘴，不让尖叫声泄出来。

“你在别人面前狂，我懒得管你。在我面前，收着点。”

那刀擦过时，赵淮归没躲，也没怕。他知道父亲不会伤到他，震慑的意味更多，可这一下，仍旧把他的怒火都挑了起来。

就在他准备发作时，母亲端着草莓从厨房里走出来，脑中忽地闪过季辞交代他的话——

“赵淮归，别跟你爸硬着来！记住，凡事都让顾阿姨出面，你该装可怜时就得装可怜，该卖惨就卖惨！把你的柔弱展现出来，再配上你这张脸，我的天，顾阿姨肯定会为你冲锋陷阵的！这就是会哭的孩子有糖吃！相信我，这世界上能搞赢你爸的人，只有你妈！”

“你都在哪儿学的这些套路？你就是靠卖乖撒娇把我骗到手的？”

季辞眨眨眼，灵动的剪水双瞳中全是狡黠，偷笑道：“不是你教我，要学会借刀杀人吗？”

非常时刻，当行非常之法。

面对硬刚拼不过的敌人，换条路，也不算丢脸。

做好了心理建设的赵淮归，深吸一口气，随后他平静地站了起来，迈开长腿走到母亲身边，很是热络地帮她端过草莓。

顾筠刚想夸一句儿子真懂事，就听见面前的赵淮归发出一声呜咽。

“妈……”

顾筠吓了一跳，赵璟笙感觉很迷茫。

“妈，你看，我脖子都出血了。爸刚刚想拿刀扎我。我有点……”赵淮归强忍住恶心，继续说完，“我有点儿怕。”

怕……怕？

顾筠吓得手抖了抖，儿子这模样，她也有点儿怕啊……冰山一样的男人现在居然用委屈的腔调告状，旁观的人都大受震撼。

赵璟笙一头雾水。他觉得自己儿子是不是被吓傻了？再说了，他的射击和飞镖都是顶尖水平，只要他不想，就绝对不会伤到人。

顾筠看着赵淮归，像看着一只受伤后找主人求抱抱的大狗狗，太有杀伤力了！是个女人都无法拒绝，更何况这还是自己骄傲到不可一世的儿子！她有多少年没见过这样的儿子了？自从赵淮归上了小学，就再也没有对她流露出一丝一毫柔软而脆弱的情绪，总是冰冷且强大。有时候甚至让她忘记了，他也不过是个孩子。

是孩子，就会有软弱的时候。不过是将软弱偷偷藏起来了，不让她发现而已。伟大的母爱瞬间充满了整个身体，仿佛要爆炸出来，她一下子拥有了无限的能量。

顾筠的一双杏眼很快就蓄满了晶莹的泪水，她看着赵淮归脖子上隐隐约约的红痕，仿佛已经看到那里面沁出血珠子了。

她把草莓从儿子手中拿过来，狠狠瞪了赵璟笙一眼，把草莓摔在桌子上，吼道："赵璟笙！你有完没完！儿子你容不下！女儿也不愿意回家了！儿媳妇和女婿你也容不下！干脆把我也赶出去好了！你自己一个孤家寡人地过！我要和你离婚！"

赵璟笙彻底蒙了。

赵淮归一直低着头，强忍着笑意。趁着混乱，他偷偷地看了一眼一个字都不敢说的父亲，顿时身心愉悦，舒爽的感觉充满了身体里的每一个细胞，爽啊，这感觉太爽了！

这么多年终于大仇得报！

这边，季辞刚准备睡觉，就收到了赵淮归发来的微信。

Z："你太厉害了。我好像……有点儿崇拜你了。"

季辞吓得手机一下子飞了出去。赵淮归他疯啦？

"辞辞，这周末有空吗？想邀请你来我们家做客。"收到这条消息时，季辞正懒洋洋地窝在赵淮归的车里，一边刷微博一边翘着小脚哼歌。

赵淮归被她弄得无法专心工作，干脆收了小桌板，把平板搁在一边，刚想把女孩柔嫩白皙的小脚牵过来把玩时，季辞的小脚一蹬，正好踹中了男人的下颌。

静谧的车厢内爆发出女孩欢天喜地的尖叫声："赵淮归！你看！"

赵淮归被季辞平白无故地踹了一脚，还在思考该不该发火，打压一下某人的嚣张气焰，就看见女孩可怜巴巴地贴了上来。

“疼不疼啊，我不是故意的。”

季辞那双布满了薄薄水雾的眸里含着心疼，柔软的手揉着被她踢过的下颌骨，边揉还边吹气。

赵淮归皱了皱眉，觉得自己的小女友正把他当五岁的小孩哄。

“你刚刚有话要告诉我？”赵淮归淡淡开口。

季辞这才想起来正事，说道：“顾阿姨邀请我去你家做客！怎么样，我厉害吧。”

她十分得意，幸亏她及时出手，成功扭转了不利的局面，如今的局势是三比一。过了周末，最后的敌人应该也会被她彻底降伏了。想到这里，季辞燃起了熊熊斗志。

看着季辞亮晶晶的眼睛，赵淮归被她逗笑了：“那这其中有没有我的功劳？”他抱着她，用双臂把她牢牢圈在怀里。

“嗯，有一半的一半。”他为她付出了多少，她都知道。

一半的一半？赵淮归拧起眉头。

“不过，我真的好喜欢你。”季辞把头埋进他的胸口，主动回抱他，柔软的双手像春日新抽的嫩芽。

面对她突如其来的表白，赵淮归心头漾起波澜，语气也温柔下来：“有多喜欢？”

“很喜欢很喜欢。想一辈子和你在一起的那种喜欢。”

男人轻柔地在她发心烙下一个吻，平静的声音里含着微不可察的颤抖：“嗯。知道了。”

周末依旧是个好天气。下午四点，赵淮归的车就在季家别墅外等着了，等了一个小时，季辞才出现。

女孩穿着一身黑色的设计感拼接连衣裙，外套是克莱因蓝大衣，脚上穿了一双长筒系带靴子，扎着高马尾，马尾根部用黑色丝绒系带打出一个漂亮的蝴蝶结。这又甜又酷的打扮，让男人从她上车起就一直盯着她看，好似怎么也看不够。

“你怎么一直看我啊？”季辞有些羞赧，心跳又不争气地加快了。

赵淮归这才收回视线，淡定地说：“因为你太好看了。我控制不了。”

“你这样真的很犯规！”季辞义正词严，脸却红得好似窗外的火烧云。

一路驶向城西的老城区，街景逐渐从繁华熙攘过渡到宁静优美。从风景区进去，走了十分钟的山路，盘旋到半山腰后，季辞这才看见一栋白色的建筑物。车子开到一片广袤的庭院前，雕花铁门缓缓打开，车子从左侧的林荫大道驶进去，绕过一方巨大的人造池塘，最后停在了公馆正门口。

赵家比她想象中更大。除主建筑以外，四周还有两栋独立的小楼。前后全是花园，往左边去还有枫园、梅园，以及一栋全玻璃构造的温室花房。

趁着天色还没暗，季辞赶紧拿出手机，让赵淮归给她拍了几张照片。赵淮归面无表情地接过手机，在女孩的指示下，乖乖蹲下去，给她拍照。

看着照片，季辞真诚地发表评价：“你家真的好有钱哦。”

赵淮归当作没听见。

早就在大门处候着的老管家看着这对打打闹闹的小情侣，眼中涌出感动的泪水。啊！他家少爷终于不用单身一辈子了！

跟着老管家一路穿过会客用的大型客厅，转过两道雕花拱门，来到一方较为小型的客厅。这里是专门用来接待关系更为亲密的客人的，虽然依旧散发着浓厚的奢侈氛围，但从摆设以及装修来看，都更加符合家的定义。

顾筠正坐在沙发上插花，面前摆着几盏花瓶和各式各样的植物。男主人则坐在另一端的单人沙发里，拿着平板，回复着北美分公司那边发来的各种邮件。

安静、祥和的画面，给人一种温暖的感觉。这也许就是家吧。不论房子有多大，家的味道都是相似的。

“辞辞，你来了啊！”顾筠看见季辞，马上放下手中还没来得及插进花瓶的桔梗。

赵璟笙这才抬眼，就见自己儿子紧紧揽住女孩的腰，活像捧着什么价值连城的珍宝，瞧那没出息的傻样。

赵璟笙重新低下头，继续看平板上的英文邮件。

“阿姨好。我带了自己做的蛋糕，等会儿晚饭时可以尝尝。”季辞热络地挽住顾筠的手，“低脂的，不用怕会发胖。”

顾筠心里暖洋洋的，看着季辞的那双大眼睛，都快被她迷住了，儿媳妇又甜又好玩怎么办?

“我妈你见过好多次，我就不介绍了。”赵淮归牵过季辞的手，走到赵璟笙面前，“辞辞，这是我爸。爸，这是季辞。”

赵璟笙没抬头。

顾筠跟着过来，靠在沙发的扶手上，戳了戳自己老公的肩膀，小声提醒：“老公，你别看邮件了，儿媳妇跟你打招呼呢。”

怎么就成儿媳妇了?

赵璟笙抬头，刚想随便应个“嗯”字，就见女孩明显笑得更灿烂了，冲他微微鞠躬：“赵伯伯好！”声音洪亮，满屋子的人都听得一清二楚。

赵璟笙差点被呛到，她叫他什么？赵伯伯？男人冰冷的脸，此刻隐隐散发着黑气。

季辞：“阿姨，您和伯伯好相配啊，真是让人好羡慕呢。”

赵璟笙面色越发黑了。喊他老婆阿姨，喊他伯伯？这哪里相配了？讽刺他老牛配嫩草？他和筠筠不过差了五岁而已!

赵璟笙差一点就要气到暴走了，可理智告诉他，他不能。因为他但凡对这个女孩表露出一点点不满，下场就是……离婚。

这女孩果然鬼灵精怪，还睚眦必报！那天真无邪的眸子里全是狡黠的精光。可惜了，自己老婆才是最单纯的那一个，根本看不出来这女孩的画皮之下长着九条狐狸尾巴。

赵淮归看着亲爹的黑脸，憋笑憋得非常辛苦，差一点就憋不住了。

开饭之前，赵淮归把季辞拉到一旁，严肃教育自己不懂事的媳妇：“别对我爹太狠了。他已经很惨了。”

最近只要赵璟笙哪里流露出不喜欢季辞或季年的表情，顾筠就直接以离婚威胁。弄得赵璟笙半个字都不敢说，生怕惹怒了执掌生杀大权、位高权重的皇后娘娘。

“他欺负你欺负了这么多年，叫他一声伯伯怎么了？哼！”

赵淮归心里一暖，感受到一种奇异的幸福感包裹着他全身，就像泡在温度适宜的温泉水里，瞬间什么都不想做了。难道这就是被自家媳妇保护的快乐吗?

他居然有点儿爱上了。

最后，赵淮归表示："行吧，你想欺负就欺负吧，反正有我妈当你的靠山。你不用怕。"

季辞"嘿嘿"一笑，踮起脚亲了亲这个又乖又听话的帅男人："奖励你的！你乖乖吃饭，等着你老婆帮你出气！"

赵淮归呼吸一滞，感觉一颗心都在天上飞。

新年一过，赵淮归就马不停蹄来到季家，美其名曰来看岳父岳母，实际目的只有一个，那就是把季辞给掳走。三天前他就和季辞说了，等忙完就把她接到他的公寓。原本季辞还担心父母不同意，但是不知道赵淮归使了什么法术，两个败家的看上去很高兴。

可不是很高兴吗？她一走，他们两人就是天高海阔任鱼跃，如今家里的财务状况大好，父母过着比之前更舒服的生活。

苏女士成日里约着一群小姐妹，不是喝下午茶，就是飞往世界各地买买买。季盛澜则在公司里挂了个闲职，开了一家高端私人茶室，三天两头和一帮朋友喝茶，还担任了茶叶鉴赏协会的名誉主席，偶尔出席一些宴会酒局，日子过得十分清闲自在。茶室开业那天，赵淮归去捧了场，成为店里第一个还没有消费就充卡七位数的贵客。

"季辞，你不用带那么多东西。"赵淮归站在衣帽间里，镇定地看着女孩拖出来五个大箱子，她疯狂地往里面塞衣服。

"那怎么行，我必须每天都打扮得美美的，这些都非带不可。"说话间，两个箱子塞满了。

"鞋不用带那么多。"看着女孩从鞋架上挑选了二十多双鞋，赵淮归没忍住，还是插了一嘴。

季辞回头，瞪他："不行，不同的衣服要搭配不同的鞋啊。"

看到女孩连刷牙的杯子都往箱子里塞，赵淮归彻底忍不了了。他无奈地握住女孩的肩膀，认真说："季辞，我那儿不是穷乡僻壤。犯不着你连吹风机，刷牙杯都要带。"

到了赵淮归常住的公寓，季辞才知道是她格局太小了。她之前自动代入了时下流行的那种单身宅男公寓，到了小区，她才发现这哪里是公寓，这分明是比别墅还豪华的江景大平层。寸土寸金的市中心，房价一度飙升至十万一平方米，主打亮点是一层一户。赵淮归选的这套房子在顶楼，正对着江面，能将城内最繁华的风光尽收眼底。室内是中式风格，融合了华丽的法式元素，令人生出一种误入宫殿的错觉。

季辞看了一圈，“啧”了一声：“哇，你太会享受了！”忽然话锋一转，“有别的女人来过吗？”

“赵千初。我妈。没了。”赵淮归反应很迅速。

季辞满意地点点头，随即目光被一个鱼缸所吸引，它整整占了一面墙，里面养着各色各样的水母。

“是水母！好漂亮啊。”季辞趴在玻璃上，目不转睛地看着，大眼睛里倒映着柔柔的蓝光，像被撒上了一把月光。

“喜欢吗？”赵淮归没兴趣看水母，一直看着她。

鱼缸是上个星期才弄好的，敲掉了他一整面墙，水母则是托人去国外海洋馆里买回来的。为了这面鱼缸墙，他住了小半个月的酒店。

“喜欢！”季辞欢喜道，“太喜欢了！我可以看一晚上。”怕他感受不到她的喜欢，她又加重语气，强调一遍。

赵淮归强压住心底的愉悦，刮了刮她的鼻子：“没出息。”

他牵过她的手，带着她穿过走廊，走到主卧后的一扇推拉门前：“自己打开看。”

季辞哼了一声，这男人在自己的地盘就这么跩？她看了一眼紧闭的推拉门，毫不在意地用手滑开，下一秒她就被房内的情景震住了。

面前是一个巨大的衣帽间，里面塞满了各大牌子的新款，包包、鞋子、衣服应有尽有。还有那一排排珠宝展架……

季辞这才知道为什么赵淮归不让她带那么多东西过来，原来他把一切都给她准备好了。

之后，赵淮归去了客厅办公，季辞一个人留在衣帽间，欣赏她的新宝贝们。室内光线柔和，珠宝在灯光下很是流光溢彩，璀璨夺目。她选了一条橄榄绿色的礼服换上，又搭配了一条钻石项链，丝绸的裙摆下是层层堆叠的细纱，露背的设计让她的蝴蝶骨翩翩欲飞。

手从中央珠宝台滑过，忽然，目光被角落里放着的一个古朴盒子所吸引。那是一个檀木盒，沉敛而低调，在暗光下散发着说不出的美，各色璀璨的宝石里，这个盒子并不起眼，却又那么惹眼。季辞小心翼翼地滑开柜门，把盒子拿了出来。难道最贵重的东西都是放在最神秘的盒子里吗？

是……戒指？

蓦地，她想到了什么，心突突一跳。可很快她就打消了这个想法，应该不是戒指吧，戒指也不会用这么大的盒子装着，难不成是比手还大的戒指？虽然做好了心理准备，但季辞的手指还是止不住颤抖，她打开檀木盒的搭扣，清脆的声音破开沉寂的空气。盒子弹开了，里面静静地躺着一只银色的面具。精美的工艺，独特的款式，面具的额角处雕着一只飞舞的蝴蝶。这是比戒指更让她震撼的东西，也是赵淮归最后的秘密。

季辞难以置信地看着面前的“秘密”，这是她的东西。

她记得很清楚，这是四年前在伦敦读书时，她在学校附近的商店里买到的面具。这么独特的面具，让人过目难忘。可为什么它会在赵淮归这里呢？

那天，她被小姐妹拉着去了一场化装舞会。她一连看了三家礼品店，都没有找到心仪的面具，最后才在一家极其不起眼的小商店里，淘到了这只银色面具。

月光晕染着彩绘玻璃，昏暗的壁灯点亮了半截旋转楼梯，而在那空无一人的华丽大厅里，有个穿着一身黑色的复古西装，黑色的面具遮挡了大半五官的男人。男人隐匿在浓郁深重的阴影中，叫人看不清，摸不透。

万千心绪凝在季辞的心口，她说不出是什么感觉。那晚的人是他吗？她撞到的男人是赵淮归？

就在她不知所措之际，身后传来赵淮归的声音：“辞辞，你在看什么？”

季辞慌乱地回过头，下意识地把檀木盒藏在身后。清亮的灯光下，女孩的眼角似乎有泪水，赵淮归心里慌了，不知道她怎么了。

“季辞，怎么哭了？”他走过来。

也不知道为什么，看到他出现的那一刻，泪水便再也止不住。她把盒子拿出来，用双手捧着，送到他面前。

“这是我的东西。”

赵淮归看了一眼被打开的盒子，眼底闪过一丝复杂的情愫，声音却异常冷静：“嗯。是你的。”

“那它怎么在你这里？”

赵淮归轻轻开口：“因为，那个女孩送给我了。”

两人的目光交缠，彼此的眼中都是对方。

忽然，季辞笑了出来，泪水和笑容混在一起。她上前两步，只差一点，就跌入他为她随时敞开的怀抱。

“所以，你第一天看到我，就知道是我。”

“嗯。”

“所以，是你先骗了我。”

“嗯。”

“所以，你四年前就对我有了想法。”

“嗯。”

“所以……”

男人有些不耐烦了，低头堵住她喋喋不休的嘴，浪漫的温度包裹着两人怦怦跳动的心。在缠绵中，赵淮归低低地在她耳边诉说：“季辞，我喜欢你很久很久了。”

久到你还不知道有人偷偷为你心动时，对那个人而言，就已经是一生一世了。心动本就是一个人最美好的秘密。

第二十章

从见你的第一眼起，就知道你是我的

季辞匆匆赶到火锅店时，姜茵茵已经把菜都点好了，桌上摆着琳琅满目的菜品，番茄口味的锅中煮出了一层绵密的泡沫，看上去沸腾了好一会儿。

“对不起姐妹，我又迟到了。”季辞哭丧着脸，她昨晚明明定了闹钟的，不知道为什么，早上竟然没响。

“天啊！”姜茵茵的视线往季辞脸上一扫，就察觉到了她的不同。

“宝贝，你怎么看上去……”姜茵茵欲言又止。

季辞一边系上服务员递来的遮挡油污的围裙，一边打了个哈欠，“我怎么了？”声音有些嘶哑，不似平日那般婉转清甜。

姜茵茵：“你最近是不是太累了啊？”

季辞张了张嘴，心虚地垂下眼，“怎……怎么这么说……”

隔着火锅沸腾的白气，姜茵茵从上到下打量了季辞一圈。是和之前的她有些不一样了，感觉浑身上下都软绵绵的，满脸疲惫。

“你的眼睛有点儿肿。”

“肿？”季辞下意识去掏粉饼盒子。

“黑眼圈遮都遮不住。”

啊？黑眼圈？连黑眼圈都出来了吗？她明明勤奋地涂眼霜啊。仔细看着镜子里的自己，季辞只觉得镜子里的人已经不是自己了。眼睛少了灵动飞扬的光彩，多了几分慵懒的媚态，皮肤没有上粉底液，透着虚浮的白。

姜茵茵顿了顿，面色为难：“说实话，你是不是肾虚了？”

季辞差点就把口中的果汁喷了出来。用纸巾擦掉嘴角溢出的西瓜汁，季辞做贼心虚地看了看周围，发现隔壁的两桌都沉浸在美食之中，没空理会旁边发生了什么。

季辞这才平复了呼吸，她瞪了姜茵茵一眼：“能不能说点好的！”

姜茵茵神色很认真：“你是不是最近有点儿没节制？”

季辞又一次心虚低头，她夹了一块肥牛卷放进调味碟里搅来搅去，嘴里含糊不清：“没……没有，就偶尔，有时会……有一些……”

可赵淮归不做人，她有什么办法呢？她强烈怀疑，这狗男人把她骗到他的公寓里就是为了更方便地撕下最后的伪装。

“年轻人，这每天晚睡，太影响美容了。”姜茵茵化身后宫教养嬷嬷，严肃地教育面前这个不懂事的小宠妃，“我现在就下单给你弄点红枣枸杞当归西洋参之类的补补元气。”

季辞心头一酸，她才二十三岁，难道就要开始“保温杯里泡枸杞”了吗？下一秒，她想到一件更严重的事。

是的，她浑身软得像一团弹过的蓬松棉花。就算每日睡到中午，依旧觉得没睡饱，成日里哈欠连天。可为什么赵淮归每天神采奕奕，容光焕发，生活作息不受影响，每天照样雷打不动七点半起床，八点出门上班。瞧着甚至比之前更精神了。

这不公平！

季辞越想越觉得不公平，她气鼓鼓地捞起一旁的手机，翻出赵淮归的微信，直接发了一条信息过去。

赵淮归正在参加关于上京大剧院落成的发布会，这是赵家近一年内承建的最大的两个项目之一。赵淮归坐在主席台上，旁边坐着几位高层，底下的宾客很多，记者也多，闪光灯捕捉着每一个细节。

市长正在台上讲话。

此时，赵淮归口袋里的手机振动了两下。他摸了摸腕表，没理。过了一分钟，手机又振了四五下。大概知道是谁了，毕竟除那一个人以外，没有谁会这么胆大，敢用微信消息轰炸他。

他无奈地皱眉，如不及时回复，这手机能一直振动下去。

季辞做过这种事，发同一个表情包，发到系统最后自动出现红色感叹号为止。赵淮归面无表情地从口袋里拿出手机，低头看了一眼消息。

Cici：“哼，我知道你的阴谋了。想吸我的血气采阴补阳？”

赵淮归一头雾水，只能继续往下看。

Cici：“妖怪，收起你的龌龊思想。”

赵淮归皱眉，缓缓打出一个问号。

信息秒回。

Cici：“从现在开始，你给我老老实实吃斋念佛半个月。”

赵淮归蒙了，怎么可能！

发完消息后，季辞伸了个懒腰，浑身犹如通电一般，格外舒爽。

直到两人吃完了所有的肉类，开始煮菠菜吃的时候，姜茵茵这才想起来还有正事没说。

她放下筷子，眼神飘忽地望向窗外：“辞辞，你今晚有空吗？”

季辞：“有空啊。我晚上没事。”

本来晚上要参加季年的歌迷见面会的，可不知为什么见面会突然取消了，昨晚季年发来消息说时间改到下周末。

“那我们晚上去游乐园玩啊。听说今晚的烟花灯光秀是限定款，和平常的都不一样，不抓紧机会就看不到了。”

“可是今天游乐园不是闭园吗？听说是被哪个土豪包了一整天，亏你还是搞新闻的，这种上了热搜的消息你都不知道？”季辞点开微博，把手机举到姜茵茵眼前，“你看，现在都冲上热搜前三了。”

今日的热搜很热闹，最吸引眼球的莫过于这一条——某某游乐园被神秘富豪包园一天。

评论区里很热闹。

“家人们，我算了一下，按照平均每日八万的客流量，包一天就是四千万啊！”

“请问，包园后影响我单手骑共享单车吗？”

“天呐，想到我顶着烈日排四个小时只为玩一次过山车，我酸了。”

“让我大胆猜测一下，是不是某土豪为了向女朋友求婚？”

季辞一边刷着评论，一边啧啧称奇：“这是谁啊？人傻钱多吧！五百块就能搞定的事，这人非得花四千万，你说是不是脑子有病？”

季辞反手就给热评点了一个赞。

姜茵茵咽了咽口水，无语了。面对着季辞灼亮的目光，姜茵茵尴尬地把头转到另一边，这问题，她该怎么回答？这问题好像不在她的掌控范围之内啊！难道她要说：“那个人傻钱多的土豪就是你老公？”

不行，她得忍住。

姜茵茵假装漫不经心地和她扯八卦：“你难道不觉得这很浪漫吗？说不定这个土豪是想在游乐园里跟女朋友求婚呢！”

季辞眨眨眼，哈哈大笑起来：“这四千万留着买什么不好，都可以把整个新光百货的商品买下来了！”

季辞代入了一下，如果赵淮归为她包下整座游乐园，只为了向她求婚，那真是……想想就心疼啊。还不如直接给她转账四千万，备注来一句：嫁给我，钱都是你的！

季辞傻笑了几声，这真是人类社会最纯粹的浪漫啊！

姜茵茵觉得这个女人没救了。

“哎呀，别说那么多，反正我搞到两张内部通行证，辞辞，你要不要去看烟花？”

“内部通行证？这你都能搞到？”

姜茵茵自然地垂下眼，喝了一小勺番茄汤：“还不是我们主编知道这条新闻热度高，找渠道搞了两张，说让我进去踩点。主编说这也算是对我去年辛苦工作的奖励！就一句话，你去不去？”

姜茵茵在桌底下揪着手指，很紧张。

季辞瞪大眼睛看着她：“你这不废话骊？去啊！当然去！”

白蹭一场价值四千万的浪漫，当然要去啊。

姜茵茵松了口气。

游乐园离市中心很远，路上又堵车，两人到达游乐园停车场时，已经是晚上七点半了。

季辞拖着碍事的礼裙，嗔了一句："就是你，非得换什么礼服再来，我们两个穿成这样，像工作人员吗？"

季辞身上穿着一条水蓝色的拖地长裙，抹胸上绣着缠绕的玫瑰花枝图案，还有繁复的水晶珠花，偌大的裙摆铺开来，像一把华丽的扇子。

"内部消息说了，今晚里面是在开派对，我们不穿礼服不准进啊！"姜茵茵赶紧找个理由搪塞过去。

此时的游乐园像一座被女巫施展黑魔法后，陷入睡眠的童话城堡。没有灯光，没有游客，没有吵闹声，没有欢笑声，世界仿佛静止了。

季辞看着眼前的景象，心里有点儿发虚："茵茵，你确定今晚会有烟花灯光秀？"连个鬼影都没有，还会有人放烟花？

久久都没人回答。季辞觉得不对，姜茵茵这话唠，怎么可能没声了？她转身，才发现身后已是空无一人。

"茵茵！茵茵你在哪儿啊？"季辞的声音逐渐颤抖，四周除了微风拂过树梢发出的沙沙声，没有任何动静。

实在是太恐怖了，她甚至觉得自己像爱丽丝一样，掉进了兔子洞。抬头朝前方望去，一座巨大而梦幻的城堡矗立在正中间。可那儿也很黑，一盏灯也没有。就在她慌乱之际，视野里多了一道渐行渐近的光影，像不知从哪里滚落的一颗可怜巴巴的星星，在这人间里茫然地徘徊，就像她一样。

直到那光影靠近了，她才看清楚，是一辆马车。

高大矫健的白马拉着一辆金灿灿的南瓜马车，车前坐着一个戴高礼帽、身穿燕尾服的车夫。马车在她跟前停下，马儿鼻息里发出的嘶嘶声让季辞觉得它可爱极了。

季辞站在原地，提着裙摆，呆呆地看着。这么漂亮的马车，好想坐啊，她羞赧地想着。那个车夫也不说话，就坐在车上，也不打算继续驾车往前的样子。终于，季辞忍不住了，她想，大不了给钱啊！

"你好，这个车可以坐吗？"她上前两步，大着胆子问那位看上去仿佛从童话世界穿越而来的车夫。

车夫转过头，冲她一笑："当然可以啊，小姐。你想去哪儿？"

车门在此时打开了。季辞眼睛一亮，踩着踏板就爬了上去，她生怕这人反悔不让她坐。

坐上去后，她这才想起来茵茵还没找到，她探出头，问车夫：“你知道我朋友在哪儿吗？”

车夫遥遥一指，指的正是城堡的位置：“小姐，你的朋友去了那儿。你也要去吗？”

季辞咬唇：“好。你带我去。”

车门自动关上，伴随着马蹄踏动的声音，车缓缓动了起来。季辞趴在车窗上，看着黑漆漆的四周。土豪包了园却这么省的吗？四千万都花了，也不知道点几盏路灯。

正当她带着几丝好奇心观赏着这座静谧的城堡时，忽然，她看到不远处亮起了灯光。

“啊！亮了！”季辞直起身子，惊喜地看着眼前梦幻的星灯。

紧接着，黑夜被点亮了，只要马车到哪儿，哪儿就会亮起。很快，身后燃起了无数斑斓的光影，像一条为她而亮的银河，璀璨而浪漫。

“好美。”季辞弯起漂亮的眉眼，喃喃低语。

这一刻，她觉得自己坠入了童话世界，整座游乐园都被点亮，带来白昼般的幻夜。

“小姐，您的目的地到了。”车夫下车后朝她微微欠身，说完，趁着季辞还没反应过来，就消失不见了。

四周又陷入了寂静，只是不再是漆黑一片。季辞笨拙地提着裙摆，小心翼翼下了车，此时她才发现自己站在宽阔的中央广场上。

面朝着城堡，季辞一时间不知道该怎么办了，神经变得紧绷，她将手指埋在裙子里，紧紧揪着微硬的钉珠绣花。

砰！

骤然间，巨大的声响惊动了夜空。

季辞吓退了两步，回过神来，才发现这是烟花绽放的声音。她抬起头，看见一道绚烂的流星划破天际。像是某种讯号，宣告着一场极致绮丽即将到来，下一秒，几十道紫色的火光从城堡的背后蹿出来，在夜幕上疾驰，朝着最高点奔去，随后，无数星辰飘飘洒落，恍若漫天金粉。九朵玫瑰造型的烟花绽放在空中，爆开的瞬间化作无数的月亮、星星，定格在空中。

星光坠进城堡四周的人工湖中，水面荡漾出一圈圈的涟漪。很快，水面上也被点亮了，不知道用了什么神奇的方法，远远看去，像千万颗波光粼粼的紫色水晶。季辞站在城堡之下，看着一场梦用最璀璨的方式呈现在她眼前。她的心跳得分外汹涌，和烟花的声音杂糅在一起，到处都是砰砰声。

“好美啊……”她心里涌起一股莫名其妙的感动，泪水不知不觉间糊了一脸。她一边笑一边去擦，还吐槽自己太不争气了。

蹭个烟花秀也能看哭，可心里总有不可言说的预感。这强烈的预感她又说不清，道不明。直到背后传来一道熟悉的声音：“喜不喜欢？”

她的大脑瞬间空白，她不知所措地捂住嘴。

她不敢回头，怕那个人不是他。

又忍不住地想回头，只希望那个人就是他。

烟花不知疲倦地绽放，争先恐后扑向夜空，点燃寂静的夜。城堡在灯光之下呈现出流光溢彩的梦幻氛围，这是只为她一人而绽放的烟火，只为她一人而亮的夜。

不知不觉中，身后的男人靠近了。

季辞嗅到了春风中熟悉的木香，也不知道怎么了，只是一个简单的回头，她却做不到。她真是胆小鬼，她在心中默默骂自己。

“胆小鬼。”身后落下一道淡淡的声音。

心里的话怎么跑出来了？季辞一惊，迅速捂住自己心脏的位置，不让它通敌叛国。

“你才是胆小鬼！”她霍然转身，没想到男人靠得实在是太近，转身的瞬间，唇擦过他的领口，一道红痕就印在了洁白的衬衫上，仿佛是某朵烟花跃了上来。

季辞伸手去碰他的领口，软着语气说道：“弄脏了呢。”

她笑着抬头，眼睛里覆着薄薄雾气，看上去就像雨后桃花。赵淮归的眸色变暗，他只是看着她，没接话。

季辞见他也不说话，在这儿故弄玄虚的样子，偏偏她最看不惯他故作高深的样子，笑着环住他的腰，把唇狠狠烙在了他胸口的位置，这里无限接近心脏，女孩温热的唇不断地触上雪白的衬衫，盖下一个个红色印章。

赵淮归被她弄得实在是受不了，终于，他用两指钳住她的下巴，声音平静：“季辞，规矩点。”

“不！”季辞飞快拒绝。

赵淮归的眼里泛起无奈：“行，你最厉害。”

季辞得意地翘起嘴角，退了两步，上下打量着赵淮归。男人今天打扮得还挺正式，精致考究的黑色西装，是参加晚宴才会穿的那种款式。

“看我干什么？”赵淮归勾了勾唇。

季辞的目光转了一圈，最后落在他的口袋处。外套口袋，西装裤两侧的口袋，她一一扫过，平展熨帖，看上去没放东西。她眼底闪过一丝惊讶，竟然没放东西？再一看他空空如也的两只手，难道跟她猜测的不一样？

“看什么看。”赵淮归伸手拨了几下她歪着的小脑袋。

季辞泄气地打掉他的手，声音含着一丝不易察觉的失落：“才没有看什么。所以包游乐园的人就是你？”她不经意间转移了话题。

如果他并不是想求婚，她贸然开口，那也太丢脸了。

赵淮归笑了一下：“不是你说的想玩过山车，又不想排队吗？也是你说的，想看烟花，又不喜欢人挤人。”

季辞觉得他的话太荒诞了，完全超过了她思考的范围。

她是说过最近去游乐园的游客太多了，玩每一个项目都要排队，拍照也是人挤人，可那不代表需要他大费周章，一掷千金的包园玩吧？再说了，他包了园，她白天却没来，岂不是亏大了？

“赵淮归，你是不是疯了？”季辞语无伦次，那可都是钱啊！

“你不喜欢？”赵淮归握住她的双肩，将她翻转过去，又从后面搂住她，与她一起看着夜空中绽放的烟花。

巨大的苍穹被烟火染成了粉色，城堡上投影着不断变幻的灯光，一会儿是海底世界，一会儿是旋转木马，一会儿无数小动物跳跃在上面，让人目不暇接。

他这么费尽心思地讨她开心，怎么会不喜欢呢？当然，最重要的是喜欢他，所以喜欢他送的一切礼物。

赵淮归紧紧地搂着季辞的腰，似要把她揉进骨血之中，在喧闹的烟花声中，她的心跳依旧声声有力。

忽然，他的手感受到温热的水滴。

她哭了。

赵淮归压低声音，在她耳边说：“怎么哭了？”

“你花这么多钱，我当然要哭。心疼啊。”季辞一边啜泣，一边贪婪地看着城堡灯光秀。

赵淮归哭笑不得：“我花自己的钱，你心疼什么？还没嫁给我，就想管钱了？”

她还好意思批评他？平时去商场，小指头点这里点那里，导购跟在她屁股后面直接笑开了花，她一来，半年以内的绩效考核都不用愁了。

季辞哼了一声，小声嘀咕：“钱都不给管，嫁个屁。”

“说什么？”恰逢十来道巨大的砰砰声响彻天空，太吵了，赵淮归没听清她在嘀咕些什么。

搞这么大场面，花这么多钱，又不求婚，图什么？图上热搜被人骂吗？季辞要被气死了。在这么梦幻的时刻，时间地点气氛都刚刚好，可是，赵淮归却没有想到喜上加喜，锦上添花，为她美好的人生留下灿烂的一笔。

这不是要让她的人生留下遗憾吗？

“我说！关你什么事！”季辞侧头，冲他的耳朵大声嚷道。声音又大又尖，怒气冲冲。吼完，季辞后知后觉她有点儿过分了，男人脑子呆也不是他的错啊，再怎么算，也该是他爹的错啊。

赵淮归被季辞吓得心脏一震，耳膜差点被刺破了，还没来得及说什么，就看见她开始惨兮兮地流眼泪，不气也不是，气也不是。这个丫头就是时时刻刻都在他脑袋上作威作福。

有点儿想打人。可他忍住了。

没有任何一个男人会在求婚的时候打人。如果有，他也绝不当这种“奇葩”，自己喜欢的女人，跪着也要娶回家。

“别哭了，”赵淮归拿她没办法，只能依着她，“你看那是什么。”

他的声音低沉性感，用甜言蜜语哄人时有着难以言说的诱惑。季辞一时受了蛊惑，没听清他说了什么，只是贪婪地看着他。

赵淮归笑着伸手，抬起她的下巴：“看天上，别看我。”

季辞仰头，看到的瞬间，才发现那不是烟火。

那是一句话——季辞，嫁给我。

无数蓝色的星星组成了这句话，星星是用无人机组成的，盛大的烟火仅仅是它们的背景，不是转瞬即逝的美丽，是为她定格的专属浪漫。

季辞完全没有反应过来，这个突然出现的剧情让她猝不及防。

他真的在求婚？

下一秒，赵淮归单膝跪地，手上拿着不知从哪里变来的戒指盒。男人的五官在火光的映照下显得越发浓郁而深邃，像莫奈笔下的油画。背对着万千璀璨星光，他的眼中只倒映出一个她。

“季辞，嫁给我，好不好？”

盒子打开，里面盛放着一枚流光溢彩的蓝色钻戒。无数颗耀眼的钻石围绕着中心主钻——一颗二十一克拉的蓝色钻石。

季辞尽管早已经被赵淮归一系列的珠宝攻势弄到麻木了，但在看到这枚戒指的瞬间，心还是猛烈地跳动起来。

这颗蓝色的钻石太美了。

“给我的？”季辞的大脑空荡荡的，夜晚的风沁着凉意，可吹在皮肤上却是热的。

赵淮归深黑的瞳孔被蓝色的光芒点亮了，看着女孩呆呆的样子，他眉心微动，低沉的声音越发充满蛊惑：“你答应我，就是你的。”

季辞好不容易缓过来的灵魂，又被抽没了。这怎么有点儿不对？这个男人都跪下求婚了，怎么说话还这么傲娇啊。

“你这人怎么这样啊？”季辞的鼻子酸酸的，瓮声瓮气地埋怨他，“就不能说点好听的吗？”

赵淮归笑了起来，一双风流的桃花眼里没了拒人于千里之外的冰冷，温柔而深情，他温柔地问道：“那我说好听的，你会答应我吗？”

季辞想了想，潋滟的眼睛眨得可欢了：“那……那我要看情况呀！”

赵淮归顿了顿，看情况？

“你求我啊，我就考虑给你个机会。”她环抱双臂，女王一样居高临下地看着他。

话落，男人许久都没有动静，只是用那双深邃的眼眸凝视着她，仿佛在认真描摹着她的五官。就在季辞以为自己的要求是不是太无理取闹了，赵淮归抬手，握住了她的手，在她的指尖，落下一个深情的吻。

“求你了，好不好？”

刹那间，时间静止了。

骄傲到不可一世的男人，虔诚地亲吻着她，宣告做她忠心耿耿的侍臣。这世上，没有任何一件事比此时此刻更让她觉得疯狂了。

他怎么这么会说好听的话呀？每一个字都让她的耳尖、心尖俱是一颤。

季辞的眼泪掉下来，她已经没空思考，一边哭着，一边用手指抹去泪水。终于，她清了清嗓子，开口道：“那你会一辈子当我的打工仔吗？”

赵淮归蒙了。

这都是些什么玩意！这个女人的脑回路真是要把他气死。

他深吸一口气：“会。”

“那以后是你管钱，还是我管钱啊？”季辞扭捏得很，十根手指头紧紧揪着，都快拧出红印了。

赵淮归震惊，这个人可太会破坏气氛了，他真怀疑今晚自己搞这一出是不是有必要！

他继续咬着牙，维持微笑：“你管。”

季辞偷偷翘起嘴角，她还有好多好多问题，要问完才能答应他，这样她才放心啊。

“那……那你的钱是你的还是我的啊……”最后一个音拖得老长，还转了几个弯，听上去又腻又嗲。

赵淮归已经绝望了：“你的，我的钱全是你的，你的钱还是你的。”

他答应得好干脆啊！季辞开心得要疯掉了。这笔生意太划算了！白白拥有一个大帅哥，还能连带着拥有他的千亿资产！还能使用顶级免费劳动力！

季辞强压着内心的欢喜，继续不自然地扭来扭去，正准备继续问出下一个问题时，男人霍然站了起来，眼疾手快地把女孩揽进怀里，下一秒便堵住了那张烦人的嘴巴，季辞只能泪眼汪汪地忍下这口恶气。

终于，赵淮归放开了她，用两指钳住她的下巴，欣赏着她可怜巴巴的模样，他轻笑着：“辞辞，你还是不说话比较可爱。”

当然，说话也挺可爱，赵淮归把女孩柔软白皙的小手放在手心，专心致志地欣赏。

不知道什么时候，戒指已经牢牢套在了她的中指，看着那抹惊艳岁月的流光，季辞惊呼："怎么到我手上了？赵淮归！你这个人太会耍赖了！"

"季老板，你让人替你打一辈子工，好歹先给点甜头。"

赵淮归捧着她的脸，亲了一口，软乎乎的脸蛋让人亲着就上瘾。季辞躲都躲不及，只要一躲，他就掐她的腰，弄得她又痒又疼。

赵淮归捧住她的脸，用鼻尖去触碰她的鼻尖，口中低喃，仿若某种醉后的喟叹。

"我爱你，辞辞。"

从见你的第一眼起，我就知道你是我的。

突如其来的表白让季辞像喝了一整壶糯米酒，整个人都晕乎乎的。她咯咯笑起来，揪住男人的衣领，在他下巴上亲了一下。

"只要你爱我一天，我就会爱你一天。你爱我一辈子，我就爱你一辈子。如果你不爱我了，那我就打包走人，让你净身出户！"说到最后，她变得超凶。

"好。我对你不好，我就净身出户。"赵淮归无奈地捏了捏她的脸，"然后继续给你免费打工赚钱。成交吗？"

季辞重重地点头，明天她就弄份婚前协议出来，白纸黑字签字画押！

赵淮归看着她的眼睛，总觉得那里面全是小狐狸般狡黠的精光，怎么有种……他被卖了还要替人数钱的感觉？

夏天的日光就像绵绵不尽的海水，不要钱似的从天空洒落人间。

每到这个季节，街道两侧的老梧桐树就变得越发生机盎然，繁茂的树枝在空中交错，搭建着供行人们小憩的阴凉。就在这样万物放肆生长的日子里，朋友圈中迎来了一片"狗号"，三天没放风的狗都没这般狂躁过。

只因为万年不发朋友圈的赵淮归，破天荒地发了两张照片。

一张是他和季辞的绝美婚纱照。

茫茫的沙漠里，女孩穿着繁复精致的大红嫁衣，头戴一顶纯金打造的花冠，两支华丽的珍珠金步摇插在发间，随着女孩生动的步伐，在空中荡漾出漂亮的弧度。而女孩对面的男人则是一身黑色的西装，他单膝跪在女孩面前，手中拿着一枝娇艳的玫瑰花。

男主人公在沙漠上遇到了他的前世情人，像一场穿越千年的爱恋。

在一千多张婚纱照，十多个不同的主题里，季辞一眼相中了这一张。成片出来的当天，她抱着手机感动得泪流满面。沙漠的黄沙没白吃，毒辣的太阳没白晒。

另一张照片则是季辞和赵淮归的结婚证，两本醒目的红本本叠在一起。

次日，依旧是阳光慷慨洒落的一天，万里晴空，像一块巨大的蓝色水晶。上京城西郊赵家名下的一处庄园里，到处都是热闹欢腾的景象。七月初的天气热度刚刚好，空气里弥漫着新鲜的栀子花香。

庄园的中心是一片巨大的开放式草坪。草坪上有一座玻璃搭建出来的花房，花房里放满了各色各样的名贵鲜花，花海里错落有致地挂着上百张新人的婚纱照，每一张都透着甜蜜。

客人们穿过花房，来到两侧就座。

婚礼现场以白色为主调，搭配了莫奈色系的花卉，远远看上去就像一幅梦幻的油画。主台是一座巨大的旋转木马，四周缠绕着无数繁花，华丽到让来宾们纷纷咋舌。

“我的妈啊，包游乐园已经挺不可思议了，现在又给你把旋转木马搬到了自家庄园？”一路过来，姜茵茵就没有合上嘴巴过。

季辞往她的嘴里塞了一口蛋糕：“请注意你的身份，你现在是我尊贵的伴娘小姐。”

姜茵茵立刻优雅起来，不能对不起身上六位数的伴娘服。

九点钟，庄园外的停车场停满了香车宝马。来的客人众多，全是政商名流，还有不少娱乐圈里的大明星。季年坐在台上的钢琴前，为一对新人献上他最新谱曲的浪漫情歌。

这首歌的首发，就在这场婚礼上。

季辞穿着独一无二的定制婚纱，整个人美得仿佛在发光。隔远看，婚纱泛着华贵的光泽，走近才会发现那波光并非绸缎，而是用极细极小的水晶珠子缝满了整件婚纱，才能达到在日光下波光粼粼的感觉，胸口处还有几只灵动的立体蝴蝶。

季辞提着裙摆，在悠扬的钢琴声中，一步一步，向前走去。

本来新娘是要挽着父亲出现在现场的，可她决定，这条花路，她要一个人走。因为走向他，永远都是她一个人的事。为了配合新娘，新郎的礼服也用了同款的白色。

这是季辞第一次看到赵淮归穿白色的西装。原来，穿白色的他是这样的，卸下了冷漠疏离的面具，整个人优雅温柔得不像话。

最后几步，季辞走得有些焦急，她想快一点走到他身边。

似是察觉到了季辞的异样，赵淮归笑了笑，对她伸出手来，用唇语对她说了两个字："过来。"

刹那间，季辞笑了起来。

接下来，婚礼的流程很顺利，两个人交换了戒指，司仪宣布婚礼仪式完成，新郎可以亲吻新娘了。

台下响起一片雷鸣般的掌声。

"可以吗，我的新娘？"赵淮归俯身，凑近她的耳边，低声说道。

季辞羞涩地点点头。

下一秒，铺天盖地的一个吻，像和风细雨般包裹着她。

吻过之后，司仪正准备继续下一个流程，让全场来宾举起酒杯庆祝这幸福的一刻。可季辞呆呆地看着自己的新郎，忽然就觉得很不公平，新郎可以亲吻新娘，那新娘也要亲回来才公平啊！想到这里，她不乐意地嘟起了嘴，踮起脚，钩住他的脖子，吻了上去。

赵淮归先是愣了一秒，随即便环抱住她柔软的腰肢，加深了这个吻。

新人旁若无人地在台上亲吻着，司仪突然被喂了一嘴"狗粮"，话卡在喉咙里说不出来了。

亲朋好友以及其他宾客的内心都是崩溃的，能不能注意场合？

一吻结束之后，司仪缓了缓，终于轮到了他了，刚想继续走流程，万万没想到——新郎当着众人的面，又一次重重地亲在了新娘的唇上。

赵淮归心想，结婚这天，决不能输给她！

她亲了一次，他就得多亲一次！

季辞羞涩到脚趾都蜷缩在了一起，脸上透着艳丽的红晕，她害羞地把头纱从两边扯过来，遮住了自己的脸，细碎的声音从头纱中飘出来："赵淮归，你好犯规啊！"

但她好喜欢，那就让他在她这里犯规一辈子吧！她决定永远给他开绿灯，当然，她肯定不会告诉他，不然他会太得意了。

结婚后是绝对不能让男人太得意的！

番外

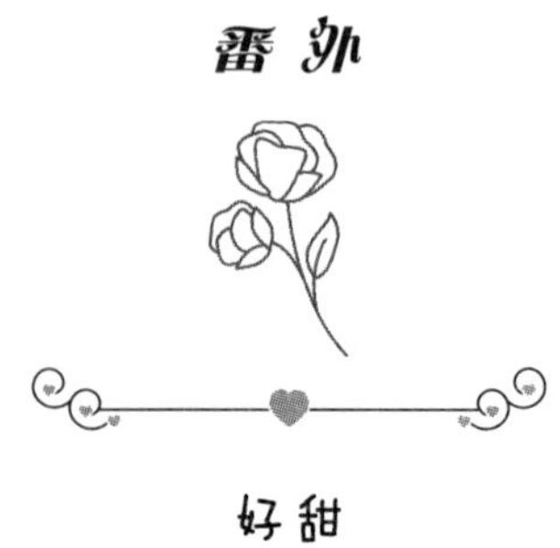

好甜

四年后。法国巴黎。

香榭丽舍大街上，一个年轻的女人吸引了不少的目光。她身穿D家秀款时装，身姿窈窕，一走一动都带着妩媚的风情，秀丽的五官让她看上去像一个来自东方的精致娃娃。女人左手牵着一个和她的面容十分相似的小女孩，右手边则是一个酷酷的小奶娃。

小女孩的小脸蛋粉雕玉琢般，比街边的玫瑰花还要鲜艳俏丽，一身中国红的汉服，灵动的裙摆随着她的步伐摆动着，整个人像一团喜气洋洋的花灯。右边的小男孩酷得很，一路上都不怎么笑，眉眼深邃，小小的年纪就有一双迷人的桃花眼，可就算是这样，那带着微微婴儿肥的脸颊还是让他看上去可爱居多。

“妈妈，我想吃这家的甜甜圈！”赵嘉熙看到一家装修粉嫩、花团锦簇的甜品店就走不动了，扯着季辞的袖子。

见季辞不为所动，她开始皱起小鼻子，假装哭唧唧。

赵嘉宸看着姐姐假哭，扯了扯嘴角，露出一个鄙夷的笑：“又假哭。”

赵嘉熙被弟弟戳穿了，气得去揪他的小脸蛋：“臭橙子，等下妈妈跟我买甜甜圈，你别吃！”

赵嘉宸酷酷地扬起下巴：“我才不吃甜食。”

爸爸说过小男生吃甜食就不酷了。

季辞被两个小朋友吵得头疼，姐姐酷爱甜食，嗜甜如命，长了好几颗蛀牙了。反观弟弟，吃苦吃辣也吃酸，就是不吃甜。

带这两个小家伙出门真是不省心！

这次的欧洲行，季辞单独带萌娃出行，赵淮归因为集团里事务太多，有几个重要的会议必须由他出席，所以两夫妻只能分头行动。赵淮归并不放心，除了让家里两个保姆阿姨跟着一起去，还让文盛也跟着过来了。

文盛平日里跟着赵淮归动辄处理上百亿的大项目，风光无限。跟着老板娘出门就只能被指使去买甜甜圈了。公费旅游，还能跟着老板娘吃香的喝辣的，住顶级酒店，这种好事他以后还要主动报名！

一行人浩浩荡荡地扫了整条街，两个阿姨手上全是大包小包的奢侈品。

季辞在店里试了新款连衣裙，对着镜子拍了一张照片，顺手发给了国内打工仔赵淮归。

Cici：“这条裙子真好看！”

男人回复了一个字：“买。”

Cici：“这个包真好看啊！”

Z：“买。”

赵淮归正在参加集团新开发的一个综合度假村的开业剪彩仪式，对季辞发来的消息只粗略看了一眼文字，就知道回复什么能让老婆满意。

一连发过去七八张图片，得到了七八个买字。

季辞被男人的敷衍给气笑了，这个人还真是！多说一个字是会少赚一分钱不成？她拿起桌上的气泡水，喝了一口，抬头就看到前面站着一个无比英俊的帅哥，金发碧眼。

季辞眯了眯眼，偷偷拿起手机迅速拍了一张帅哥的照片，随后发给了赵淮归。

Cici：“这个也好看呢！”

赵淮归这边仪式马上就要开始了，现场来了众多记者，闪光灯此起彼伏。口袋里的手机又调皮地振动了两下。他拿出来也没细看，仍是回复一个字，买。刚刚熄屏三秒钟，他忽然反应过来，连忙又打开手机，点开季辞最后发来的那张照片。竟然是一张年轻英俊的男人的偷拍照！这么明目张胆？赵淮归的眸色顷刻间暗了下去，他从容地撤回那个“买”字，随后发过去了两个字。

Z：“等着。”

季辞看着屏幕上简洁的两个字，翘起了嘴角。

结束了一整天的购物，回到酒店时，季辞腰酸背痛极了。两个小家伙更是沾了床就呼呼大睡起来。季辞替宝贝们掖好被子，又将室温调高了两度才回到床上，抬手关了台灯。

淡紫色玻璃罩子的台灯，底座像一枝蛇形的蔓藤，那昏暗的灯光，像黑暗中的朦胧月光，灯灭了，月亮也坠落了。

季辞一觉睡到了中午，今天没有安排任何行程，大家都能够睡到自然醒。可惜，她还是没能睡饱。

在睡梦中，她老觉得有人拿了一株狗尾巴草，不停地拂过她的鼻子、嘴唇，痒得她挣扎着从梦里冲了出来。

一睁眼，一张熟悉到梦里也不会认错的俊脸出现在眼前，那双风流多情的桃花眼盯着她，眼神戏谑，仿佛在打量着一只小动物。

“你……你怎么在这儿？”季辞揉了揉眼睛，又掐了一下手臂，怕自己还在梦中。

赵淮归笑着捏了一把柔嫩的脸蛋，指腹传来黏腻之感，那上面覆着一层保湿的乳霜。

“不是让你等着吗？”他抬起手臂，把人拢进了怀里。

这个男人，竟然连夜坐飞机赶来了巴黎。

“还敢不敢看帅哥！”

“我只看你嘛！你最帅了！”

季辞一边偷笑一边好言好语地哄男人，虽然这个男人又酷又不好哄，可她还是觉得好甜。纵使白驹过隙，时光荏苒，他还是会为了一个玩笑话，不顾一切地来到她身边。

真好，他们还是他们，不曾变过。